ジョー・ゴアズ/著
坂本憲一/訳

●●

硝子の暗殺者
Glass Tiger

扶桑社ミステリー
1256

ドリに

いまも、これからもずっと
ここでも、どこにあっても
きみはぼくをいざなってくれる夢だ

同類からはなれていることが、狡猾と獰猛の度合いのいずれをも増すらしいのである。これら一匹狼の獣たちは、絶えざる心労や、つがう異性がいないために自暴自棄になるのか、より大型の肉食動物の群れにまじりこんでいるのがときおり見かけられる。

——ジェフリー・ハウスホールド『追われる男』

おれにはもはやその能力がない。家にいるゴキブリさえ殺せない始末さ。

——〝アイアン・マイク〟・タイソン

硝子の暗殺者

登場人物

ハルデン・コーウィン――――元スナイパー

ブレンダン・ソーン―――――サファリキャンプの監視員

FBI臨時職員

グスタヴ・ウォールバーグ――アメリカ合衆国大統領

カート・イェーガー―――――アメリカ合衆国大統領首席補佐官

テリル・ハットフィールド―――FBI特別捜査官

レイ・フランクリン―――――ハットフィールドの部下

ウォルト・グリーン―――――ハットフィールドの部下

シェーン・オハラ――――――シークレットサーヴィスのホワイトハウス分遣隊長

ヘースティングズ・クランダル―アメリカ合衆国大統領報道官

ピーター・クォールズ―――――ウォールバーグの側近

パディー・ブライアン―――――ウォールバーグの側近

ニサ――――――――――――ハル・コーウィンの娘

デーモン・マザー―――――――ニサの夫

シャロン・ドースト――――――精神分析医

ヴィクター・ブラックバーン――ソーンのレンジャー部隊時代の旧友

ホイットビー・ハーニルド―――ポーティッジの開業医

サミー・スポールディング――FBIロサンゼルスの地区捜査官

ジャネット・ケストレル―――カジノのディーラー

第一部　コーウィン

もし人間に翼があって黒い羽毛が生えていたにしても、カラスほどに賢くなれる者はめったにいないだろう。

——ヘンリー・ウォード・ビーチャー（一八一三〜八七。アメリカの牧師で奴隷解放論者。『アンクル・トムズ・ケビン』を書いたストー女史の弟）

序　大晦日

ケニア、自然動物保護公園

クロサイが木の葉をはむのをやめ、大きな頭を後ろに振って鼻を鳴らした。半月刀形の二本の角が、前方のは長さ五フィートほどもあるのだが、凸円状の月の光を受けてくすんだ炭色のように輝いた。巨岩のごとくに大きなサイで、重さ一トン半もある生きた化石が雨季のサバンナにほうりだされているかのようであった。一九七〇年代と八〇年代にソマリ族のシフタ、すなわち密猟者たちが角と象牙めあてに野生動物を殺戮したためにその数が激減して以来、自然公園のなんとも狭いサイ保護区域の外では、この雄一頭だけが生き残っていた。

そのサイのわき腹から三フィートのところで、ひきしまった体格の男が凍りついたように動きをとめた。片足をふくらはぎ丈の草の上まであげ、片腕をいっぱいにのばした恰好のままで。男は風下にいたのだが、そのにおいが方向の変わりやすい夜間の微風に乗ってはこばれていったにちがいなかった。サイは嗅覚がするどく、逆に視力が弱いこととあいまって思いもかけない動きに出、その進路から逃げ遅れると命とりにさえなりかねない。

クロサイがまた鼻を鳴らし、なにも異常はないと納得したのだろう、アカシアの茂みからやわらかい小枝と若葉を、細いくちばし状の口でもってもぎとる作業にもどった。

男は片足をさげ、小枝が音を立てないようにその足に徐々に体重をかけていった。そして片方の手のひらをサイのまるまるとした背に、まるで落ち葉が降りかかるようにそっとのせた。今回で五たびの大晦日にこれをやってきたわけだが、獣の皮膚のやわらかさとあたたかさにはいつもながら驚かされた。過去数世紀におよぶ探検家たちの体験談では、サイは厚さ三インチの皮でおおわれた重装甲の野獣とされてきたけれど、この動物はじつは意外にダニやブヨや病気に弱いのだ。

サイがはむのをやめ、人間の手の下で背をかすかに動かしはじめた。五分後、男は音もなくやぶから、危険からはなれ、広々とした草原へとはいっていった。

毎年そうするように、男は「新年おめでとう、ブワナ・キファル」――スワヒリ語でサイの王の意味だ――と小声でもらした。ブワナ・キファルをやさしくなでて無事にもどってくるのが、男の大晦日の儀式であった。〈シクズリ・サファリキャンプ〉のもうひとりの監視員であるモレンガルだけがそれを、危険をともなってもやる価値のある行為と理解してくれていた。

男がガラナ川の南岸へ、四マイルの帰路を早足で歩きだした。年恰好は四十近く、身長が五フィート十インチほどでオリンピックの体操選手のように厳しくきたえあげた肉体をもち、漆黒の髪に純なチョコレート色の瞳のこの男は、国でただひとりの白人のキャンプ監視員であった。そしてまた、大型の獲物をねらう大規模な狩猟がケニアで禁止されて以来、贅沢なリゾートで金持ちたちが雇うのにうってつけの白人ハンターでもあった。だから、男はシクズリの公式行事である大晦日《バンダ》パーティーに出席せざるをえなかった。ほんとうのところは自分の茅葺きの小屋にまっすぐ帰り、出立客たちが残していった半ダースほどのペーパーバックのミステリーのなかから、どれか一冊を読み返したかったのだが。

ガラナ川の浅瀬に着いたとき、男の足が不意にとまった。七年前の大晦日のこと、それ以降は男の心中ですべてが意味を失ってしまった、あの日のことを思い出したのだ。今夜は、冬眠からさめたクマのような気分だった。いったいどういうことだ？ ガラナ川の浅瀬を渡りながら、物事への無関心が消えてゆくのをおぼえ、かつてはまるで麻薬中毒者が注射針のために生きるようにそれを追い求めて生きてきた、あのアドレナリンの激発に似たなにかがよみがえってくるのを感じとることができた。

殺さないこと。そう、二度とふたたび殺さないこと。探求の旅。避けてはならない必然の探求……でも、なにをさがし求めるのか？ だれのために？

ミネソタ州ミネトンカ

両袖をまくりあげ、ゆるめたネクタイがゆがんだままの前ミネソタ州知事が二重断熱ガラスのはまった書斎の窓ぎわに立ち、飲み物を片手に氷結したミネトンカ湖をひややかな青い目で見渡していた。五十五歳、がっしりしたあごに高いほお骨、そしてあのジャック・ケネディ以来、本気で国のトップの座を争う候補者たちには欠かせないものとなった、わずかに乱れた髪。

「なんと遠くまで来たものかと考えているの、あなた？」

彼がふりかえった。オーラフ・ゲーヴルの贅をつくした屋敷での盛大な大晦日パーティーからいっしょに帰ったあと、イーディスはベッドにはいったはずだった。だが、いまここに彼女は、しどけないネルの寝巻きの上に緑色のシュニール織りローブをはおった姿でもどってきていた。

「どこまで行かなきゃならないのかと考えていたのさ。眠れないのかい?」

「あなたがとなりにいてくれないと、わたし、さびしくなっちゃうのよ」

イーディスはいま四十九歳、彼がこれまでにもった唯一の妻だった。小柄で、少々ぽっちゃりとし、明るく好奇心の強そうな目が小鳥のコガラを思わせた。彼が過去に妻に不実をはたらいたのはただひとりの女性とのあいだだけであり、当の女性もいまはこの世になく、イーディスが感づいていたかどうか、どちらともいえないままにここまできていた。

彼は妻を見おろし、よく口にするジョークを言った。「コガラ一羽の体重が一ポンドだったら、彼らが世界を支配するだろうな」。彼女が肉づきのよいヒップを夫にぶつけた。彼はつけ加えた。「あと二十日だよ、おまえ、このときがほんとに来るのだろうかと、何度疑ったことか」

「わたしは疑わなかったわ」と、彼女が急に熱い口調になって言った。「一瞬たりともね。あなたは運命を操れる人なのよ。もはや、あなたをとめだてできるものはなにもない」

外は零下三十八度だった。冬の凍りつくような手が、この北の大地をしっかりとつかんではなさなかった。家のなかでは五十六歳になる男が、くぐもった「うーん！」という声とともに眠りからさめ、起きだした。炉の残り火が男のほおのこけた顔に、無慈悲な陰影をきざみこんでいた。これまでの生涯、ずっと悪天候にさらされてきたゆえの、しわだらけで栗色と化した顔である。

男は悪天候が大好きだった。いや、かつてはそうだったというべきか。男はいま、ひと部屋きりの丸太小屋のなか、寝台の後ろの壁に背をもたせかけ、落ちくぼんだ薄茶色の目で窓から月光を見透かした。そして、もう薄れかけてはいたが、脳裏に浮かんだいつもの映像に目を凝らした。

〝ニサが、強力な・三五七口径マグナム拳銃の弾によって、ハウスボートの寝台わきの仕切り壁にたたきつけられていて……〟

二ヵ月前。男は銃が赤熱して握れないかのように、武器を捨てた。その前年に男は撃たれ、そこから万事が悪い方向にころがっていったのだった。そして今夜、ニサとともによみがえったのは、そのかつての夜の映像だったのである。

〝二ヤード先に、やせたオオカミが舌をだらりとたらし、耳をぴんと立てて身構えていた。ほんとうに？　それとも幻覚か？　男は待ち伏せされて三発の銃弾を浴び、小屋まで千フィートの距離をなんとかはいもどり、電話を一本かけたあと、ショック症状におちいったのだった〟

早鐘のような動悸がおさまってきた。恐怖のもたらした寝汗が顔からひきはじめた。かわって怒りがわいてきた。以前の男はわなをしかけ狩りをしていたのだが、もはや缶詰ばかり食べて暮らしていた。片足が不自由となり、肺を傷め、複数の指を失ったいま、オジロジカを弓矢で狩って食料にする気すら起こらないのであった。

そしていまやニサの悪夢が、最後に見てからひと月後に、またあらわれたのだ。妻のテリーの死後、彼女が彼から逃げるという悪夢にしつこく悩まされたため、男は妻を殺した酔っぱらい野郎をさがしだす行為をやめてしまった。ニサの夢はそれとはちがい、強い罪悪感をともなっていた――自分はなにをしたというのだ？　今夜の夢にはオオカミのほかにも、パレットナイフで絵の具をかきまぜたような奇怪なイメージが出てきた。たとえば、黒ずんで細い全身を動かし、飽くことなく忍び寄ってくる獣らしきもの。男に忍び寄ってくる……。

つらさが怒りへと転化した。いったん餌食にされた者は、もはや捕食者にはなりえない。しかし、みずからがなしたことゆえに、娘の死をめぐる悪夢は男に選択の余地を残さなかった。男は罪のつぐないをしなければならなかった、自分には絶対に人を殺すまいと言いきかせていたにもかかわらず。

絶対にしてはならないことだった。だが、いまや……。

その灰色のオオカミはたやすい獲物だ。男自身はふたたび狩りをしたい気持ちにかられていた。しかしそうなれば、だれかが――もしくはなにかが――男を狩ろうとしてくるのでは？　安易な皮相的な分析だとこうなる。もし男が狩りをすれば、男は自身の罪悪感によって狩られるだろう。


より深い分析ではこうだ。ほんとうに狩られるだろうか？

「おまえはそれだけの能力があるのか？」と、男は薄れかけたイメージに問いただした。


いけないことだが、ジャネットに電話をかけなければならないだろう。二度とふたたび彼女を危険な目にはあわすまい、と自分に言いきかせていたのに。どこかで会いたいと彼女に要求する。彼女の手助けが必要だと告げる。彼女に思い出させる。二ヵ月前はきみのほうがせきたてていたじゃないか、おれに捕食者になれと……。

ふたたびシーツの下にもぐりこんだとき、男は、ジャネットはあの古いチャーリーのクマの毛皮をまだもっているだろうか、と思った。

カリフォルニア州北部、山脈のふもと

二十六歳の女がカサロマの雑貨店から三マイルはなれた自分の小屋のあけはなった戸口に立ち、外を見やった。黄褐色の顔に、目がはっとするほど青く、鼻筋がすっきり通り、ほお骨が高い。文字どおりまっすぐな黒髪が、背中の半ばまで流れるようにたれていた。そこはもともと女の両親の小屋で、父親の姓である〈ローンホース〉の名で呼ばれていたが、その名前はもう使われなくなって久しい。いまは女の小屋だった。青白い月の光が雪におおわれた空き地のはずれに、女の飼っている雌のミュールジカと一歳の子ジカが草をはむ姿を照らし出していた。女が湯気の立つコーヒーカップをかかげ、シカたちにあいさつした。

「新年おめでとう、きみたち」と、女が高らかに言った。シカたちは、親しく信頼しあった仲間内では当然とばかりに、ふりむきもしなかった。

松材の床の上で素足が凍えそうだったが、もうすこしそこに立ったままその夜の空気を味わっていた。新年、変化の年。手紙を書こう、新たな人生に第一歩を踏み出すのだ。とうとう、ハルからはなんの連絡もなかった。大統領選挙の直前に女の病室を去って以来。あれから彼はなにをしたのだろうか？　それとも、まだなにかをするつ

もりなのか？

女は寒さにふるえ、なかにさがって小屋の戸を閉ざし、つくりつけの寝台にかぶせた彼からもらったクマの毛皮の下にもぐりこんだ。

メリーランド州ロックヴィル

ナイトテーブルの灰皿で煙草がくゆっていた。そのモーテルにはキングサイズのベッドが据えてあり、ひと晩九ドル出せばテレビのポルノ映画のチャンネルが観られた。薄く透きとおるカーテンごしに射しこむ淡い月明かりで、三十代後半のクマのようにいかつい男がズボンをぬいでベッドのはしに腰かけている様子が見えた。密な黒い毛が、男の頭といわず背中も胸も腹も、そして股間をもおおっていた。

プラチナ色の髪の黒人の娼婦が、男の両もものあいだにうずくまっている。手足が長く、巨大な乳房がぶらさがり、唇はとても厚く、歯が白い。女がしゃべるためにちょっとの間、頭を後ろにひいた。

「ちゃんとなってきたわよ、ベイビー」と、女が低い声でささやいた。「おお、ベイビー、すっごくりっぱだわ！」

だが、そんなことはなかった。男は二ヵ月前のあの夜以後、そういう状態には二度となるのではないかと思っていた。男にはっきりわかっていることが、ひとつあった。すべて、この醜悪な黒人女のせいにすることだ。

「ええい、くそったれの牝犬め、なんのききめもないじゃないか」

男が立ちあがった。右の大きな握りこぶしが女の顔面に打ちこまれ、鼻骨を折り、甘美な道具から一転憎たらしいうそつきに変わった赤い唇を、歯の上でたたきつぶした。女はプラチナ色のかつらがずり落ちて目にかぶさったまま、すり切れた敷物の上をおびえたクモのように必死にあとずさった。しかし男は逃がさず、女の顔と腹と乳房を容赦なくけりあげた。

疲れて息をあえがせた男は、すすり泣く女をねめつけた。しっぺ返しは一切ないだろう。万が一にもそんなことのないよう、ここワシントンDCで女に確実に沈黙を守らせるのに必要なだけの金を、ロサンゼルスでシャーキーにまえもって払っておいたのだ。まさに二十日後には、男は、これまで刻苦勉励して得るのにつとめてきた権力を、ついに享受することになるだろう。その暁には、こんな牝豚はもう必要としなくなるだろう。

男はクリネックスをひとつかみとって自分の一物をぬぐい、ズボンをはきなおして部屋を出た。新年おめでとう。

18

ヴァージニア州アーリントン

新年おめでとう？　その高級規格住宅はジョージ・ワシントン記念通りのはずれ、曲がりくねったアスファルト道路に面した半エーカーの一等地に建っていた。背が高くとてもスマートなアメリカ黒人が、冬の夜のなかへと帰っていくパーティー客の最後のひとりを見送った。男がふりかえり、部屋の散らかりようを悲しげに見やると、コーラが例によって不満たらたらの顔をこちらに向けていた。

「あすの朝、かたづけようじゃないか」と、男は彼女に言った。

コーラのつやのある髪は、たくみに流行のスタイルにまとめてあった。ハイヒールをはいた彼女は、六フィート一インチある男の背丈より三インチ低いだけ。目がつめたい光をたたえ、高慢そうな褐色の細面の顔立ちは、十二年前にロックのスターと結婚したあのエチオピアのファッションモデルを連想させた。

「あすの朝、クリーニング・サーヴィスを呼んでやらせるわ」

もちろん、通常の値段の二倍か三倍はとられるのだ。しかし、男はいらだちを言葉には出さずのみこんだ。男が指揮する精鋭のＦＢＩ人質救出／狙撃手チームは、十一月と十二月ぶっ通しで特別任務のために森のなかですごしてきた。男は心底、セックスの欲望を感じていた。妻の腰に腕をまわし、二階にのぼる階段のほうへといざなった。

「いいともさ、ベイビー。でも、今夜はいいことをたっぷりしなくちゃ」

彼女は男に従ったものの、その言葉は聞いていなかったのかもしれない。

「あなたはこれから、家にいることが多くなりそうだから、あたしたち、もっと郊外の大きな家をさがしはじめるべきだと思うわ」

要するに、こういうことだ。馬を飼い、地所もちの上流階級をよそおえる一エーカーの土地がほしい。それと、十エーカーにラバ一頭とは、どこかちがうのだろうか？コーラは自分の容姿がそこなわれるから、子供を産みたがらなかった。外見第一の女で、金と社会的地位を切望しており、それは夫である男が権力と政界参入に野心を燃やしているのとつりあっていた。そんないま、むこう二十日間にもしなにかが起こり、大統領首席補佐官のもとに派遣されている男とそのチームの任務が当分のあいだつづくとなれば、まさしくハッピー・ニューイヤーという事態になるであろう。

そして、なにかは起こったのだ。

1

一月十九日。ハル・コーウィンがトラッキー郵便局の駐車場をごくわずかに足をひきずりながら、まるで耕されたばかりの地面を踏むのをためらうかのように、用心深く横切った。カリフォルニアとネヴァダの州境、海抜六千フィート近いこの地では、極寒の冷気が銃弾で傷めた肺にひどくしみた。

ジャネット・ケストレルが、駐車場の奥隅に外向きにとめた彼女の古いダークグリーンのトヨタ・フォーランナーの運転席から降りてきた。いつでも逃げ出せるようにか、エンジンはかけたまま。

顔色がハルと同様に褐色だが、彼女の場合は遺伝によるもので、陽に焼けたせいではなかった。きょうは漆黒の髪を頭の上でまるく束ね、毛皮の裏付きのキャップをかぶっていた。

ハルは左手を彼女の腕にそっとおいた。指が二本ない手だ。「手紙はあすの朝に配達される、保証付きだ」

「だとしても、わたしが楽しくなれないわけがわかる？　あすの午後、あいつは世界のすべての富を手に入れるのよ」

「かまやしないさ。やつには運命の到来を思い知らせてやる」

去年の十一月のあの夜以前は、彼女のほうから熱心に彼をせきたてていたものだった。だが彼女自身、人を殺すことがどういうものかわかっておらず、たずねるのもこわかった。自分が手助けをして、いったい彼になにをさせようとしてきたのか、それを知るのがこわかった。

ふたりはハグしあった。男はやせ型で、背丈が六フィート。女の頭のてっぺんが、男のあごのちょうど下にあった。女の青い目はきつく閉じられていた。去年の四ヵ月のあいだに、男は女が亡くした父親になり、女は男が失った……（おお神よ、おれはなにをしたのだ?）……娘になっていた。

女は男に請われてここまで車で来たのであり、あとは家にもどって男の呼び出しを待つことになるだろう。でも、女はあの手紙を出してしまっていた。女が男の抱擁から身をひき、一切の感情を排した声で言った。

「フォーランナーが必要になったら、わたしの携帯電話にかけて」

「そうする。ただ、車をここまでまたはこんできて、最初のバスをつかまえて山をくだればいい。きみがなにをやっているか、だれにも話すんじゃない」彼は女の顔に手のひらをそっとあてた。「事が終わったら連絡する」

彼女がフォーランナーに乗りこんだ。彼は軽く頭をさげ、丁重に腕を横に振って彼女に去るよううながした。これでおそらく二度と会う機会はなくなるけれど、いまこのように手はずをきめておけば、今後万が一にも彼女の身に危険がおよぶことはないであろう。

グスタヴ・ウォールバーグはジョージ・W・ブッシュの少年のようなにこやかな目も、クリントンの男性ホルモンをみなぎらせた南部の好漢の魅力も、もっていなかった。かわりにいかつい男前、言ってみれば引退したプロフットボールのクォーターバックの顔立ちをそなえていて、それはこの三百チャンネルのサウンドバイト時代にうってつけであった。

典礼の慣習から外交官用のグレーの燕尾服を着用したものの、彼はホック式の蝶ネクタイですませたがった。イーディスが手結びのタイにしろと言ってきかなかった。なんといっても一生に一度のことだから、と。

ウォールバーグはうまく結べないネクタイをまたまたほどき、鏡を見たまま「くそっ、どうしようもない」とこぼした。イーディスがビル・ブラスのオリジナルを着て背後にあらわれた。

「そうね、あなた」と、彼女が陽気に言った。「こっちを向いて」

控え室のドアが音高く開き、カート・イェーガーが突進するクマ、ただし実物より大きいクマのようないきおいではいってきた。片方の手に火のついてない煙草を、他方に青と白の縞の薄っぺらな封筒をもっていた。翌日配達が保証される、郵便公社のエクスプレスメールだ。イーディスがいるのに気づいて歩調をゆるめ、思い出したように笑みを浮かべた。

「おや、イーディス、大切な時の準備はできてますね？」

「ええ、このひとがちょっとじっとしていてくれれば、わたしが」――夫のネクタイを最後にぐいとひきしぼった――「これをちゃんとして……」

ウォールバーグが横目でちらちら封筒を見ていた。「なんだ？」

「よくある不審者です――うまい話に乗り遅れないようにするために、永遠の愛と献身を誓うというやつで」

ウォールバーグはそれを信じるには、この部下を知りすぎていた。イエーガーの声色が重苦しく、肉づきのよい顔のなか、ひときわめだつ小さな目が鋭い光を放っていたのだ。彼は妻がスイートルームの寝室にさがってドアを閉めるまでしんぼう強く待ったあと、首席補佐官の手から封筒をひったくった。

「さて拝見しようじゃないか、きみがそれほど重要視せざるをえなかったものを――」

さっと目を通した。一行だけが普通のレターサイズの用紙にレーザープリントされていて、ＦＢＩの鑑識が身元を割り出せるような痕跡は一切なかった。カリフォルニア州のトラッキーからきのう出されたものだ。

「だれが気づいた？」

「わたしです。首都への新入りのひとりとして、わたしはホワイトハウス郵便室の係官たちがすべての到来物を、毒や爆薬や細菌等々の危険物がはいってないかX線検査する様子を見学していました。で、そこに書かれている彼の名前を見つけたので、封筒の検査がすんだあと未開封のままひっつかんできたのです」

「式場の気温はどのくらいになりそうだ？」

「マイナス七度。風冷えで体感温度は零下十五度でしょう」

「シェーン・オハラに伝えてくれ、彼の率いるシークレットサーヴィス諸君の言うとおりにするとな。零下十五度じゃ、屋根付きのリムジンで行くほうが賢明だろう」

一時間後、ウォールバーグは合衆国最高裁判所長官アルヴィン・カラザーズの前に立ち、右手をかかげ、左の手のひらを開いた聖書の上においていた。帽子をかぶっておらず、つめたい風に髪を乱されながら、老判事のあとについて誓いの言葉を復唱していった。

「わたくし、グスタヴ・ウォールバーグは……アメリカ合衆国大統領の職務を……誠実に遂行するとともに……わが能力のおよぶかぎり……合衆国憲法を……保持し守り、擁護することを……ここに厳粛に誓うものであります」

宣誓文を唱えつづけつつも、彼の脳裏では例の悪夢のようなメッセージが赤々と燃えていた。〈死せる大統領に祝辞を。コーウィンより〉

なんたることだ。ハル・コーウィンがまだ生きているかもしれないという、とても考えられない事実に対応するために、これからの数週間——数ヵ月？——仕事の優先順位を変更しなければならないのか？

三月末の空気はつめたかった。ハル・コーウィンは寝袋からはい出て身ぶるいし、火をおこしなおした。その野営地はカリフォルニアのキングズキャニオン国立公園の山間部、尾根道から意図してそれたところにあった。亜高山帯の上限に位置し、下からはいのぼってきたポンデローサマツが原生のダグラスモミやエンゲルマントウヒと混生していた。

森の空き地を圧するような、なかがらんどうのモミの丸木に腰かけ、雪解け水がインスタントコーヒーを淹れられるほどにわくのを待った。丸木は直径が六フィート、長さが二十五フィートあった。四百年をかけて、そこで朽ちてきた木だ。幹の空洞のなかで無数の世代をかさねてきたちっちゃなシロアシネズミやトガリネズミやハタネズミがまき散らす糞を滋養に、根生菌が口を開いたほうの木のはしをおおっていた。

傷んだ肺が許すかぎり冷気を深く吸いこみ、悪いほうのひざをマッサージした。

〝彼は木から一歩はなれたとき、左ひざ下に猛烈な衝撃を受けて……〟

夢のなかで忍び寄ってくる獣こそ現実にはいなかったけれども、あすあたり捜索者たちが、二流の野郎たちがやって来るであろう、と虫が知らせた。

午前零時二分、赤いシヴォレー・トラッカーがカリフォルニア州道一八〇号からそれ、〈パーカーズ・リゾート〉のむかいに並ぶ時代物の給油ポンプの薄明かりのなかでとまった。男がふたり降り立ち、丸太造りのバー兼軽食堂のほうに渡った。ひとりは身長六フィートの頑強なつくり、他方は太った赤ら顔の小男。どちらも防寒コートを着こみ、狩猟帽の耳覆いをおろしていた。

セス・パーカーはちょうど、グリル下のトラップにこびりついた脂をこそぎ終えたところだった。背は高いが猫背でやせ型、用心深そうな茶色の目で、たれさがった生姜色の口ひげをたくわえた男だ。まくりあげた下着の袖口から出た前腕に入れ墨が見えた。彼が開いた戸口に出てき、その影が長く前方にのびた。彼の一二番口径の散弾銃は、二フィートはなれた壁に立てかけてあった。

「今夜はガソリンはないよ、あんたたち」と、彼は声をかけた。「わるいが」

食堂は別にして、彼とメイはじつはこの季節は週末しか営業をしていなかったのだが、こんな人里はなれたハイウェーの、しかも真夜中に、いま、そのふたりがあらわれたのだ。

大男が足をとめ、安心させるような口調で言った。「部屋は借りられるかな?」

「それはかまわんけど。ただし――」

「なにか食べるものは?」と、ずんぐりのほうが言った。

「グリルの火を落としたばかりなんだ」と答えたが、セスの警戒心は消えていた。太った男にとってはあきらかに、ひと騒動起こすよりまずは空腹が関心事らしい。「チーズ・サンドイッチのトーストでいいかね?」

「ベーコンも入れてくれないか? それにフライドポテトもあるかい?」

「ベーコンならある。フライドポテトは今夜はない。ポテトチップスと、ピクルスがあるな」

セスがサンドイッチを焼いているあいだに、ふたりの男は丸太に隙間のできた古いログハウスのなかを、ミラーのライトビールを飲みながら歩きまわった。カウンターを見おろすようにシカとワピチの頭、そして硬木の薪の燃えさしがまだ赤く輝いている幅広い石造り暖炉の上方に、キングサーモンの剝製がかけてあった。

セスは客たちのテーブルに加わり、自分もビールを飲んだ。どのみち、午前二時のはるかまえに眠りにつくことなどできはしないのだ。

サンドイッチをビールで流しこんで、ずんぐり男があらたまった声で言った。「国立公園内には私設の建物は許可されてないのだが、ここはおれの目にはまちがいなく私営に見える」

「おんぼろだと言いたいんだろ?」セスはくすくす笑った。「じいさんがここを建てたあとに、公園ができたのさ。そりゃ、あんたらにはグラント・グローヴ・センターが最高だろう。公営で、一年中開いているもんな。客室は新しいし、ロッジもみやげ屋も食料品の店もある——そして、あそこならガソリンが入れられる」

大男が自分の皿をわきに押しやり、マールボロを一本抜きとって、煙草とまゆをちょっとあげてみせた。セスがうなずく。男は煙草に火をつけた。

「ウォルターとおれはさきにシーダーブルックで旧友と落ちあう手はずでいたんだ。ところが、どういうわけかゆきちがいになってね」シャツのポケットから写真を一枚抜いた。「もしかして、この男がここに立ち寄らなかったかい？」

セスはさしだされた写真をじっと見、しぶしぶ答えた。「こいつは来たな、十日か十二日前に。断言はできんが、この男だった可能性はある」彼はふたりが緊張しながらも、それを隠そうとつとめているのを感じた。写真を返した。「そいつは三日前にもどってきた」

「なんのために？」

「買いだめさ。インスタントコーヒーやグラノーラ・ビスケットやカップヌードルなんぞを。そうそう、ビーフジャーキーもだ。ビーフジャーキーはたっぷり買った」

大男が聞いた。「彼はどこでキャンプをしているって？」

「尾根道からはいったところで野宿してると言ってた」

「彼が移動するつもりだといけないから、朝早く発ってつかまえたほうがよさそうだな」

セスは席を立ち、ウールのシャツとアノラックを着こんだ。三月遅くの山中では、夜の外気温はまだマイナス十度から二十度で、ポンデローサマツの根もとなど依然雪が深かった。

「朝食は七時から九時のあいだになっとるが、メイに六時にあけさせよう」

薄明かりのなか砂利道を横切り、六号室のプロパンのヒーターに点火しにいきながら、彼は、旧友が聞いてあきれる、と思った。警察、おそらくはＦＢＩ《フェズ》だろう。まるで女子校の親睦会でのくさい屁みたいに、ポリ公のにおいがぷんぷんした。

ここも夜明け。コーウィンはこれが最後となる香りのよいトウヒのたき火のそばにすわり、コーヒーを飲んでいた。捜索者たちがパーカーの店から尾根道を、ゆっくり音を立てずにのぼってきているだろう。腕の立つ連中だろう。しかし彼には、おのれのほうがまさっている自信があった。

ミソサザイが一羽、空き地の一端のビャクシンの茂みで眠そうにピーピー鳴いた。ポンデローサマツの一本の下方で、ヒメゴジュウカラがその日最初の幹の上下行をして、小さなひっかき音を立てた。はるか上、その木の樹冠では、住みついたカラスの群れが不機嫌な低いだみ声とともにめざめつつあった。まもなくこの一団は食料を求めてもっと標高の低い草地に向かい、夕暮れにはここのねぐらへとゆっくり飛び帰るだろう。彼はカラスたちを恋しく思うだろう。なにしろ彼の名、コーウィンは、古英語で「クロウ《カラス》の友」を意味した。

たき火を燃えさしになるまで踏みつけ、ビーフジャーキーの最後の袋をとりだした。ここに来てから毎朝そうしてきたように、乾燥肉のかけらを丸木の上にまき散らした。上等なのをいくつか選び、樹皮のいちばん深い溝に親指で埋めこんだ。カア、カア、カアとすばやく軽く鳴きまねを三度すると、彼は〝クロウ・スリー〟と確認され、八羽の煤色の鳥が枝のはざまから音もなく舞い降りた。ポーの〝大鴉〟さながらにでかく、ストーブの煙突のように黒光りする繁殖雄が、丸木にじかにとまった。コーウィンはハイスクール時代にとうとう〝バード・クロウ〟とあだ名されるにいたったのだが、いまその名をそっくり繁殖雄のカラスにつけていた。

乾燥肉を丸木の上にばらまくことからはじめたのだった。苦労して徐々に親密度を深め、カラスたちがえさを食べている最中に彼が丸木のはしにすわれるまでになった。自分がカラスたちにとってもう一羽のカラスと見えないことはわかっていたが、欠かすことなくビーフジャーキーをやりつづけた。クロウ・スリーとして。

バード・クロウが樹皮深くに埋めこまれた上肉のかけらを掘り起こしはじめた。仲間があちこちで飛びまわり、たやすくくわえられる肉片をかっさらった。たがいに押したり突いたりは一切しない。一族郎党なのだ。

七分後、ポンデローサマツのてっぺんに残っていた見張り役のカラスが警報を伝えた。捜索者たちが到着したのだった。

「くそっ」レイの声は低かった。FBIのIDカードにひもを通して首からかけ、右手に握ったシグザウアー自動拳銃をわき腹下にかまえていた。「カラスだ。カラスどもがやつに知らせるんだ」

カラスたちはかろうじてまにあい、丸木から飛び立った。一羽だけ、大鴉のように巨大で黒光りするのがとどまり、樹皮のかけらをひきはがしては頭を左右に激しく振って破片を四方にまき散らすのだが、どうしたものかビーズのような片方の目だけは一貫して侵入者たちからそらさなかった。それから、その一羽も最後の分厚い一片をくちばしにくわえたまま飛び去った。

ウォルトが空き地に疾走したせいで息を切らし、丸木にすわりこんだ。足が地面に完全にはとどかなかった。

「わかった、レイ。カラスがここにいるってことは、やつがいるはずはないんだ」

「さえてるぞ、ウォルト」

レイが手袋をとった片手を残り火の上にかざしたあと、腰をおろして煙草に火をつけた。煙草の燃えるきついにおいが空き地全体に漂い流れた。

「二十分」と、彼が言った。「ないし三十分。その見当だな。悲観的に見れば、それだけの時間がたっているってことだ」煙を細く吐いた。「見方を変えれば、やつはおれたちより四十分以上先んじているはずはないってことさ」つけたばかりのマールボロを丸木にこすりつけて消した。「行くぞ。あのシークレットサーヴィスのばか者どもに、容疑者の捕らえ方ってのを教えてやろうじゃないか――正午前にこの野郎を拘留できるだろう」

「やつが抵抗しなければ」と、ウォルターがもっともらしく言った。彼は愚か者だったが、殺すか殺されるかの銃撃戦を好み、それにたけてもいた。

「抵抗しなければな」と、レイも同意した。


カラスたちがビーフジャーキーのもとにもどってきたころ、コーウィンがバックパックと寝袋をひきずりながら丸木からはい出てきた。

ＦＢＩだ。ふたりの声に聞きおぼえさえあった。さかのぼって去年の十一月、あの三角州において、ふたりはコーウィンが隠れている場所の上で煙草を吸っていたのだ。案の定、彼らはコーウィンが武装していて危険な男だと告げられていたようだ。たしかに、かつてのコーウィンはそうであった。長年のあいだにどれだけの人間を殺したか、おぼえてもいなかった。あのふたりなど、ものの数ではなかった。

最後のジャーキーをあさるバード・クロウ率いる無法カラスの一団をあとに残し、コーウィンは不ぞろいな足でもと来た道を小走りでくだっていった。シーダーブルックからジャネットに電話をすれば、彼女が手はずどおりトラッキーにフォーランナーをおいておいてくれ、彼は彼女と接触することなく車を拾える。彼女に危険がおよぶことはなく、いま捜索者たちの追跡をのがれた彼は、前科のない車を運転していける。二、三週間後にはまちがいなく、当局はもっと優秀な男を見つけて彼を追わせるだろう——それは彼の悪夢に出てくる、倦むことのない影のような追跡者だろうか？

そのころまでには、彼は身を隠しているだろう。追う者の間近に。

2

二週間後の四月初旬の夜明け、無標識のG四〇〇ガルフストリーム・ジェット機がナイロビ国際空港の上空で着陸準備の旋回にはいった。テリル・ハットフィールドは機を迎えに迫ってくる褐色の平らな地面を、陰鬱に近い気分で見つめた。彼は大晦日に願いごとをした。彼と彼の率いるＦＢＩ人質救出／狙撃手チームは当面、大統領首席補佐官のもとに派遣されて特別任務についていた。しかし、チームはキングズキャニオンでコーウィンを捕らえそこなっていたのだ、十一月に三角州で彼をのがしたときのように。

そしていま、この事態なのである。

飛行機から降りたハットフィールドを、政府の車が空港の奥隅からケニアの出入国審査・通関手続き所のむこう側にはこんでいった。彼は自分がつれもどすためにここに派遣された、当の相手のファイルにすでに目を通していた。すばらしい。とてもすばらしい経歴だった。彼と部下一同は、この部外者の助けを得ずとも職務を遂行できた。だが、その男をつれてもどれ、とハットフィールドは命じられたのだ。たしかにつれもどそう。チャンスが訪れるのを待ち、男を捕らえ、飛行機でワシントンＤＣにはこぶ。拘引するのだ。なるほど、それは彼の権限をこえる行為となるだろうが、一か八かの勝負なのだし、後ろ盾に首席補佐官のカート・イェーガーがついていた。

ハットフィールドがしそんじたことを、もしこの男がうまくやりおおせたらどうなる？　それを乗り切る方策もあった。男を利用しておいてあとから介入し、成功のもたらす権力と栄光をひとりじめにすればよい。やつをすぐさま、徹底的に踏みにじるのだ。踏みにじりつづける。男をコントロールし、利用し、必要とあれば妨害し、そのあと切り捨てるてだてを見つければいい。

ツァヴォ・イーストの〈シクズリ・サファリキャンプ〉。ブレンダン・ソーンが、彼に馬乗りになった二十三歳の金髪女エリーの下で、荒々しく跳ねはじめた。エリーことエレノアの花婿、五十九歳のスクワイア・ピアポント三世は一泊当たり通常の六百ではなく八百ドルを支払っていた、というのも彼が新しくめとった若く美しい後妻がキャンプに到着早々ソーンを目にとめるや、個人用寝室がふたつ設けられた特別に広い小屋《バンダ》を借りるよう言い張ったからである。

かつてヘミングウェイが作品に登場させた、ダブル幅の寝袋を用意した好色な白人ハンターたち（たとえば『フランシス・マカンバーの短い幸福な生涯』の狩猟ガイドであるロバート・ウィルソン）がもはや存在しなかったので、身分卑しいキャンプの監視員であるソーンは年に二、三度エリーみたいな女から誘われた。富裕な夫によって未開の地アフリカにともなわれた、退屈した妻たちの誘惑。それが彼にとって唯一の、彼がこなしうるかぎりの社交生活であった。

エリーが口を大きくあけてあえぎだした。白目をむいている。ソーンは女をあおむけにひっくり返し、猛然と突き立てた。女が彼と合わせて、二度目の絶頂を迎えた。絶叫とともに。女が昨夜、夫のウィスキーソーダの最後の一杯にあれだけの量のハルシオン睡眠薬を入れておいてくれてよかった、と彼は思った。仕事だけが、自分を見失わずにいられる唯一のよすがだった。大晦日のサイへの忍び寄り以来、単調な日々の眠気から彼の目をさまさせてくれるようなことはまだ起きないでいた。だが、希望は捨てていなかった。

ひんやりとした夜明けまえの薄闇のなかに出てきたソーンは、モレンガルという名の、ワンドロボ系マサイ族であるもうひとりのキャンプ監視員が、ハブラシの木の下でしゃがんでいるのを見つけた。シカからバッファローまであらゆる用途に使っている散弾銃を、台尻を地面につけてひざのあいだに抱いており、銃身が左耳のわきを通って天を向いていた。

「どこへ行く？《ナ・クウェンダ・ワピ》」と、ソーンはたずねた。モレンガルが立ちあがり、腕を東に振った。川下へ。「なぜ？《クワ・ニニ》」

明るさを増してきた暁の光が、アフリカ人の無表情な黒檀色の顔の高いほお骨をきわだたせた。「トラック《ロリ》」と、彼が答えた。

モレンガルはトラックの音を聞きつけたから、川下へ行くつもりでいたのだ。トラックは三百マイル北のソマリアから来たにちがいなかった。一九七〇年代と八〇年代にソマリ族の象牙と角の密猟者が増えたために、シクズリ・キャンプは武装監視員を必要としたのだった。密猟者たちがツァヴォのサイを絶滅させ、六千頭いたゾウを二、三百にまで減らし、次には観光客を殺しはじめたので、リチャード・リーキー率いるケニア野生動物保護局の警備隊が密猟者を見つけしだい射殺するにいたったのである。

　現在、ソーンとモレンガルの主要な任務は、ツァヴォの獰猛で名高いライオンからリゾートの宿泊客を守ることにあった。ツァヴォの雄ライオンはたてがみが薄く、体格がほかのアフリカ・ライオンよりはるかに大きかった——肩の高さ四フィート、体重が五百ポンドもあり、現代のアフリカ・ライオンと更新世の絶滅した図体が大きくたてがみのないドウクツライオンとのはざまに位置する、ネコ科の〝失われた環《ミッシングリンク》〟ともいうべき存在であった。ときどき、不注意な人間が、撮影サファリにやって来た金持ちの旅行者《ワズング》さえもが、彼らに食い殺される事件が起きたのだ。

「ナ・ピガ・ミンゲ・サナ」と、モレンガルが言った。

　たくさんの〝打つ〟音を聞きつけたらしい——ソーンは文脈から判断して、それが自動小銃の銃撃音のことと理解した。

「どのくらい遠くから《ナムナ・ムバリ》？」

　モレンガルが五本指を立ててみせた。五キロか。二十キロはなれた場所で車がエンジンをかける音を聞き分けられ、月のない夜に裸眼で木星の環を見ることのできる男だから、モレンガルが五キロと言えばまちがいなく五キロなのだ。

　背がメタリックブルーで腹が栗色のみごとなムクドリが、緑がかった青い翼を広げ、ヤンキーという名のキャンプの番犬のために外においてある水鉢の縁に舞い降りた。

鳥はまず右を、次いで左を見てから、黒いとさかのある頭をまるごと水中に没し、激しく振った。頭をもちあげ、しずくを四方八方にはねとばし、同じ動作をくりかえし、再々度、さらにもう一度やってから飛び去った。いつもどおり、ふたりの男はこの朝の儀式を大いなる敬意をもって見守った。

一キロ川下で、一頭のヒョウが空腹をのろってだろう、欲求不満げな神経にさわる声で二度ほえた。モレンガルがおちゃめな表情をし、まずまずの英語で言った。「おれたちふたりは土地なしのはなれ者だから、さあ狩りに出ましょうか」

「こしゃくなことを」と、ソーンが応じた。どちらも声をあげて笑った。

そのヒョウだけでシフタ（ケニアに越境して活動するソマリ族のゲリラや密猟者）を始末してくれるだろうか？　そうなればありがたいのだが、みこみはなかった。シフタたちはAK‐四七突撃銃でもって、安全な距離から獲物を掃射するのを得手にしていたのだ。

それでは、なぜソーンはキャンプ支給のウージー軽機関銃をおいてき、七年ぶりの人狩り《マンハント》にランドール製サバイバルナイフと九ミリ口径のベレッタだけでとりかかろうとしていたのか？　それは、彼が見せかけの番人（ベビーシッター）ではなく戦う男だった時代への、ほんのごあいさつ程度のものだったのか？　それとも、彼の人殺しの日々は永遠に去ったからなのか？

〈シクズリ・サファリキャンプ〉はガラナ川の南岸四分の一マイルに沿ってのびていた。バーとラウンジ、そして高級レストランに匹敵するくらい広い大食堂があり、上等の食器、現地産の硬材を使った椅子とテーブルを備え、壁にはバッファローの角や動物の頭蓋骨が飾られていた。

ふたりの男はリゾートのよく踏み分けられた道の一本を早足で歩いた。黄金色の夕ヒバリがやぶからやぶへ、小さな金貨のように飛び出ては飛びこんだ。雇われた《ワッミシ》少年たちが動きだしていた。濃いコーヒーの香りが鼻をくすぐったが、ふたりは一杯でも飲んでいるひまがなかった。アガマトカゲが一匹、露出したアカシアの根の背後からぴょこんと顔を出して彼らをつめたくにらみ、またひょいとひっこんだ。まるで、歩兵が敵部隊の動きをたこつぼ壕からうかがうかのように。

ふたりはハマアカザとドームヤシの茂みを縫う曲がりくねった狩猟道を、待ち伏せに用心しながら無言で川下に進んだ。ハマアカザの茂みはシーダーの密林のようにも濃く密生していて、さきほどほえ声を聞いたヒョウや、ライオンの群れ、さらにはゾウの集団さえ姿を隠せるほどだった。そのいずれに遭遇しても不注意者は殺されかねず、実際しばしば命を落としたのだ。

長い雨季は終わっていた。ガラナ川を渡って北東に、とげのあるコンミフォラ属の灌木——土地ではンゴジャ・キドガ（スワヒリ語で「ちょっと待て」の意味）の木と呼ぶ——の茂みが平原をおおっていて、その鉤状のとげにかかると人の背の皮がまるでヒョウに襲われたかのようにスパッとひき裂かれた。乾いた草をあさっている七頭のグラントシマウマが、洗車機で洗いたてのようにぴかぴかに見えた。彼らにけられれば、ライオンのあごでさえくだけてしまう。はるかむこうに、世界最長の溶岩隆起である頂上の平たいヤッタ台地が横たわり、朝陽のなかに黒々と険しい姿を見せていた。ツァヴォはマサチューセッツ州の広さがあり、いまだ未開で本質的には観光化されていなかった。

アフリカ最大の鳥、六フィートの小豆色の首をもつオニアオサギが一羽、岸辺に沿ったえさ場をついばんでおり、そのそばにはガサゴソ音を立てる茶色のさやを実らせたタマリンドの木立が陰をつくっていた。タマリンドの幹は、泥まみれになったゾウたちが身体をこすりつけるため、赤く磨きをかけられている。

モレンガルが急に足をとめた。

「あと一キロ」

さらに十分ほど歩くと、川むこうの小さな台地の下で三頭のたてがみのない雄ライオンが、雄バッファローの巨大な死骸を食らっていた。殺したばかりのようで、死後一時間ぐらいか、まだ腐臭はしなかった。

ルッガスと呼ばれる小さな涸れ川のひとつに隆起した畝の上でひとりぼっちでいたその老いたバッファローは、フォルクスワーゲンのビートルほどの体重があったからこわさ知らずにいたが、助かる望みはまったくなかったのだ。三頭のライオンが、体軀は小型のハイイログマ程度ながら、下で寝そべって待ちうけていたのだから。ライオンは正午までにバッファローの肉をそれぞれ七十五ポンドは食うだろうから、むこう数日間は獲物を食らうことはないだろう。

もう二百ヤード進んだ先、これも川の対岸だが、ハマアカザの茂みにはっきりわかる金属の鈍いきらめきが見えた。はるか昔につくられたおんぼろのイギリス製トラックで、小枝でカモフラージュしてあった。

モレンガルが下流に首を振り、「キボコ」とささやいた。

すぐにそれとわかるカバたちの突出した目が、水面上に出ていた。パニックにおちいったカバが毎年殺すアフリカ人の数は、他のいかなる動物たちが意図してそうするよりも多かった。ただし、人間がそばを横切ろうとしないかぎり、カバはなんらこわいものではない。

ふたりが歩いてきた川上のほうでは、一羽のミサゴが大きな渦を巻く小豆色の水面すれすれに急降下し、川中には長さ十五フィートの丸太状のものが五本あまり、ゆっくりとあてもなく円を描いて漂っていた。

ソーンは含み笑いをし、英語で言った。「カバとクロコダイルか」

クロコダイルはアフリカで二番目に危険な動物であった。意図して人を襲った。不意に突進してくるし、巨大なあごでくわえられると、三千ポンドの重さがかかるに等しい。原住民の女性が川にはいり、いつものように土手に向いて洗濯をしていると、悲鳴とともに岸辺から後ろにひきずりこまれる。そして、女性は川底の泥のなかで動けなくなり、ついにはひと口大にかみ裂かれ、のみこまれてしまう。

川を渡るには水深が腹までのところしかなく、ふたりはそこに来たのだが、クロコダイルがいるためにそこでも渡河は命がけのレースだった。ちょっと足をすべらそうものなら、レースは負けだ。渡るのはやめておけ、でもそうしたら、密猟者《シフタ》がこれからとりかかろうとしているひどいことを、好き勝手にやってのけるだろう。

ソーンは堤をかけおり、川にはいり、前のめりになって水の重さにさからい、後ろも左右も見ずにバシャバシャとひたすら進んだ。モレンガルもあとにつづいているだろう。鈍感なカバたちはじっと見ているだけだろう。だが、クロコダイルは襲ってくる。

〇・五トンのシガレット型モーターボートのように頭をもたげ、口を大きく開き、八の字に広がる航跡を残し、追ってくる。ふたりが六フィートの差で水しぶきをあげてむこう岸にかけのぼるや、クロコダイルたちは水面から身体半分を突きあげたあと、残念そうにあごを鳴らして水中にもどった。

驚いたつがいのミズカモシカが、まるで特大のジャックウサギのようにはねながら草原を逃げていった。密集したハエの大群がトラックの荷台から飛び立った。ソーンは不吉な予感をつのらせて近づいた。

「ちくしょうめが！」彼は思わず大声をあげた。

一対のクロサイの角が、トラックの荷台に無造作に投げこまれていた。角にからまった体毛も長年のうちにこすり磨かれて骨のかたさに達しており、湾曲した前の角は五フィートの長さがあった。モレンガルが聞きつけたあの自動火器の掃射でもって、絶滅寸前の動物を殺し、パンガ刀で角を切り落としたのだ。わずかながら皮膚と肉片がまだ付着していて、ピンク色だが急速に黒ずみつつあった。

ほんの数ヵ月あまりまえ、ソーンはサイの王、ブワナ・キファルの背中に手をおいたばかりだった。醜いけれど憎めず、気むずかしく、近視のこの野獣を、彼は友人とみなしていたのである。そのサイがいまや死に、腐るがままになっているのだ。角を切りとるために惨殺されたのであり、角は石油富豪のイエメンのアラブの若者たちがステータスシンボルとして求める、装飾過多の短剣の柄に彫られるであろう。残ったかけらは粉にひかれ、バイアグラを信用しないアジア人向けの催淫剤となるのか。

シフタにとってはほんのおまけにすぎなかった。一九八九年、〈絶滅のおそれのある野生動植物の種の国際取引に関する会議〉が象牙の販売を世界的に禁じる法令を出した。しかし現在、ゾウの過剰繁殖に悩むジンバブエとボツワナが禁止令の解除をはたらきかけており、日本と中国での象牙の需要をふたたびかきたてていた。

そういうわけでシフタは、ガラナ地域に残る最後の老いたゾウ二頭を追いかけているのであり、キロ当たり六千ドルの値がつく象牙を二頭から百七十五キロもいただけるからであった。それだけの象牙なら、ブラックマーケットのバイヤーが百万ドルで買いつけるだろう。密猟者たちはちゃんとした裏付けがあって侵入してきていたのである。

「きょうは許さんぞ。くそったれ」と、ソーンは独り言をもらした。

トラックの番人は残っていなかった。キーはイグニションにさしたままだった。ソーンはそれを抜いて自分のポケットに入れた。モレンガルが腰をかがめ、そろりそろりと前に進んだ。地面にかろうじて見分けられる浅いくぼみがいくつかあり、そこに指先をそっとふれていく。広げた指を三本、立てて示した。

「タトゥ」

シフタは三人か。やつらを捕らえてケニア野生動物保護局にひき渡せば、局の荒っぽい連中が徹底的に締めあげ、ついにはバイヤーの名を吐かせるだろう。一日の仕事として、まさしく申し分がない。

ソーンは腕を振り、「シシ・エンデレア。ウペシ」とささやいた。

急ごうじゃないか。彼らはサバンナの縁を音を立てないように小走りに進み、そしてハマアカザの林のなかに迂回したのは、ブワナ・キファルの腐肉を争って食らう獣たちを避けるためにほかならなかった。ヒエロニムス・ボスの絵を現実に再現したかのような光景だった。かみつくジャッカル、うなるブチハイエナ、はげた頭がサイのはらわたに突っこまれたせいですでに赤く染まっている、脚のひょろ長いハゲコウ鳥。それらがはね、叫び、闘うのだった。頭上では、なめし革色をしたたくましい二羽のダルマワシが、下の光景を軽蔑するかのように旋回していた。

一キロ先では、岩のように大きな二十個ほどのゾウの頭蓋骨のわきを通った。十五年前の密猟者たちが残していったもので、空洞の眼窩には例外なくツメバゲリが巣をつくっていた。

さらに半キロ歩くと、まだかすかに湯気を立てている砲弾大のゾウの新しい糞に出くわした。近づいている。種と草を求めてわらの褐色の山をあさっていた一羽のクロズキンコサイチョウが、への字に曲がった赤黒いくちばしを怒ったようにカチカチと鳴らしながら飛び去った。のちに、そのコサイチョウ自身の糞が植物の種をサバンナ全体にまき散らし、死と再生の周期がひとめぐりするのであろう。

幽霊のごとく音もなく、ふたりの男は下流へ、風上へと動いた。足がとまった。十ヤード前方に、こちらには顔をそむけたシフタがいたのだ。三人のうすぎたない男たちで、いずれもフランス軍のケピ帽をかぶり、廃品の軍服をまとい、トラックのタイヤでこしらえたサンダルをはいている。

その三十ヤードむこうの小さな空き地に、二頭の老いた雄ゾウがいた。大きいほうは肩までの高さが十三フィート、重さが七トンある。ソーンはそのゾウを、ターザンの友のゾウにちなんでタンターと名づけていた。タンターはそのしなやかな鼻を、コックの手が未調理のスパゲッティの束をつかむみたいに、数本集めた若枝に巻きつけたばかりであり、これからそれを奇妙にきゃしゃな口に押しこみ、ゴロゴロと喜びの声を発しながらかみにかかるところであった。巨大なひたいをドームヤシにあてて支えているのは、地面にふれんばかりの十フィートの牙の重みを一時的に楽にするためだ。

年下のほうの雄、ダンボは牙がやや短く、タンターの巨体の陰になっていた。シフタは弾倉が空になるまでの一度の連続掃射で二頭をしとめられるチャンスをうかがい、待機している状態だった。傷を負わせるだけに終われば、ゾウたちはたちまちのうちに、象牙を残すことなくハマアカザの林に消えてゆくだろう。

頭上の葉むらのなか、茶色のちっちゃなヒヨドリが眼下のドラマに関心なく、魅力的な歌をうたっていた。ソーンはモレンガルが左に動こうとするのを察知し、自分は右に身体をすべらせた。足下で小枝一本鳴らさず、木の葉がこすれる音もまったく立てずに。

ソーンの正面の男がＡＫ‐四七の銃身を起こし、タンターの背骨を撃とうとした。ソーンは男の肩を軽くたたいた。「やめろよ」と英語で言った。

ソマリ族の男がさっとふりむき、自動小銃をこちらに振ろうとした。ソーンは捕えるつもりでいたのだが、何事も様相は一変するもので、受けた訓練ともって生まれた気性が心づもりに打ち勝った。左手のナイフが一閃、男の頸部をバックハンドでいきおいよく薙いだ。鮮烈な動脈血がほとばしった。

中央の男が銃を空に向けて暴発させると同時に、モレンガルの一二番径散弾が男の頭頂を吹きとばし、脳味噌と骨がはね散った。男は血まみれの小麦粉袋状態で倒れた。

残るひとりが腰だめで撃とうとしたが、ソーンのベレッタが四発の鉛弾を、一ドル銀貨のクラスターさながらにその胸にたたきこんだ。男のやせた貴族的な顔が青ざめた死相に変わった。

全部で五秒。

ゾウたちはすでにふたりのほうにくるりとふりむき、家のように大きく立ちはだかり、両耳をゆらめかせ、らっぱのような鳴き声を発していた。そしてやおら、ソーンがいつも息をのむほど驚かされる、あのすべるように静かなみごとなストライドでもって去っていった。

三十回目のバースデーに、ソーンはCIA最前線の元暗殺者として、パナマで人を殺していた。三十五回目の誕生日には、亡き妻アリソンの霊に二度と人間を殺さないと遅まきながら誓ったがゆえに、ツァヴォのキャンプの監視員になった。

きょう、四十歳のバースデーに、彼は人ふたりを殺してしまった。アリソンの霊に背いたのは、価値ある獲物への価値ある忍び寄りの機会が訪れるだろうとの、彼自身の大晦日の予感が裏切られたからだ。殺しではなく、忍び寄るだけの機会。しかし、彼の手によってふたりの人間が死んだ。男たちを殺すさい、彼は胸のつかえがとれるような魅惑的な興奮をまたおぼえた。ただし、同時に吐き気も感じた。

ヒヨドリが魅力的な歌を再開するのを聞きながら、ソーンはハマアカザの茂みのなかに吐いた。

3

ふたりはキャンプへの帰路、死のにおいが浅瀬を渡ってついてこないよう、シフタのトラックを一マイル風下においてきた。なにしろシクズリはもっぱら、ダイヤモンドの装身具とフェラーリの車をもつ階級を客にしていたから。客は大金を払い、ガラナ川に面したベランダにすわり、ほんもののライオンの咆哮とほんもののゾウのかん高い鳴き声を聞き、客と猛獣とのあいだには柵など一切ない。それでも、ソーンとモレンガルがいるから、客の身にはなんら危険がおよばないのである。

色の淡いオオタカが電信柱から彼らに歌いかけた。電線からはハイイロトビがキーと声をかけてきた。ソーンがときどき観光客たちに写真を撮らせるため、手のひらにさいころ状の生肉をのせ、トビに舞い降りてくわえさせる芸をやって見せるせいだ。

頭の黒いアフリカクロトキが八羽、カーブしたくちばしで浅瀬のわきの泥をつついていた。古代エジプト人にとってこの鳥は、『死者の書』のなかで死んだ人間の善行と悪行を数えあげるトト神の象徴であった。ソーンはきょう、二頭のゾウを救い、死せるサイの仇を討たんがために、おのれ自身の誓いとアリソンの霊を裏切って男ふたりを殺した。トトの審判の秤では、それはどの目盛りに計られるのだろう?

モレンガルは自分の散弾銃を手入れするために消え、ソーンは事務所にはいった。三年前からシクズリの管理者の任にあるスティーヴン・リヴィングストンが、コンピューターの画面から顔をあげた。丸眼鏡をかけ、生姜色の濃い口ひげを生やした赤ら顔のイギリス人で、ホテル・マネージメントの学位をもっている。必然的にスティーヴではなく、有名俳優の名にちなんでスタンリー・リヴィングストンと呼ばれていた。

彼がソーンに封筒をさしだした。

「エレノア・ピアポントちゃんがこれをきみにっておいてったぞ、夫妻が発つまえにな、ブレンダン。すばらしく高額のチップだろうさ、おそらく」

ソーンは封筒をあけないままデスクにおいた。

「モレンガルの退職金積立てにまわしてやってください」

彼はジェホヴァ・ムセンギと話すために、ヴォイにあるケニア野生動物保護局の電話番号を押した。そのカンバ族の男のもとでソーンは狩猟案内人を二年間つとめたあと、シクズリに移ってきていた。ひまな折に、いっしょにタスカー・ビールをしこたま飲んだ仲でもある。

「ジェホヴァ、われわれはけさ、例の雄ゾウたちを密猟しようとしている三人のシフタをたまたま見つけたんだ。やつらはわれわれで始末したが、でもブワナ・キファルが——あの老いた一匹狼の雄サイの角が、キャンプから一マイル下流のやつらのトラックの荷台にのってる」ムセンギの返答をまゆをひそめて聞き、肩をすくめた。「いいさ、ナイロビに電話してくれ。ケニアの国家警察も、やつらがいたところになにが残っているか見たがるだろう」

彼が受話器をおいたとき、スタンリー・リヴィングストンが栄養のゆきとどいた身体をもちあげつつ、目をむいてこちらをにらみつけていた。

「おいおい、ソーン、こんなことは絶対に許されんぞ、ソマリ族を殺すなんて。そういう独断専行は——」

ソーンは事務所を出てわざと注意深く網戸を閉め、使用人たちが暮らすサンザシの垣根をめぐらした囲い地《ボマ》のなかの、自分で建てた質素な小屋《バンダ》にもどった。歯ブラシとホップス・ナンバー9の液でベレッタを掃除し、クリーニング・ディスクをまわしながら銃身のなかにさしこみ、残留火薬をきれいに除去した。そして、小屋の外で帆布製のサファリチェアに腰をおろし、客のひとりがおいていった本を読んだ。『神曲』についてのハリエット・ルービンの考察『恋するダンテ』を。ふたりの男がおれの手にかかって死んだ。ダンテならその咎で、おれを「地獄」のどの層に配するだろうか？

三時間後、赤い砂塵の尾をひいて野生動物保護局のランドローバーがキャンプに突っこんできた。ムセンギがハンドルを握り、ハッサン軍曹とアブドゥッラーフ伍長が同乗していた。リヴィングストンがぎょっとし、怒ったスズメバチをよけるかのようにびくびくとおびえている。動物たちの動きが活発になる夕暮れどきの撮影サファリに出かけるのを待っている観光客たちも、興味津々で見物にかかる。

ソーンはにこやかに進み出た。「ジェホヴァ」

「ミスタ・ソーン、サー」おや？　ブレンダンとは呼ばなかった。よそよそしすぎるあいさつ。

ムセンギは背が低くがっしりして、肌がとても黒い、口腔が紫色を呈するほどに黒い男である。サファリジャケットを着て、下はカーキ色の半ズボン、ニーソックスにデザートブーツをはき、アメリカ西部の早撃ちの名手みたいに腰のホルスターに・四五口径USアーミーの模造拳銃をさしていた。その銃でもってなにかを撃てる男ではなくて、罪のない気どりらしく見えたものだった。きょうまでは。

レーンジャーたちは、エチオピアとの国ざかいの北部辺境地帯に住むクシ系ボラナ族の出だった。ふたりとも身長六フィートあまり、ひきしまった身体つきで、ととのった尊大な顔立ち。緑色のゆったりした長袖シャツを着て、ケニア野生動物保護局のベレー帽をかぶっている。

ソーンはにこやかにスワヒリ語であいさつした。先方のふたりは冷たく目礼するだけ。彼はいっそう緊張した。リヴィングストンのおびえ。ムセンギのよそよそしいあいさつ。レーンジャーたちの当惑。くそっ。彼はこの半年、首都に行ったことさえなかったけれど、ケニアでは市民権をもたずに地方で雇用されている者の身分は不安定だった。

「ナイロビはおれのちょっとしたシャウリについて、どうすべきだと言ってたのかな?」

おれのちょっとした事件。返答するとき、ムセンギは目を合わせようとしなかった。

「あなたを、その、逮捕するように言われました、サー」

あきらかにリハーサルをしておいた動作でもって、ハッサンとアブドゥッラーフがライフルの銃身をあげ、ソーンの胸に向けた。ソーンは身動きひとつしなかった。レーンジャーたちは銃に守られてこれ見よがしに自信たっぷり、なにしろそれはNATO規格七・六二ミリ口径のG・三半自動小銃という威力ある武器だったからだ。

「なんの容疑だ、ジェホヴァ？」

「あのう……サイの角の密猟です、サー」

「なるほど」彼にはほぼわかった。口実はなんでもよく、ナイロビでだれかが待ち受けているにちがいない。「シャウリ・ヤ・ムング、ジェホヴァ？」

「ンディヨ」ムセンギがみずからの裏切り行為に困惑しながらも、しかつめらしくうなずいた。「はい。いかにも神の意向によるのです、サー」

モレンガルがソーン以外のだれにも気づかれることなく、散弾銃をもって観光客のあいだを縫ってそっと近づいてきていた。モレンガルにとって、男たちを殺すのは造作ないことだ。ソーンは曲げた二本の指先を自分の目に向けてこきざみに動かし、それから手を裏返して指をモレンガルの目のほうに向け、同じしぐさをくりかえした。「タトゥオナ・テナ」と、彼は小声で言った。「ウソ・クワ・ウソ」

また会おう。さし向かいでな。

モレンガルが思いをこめてうなずき、依然だれにも気づかれずに姿を消した。ところがムセンギが、ソーンが自分に話しかけているのだと勘ちがいし、それを挑戦と受けとった。困惑の感情が怒りに転じたようだ。

「手錠をかけろ」と、彼が唐突にレーンジャーたちに命じた。

ソーンが両手を後ろにまわすと、ひんやりした鋼鉄が手首に巻きつくのを感じた。この感触ははじめてではない。

「われわれはマニャニ空港に行き、そこで飛行機が待ってる」と、ムセンギが言った。

「悪路を三十マイルか」と、ソーンは応じた。スタンリー・リヴィングストンのほうを見やったとき、彼はキャンプ支配人が逮捕の件を内々知っていたのに自分には教えなかったのだ、と気づいた。そこでリヴィングストンに言い添えた。「おれがもどるまで、おれのランドローバーをここにおいといてくれ。キーはモレンガルにあずけて——それと、私物は実家の母のほうに送っておいてほしい」

リヴィングストンは顔を真っ赤にし、あわてて事務所にひっこんでドアを音高く閉めた。ソーンには彼の気持ちが手にとるように読めた。忌まわしいアフリカだ。

数時間後にナイロビに着くと、ムセンギとふたりの手下はソーンをジョモ・ケニヤッタ大通りの、黒ずんでさびれたふうに見える砂岩ブロック造りの司法省のビルに連行した。階段を三つのぼり、制服の守衛たちのわきを抜けて玄関にいたった。ドアがあけはなたれ、外光がホールにこぼれている。

受付の囲いの外の木のベンチにひとりぽつんと、ケニアの住民にしては肌の色が淡い黒人の男がすわっていた。ソーンたちがそばを通り過ぎても、男は一顧だにしなかった。ソーンのうなじの毛が逆立った。ムセンギが治安判事の執務室のドアをたたいた。

「どうぞ」

アーサー・ケモリが、北のカカメガ方面出身のルヒヤ族だが、公文書らしい書類を一冊、机の辺にきっちりそろえておいていた。薄暗い電気スタンドの光が、彼の表情を不気味なまだら模様に浮かびあがらせている。ソーンと同年配で、縁太の眼鏡をかけ、こまかい巻き毛の黒髪が頭蓋骨にべたっとはりついているかのようであった。

ケニア野生動物保護局のレーンジャーを短期間つとめていたとき、ソーンは保護種のサルであるガラゴを密輸出しようとしたケモリの息子をつかまえたことがあった。ただし逮捕はせず、平手打ちをくらわしてたたき出したのだった。ケモリはそういうありきたりのお仕置きに満足せず、息子の素足の裏を棍棒で打ちすえた。少年が三週間、歩くことができなくなったほどに。

「この男になぜ、手錠をかけているのかね？」と、ケモリが問い質した。

「彼は危険な囚人なのです、サー」と、ムセンギがもっともらしく答えた。

ケモリが身ぶりで指示した。手錠がはずされた。ソーンは手首をさすった。ケモリの手が人を追い払うしぐさをした。

「きみたち三人は外に出てもらおう。で、ドアをきちんと閉めて」

三名のお上の手先たちは、ためらいながらも指示に従った。彼らが出ていくと、ケモリはデスクをまわってきてまじめくさった顔で抱擁した。

ソーンはあの一節をパラフレーズして口にした。「すべての動物は平等である。ある動物が、ほかよりもっと平等なだけである」

「おぼえていたか!」ケモリが心底うれしそうに叫んだ。

カカメガ男子中等学校の生徒だったとき、ケモリはオーウェルの『動物農場』を読み、スクィーラーが大好きになった。農場を支配する雄豚ナポレオンにご注進をする、〝秘密警察〟の豚である。彼はその豚の名前を自分の名とし、政治に身を投じるまではスクィーラー・ケモリと呼ばれていたほどだった。

ソーンは彼と向かいあってすわった。手錠のせいで、手首の皮が赤くむけていた。ケモリがボールペンでもって書類をこづきまわした。その顔には悲しみの表情があった。

「ゾウに関するスワヒリのことわざを知ってるかい?」

「二頭のゾウが闘うとき、傷つくのは草である」

「まさにそのとおり。これはきみを即時国外追放に処する命令書だ。きみは草なんだよ。一方のゾウは、アラブ・モイ率いるケニア・アフリカ民族同盟《KANU》の四十年におよぶ腐敗政治——それにさきだってジョモ・ケニヤッタ傘下のKANUの十年間の腐敗統治があったのだが——のあとをうけた、われわれのまったく新しいケニア政府だ。他方のゾウは——」

「あんたの待合室にいるアメリカ人だな。アフリカ人にしては肌の色が薄すぎるし、待つのに慣れてる。アメリカの刑事か連邦捜査官だろう。おれの首すじがぞっとしたから、あいつには友だちがひとりもいないにちがいない」

ケモリがうなずき、ため息をついた。「たしかに、いない。あちこちの大使館爆撃や、そうするぞとのおどし以来、きみの国は東アフリカではばかでかい雄ゾウになっている。彼らがたのんでくると、われわれは同意する。彼らが要求すると、われわれは従う。今回、彼らは要求してきたんだ」

「そのふざけた書類に署名しろよ、アーサー。もし彼らがおれの死を望んでいるのなら、マニヤニ空港から飛び立つ飛行機から身を投げろと説得するだろうさ。だれかがおれになにかをやらせたがってるんだ、彼らにとってはけがらわしいことをな」

テリル・ハットフィールドがみずからケニア政府のランドローバーを運転し、ふたりのレーンジャーは後部座席でライフルの銃口をソーンの首にねじこんでいた。ソーンは月明かりのなか、ナイロビ自然動物保護公園の風景をこれが最後と目におさめた。公園内のヒョウとハイエナがときどき、隣接した住宅用開発地域にぶらぶらとはいりこんでいた。

ハットフィールドがソーンの身体を入念にチェックしたあと、押しあげるようにしてステップをのぼらせ、ガルフストリームの機内に入れた。九席ある革張りのクラブチェアのうち三つに、スーツ姿ながら銃を携行した男たちがすわっていた。シークレットサーヴィスではない。海兵隊でもない。情報局のにおいがしないでもなかったが、そうとも言いかねた。おそらくは、国外での非合法活動に従事中の、ＦＢＩ。

「いったいどういうことだ、アルフィー？」（六〇年代のヒット曲より）と、ソーンは聞いた。

「うるさい、だまってろ」ハットフィールドが説明した。「おまえは三千八百万ドルの飛行機にただで乗れるんだ。ありがたく思え」

手にとって読む本もなく、ソーンはナイロビから西へアフリカ大陸を横切る飛行中ずっと眠っているふりをした。自分を逮捕した男はなぜこうも敵意むきだしなのか、と自問した。ただたんにソーンをおさえこんでおく以上の深い意図がありそうだったが、いまはそんなことを思い悩んでいる余裕はなかった。

給油のためダカールに立ち寄ったあと、機がワシントンＤＣに向かって大西洋を横断するあいだ、ソーンは背をのばして起きていた。彼はふたりの男を殺したばかりだった。もし眠りでもしたら、七年前の悪夢がよみがえるであろうことが、にがい経験でわかっていたからだ。そればかりではない。なにか、まさにひどいことが起ころうとしていた。それを拒否する心がまえをしておかなければならなかった。

ジェット機が、ポトマック川をはさんで首都《DC》の対岸にあるレーガン・ナショナル空港の隔離された区域に着陸したのは、早朝の何時かであった。つめたい雨が降りしきるなか、一行はジェット機から待ち受ける覆面の政府公用車のヴァンに歩いた。桜の花はどこだ？

ソーンは熱帯で数年すごしてきただけに、カーキのズボンに彼の血と同じくらい薄い布地の半袖シャツといった恰好だった。しかし車がキー・ブリッジにさしかかったとき、彼は身ぶるいしたり、歯をガチガチ鳴らしたり、あるいはコートを要求したりしてたまるものかと思った。

北東の守衛詰所の前で、彼はスポットライトに照らされた芝庭と、そのすぐ先のまごうかたなき白い、円柱の並ぶ建物をちらりと見た。詰所のなかの制服警官がスイッチを作動させ、ヴァンの正面の侵入車防止用の鉄製バーをあげ、ヴァンが通るとまたおろした。ホワイトハウスの裏手あたりか、一行は両側を高いコンクリート塀ではさまれた細い斜路を進んだ。ヴァンがとまった。彼らは霧雨のなかに降り立った。

　鋼鉄装甲の扉が開き、制服姿のガードマンが、これも一日八時間三交代制で一刻も休まず勤務するシークレットサーヴィス分遣隊のひとりなのだが、各人の身分証明書を確認した。その間ずっと、彼の懐中電灯の光はソーンの目をはなれなかった。ソーンが身分証のたぐいをもっていなかったからだ。

　ハットフィールドと、また別の制服係官がソーンをつれて長い地下通路を歩き、同じく鉄扉を備えた部屋に導いた。なかにはいると、ハットフィールドが廊下に残った。シークレットサーヴィス隊員の面前で扉を閉ざした。カーペットが敷かれ、四方の壁すべてにドアがあるものの窓はひとつもない部屋で、会議用の大テーブルと椅子が八脚、そして可動式のサイドボードがおかれていた。隠れて姿は見えないけれど、空調装置の低いうなりが聞こえる。

　三人の男がソーンを、彼がまるでピンで留められた標本の昆虫であるかのように、じろじろと見ていた。そのうちふたりは若く二十五、六歳で、一方は陰気な男前で不遇時代を迎えるまえのモンゴメリー・クリフトを思わせ、他方はまるまると太り、愛想がよさそうな顔にはこれといって特徴がなかった。三番目の男はぐっとたくましく、高価そうな葉巻をくちゃくちゃとかみ、ありあまった力を発散させていた。小さくするどい目がひどくめだつその顔を、ソーンはケニアで放映されたＢＢＣテレビの番組で見たおぼえがあった。

「手を焼いたかな、テリル？」と、葉巻をかむ男が聞いた。

ハットフィールドがソーンを見てせせら笑った。「このくそったれにですか？」

「わかった、わかった、きみがタフガイだってことはわれわれ全員が承知している」

葉巻の男がソーンに向きなおり、握手の手はさしださずに言った。「わたしの名は――」

「カート・イェーガー。ウォールバーグ大統領の首席補佐官」

イェーガーがすばやく怒りの視線をハットフィールドに投げたが、にらまれたほうは両の手のひらを上に向けて肩をすくめ、いわゆる自分は無関係とのしぐさを見せた。

「だったら話が早い」イェーガーがハンサムな男を手ぶりで示した。「ヘースティングズ・クランダル、大統領報道官だ」太った金髪男をさし、「ピーター・クォールズ、大統領補佐官」最後にソーンの逮捕者について「テリル・ハットフィールドは――」

「フィーブだ」（ＦＢＩの捜査官のこと。フィーブにはまた、低能の意もある）

イェーガーがくっくっと笑った。「彼は優秀だよ、テリル。そう、ミスタ・ハットフィールドのＦＢＩ人質救出／狙撃手チームは現在、特別任務でわたしの直属となっている」

だとすると、ガルフストリーム機内のあのスーツの男たちはハットフィールド選りすぐりの、非イスラム世界の救済者を自認する難事遂行チームの一部なのだろう。

「なるほど、それでだれがだれかはわかった。では、どなたでもいい、なぜなのかを説明してもらいたい」

　これといって特徴のない、丸顔のピーター・クォールズが口火を切った。

「イェーガー首席補佐官はわれわれにコンピューターでサーチする仕事を課しました。で、コンピューターは数百名の候補者のなかからあなたを選んだのです」

「おれを選んだって、なにをするために？」

　イェーガーがなだめすかすかのように、よどみなく答えた。「アメリカ合衆国大統領グスタヴ・ウォールバーグを暗殺する、絶対確実な方法を見つけるためだよ」

4

「ふざけるな、ばかも休み休み言え！」と、ソーンは驚きあきれてかみついた。よくないことだろうとは予想していたが、これほどひどいとは。「おれは人を暗殺したことなんぞない」

　ハットフィールドが割ってはいった。「ツァヴォでは――」

「ふん、あれは殺《や》るか殺られるかだったんだ。これとはわけがちがう。絶対にやらないぞ、たとえなにがあろうと。ウォールバーグはきっとりっぱな大統領になるだろうよ。おれは不在投票で彼に入れさえした、一九八八年以来はじめてのことだ。おまえらばか者たちのために、彼を殺す方法を見つけるなんてやるもんか」

「そこをなんとか考えなおしてもらいたい」その声にソーンはふりかえった。奥のドアから握手の手をさしだして進んでくるのは、その笑みになみなみならぬカリスマ的魅力をたたえたグスタヴ・ウォールバーグ大統領本人だった。「ちょっと聞きたいのだが、きみは八八年にだれに投票したのかな?」

「ブッシュです。初代の。彼とニクソンだけですね、おれが生まれてからほんものの政治家といえるのは。それと、まあ、ゴルバチョフ」

「わが党ではないけれども、賢明な選択だな」と、ウォールバーグ。

ブレンダン・ソーンが大統領の右、イェーガーが左、ハットフィールドが向かい側に席を占めた。ふたりの青年はもとのまま。三人目の二十代半ばの男性、赤毛で、まるく赤みをおびた酒飲み特有の顔のなかで青い目だけがするどい男が、奥のドアから部屋にはいってきた。そのするどい目が刺すように一度動いただけで、全員を視野にとらえた。

「われわれにコーヒーをはこんでくれないか、パディー?」

「すぐにおもちします、大統領」と、パディーが元気よく答えた。

あきらかにヘースティングズやピーターと同じスタッフの一員だったのに、雑用係に降格させられ、その役が似合ってなかった。同僚たちとの争いに敗れたのか？　あるいはイェーガーの判断か？　いや、アルコールのせいだろうか？

ウォールバーグが説明をはじめた。「ミネソタ州ロチェスターのハイスクール時代、わたしのいちばんの親友がハル・コーウィンという名の少年だった。われわれはフットボールとアイスホッケーをいっしょにやった。卒業後、わたしはミネソタ大に進み、彼はロチェスター短大に行った。四ヵ月たってハルは大学をやめ、軍隊にはいった。以後、彼とは一度も会ってない。去年になってはじめて、わたしは彼がヴェトナムで敵陣でのスナイパーをやっていたと聞いた。暗殺者だな。帰国してからはどうやら、多くのヴェトナム帰還兵がそうだったように、彼も市民生活になかなか順応できないときをすごしたらしい」

イェーガーが先をひきとった。「うわさによれば、彼は外人部隊の傭兵になった——つまり金で雇われる殺し屋だな。彼が国を出ていたあいだに、彼の妻が酔っぱらい運転の車にひかれて死んだ。なにかまわりまわった理由で、彼の娘ニサは母親の死を父のせいにして責めた。想像するに、彼はその罪を受け入れたのだと思う。いずれにしても、彼は北のミネソタの森で世捨て人として暮らす身になった」

話が自分の身の上とあまりに似通っているので、ソーンは身体からすっかり空気を抜きとられたかのような気分になった。こいつらはアリソンとイーデンのことを知っているのか？　いや。そんなことはありえない。政府の人間が知るはずはなかった。

ハットフィールドが言った。「おととしの十一月に、コーウィンは狩猟中の事故で負傷した。われわれがふりかえって考えてみると、彼は傷の回復中に、自分は義理の息子に撃たれたのだという、一種奇怪な妄想を成長させたらしい。意図してだ」

イェーガーがかたい表情をくずさないまま、せき払いをして話をひきついだ。

「当時、ウォールバーグ大統領はミネソタ州の知事をしておられ、折しも考えを進めておられた……その、なんと言うべきでしょうかね？」

「大統領になる野心だよ」と、ウォールバーグが言った。そして、笑みをつくってつけ加えた。「なんとも、ブレンダン、わたしは大統領になる野心をもっていたのさ！」

「知事は選挙の検討チームを集めていった。わたし自身、ヘースティングズ、ピーター……」イェーガーは、ホットコーヒーのはいったガラス製ポットとカップ類をもってちょうどもどってきた赤毛の男のほうに、首を振った。「このパディー・ブライアン。それと、コーウィンの娘のニサだ。われわれが本格的に選挙戦にコミットしたとき、彼女は疲労困憊したので辞めると言いだした。彼女の夫のデーモン・マザーは残ったがね」

「彼女は大学生のとき、わたしの最初の知事選にボランティアで参加し」と、ウォールバーグが説明した。「二度目の選挙にも社会人としてはたらいてくれたわけだ。わたしが民主党の指名を勝ちとったとき、彼女はチームにもどってきた。彼女にはすぐれた政治的センスがあった。ところが、選挙戦も残り数週間というところで、夫ともどもわがスタッフから身をひいてしまった、理由も告げずに」

イェーガーが言った。「いま思うに、コーウィンが彼らをつけねらいはじめていて、夫妻はカリフォルニアの三角州のハウスボートに身を隠しにいったんだ。大統領選挙日《エレクション・デー》に、ニサがパニック状態で電話をかけてきた。どうやってかコーウィンがふたりの居場所をかぎつけたという。わたしは選挙本部の私設ボディーガードふたりをひきつれ急行したが、現地特有の濃霧のために谷間の空路が使えず、ロサンゼルスから車で行くしかなかった。インターステート五号の先、ストックトンの北で七重衝突が起きたせいで、マンテカから途中ずっと渋滞がつづいた。われわれがようやくデルタに着いたのは午前二時。そのときにはすでに、コーウィンが夫妻ともに殺したあとだった」

自分の娘を殺しただと？　神よ、かりにイーデンがまだ生きていたら……。

「撃ちあいがあった」と、ハットフィールドが言った。「地元警察が出動したのだが、彼は消えた。夫妻が選挙運動からひいていたので、シークレットサーヴィスが捜査するわけにはいかなかった。ミスタ・イェーガーの要請により、わがＦＢＩチームが三角州でコーウィンの身柄をさがした。六日後われわれは、彼がおぼれるか負傷がもとで死んだ、と判断した」

「だったら、おれはなぜここにいるんだ？」と、ソーンは詰問した。「おれに対する告訴をとりさげ、うらみっこなしでケニアにもどし——」

「告訴だと？」ウォールバーグがにわかにつめたい口調で質した。

ハットフィールドがおちつかない表情を浮かべた。「ソーンは、そのう、密猟の罪でケニアから追放されまして」

「わたしはきみに、彼に来る意思があるかどうか聞けと言ったぞ。彼に聞けと」

イェーガーがビニールフォルダーにはいった一枚の文書を、テーブルごしにすべらせてよこした。「大統領の宣誓式の朝に、それがとどいた」

ソーンは読んだ。〈死せる大統領に祝辞を。コーウィンより〉

彼はひかえめに異議を唱えた。「これはだれだって送りつけることができた」

「三角州にいたのがコーウィンだったってことは、この部屋の外のだれも知らないのだ。シークレットサーヴィスさえも」

「わたしの部下たちがコーウィンとおぼしき人物の足跡をたどって、カリフォルニアのキングズキャニオン国立公園に行き着いた」と、ハットフィールドが言った。「わが人質救出／狙撃手チームのメンバーふたり、レイ・フランクリンとウォルト・グリーンが彼の写真を見せてまわり、ある程度の確証をつかんだ。ふたりは尾根道の彼の野営跡を突きとめたのだが、ほんの二十分で手遅れだった」

ウォールバーグが思わずといった調子で口走った。「まったくどうかしてるぞ！　ハルのことなんか長年考えもしなかったのに、あきらかに彼はわたしがデーモンをさし向けて彼を撃たせたと思いこんでる。彼はデーモンを殺した。ニサも殺した」声を荒げた。「彼はいま、わたしを殺したがってるんだ。やめさせなきゃならん」

報道官のヘースティングズ・クランダルが口を開いた。「わたくしはピートにコンピューターで検索させ、何百名もの退役軍人の能力を査定してみたのです。あなたはコーウィンよりひと世代下だけれども、あなた方はとてもよく似ていた。類似点は驚くほどだ。彼はミネソタで育ち、あなたはアラスカで、どちらも生まれてこのかたずっと狩猟をしてきた。彼はヴェトナムの特殊部隊員から、のちに傭兵に転じた。あなたのほうはパナマでレンジャー部隊員をつとめたあと、ＣＩＡの最前線で機密任務をはたした。それがなにかは不明だが人生上でトラウマとなる出来事があって、あなたはケニアに隠遁した、ちょうど彼がミネソタにひっこんだように」

「おれはパナマでけっこう人を殺した、たしかにね、でももう二度とやらない。おれが隠遁したのは、罪のない人間をふたりも誤って殺したからだ」

「わたしはきみに人殺しをたのんでいるのではない」と、ウォールバーグが言った。

「きみならわたしをどうやって殺すか、その筋書きを考え出してほしいだけだ。あとのことはすべて、ＦＢＩ人質救出／狙撃手チームがやるだろう。そうだな、テリル？」

「おっしゃるとおりです。彼はそのユリのような純白の手をよごす必要はありません」

「わたしはきみに受諾を強制しているのではない」ウォールバーグは一同を目つきするどくねめつけた。「きみがこの仕事をひきうけようがひきうけまいが、わたしはきみのケニアでの完全免責を命じるつもりだ。だが――わたしにはきみが必要なんだよ」

こいつらはおれに、敵の盤が見えず、敵もおれの盤が見えない、そんなチェスの試合をやらせようとしている。おれも敵も、どちらも相手が存在しているのか確証がもてない。ハンターにとって最高難度の追跡、この世でもっとも危険なゲームであり、しかもおれは人を殺すことを求められていない。やるべき任務はただひとつ、外人部隊の傭兵となり自分の娘を殺す人間になりはてた元スナイパーを見つけ出すこと。あとはハットフィールドとその手下どもがやるだろう。殺《や》るか殺られるかの、あの心底しびれる瞬間にみずから直面する必要のない、価値ある敵への価値ある肉迫。

「やりましょう、大統領」

ウォールバーグを注視していたソーンには、相手の緊張が目に見えて解けるのがわかった。高くいかっていた両肩が落ちた。かたく結ばれていた口もとがゆるんだ。

「きみならこの男を阻止してくれる、心からそう思うよ」

イェーガーが言った。「少佐同等の報酬と特典が保証される。あすの朝、メイフラワー・ホテルのショップでもっと時季に合った衣類をそろえたまえ。ヘースティングズとピーターが兵站面のサポートを担当する」

ハットフィールドが言った。「精神科医の面接と心理テストのスケジュールはわたしが立てておく。きみは以前CIAでそれをすませているが、きみの記録は十年前のだからな」

メイフラワー・ホテル。最高の部屋。そして心理テストではA評価を得られる――これまでもつねにそうだったように。

イェーガーとハットフィールドを残し、全員が退出した。ハットフィールドが口を開いた。「あいつは敵のスパイよりも厄介者ですよ」

「この男のどこが問題だというんだ、テリル？　心理テストはそのためにあるんじゃないか。きみが自分のチームを高く評価しているのはわかるが、彼らはデルタでもキングズキャニオンでもなにもやれなかった。われわれに必要なのは結果だ」ほとんど身ぶるいともとれるようなしぐさで肩をすくめ、つけ加えた。「もしかするとソーンなら、あの異常者を阻止できるかもしれん」

その異常者は、数年前の落雷による火災で全滅したストローブマツとバルサムモミのあとに生えた、キイチゴとアメリカサンショウの茂みを縫うように進んだ。焼け野原を千フィートくだって燃え枯れたトウヒのそばを足早に通り過ぎたあと、きょうのような四月の寒い日にはきりきり痛む不自由な手にはめていた手袋をとり、ひと息入れた。

〝彼の左手が音立てて飛来した弾丸によって横ざまにはねられた。しょっぱい血が唇をかすめて飛び散り……〟

丸太小屋に着くと、石造りの暖炉の燃えさしに薪をつぎ足し、ライフルの手入れをはじめた。九・一一《ナイン・イレヴン》のあと、レーザー式照準器等々ハイテクの狙撃銃が新たにあまた登場したけれど、彼にはヴェトナム以来ずっと使ってきたウィンチェスター・モデル七〇がいちばんだった。

一時間後、炉床にかけたブリキのポットからコーヒーをつぎ、パソコンを起動してグーグルで検索した。大統領報道官はいつものように、ワシントンの外でのウォールバーグの行動について多くを語っていなかった。就任式当日の手紙のせいか？　いいだろう。あのばかどもに少々冷や汗をかかせてやれ。

「おれ自身もすこし冷や汗をかくことになるのかな?」と、彼は夢にときどき出てくる追跡者にたずねてみた。返事はない。娘のニサに声高に話しかけたときも、返事をもらえなかったが。

　午後一時四十五分、朝食をとってないのを思い出し、スパイスのきいた缶詰のチリコンカルネをあたためた。ジャネット・ケストレルのせいでやみつきになったものだった。

5

　ソーンはジョージタウンで三時半の約束に向け、メイフラワー・ホテルからコネティカット・アヴェニューを歩いた。途中、じっくりものを考える時間がほしかったのだ。

　第一の問題はハットフィールドの敵意だった。なにが原因なのだろう？　どういう意図なのか？　あの男はほんとうは、おれにコーウィンを見つけてほしくないように思えたが、でもそれは意味をなさなかった。十年前にCIAの心理テストを受けたときは、ヘリでラングリーまで運ばれた。しかし今回、クワンティコのFBIの専門家のもとに送るのではなく、ハットフィールドはおれをどうやら第三者とおぼしき精神科医にゆだねようとしていて、その医者はハットフィールドに抱きこまれているのかもしれない。

もしハットフィールドという男を読みまちがえれば、おれは大統領の免責確約にもかかわらず、でっちあげの密猟の罪でケニアの刑務所で朽ち果てかねないのでは？

第二の問題。もしおれが実際にコーウィンを見つけたらどうなる？ ツァヴォでの経験から、自分がいまだもって暴力の誘惑に、興奮のたかまりに負けやすいことがわかった。大統領の命を救うために再度わが誓いを破り、あの悪夢とふたたび、いやもしかすると永遠に向きあうことができるのか？ シクズリでの安易で、倫理的にも問題のない暮らしにひたすら逃げこみ、ハットフィールドにコーウィンを見つけさせる——あいつにできるなら——ほうがよいのでは？

だめだ。ツァヴォではなく、刑務所に行き着くはめになるかもしれないのだ。精神科医がおれの心を読みとろうとしているあいだに、おれは当の医師からハットフィールドの動機を読みとる必要がある。

ウィスコンシン・アヴェニューからちょっとはいったところに、よいかげんに古びたれんが造りの建物があり、正面玄関わきのひかえめな真鍮板に三つの名前が、いずれもMDという医学博士の肩書きつきで彫りこんであった。ドアの上方に監視カメラが見えた。広い待合室はかつてはリビングルームで、当時はおそらくカーペットが敷きつめられていたのだろう。現在はつやのある硬材の床、アルミのパイプに粗織り布をはった長椅子、側壁側に六脚のチェア、そのあいだに電気スタンドと雑誌がのったテーブル、上方に額にはまった狩りの版画、そして空調装置の上に花形の芳香剤。奥の壁にはまったく同形のドアが三つ。各分析医の部屋だろう。

長椅子では、しらが頭の女性が退役兵の虚空を見るような目つきで、じっと前方を見つめていた。チェアのひとつでは、まゆ毛が濃く耳も毛むくじゃらで鼻の大きな中年男性が、まるで人目を盗むかのように雑誌を読んでいた。

まんなかのドアが開いた。白衣を着たジグムント・フロイトひげの男が、悩み深げな顔をのぞかせた。「ミスタ・ヘッジズ？」

毛むくじゃらの男がひどくいきおいよく立ちあがったひょうしに、ひざの「ニューヨーカー」誌がフリスビーを投げたみたいに床に落ちた。

「はい、あの、そのう、わたし……です……」

男がドアを通り抜けた。医者もはいってドアを閉めた。ソーンは歩いていって雑誌を拾いあげ、テーブルにおいた。しらがの女性が彼に片目をつぶってみせた。三分が過ぎた。右手のドアがあいた。女がはいり、ドアが閉まった。

遠くはなれた北カリフォルニアの、レッドウッド・ハイウェー沿いの町ホップランド。ジャネット・ケストレルが〈ショ・カ・ワ・カジノ〉のカフェテリアの料理出しカウンターから、自分が注文したチリコンカルネとコーヒーをとってふりむいた。薄い間仕切りのむこうから、ベルの鳴る音、スロットマシンのドラムの回転音、勝者の雄たけび、敗者のうめき、ブラックジャックのディーラーのかけ声、大当たりを発表する拡声音がひびいてきた。

ジャネットはあいたテーブルに席をとった。出した手紙の返事には、ここで十二時三十分に、部族会の会長をつとめるチャーリー・クイックフォックスの面接を受けるよう書いてあった。彼女はわざと早めに着き、おちつかないでいた。というのも、親から受け継いだこの半面を過去十年間ずっと拒んできておりながら、いまここに来ているのが詐欺のように感じられたからだ。

十二時十五分、がっしりした初老の男が湯気の立つブラックコーヒーのマグを手に、真向かいにすわった。年輪を感じさせるしわの寄った顔は彼女と同じ褐色だが、目は彼女の青に対して射るような黒。しらがまじりの髪を長いポニーテールにして、後ろにたらしている。カウボーイブーツが泥だらけで、ジーンズは洗いざらし。革のストリングタイを結び、止まり木にとまるタカを型どおりのデザインに打ち出した銀製の留め金できちんとおさえていた。

男がショ・カ・ワのロゴマークのはいった、彼女の水用グラスを指さした。マークのなかには同じ様式化されたデザインの止まり木のタカが含まれ、こちらはピンクとゴールドで描かれていた。

「ケストレル（小型のタカ）。わが部族のシンボルだよ。ホップランドにケストレルという家名はないのだが、しかしきみはそう名乗っている」

「母方の名前――ジョーンズですけど――よりよいからです。母は白人でした。亡くなりましたけれど。父方の姓はローンホースでした。父も死にました」

クイックフォックスの厳しい表情がやわらいだ。「ローンホースか。サンタローザ・ハイスクール時代にいっしょにフットボールをやったな」

「父は自分の嘔吐物のなかでおぼれ死んだんです」

「きみが父親の姓を拒絶したのは、彼が酔っぱらいだったからかな？　わが部族の多くの者が絶望し、飲んだくれになってしまう」彼がカジノ全体をさすかのように、大きく腕を振った。「その絶望とたたかうことが肝心なのに」

「父は酔っぱらうと、わたしの母をなぐりました。父はしょっちゅう酔ってました。わたしの姉のイーディーなんかさっさと家を出て、メキシコ人と結婚したほどで」

「きみは自分の姓を名乗るのを拒否していながら、いまはホップランド族の一員として認められたいと望んでいる。そして、われわれの賭博収益の分け前にあずかりたいと」

「認めたいのは、そうです。収益の点は、ちがいます。ではなくて、わたしはカジノではたらけたらと思っているんです。リノでブラックジャックのディーラーをした経験がありますから」

老人が椅子を後ろに押した。「きみの請願については、次の部族会議でとりあげよう」

彼は立ちあがり、コーヒーを残したまま去った。ジャネットはチリコンカルネをスプーンですくった。ほとんど冷めてしまっていたが、それでもけっこう辛かった。ハルは彼女のフォーランナーを使い、それがなにかは知らないけれど、彼がやらなければならないと思うことをやっていた。そして、彼女のほうも、自力で実質的な生活をはじめるべく第一歩を踏み出したのだった。

三時きっかりに、鼻が低く青い目がくりっと大きいキュートなブロンドの受付係が、左手のドアからきつい巻き毛の髪がそっくり見えるくらい顔を突き出した。小柄でスタイルがよく、はるか遠くのツァヴォでお相手をした、あの好色な若嫁エリーとまさにうりふたつだ。

「ブレンダン・ソーン?」感情を出さない、味気ない声だった。

彼はうなずき、タイトスカートのなかのヒップの動きを注視しながら、女のあとについて小さな整頓されたオフィスにはいった。女がふりむき、ひややかなまなざしで彼を見据えた。口調も職業的でつめたかった。

「ドクター・シャロン・ドーストです」

「ミスタ・ブレンダン・ソーンです」

二脚の革製ラウンジチェアと革のソファーが片側にくつろいだ雰囲気の一画をかたちづくっていたけれど、ドーストは自分のデスクにさっさと歩き、その背後の回転椅子に腰を落とした。こうされてみると、彼には、彼女のとりでをはさんで正面から向きあう、背のまっすぐな椅子しか残されていなかった。ブレンダン・ソーンのようなたぐいには、いわゆる精神科医のソファーなど用意されてないのだ。

彼は沈黙が支配するのにまかせた。ここは彼女のオフィスなのだ。ようやくドーストがたずねた。「ここでわたしたちが話しあう要点はなんだとお考えですか、ミスタ・ソーン？」

「かわいそうなミスタ・ヘッジズみたいに、おれが待合室でおびえなくなることかな」

彼女は笑みを隠しきれなかった。

「じゃあ、わたしを引き当ててよかったですね、ドクター・ベンソンじゃなくて」

「ベンソン？　とヘッジズ？（ベンソン・アンド・ヘッジズという紙巻き煙草の銘柄をもじったジョーク）まさか、冗談だろ」

「ほんとうは、彼はドクター・マーティンです」彼女が壁の時計に目をやった。「あなたはもうすでに五分もセッションの時間をむだにしてますよ、ミスタ・ソーン。お聞きでしょうけど、わたしはFBIとの契約セラピストです。いくつかのテストを実施し、捜査局のためにあなたの精神鑑定をします。局への報告は、あらためて文書と口頭でおこないます。わたしのセッション・メモはけっしてだれにも見せません」

ソーンは両手をこすりあわせた。「では、治療をはじめようか！　おれのボキャブラリーを調べるための言葉ゲーム。まず一定数の顔写真を並べられ、のちほど新たに大量の写真を見せられて、おれが最初の一団のうちどれだけの枚数を見分けられるかのテスト。一連のシンボルに共通する論理を見きわめること。ピエロとブロッコリーのように、関連のないもののリストを記憶し、復唱すること。きみが見せる一場面の四分割図から、あるいはきみが読んで聞かせる物語の細部を、おれがどれだけ思い出せるか。人さし指でどのくらい速くキーをたたけるか」

「教えてもらいましょうか、ミスタ・ソーン。わたしたちの持ち時間をどう使えばよいのでしょう？」

「おれに裸の女を連想させる、インクのしみを見ること？」次いで彼は、降参とばかりに両手をあげてみせた。「わかったよ、すべて記録にあるけれど、まあ――経歴から。おれはパナマ駐屯の陸軍レンジャー部隊員だった。わが国が一九九九年にパナマ運河を地元民に返還するまで、ＳＯＵＴＨＣＯＭ――つまり合衆国陸軍南部コマンド――が運河の保安の任を負っていたんだ。パナマはコロンビアと接しており、コロンビア政府はスイスの国の広さに等しい地域の支配権をコロンビア革命軍に奪われていた。彼らは実際のところは、支配地域で麻薬製造工場を経営する反逆者たちでね。米国にはいってくるコカインの七十パーセントは、彼らが供給源だった」

「あなたの仕事は……なんでした？　彼らを阻止すること？」

「〝じゃまする〟と言ったほうが適切だろうな。おれたちは製造工場を破壊するために、一回の作戦で何週間もジャングルにはいりっぱなしだった。レンジャー部隊をやめたあと、おれは市民生活に順応できず、それで――」

「あなた自身もコカインを使用していたのですか？」彼は驚きの表情を見せたものの、かたくなに答えなかった。彼女はすかさず聞いた。「なぜレンジャー部隊をやめたんです？」

「人を殺すのを気にしてなかったのに、それではいけないと感じたからだ。でも、おれは戦場での活動が恋しかった。ＣＩＡの前線部隊から、内密にパナマにもどって同種の仕事をやらないかともちかけられたとき、情報局の精神分析医はおれに、あなたは躊躇なく、事後に悪夢を見ることなく、何度も人を殺せる二パーセントの軍人のなかにはいる、と言った。だからおれは、自分はたぶんそういう人間なのだと納得したんだ」

「あなたはこう考えた。〝たしかに、おれはアドレナリン・フリークで、ダ、ダ、ダ、ダンと必殺必中を追求する銃の申し子だ。だから、CIAのために人を撃つことなど気にもならない〟と」

「そのとおり。現場をはなれてはじめて気づいた。コーウィンも、おれが見つけることになっている男だが、彼も同じふうだったと思うな——彼の妻が死ぬまでは」

「では、仕事をやめてケニアにひきこもった理由は？」

「おれはひとりの女性と、その幼子を誤って殺してしまった」

「記録にはそう書いてあるのを知っていますが、わたしは信じません」彼女は結局、ツァヴォの好色な若妻エリーとうりふたつではなかった。頭がよすぎる。彼女がつけ加えた。「民間の二次的被害は戦争につきものです」

「おれがかかわるたぐいの戦争ではちがう。ふたりが死に、おれは辞職した。それで終わりさ」

「でも、あなたは最近、ケニアでふたりの男を殺した」

「ソマリ族のシフタの侵入者どもだ。サイとゾウを密猟しにきやがった」

「ところが、あなたは自身が保護動物を密猟した咎で、ケニア政府から国外追放になった」

彼は自分でも説得力に欠けるとわかっていながら、自己弁護した。「おれをケニアから追放させるために、ハットフィールドが密猟者の罪をかぶせたんだ」

彼女がほとんどばかにするように言った。「そうしておいて、彼自身の人質救出／狙撃手チームのための捜索者としてあなたを評価するよう、わたしに求めてきた、こういう理屈ですね？」

「そうとも！　まさに。ウォールバーグが一月に大統領に就任したあと、首席補佐官のイェーガーが大統領をつけねらっている異常者を見つける仕事をハットフィールドに命じた。それをやるためにコンピューターで選ばれたのがおれだ。大統領はおれの参加を望んでいる。ハットフィールドは望んじゃいない」

「なぜ彼は望まないのですか？」

「こっちが教えてほしいね。きみはＦＢＩのためにはたらいているんだから。たしかに彼の部下は二度どじを踏んだけれど、かりにおれが問題のストーカーを見つけたとして、そいつをつかまえるのはハットフィールドだ。きみは彼を知っている。彼は言うまでもなく、以前にきみの専門職能を利用したことがある」彼は相手に向けて指をこきざみに振った。「さあ――きみは彼の思惑がどこにあると思う？」

「わたしにそんなことを聞くのは、あまりにも埒外で――」

「きみは埒をこえたくてうずうずしているのでは？」

彼女はまたも隠しきれずに、ちょっと笑みを見せた。

「いいでしょう。職業上のではなく、私的な判断ですけど。ハットフィールドは野心をもっている。あなたの記録によれば、躊躇なく人を殺すことはあなたにとって造作もなかった。あなたは彼がそうなりたいと願うタイプの人間だった。だから彼は不安なんだわ、あなたがコーウィンを見つけて単独で殺してしまい、ウォールバーグを救った栄誉をつかむのではないかと」

「それでは敵意の説明にはならない。彼に栄誉はくれてやる、おれを信じていい」

「わたしなら信じるかも。でも、テリルは信じない。ハットフィールドの件は以上でおしまい。いまはあなたの時間であって、彼のではないから。わたしはあなたを助けられるけれど、あなたがことを秘密にしておくなら、だめです。洗いざらい話していただかないと」

おれはこの分析医が気に入った、そして彼女は自分を信用してほしいと言っている。だが、おれの判断がまちがっていたら？　あるいは、もしハットフィールドが彼女を追及し、彼女がそれに屈したら、どうなる？　おれは打撃を受けざるをえないだろう。それでもいいのか？　かまうもんか。

「おれがパナマで女と子供を殺した話をでっちあげたのは、ここアメリカで殺された女と子供がいたからだ。アリソンとイーデン。このふたりのことはだれにも知られてなかった。おれたちは結婚はしておらず、アリソンはおれのやっていることをひどく嫌っていたが、でもおれを愛してくれた。おれがＣＩＡの求めでパナマにもどった直後に、彼女はイーデンを産んだ。おれは出産のときでさえ、そばにいてやれなかった。くそったれの特殊任務とやらがあって」

彼はちょっと休み、せき払いをした。そのことについて話すのは、思った以上に胸が痛んだ。

「七年前、イーデンが二歳のとき、おれたちは娘を子供たちのための午後の大晦日パーティーにつれていく予定を立てていた。ところが電話があり、おれにパナマにもどれと言う。アリソンは行かないでくれと懇願した。大げんかになり、おれはぷいと家を出てそのまま──帰らなかった。アリソンはそれでも、イーデンをパーティーにつれていった。午後の五時に帰る途中、彼女の車は酔っぱらいのドライバーに衝突され、娘ともども殺された。おれは事件のことを、一ヵ月後にはじめて彼女の両親から聞かされた。彼らはおれを責めた。彼女の母親はいまでも、娘と孫がどこに埋葬されているかおれに教えようとしない」

彼女がまゆをひそめて言った。「コーウィンの妻は、コーウィンが傭兵になって国をはなれているあいだに酔ったドライバーに殺され、彼は北の大森林に去る。あなたの奥さんと幼い娘さんは、あなたがＣＩＡの任務でパナマに出かけているときに、同じく酔っぱらいのドライバーに殺され、あなたはケニアに逃避した。これでまちがいないですね？」

「ああ。ふたりが死んだあと、おれはこれでおしまいと自分に言いきかせ、何事もなかったかのようにパナマにもどった。そのときから、あの悪夢を見はじめた。夜ごとに」

「あの悪夢？　いつも同じ夢なのですか？」

「そう。夢のなかでのおれの任務は、ＣＩＡにとってきわめて重要な書類を詰めたかばんをもってかなり広い森を抜けてくる、麻薬密売人を殺すこと。夜明けで、雨が降り、霧もかかっている。視界は悪い。標的が迷彩服を着て、姿をあらわす。おれは背骨の高いところ、肩甲骨のはざまをねらって撃つ。引き金をしぼった瞬間、ターゲットが女であることに気づく。おれは後悔する――それまで女を殺したことは一度もないのだ――が、われわれにはその書類が必要だ」

　彼は中断し、身をふるわせた。リアルで、確固として、眼前に見るような感覚をおぼえた。

「女はうつぶせで小道に倒れている。おれはあおむけにひっくり返す。女はアリソンなんだ。死んでる。彼女の下にイーデンがいる。死んでる。彼女はおれたちの娘をはこんでいたんだ、書類じゃなくて。おれの撃った弾がふたりともを殺してしまった」

「あなたは絶望のあまり、殺人請負をやめて——」

「そしてアリソンの霊に誓った、二度と殺しはやらないと」

彼女が考え考え、ゆっくり言葉を紡いだ。「それで数週間後、悪夢がやんだ。それからあなたはケニアに行き、最終的にツァヴォでキャンプの監視員になった、人を撃つのではなく、保護するために」

「七年後まではそうだが、おれはふたりのシフタを殺した。あの悪夢がよみがえった。おれがハットフィールドに知られたくないのは、その点なんだ。悪夢のこと」

「その悪夢はあなたをとても傷つきやすくさせる」

「傷つきやすいどころじゃない。危機にさらす」彼はためらい、すこし考えこんだ。

「どう説明すればよいのかな」知らず知らず、身をのりだした。「そう、ずっと昔に、大型のネコ科動物を訓練する男の書いた本を読んだことがある。ライオンとか虎とか、そんな動物だ。その男が言うには、おりのなかの虎はライオンとちがい、ガラスの心臓をもっているらしい。ふさぎこみやすく、落胆に沈み、場合によっては……打ち砕かれてしまう。まるで、身体全体がガラスでできているみたいに」

「あなたはコーウィンと対決したとき、自分がガラスの虎になってしまうことを恐れているのですか？」

「もっともな指摘だな。でも、おれがこわいのは、自分がそうはならないだろうからだ。いわゆるガラスの虎のほとんどはあきらめ、死んでゆく。しかし、なかにはひどく凶暴になるのがいるんだ、例のラスヴェガスでマジシャンのロイを食い殺そうとした虎みたいに。最後に残ったのが本能だったたってことさ。そして、本能で虎は殺す。暗殺者は本能でもって、なにをする？」

彼女の両手がデスクの上で休みなく動いていた。その手がぴたりととまった。

「ふたりの死んだシフタ」

彼はうなずき、立ちあがった。「やつらはどう思うかな？　持ち時間は終わりだろ？」

彼女はソーンの言ったことを聞いてなかったのかもしれない。

「ここを出ていくだけではすみません、ソーン。あなたはコーウィンを見つけなければならない。とにかく行動する必要があります。自分の夢魔に打ち勝つには、それしか方法がないのです」彼女はしゃべりながら、息を切らせかけているのに気づいた。

「わたしはあなたを、この任務に合格と評価するつもりです」

ソーンは不意を突かれた。この医師は手ごわかった。彼は苦々しく言った。「きみはおれを合格させるよう、命じられていたんだろう。おれは生き残るか——それとも、きみの言うガラスの虎みたいに……砕けるかだ。そのあいだ、きみとくそったれのハットフィールドはおれの命を賭けて、ロシアンルーレットでもやってればいいさ」

ソーンが去ったあと、ドーストは大きなデスクの後ろの大きな椅子に腰かけ、壁をじっと見つめていた。次のクライアントのために準備をする必要があったが、すわったまま動かなかった。彼女は心の底では、自分がソーンを任務に合格させるよう期待されているのがわかっていた。ハットフィールドによってではないにせよ、カート・イェーガーから、あるいはたぶん大統領本人からも。

わたしの分析がまちがっていたらどうしよう？　そのときはまさに、ソーンの生命を賭けてロシアンルーレットをやることになる。でもいま、わたしになにができたというの？

6

ソーンはあちこち歩きまわったあげくに、Kストリート三一丁目のジョージタウン埠頭に行き着いた。沿岸警備隊の哨戒艇のけたてる船首波が、何隻も停泊した豪華な自家用ヨットの船腹をたたいていった。頭上では、軍用ヘリのローター音がひびいていた。

数段の列をなして並ぶ屋外テーブルの背後の歩道からひっこんだところに、まばゆい総ガラス張り三階建てのレストランがあった。彼は通りの段の、陽よけをかけた飲み物の売店からプラスチックのコップ入りのビールを買ってきて、腰をおろし、ポトマック川ごしにペンタゴンのほうを眺めた。

ドーストに対してむかっ腹が立って当然なのに、どうもその気になれなかった。おれにおれの仕事があるように、彼女にも彼女の仕事があるのだ。しかも、あの女はとても腕が立ち、すばらしく意志が強く、おれの命を賭けて勇んでさいころを振ろうとしてやがる。彼は苦笑をもらした。大晦日に、おれは究極の獲物、狩り、生死を賭した避けがたい追跡を祈願した。いま、その願いはかなった。はたして彼女の言うことは正しいのだろうか？　コーウィンをさがしだすことが、おれの救いになりうるのか？

ビールを飲み干すと、またおちつきなく歩きまわった。レストランの厨房口の陰で、白いエプロン姿のコックが煙草を吸っていた。まだ完成してないアーケードに反響する物音に誘われ、競技場に似た形状のショッピングモールを見おろす場所に出た。そこに立ちつくし、太い噴水が空中高く吹きあがるさまを見つめた。

ドーストの言を信じれば、ハットフィールドはおれが悪夢について彼女に語った内容を入手できないはずだ。ハットフィールドのことなんか忘れてしまえ。

ハットフィールドの上着が椅子の背にかかっている。首のネクタイはゆるめられている。コーヒーのはいったマグカップが、吸い取り紙の右前隅においてある。ハットフィールドは自分のわきの下のにおいをかぐことができた。J・エドガー・フーヴァー・ビルディングの彼のフロアは、それほど勤務時間後の静寂につつまれていた。彼はドーストの報告書をわきに投げやり、目をこすった。思わずため息が出た。

ハットフィールドとそのチームは人質を救出すべく、銃を使用する訓練を受けてきた。ソーンは人間を殺すべく、銃を使用する訓練を受けてきた。ソーンは狙撃手の目だけでなく、暗殺者の心性をももっている。だのに、パナマで誤って女と幼子を殺しただけで、彼がみずから進んでそれまでの道からそれることがありうるだろうか？それとも、そのふりをしているだけなのか？　コーウィンを独力で殺すチャンスを得られるようしむけ、ハットフィールドを出し抜いて権力と栄光の座をつかむつもりなのか？　ドーストのレポートはいまいましいことに、ソーンの心理状態に関するその肝心の疑問になんら答えてなかった。彼女はどじを踏んだのだ。イェーガーはソーンの参加を望んでいたが、ハットフィールドはそうではなかった。ドーストはソーンが不適格だと判断するべきだったのだ、なにしろ彼はケニアに遁走したのだから。

ソーンは目下、なんの協議もなく、カリフォルニアに向けて飛んでいる最中だった。大統領暗殺のシナリオを考えつくまえに、「コーウィンの心にはいりこむ」と称して。あるいはじつは、自分がグレープフルーツ大の度胸をもつ独立独歩の男だと、知らしめる気でいるのか？　ソーンがDCにもどってきたら、見張りをつけてあいつの動きと接触相手を逐一チェックさせよう、とハットフィールドは思った。

それはそれとして、彼にはソーンに関してドーストの公式の報告書よりもはるかに多くの内容が、どうしても必要だった。彼女のセッション・メモを手に入れたかった。彼女とオフィスの外で会う約束をとりつけておいたほうがいいだろう。

壁の時計を見た。なんと、十時だ！　急いで電話をかけた。

「ハットフィールドでございます」

コーラだ。メイドを雇っていると他人に思わせようとしているのである。彼はできうるかぎりのあたたかみを口調にこめた。「やあ、ダーリン、ぼくだ。やっと会議が終わったとこでね。テイクアウトを買って帰るよ。中華かい？　それともタイ料理？　なんでもきみの――」

「あなたがここに着くころ、あたしはベッドのなか。眠ってるわよ」彼女が電話を切った。

「そうかい、くそっ！」と、彼は黙した電話機に毒づいた。DCでのコーラとのいさかいも、もとはといえばカリフォルニアにいるソーンのせいなのだ。

夜間飛行便がソーンをオークランド国際空港に降ろしたのは、夜明けだった。耳長のジャックウサギたちがのろのろ動くジェット旅客機をよそに、滑走路わきの草むらでぴょんぴょん跳んだ。彼のために用意された〝覆面〟カーは、フォード社が警察組織のためだけに製造した特別容量のガソリンタンクを備えるチューンナップ車、ポリス・インターセプター・クラウン・ヴィクトリアだとわかった。あほうなＦＢＩめ。クラウン・ヴィックを覆面にするのは、バレエ教室で踊るクマがめだたないと考えるに等しい。

イースト・ベイの車の流れを縫うように走り、三角州に向かった。ヘビがのたくるメドゥーサの頭に似て、曲がりくねるいくつもの入り江が交わり、千マイルの水路が走り、数百マイルの土手がのび、ボートでしか行けない島々から成る地域だ。

サンウォーキン郡保安官代理なる人物と待ちあわせた〈サンセット・バー・アンド・グリル〉は、いかにもそれらしくターミナス（終点を意味する）と呼ばれる町近くのタワーパーク・マリーナに付属していた。ソーンは小さな〈ターミナス雑貨店〉のところでカリフォルニア一二号と交差するアスファルトの進入路にはいり、そこに着いた。黒く塗った高い給水塔と、ひとつの郊外地区ほどにも広いトレーラーハウス専用駐車場があり、警備員小屋のなかにはだれもいなかった。

ソーンはマリーナの進水傾斜路の下近く、屋根上にライトバーをつけた郡保安官のパトロールカーのとなりに車をとめた。カリフォルニアらしいうららかな春の日で、空には白い綿雲のかけらがいくつか。まだシーズンにはいって間もないのに、半ズボンとTシャツのいでたちの観光客や、海上に出ると必要になる軽いウィンドブレーカーを着たボート乗りたちの姿が見られた。

　そのカフェはじかに埠頭の上に建てられたものだった。店内では、朝遅くの陽光のなかでほこりがきらきら舞っていた。はいって左側の席で四人家族が遅い朝食をとっており、その正面の幅広い窓のひとつからは、客のボートをドック入りさせる水域《スリップ》が見晴らせた。モーターボートやヨットを埠頭からじかに降ろし、まばゆく輝いているがつめたそうなリトルポテト入り江に入れられる仕組みになっている。

　ドアにいちばん近い丸テーブルに、大柄でたくましい三十代前半のラテンアメリカ系の男が、タン皮色の保安官の制服を着てすわっていた。袖とズボンの脚部の折り目が、紙が切れるほどにするどい。ミニチュアのパープルハート勲章と中東軍線章が、《エスコバー》という名札の上方に安全ピンで留めてあった。

　男が腰をあげた。「ソーン特別捜査官ですね?」かしこまった口調だった。

「ただのブレンダン・ソーン。〝特別捜査官〟の肩書きは忘れてくれ」

「ただのエスコバーです」ちょっと間をおいてから、男がしぶしぶソーンの手を握った。ふたりは腰をおろした。「それで、犯行から五ヵ月になるいまごろ、なぜＦＢＩがうろついているんです?」

「ルーチンワークさ。局が知りたいのは、なにかあったか——」

「おれはなにかをひきだすほど長くは、それにかかわってはいなかったんですよ」エスコバーはあきらかにタフで頭の切れるラテンアメリカ系の警官であり、さらにあきらかなのは生まれつきうそ発見器を体内にもっていることだった。「郡保安官事務所に電話がはいり、おれと相棒はその晩、安酒場にいたもんで、われわれが犯行現場にかけつけたときには容疑者との撃ちあいが終わったあとでしてね。そいつの姿はとっくになく、あんた方FBIが出張ってきて捜査をひきつぎなさった。以上で話は終わり」

「たのむ、腰かけてくれ。こっちは日帰りで、ここに一生いるつもりはないんだから」

三十秒近くたってから、エスコバーは椅子にすわりなおした。

ソーンは思案顔で相手を見つめた。「イラクかい?」と、なにげなく聞いた。

エスコバーの表情が突然変わり、気むずかしい骨ばった顔がうそのように消えた。

「アフガニスタン。十二ヵ月、陸軍予備兵で——警官の給料を補う余分の金をかせぎたかったのと、戦争が自分になにをもたらすか見てみたかったのでね。負傷してパープルハート勲章をいただいた。ありがたいことに。ところで、おれの推測にまちがいがなければ、あんたもどこかの前線にいたんでしょう」

「レンジャー部隊と、そのあとパナマでCIAのために殺しを請け負った」

「ようし、もうだましっこはなしだ。あんたはなぜ、ここに来たんです？　ほんとうは？」

「ほんとうは？　連邦《フェデラルズ》のやつらは事件を起こした男があの夜に死んだとは、かならずしも信じちゃいない。彼らが恐れているのは、その男が新政権のある人物に対して個人的な憎悪をいだく政治犯かもしれない点だ」

「ある人物がだれなのか、おれには推測がつきますよ。いまやウォールバーグの首席補佐官になってる男を使って、われわれを電話で呼ばせた人物。そのあと、おれたちの面前でドアをバタンと閉めたやつ」

「そんなことをおれにしゃべるとは、驚きだな」

「あんたはおきまりのFBIのあほどもとはちがいますよ。あんたとおれなら、取引ができる。おれの知っていることと、あんたの知っていることの交換」

「いいだろう」と、ソーンは即座に応じた。「きみの知っていることとは？」

エスコバーがそうこなくちゃとばかりに、にっこりした。「ようし。えーと、おれと相棒が呼び出しを受けたのが午前二時半。霧が濃かったね。イエーガーが私服の黒人ボディーガードをふたりつれてきていて、彼が言うにはハウスボートに近づいたとき容疑者が発砲してきたらしい。ボディーガードたちが撃ち返した——イエーガーは丸腰だった。おれたちが着いてからは銃声はしなかった。ハンドマイクで呼びかけたが応答がなかったので、催涙ガス弾を撃ちこみ、なかにはいった。死体がふたつあった。三十代半ばの白人男性と、二十代後半の白人女性。何発もくらってたな。死体のそばの床に、コルト・パイソンの・三五七口径マグナム拳銃がころがっていた。あれが凶器だったと、おれは推定している。民間人たちに犯行現場を荒らされるといけないので、おれは血液と体液と組織のサンプルを採取してから、応援を呼ぶために埠頭の上にもどった」

「推定？　弾道試験の結果はどうだったんだ？」

「おれが特捜班《SIU》を呼ぶより早く、二台の車満載でＦＢＩのみなさんが登場なさったんですよ。おれは彼らに、イェーガーのボディーガードたちがハウスボートの表からしこたま撃っているあいだに、ホシは船尾からはいのがれたにちがいない、と説明した。やつは入り江に封じこめられているだろう――やつの車が半マイル先の埠頭のゲートのところにあったから――とも話した」口が苦々しげにゆがんだ。「それきり、大文字のＧがおれたちをお払い箱にしやがった」

「きみは犯人が負傷していたと思うか？」

「船尾にひきずった血の痕があったが、あれはやつの血だったのかな？　われわれには以後、あいさつが一切なかったから。ＤＮＡもとらず、検死や毒物検査の結果も見ず、容疑者の身元についてなにかつかめたか知らされず、害者の名前も教えられなかった。イェーガーのような人物がなぜそこに来ていたのか、わからずじまい。マグナムが凶器だったのかどうかや、その拳銃の登録者がだれなのか、それも通知されなかった。おれたちにわかったのは、国の安全保障にからむ大変な事件だろうってことだけだ。おれは血液と体液のサンプルを採取し、そのことはＦＢＩに話してないが、照らしあわせるものがなにもなかった」

「被害者は、ニサとデーモン・マザー」と、ソーンは言った。「夫妻だ。ふたりはウォールバーグの選挙運動のスタッフだったが、何者かにつけねらわれているという理由で運動をはなれ、この三角州に身を隠していた。選挙日の夕刻にニサからイェーガーに電話がかかってくるまで、ウォールバーグの陣営はそのことについてまったく関知してなかった。だからこそ、シークレットサーヴィスではなくＦＢＩがかかわっているんだ――被害者たちはもうウォールバーグのスタッフじゃなかったから」ソーンはそこでごく自然にうそをついた。「犯人の名前は被害者とともにあの世に行った」

エスコバーがうなずいた。「話してくれてどうも。おれの車で現場まで送り、見終わったら乗せて帰りますよ」自分のクラウン・ヴィックに歩いてちょっと思案したあと、彼は後部座席から三穴リングバインダーのノートをとってソーンに手渡した。

「おれはずっと自分用の《殺人事件記録《マーダーブック》》をつけているんです。道すがら、それを読んでもらったほうがいいな。ホシがだれであれ、そいつは頭のいかれた野郎だ」

「どういう意味だい？」ソーンは驚いて聞いた。

「《マーダーブック》を読めばわかります」

カリフォルニア一二号を東へ弾丸のように飛ばす車のなかで、ソーンはノートを読んだ。

デーモン・マザーは船室の中央で、両腕と両脚を広げてあおむけに横たわる典型的な死のポーズで発見された。脱糞と失禁が見られた。大口径の弾丸を胸に一発撃ちこまれており、その銃創は現場に残された・三五七口径のマグナム拳銃と矛盾しない。

エスコバーがクラウン・ヴィックの速度を落とし、右のウインカーを点滅させた。

「現場はホワイト入り江野生動物保護区のゲートからガードロードを半マイル歩いたところで、夫妻のハウスボートはディサポイントメント入り江に係留されていたんです。ゲートはよじのぼって越えられますから」

ニサはほかの五発の銃弾により、隔壁にたたきつけられていた。デーモンとちがい、彼女には必死で争った跡があった。爪が折れ、うち二枚ははがれて真皮が見え、頭は斜めに傾き、両目ともに開いてうつろ、舌が口の片隅から出ていた。ブラウスがひきおろされていた。

各銃創のまわりに、接触射入傷と表層火傷が見られた。腹に一発、裸の乳房に各一発、残る二発は恥丘に。着衣は血と尿につかった状態。そして、液はほかにもあった。コーウィンは彼女を殺したあと、死体の上でマスターベーションをしていたのだ。最初の大量の射出は彼女の顔面に、残りはむきだしの両の乳房にかかり、ポルノ映画のみだらなシーンさながらであった。

自分の娘に対しての所業なのだ。ソーンは吐き気に襲われた。その娘ニサはとっくに死んでいたが、ソーンはそれでも彼女をコーウィンから守ってやりたかった。

「頭のいかれた野郎だな」と、彼は同意のつぶやきをもらした。

彼らは盛りあげられた土手道を歩いていった。わだちのはざまに草が生い茂っていた。左手がディサポイントメント入り江だった。右手では、一段低くなった刈り株の畑が春の植え付けを待っていた。

ジャックウサギが一匹、彼らの前方の土手でとびはね、その透明に近い長く立った耳を午後の陽射しが赤く染めた。

「耳が光に透けるウサギが見えると、魔法の国にはいったあかしらしいぞ」と、ソーンは言った。

「おれはちょいと魔法を使ってやりましたよ」

肌につめたいそよ風が強くなってきて、道沿いのアザミがさわさわと鳴った。杉綾状の雲が空に広がってゆく。つがいのマガモが頭上をかすめて飛んでいった。水路のむこうに、キング・アイランドと呼ばれるやぶにおおわれた楕円形の無人の陸地があった。エスコバーが、白い四弁花を一輪つけたひざ丈の茎の太い低木のわきで足をとめた。

「FBIが去ったあと、おれはこの低木を目印にしてもどってきたんです」彼がきまり悪そうに、くすっと笑った。「ほんとに頭にきたから」

「なにか見つかったかい？」

「ほんの数分後に警官たちが来るっていうのに、ホシが身を隠す場所なんかないですよ」

水路の向かいで、幹が二叉の枯れ木が葉の一枚もない枝を、まるで祈るかのように空にのばしていた。死んだニサとデーモンの霊のために祈るのか？

「なるほど、きみの言うとおりだ」と、ソーンは応じた。「なにも見つかりっこない。ここは終わりにしよう」

7

シャロン・ドーストは一五番ストリートから商務省の建物にはいった。アメリカ国旗が入り口の上に掲げられていた。彼女は黒のパワースーツを着こみ、首に真珠のネックレスを巻き、返し襟に小さな金色のアメリカ国旗をピン留めしていた。政府発行のIDがなければ、彼女はスキャナーの好餌であり、ハンドバッグとブリーフケースはエックス線機器のかもだったはずだ。警告音はまったく鳴らなかった。

足音が反響する、ほとんど客のいない地階のカフェテリアにはいり、カフェイン抜きコーヒーに人工甘味料のイークォールとミルクをまぜ、レジをすませてコーヒーを南側の中庭にはこんだ。そして、大きな石造りの噴水に近い錬鉄製のテーブル席についた。ぴったり時間どおりだ。ハットフィールドは来てなかったが、ひとりの時間がとれてほっとした。

彼女はソーンのセッションのまえに、これまでハットフィールドの求めで三名の鑑定をやってきたが、彼がここで会いたいと言ったとき、彼女の警戒のベルが一斉に鳴りだした。なぜ、ここで？　鑑定結果を彼に報告するのは、彼に法的に受けとる資格がある範囲においてだが、それはわたしのオフィスでできることだった。彼は不法侵入チームをオフィスに送りこみ、書類をひっかきまわしてソーンに関する私的なセッション・メモを入手しようと、わたしをじゃまにならない場所につれだしたかったのでは？　ＦＢＩがときとしてそういう行動にでることは、承知していた。だからオフィスを出る段になって、セッション・メモをブリーフケースに突っこんできたのだ。ばかげたことをと思わないではなかったが、オフィスからもちだしておいたほうがまちがいないと感じたのである。

二十分遅れで渋い顔のハットフィールドがようやくあらわれ、小さなテーブルをはさんで彼女の真向かいにどさっと腰を落とした。典型的なＦＢＩスタイルのいでたちだった。白いシャツ、ブルックスブラザーズのスーツ、さえないネクタイ。自分の前にカップを音立てておいたひょうしに、コーヒーがいくらかソーサーにこぼれた。彼女は相手の表情の意味を読みとろうとした。オフィスを捜索したのか否か？

「それじゃ、もらおうか」彼女はびっくりしてハットフィールドを見つめた。彼が指を鳴らした。「鑑定結果だよ。ソーンの。そいつを渡してくれ。こっちはいまスケジュールがぎっしりで、予定より遅れているんだ」

彼女はわざとらしく腕時計に目をやった。「なるほど、なるほど」

「冗談はよしてくれ、きみ」コーヒーをぐっと飲む。「いいだろう、きみのやり方でいこうじゃないか。ソーンの知性と感情の状態について、テストはなにを示唆していた？」

「テストはなにもやっていません。おしゃべりをしただけで」

「おしゃべりだと？　おいおい、まじめにやってくれよ」

彼女は狼狽を隠そうと、コーヒーをすすった。ソーンに対して標準的な神経と心理のテストをやらなかったのは、それらが以前に数度、陸軍とそれからＣＩＡによっておこなわれており、そのつど結果が一貫して変わっていなかったからである。彼女としては、ソーンが心理学上いかなる人間なのかを知るための、テスト一式を必要としなかったのだ。

しかし、それをハットフィールドに話すわけにはいかなかった。テストをするよう依頼されたのに、やらなかったのだから。みずから弱みをつくってしまったのだ。

「この被験者の場合、標準的な一連のテストは逆効果のような気がしたのです。彼はすでにそれを経験していますから」

「あいつは燃え尽き症候群なのか、それともほかになにか？」

彼女は秘密にふれない答えをさがし、ソーンがガラスのハートをもった虎の話をしていたのを思い出した。そして、自分がそれをガラスの虎と呼んだことを。

「それほど単純じゃありません。彼は比喩を使っていました。とらわれの虎は往々にしてガラスの心臓をもつようになる。プレッシャーをかけられると、それは砕けかねない、と。パナマで罪のない女性と幼児を殺したことがひどいプレッシャーとなったようで、わたしは彼をガラスの虎とみなしています」

「ガラスの虎だって？　気はたしかか？　やつは正真正銘の殺し屋、本来ならわれわれ人質救出／狙撃手チームが始末するべきたぐいの人間なんだ。さあ、あいつがアフリカに逃げた原因はいったいなんだったんだ？」

完全な失敗だった。だが、彼女はなんとかおちつきはらった口調をたもって言った。

「わたしの自由裁量で明かせるかぎりのことを、お話ししたのですが」

「ふざけるな、おい！　おれがほしいのは、彼についてのきみのセッション・メモだ」

彼女の心臓は激しく鼓動していたが、顔は氷のように冷静だった。

「契約により、あなたにそれを見せる必要はありません」

「くそっ、いいか、きみはテストをやらなかった時点で契約を破ったんだ。愛国者法により、きみを危険人物の疑いで二ヵ月間、精神病院に留置させられるんだぞ——あとから書類でなんとでもつくろえる」

彼女はハットフィールドを凝視した。この男が嫌いだし、彼なら国家安全保障に名を借りた不当なおどしを実行に移せるのがわかっていたから、こわくもあった。それでも、言った。「医師と患者間の秘匿特権で、セラピストとそのクライアントはあなたみたいな人たちから保護されています」

彼はいまの発言を聞いていなかったのかもしれない。

「メモはきみのオフィスにはなかった。部下たちがさがしたからな。だから、いまここでこっちによこすか、それとも責任をとるかだ」

彼女の手が、椅子のわきにおいたブリーフケースのほうに反射的に動いた。フォルダーをここにもってくるなんて、なんとばかなことを。でも、オフィスにおいてきたら……。

その動作だけで彼には充分だった。彼の手がさっとのび、ブリーフケースをつかんだ。彼女がかばんをひきもどそうとしたが、男はひじでそれをかわしながら、かばんのなかをひっかきまわした。彼女がまたつかんだ。その爪が男の手の甲に、赤く長いひっかき傷をつけた。

彼が女をなぐるかのように片手を半ばあげたが、次には勝ち誇った顔で、もう一方の手につかんだソーンに関するセッション・メモを高く掲げた。

「あすの朝いちばんに、きみに返すさ」

「わたしはあなたに報告するつもりでそれを――」

しかし、彼はすでに席を立ち、長い歩幅で中庭を横切っていった。彼女は泣きそうになりながら、呆然とそれを目で追った。あと彼女にできるのは、メイフラワー・ホテルのソーン宛に暗号による警告のメッセージを残し、彼がホテルに電話を入れてメッセージを聞くのを祈ることだけだった。そして、彼がその意味を理解することを。

その小さな雑貨店は白い下見板張りの二階家で、三角州の冬期の洪水にそなえ、支柱で地面から六フィート高くもちあげて建てられていた。裏庭には、二台のトレーラーハウスがそれぞれ台の上に、まるでカウンターのスツール上の常連客みたいに居心地よさそうにのっかっていた。古ぼけた白い〈ターミナス・マーケット〉の看板が、店の旧式な体裁よく見せかけた正面に張ったワイアーに支えられて、ぎしぎし鳴っていた。

ソーンは真新しい赤のビートル・コンバーティブルのとなりにとめた自分の車のなかで、FBIのファイルにふたたび目を通した。捜査は信じられないほどいいかげんで、でなければハットフィールドが有益な箇所を意図的に削除したかであった。ただし、ニサがかけた電話はここから、つまりソーンが最初にタワーパーク・マリーナに向かう途中で通り過ぎたときにはほとんど気がつかなかったこのくたびれた店の公衆電話からである点は、調べがついていた。

店内は雑然とくつろいだ雰囲気で、釣りのルアー、棒状キャンディー、葉書、冷えたビールとソーダ水、びん入りの飲料水などが並んでいた。生き餌と、電子レンジであたためたブリトーのにおいがした。主人は六十代後半の男で、白くなった豊かな髪をもじゃもじゃにし、煙草のやにでよごれたガンマンひげをたくわえていた。ソーンがＦＢＩの身分証を示すと、主人はコマツグミが虫の動く音を確認するみたいに二度ばかりうなずいた。

「あんたらが今度来るのはいつだろう、と思ってたよ」

「それで、電話会社の記録によると、例の殺された女性はあの日の午後ここで、おたくの公衆電話から電話をかけたことになっているんです」

「そうさ。彼らがわしに見せた写真で、すぐさま彼女だとわかった」主人はかみ煙草から出た液を痰つぼに吐きたいかのように見えたが、そうではなくてあごをもぐもぐ動かしただけだった。「彼女と亭主はここに日用品を買いにきて、貸しハウスボートで休暇をすごしているんだと言った。ほんとに、気の毒にな。彼女はとてもすてきな女性だったよ。かわいかったし。知りあうようになったのは、彼女が毎週火曜と木曜の二時、まったく時計みたいに正確に店にはいってきて、かかってくる電話を受けてたからだ」

彼女が連続して電話を受けとっていたとは、ファイルに一切記載がなかった。

「ふーん……それがだれからの電話だったか、わかります？」

「いや。ただし、全部が長距離電話だった」主人がくすっと笑った。「でも考えてみれば、ここからだとほとんどどこにかけたって長距離になるよな、そうだろ？」

「たしかに。あなたは、彼女が通話の終わりになんと言っていたか、聞きましたか？」

彼がソーンに片目をつぶってみせた。「こんなちっぽけな場所だと、どうしても聞こえてしまうよな？」顔が曇った。「言ってたのはせいぜい、〝万事うまくいっている〟とか〝ありがとう〟とかそんなもんで、それから電話を切ってたなあ」ふたたび表情が輝いた。「選挙日に二時間早く、正午かそのころに一本かかってきて、それが彼女をひどくうろたえさせたようだったぞ。相手の声を聞いてすぐ、彼女が〝おまえか！〟って叫び、受話器をたたきつけたもんな。そのあと、自分のほうから何本も電話をしてたよ」

予期しない電話がかかってきて、彼女はあわてふためき、イェーガーと連絡をとろうとしはじめた。なんとか連絡はついたものの、手遅れで夫妻は助からなかった。このいきさつはすべてファイルから削除されたのか？　それともＦＢＩがそれらの通話について、なんら調べ出していなかっただけなのか？

老人は先をつづけていた。

「いつもの火曜と木曜の電話を待ちながら、彼女はわしの昔話に聞き入っていたものさ。ターミナスが三角州からとれる農産物の積み出し駅だったころの話を。ほんとにすてきな女性だったな」

三角州。ソーンの脳のなか、興奮伝達部のシナプスに火がともった。天に向かって嘆願するように両腕をのばしていたあの枯れ木の下には、小枝や枝やアシなどが雑多にからみあって積みかさなった山があった。直径が八フィートくらい、人間の腰ほどの高さだったろうか。彼は腕時計を見た。急いでここを出ないと。まもなく夕暮れだ。

「電気工が使う例の黒いテープは、ここで売ってますかね?」

老人が高笑いして言った。「もちろん、売ってるさ! なんたって雑貨屋なんだ、そうだろ?」

ガードロードのホワイト入り江野生動物保護区のゲートで、ソーンは懐中電灯を電気工のテープでくるみ、スーツケースのなかをさぐって厚手のとっくりセーターをとりだした。太陽は低く傾き、つめたい風が起こってほこりに渦を巻かせていた。あのウサギの姿はなかった。今回、ここには魔法はないということだ。凍えるような水面と、確信のないアイディアだけがあった。

水路のむこうで、見張り役のマスクラットが一匹、体節のあるネズミのような尾を後ろでくるっと巻き、小枝と枝とアシのからまりあった山のてっぺんにすわっており、ソーンは遅まきながらその山がマスクラットの巣と気づいたのだった。彼はまた、マイケル・ギルバートの小説を思い出してもいた。古代ブリトン人が白亜坑と呼ばれる地下の穴に隠れ、サクソン族の侵入者たちをやりすごした話である。敵の間近に身を隠せ。

服をぬいで裸になり、衣服をきちんとたたんでわだちのなかに残した。これからおぼれ死ににいく自殺者みたいに。懐中電灯を握り、土手の急坂をすべりおりて水中にはいった。小型のカイツブリが一羽、水路の半ばで突然あらわれ、ちょっと泳いでまたもぐった。ソーンは寒風のなかで身震いした。おれは少なくともカイツブリくらいにはタフじゃなかったのか？

彼自身ももぐったとき、マスクラットがあわてて巣の山からかけおりた。できるだけ長く潜水で泳ぎ、寒さで手足がしびれて巣の二、三フィート手前で浮きあがった。あたたかくて太陽に照らされたアフリカの川なら、お手のものなのに。ビルハルツ住血吸虫がうようよいても。カバがいても。ワニがいても。

一世代上で、しかも頭のおかしいコーウィンが、十一月にこれをやっていたのだ。あいつに耐えられるのなら、絶対におれだってやれる。ふたたびもぐると、仮の防水加工をほどこした懐中電灯を使って水中の入り口を見つけた。顔を泥に埋めたままつめたい墓になるのではないかというばかげた恐怖とたたかいながら、ねばっこい泥と水と朽ちたアシのなかに突っこみ、すこしずつかきわけて上に進み、突然ネズミ類のにおいのする空気層にとびこんだ。

その巣のなかで、目と鼻だけを水面上に出し、息をあえがせながら休んだ。マスクラットはいなかった。懐中電灯は役に立たなくなっていたが、光が消えるまえに求める証拠を見つけていた。入り口のそばの泥のなか、彼自身の手の跡のわきに、一部が消えた手形が残っていたのだ。

コーウィンは居ながらにしておのれの存在を消すことができたにちがいない。ちょうどシクズリ・キャンプのモレンガルがそうやって消えると、動物たちがもはや彼の存在に気づかなかったように。というのも、ＦＢＩのファイルによれば、あの朝も歩哨役のマスクラットが巣のてっぺんにすわっていて、ふたりの捜査官が煙草を吸うために腰をおろすと、おびえて逃げたというのだ。

おれはコーウィンといい勝負なのか？　アフリカの月明かりのなかで、ブワナ・キファルのあたたかい背に片手をおいたことが、思い出された。まちがいない、おれはコーウィンに匹敵するのだ！

マスクラットの巣の外側に浮上し、水路を横切った。もう水はあたたかく感じられたが、土手の上の風は手足の感覚を奪いそうだった。厚手のセーターを着こみ、片方の手でほかの衣類を、他方の手で靴とソックスをつかんでゆっくりと車にかけもどった。

イースト－ウェスト一二号とノース－サウス・インターステート五号が交わるクローバー型交差点のはずれで、一軒のモーテルを通り過ぎた。〈マイクロテック・イン・アンド・スイーツ〉。この時期なら、空室がたっぷりあるだろう。そしてインターチェンジを越えたところに、〈ロッキーズ・レストラン〉。チェックインし、熱いシャワーとなにか食べ物を急いでとり、つとめて眠り、朝にメイフラワー・ホテルに電話を入れるのだ。連中がコーウィンを見つけ、おれが捜索をやめていいことになるとまずいから。

おいおい冗談だろ？　おれは追跡に夢中になってるじゃないか。

8

ドーストは四十歳くらいの議会図書館資料室員をドアまで送った。彼女の夫は二十代の大学院生のために妻を見捨てたという。セッションのあいだ音をしぼっておいたドーストの電話が、カチッと鳴った。ボリュームをあげると、ソーンがしゃべっていた。

「……きみのメッセージを聞いた、一時間後にかけなおそう――」

彼女はあわてて受話器をとった。「折り返し電話を入れてくれて、ありがとうございます」泣きたい気分だった。あなたの最大の秘密はわたしが守りとおしました、と安心させられるのだったらどんなに楽なことか。「ハットフィールドが……わたしのブリーフケースから強引にセッション・メモを奪ったのです。彼はこともあろうに、国家安全保障をもちだしておどしました。わたしは……わたしは屈してしまったんです」

「気にしなくていい、ドクター。きみはよくやってくれた。きみの予想どおりだったな。彼がきみを責めたのは、おれを追及するのがこわいからだよ」ソーンが笑った。「ガラスの虎の問題じゃない。おれはいまカリフォルニアにいて、キングズキャニオン国立公園に向かう途中だ。この追跡の旅は、第二次大戦中のドイツの情報チェスゲームに似た感じがしはじめてる。三次元の盤があって、プレーヤーはだれだかわからない——しかも全員が盤面を見てないんだ」

セス・パーカーはぶらぶら歩きながらエプロンで手をぬぐった。まくりあげた袖からのびた両の前腕に、粗野な囚人入れ墨が見られた。真っ黒に陽焼けしたひきしまった体格の男、〈パーカーズ・リゾート〉の最後の空きキャビンを昨夜借りた男が、上方にワピチの頭がかかるカウンター席に腰かけていた。男が頭をわずかにひねった。

「いっしょに飲むかい?」

セスの用心深い茶色の目が反射的に、古ぼけて隙間を詰めたログハウスのなかをさっと見まわした。午前半ばでほかに客はいなかったのに、かすかに朝食のにおいがした。四月の第三週にはいり、観光客たちはキングズキャニオンのすばらしい自然のなかにハイキングやドライブに出かけて留守だった。セスはたれさがった生姜色の口ひげを一本指でなでた。

「いいねえ、いただこう」

セスがミラーのライトビールを二本、冷蔵庫からとってき、キャップをねじってはずした。ふたりは首の長いびんをカチンと合わせ、飲んだ。見知らぬ客は百ドル札を一枚、カウンターにのせた。あきらかに観光旅行に来たのではない。

「男が先日、尾根道のはずれでキャンプをする計画でここを通っていった。十日か十二日あと、それとはちがうふたりの男がさがしにきた。さきの男の友達だといって。彼らのうち、だれかをおぼえてるかな?」

セスは全員をおぼえていた。彼はつねに物事に対する好奇心が強かったから、刑務所でも数年間、三人の殺人犯の間近にいた。同時につねに用心深かったから、きょうまで生きてこられた。しかし、その刑務所暮らしの年月ゆえに、妻のメイは夫がリゾート宿の経営以外の何事かにかかわるのをひどく嫌った。彼はしぶしぶドル札を人さし指ではじきとばした。札はソーンのびんが残したしずくのたまりに着地した。

ソーンはかぶりを振った。「おれは必要経費が出ているが、あんたはちがう。最初から話してくれ」

かまうもんか、メイはログキャビンのかたづけでいないんだから。そこで、彼はソーンに、三月半ばのある日の真昼にまだオープンしてない宿に歩いてはいってきた、ひょろっとした五十代の不屈そうな男のことを語った。

「歩いてきたんだ」ソーンのは問いではなく、断定だった。

「キャンプの装備をもって。おそらくグレーハウンドバスで来て、キャニオンの数マイル手前のシーダーブルックの停留所で降り、そこから歩いてきたんだと思う。キャンプの食糧をしこたま買いこんだな。なにが必要なのか、ちゃんとわかってたよ」しばし目を閉じ、ひとつひとつ思い出していった。「スープ用にカップヌードルを一ダース、フリーズドライ野菜、においのきついチェダーチーズの大ブロック、インスタントコーヒー、グラノーラ・ビスケット、トレールミックス、ビーフジャーキー」

「あんたが変に思ったものがあったかい？　量が異常だとか」

「ビーフジャーキーがべらぼうに多かったな」そして、声に侮蔑の調子がまじった。

「ふん、その男の友達だとぬかしてた連中は、そんなことを聞きもしなかったよ。やつらはＦＢＩで、男を追ってたんだと思う。男の写真をもってやがった」

「これか？」

ソーンがカウンターにおいた写真を、セスは背をまるめて見た。

「そうだ。すぐにそれとわかったが、確信のないふりをしてやった」

ソーンは写真をしまった。「彼がどこでテントを張るか、連中に教えたのかい？」

「上の尾根道で、と言っただけさ。どうやら、やつらには見つけられなかったようだ——その後、彼らのことはなにも耳にしてないからな」

ＦＢＩの報告書により、ソーンはレイとウォルトがほんの二十分差でコーウィンをとり逃がした事実を知っていた。ふたりが林の空き地に突入したとき、カラスの群れがおびえて飛び立ち、たき火の余燼はまだあたたかかったのだ。彼は百ドル札を残し、スツールからすべり降りた。

「おれにもビーフジャーキーをべらぼうに売ってくれるかな？」


話変わって北のミネソタ州では、コーウィンがぬれてピシパシと鳴る地表を完全に息を押し殺した忍び足で、三十分かけて九十フィート進んでいた。三マイルはなれた上の彼の小屋あたりでも、雪は松の密集林の根もとを除いてすでになく、氷の解けるチリンという音が絶えなかった。下方のここ、静寂につつまれた川底にあっては、あふれ水がひくさいに葉の落ちた広葉樹の下に流木を堆積させ、一フィート深さの弾力ある層を形成していた。

三ヤード先で、コーウィンの存在に気づかず、ずるがしこそうな顔のアカギツネが地面の上のなにかのにおいをかいでいた。彼の頭上二十フィートでは、色あざやかなアメリカオシドリが葉をつけつつあるオークの大枝にとまっていた。そのオークも先週までは、洪水の濁流のなかに立っていたのだ。

コーウィンが流木を踏んでパシッと鳴らした。オシドリが憤慨してさっと飛び立ち、枝々を操縦巧みなジェット戦闘機のようにすばやくかわして姿を消した。キツネも逃げた。コーウィンはキツネがなんのにおいをかいでいたのか見にいった。シロフクロウと別の一羽のアメリカオシドリで、どちらも死んでいた。フクロウをそっともちあげた。まだあたたかかった。オシドリもいっしょについてきた。フクロウの曲がった先のするどい鉤爪が、オシドリを死の痙攣で激しくつかんでいたのだ。

二羽の死骸をもったまま優に一分間、ごくわずかに目を動かすほかは文字どおり身じろぎもせず立ちつくしていた。フクロウは大きかった——翼幅四フィート、体重およそ五ポンド、羽根に灰色と茶色の縞模様。雌だ。巣をおびやかす雄を雌が激しく攻撃し、動けなくしてしまうのを、アラスカで目撃したことがあった。すると、この雌を殺せるほどのものは？　キツネではなかった。シロフクロウが逆に、キツネを殺して餌にするほうがめずらしくないのである。

彼は上を仰いだ。頭の真上に高圧線があった。電力会社が枝を刈ってすき間をつくり、張りめぐらしたのだ。オシドリが流木の上をよたよたあるいているところへ、フクロウがさっと舞い降りて襲いかかる——フクロウのなかでもシロフクロウは昼夜を分かたず狩りをする。フクロウが翼をはばたかせて樹間を飛びあがる——そして、絶縁被覆がすりむけた電線にふれる。フクロウもオシドリもともに感電で即死。

コーウィンは鳥の死骸を流木の上にもどし、キツネのえさにしてやった。キツネは待ちかまえている。いまにも獲物をあさり、ひき裂き、食い殺し……。

〝巨大な拳が彼の胸を打ち砕いた。彼は感じた、骨と筋肉と肉が内側にへこみ、折れ、裂けて……〟

かつての捕食者が、いまやただの餌食……。待ち伏せで撃たれたのだ。そして、ニサの裏切り……。

〝ニサが血とザーメンにぬれていて、激情も涸れはてた彼は娘の上に立ち、彼女を呆然と、おびえた目で見おろしていて……〟

くそっ、大統領の旅行予定をインターネットで調べつづけるぞ。どのみち、後へはひけないのだ。いまごろはもうまちがいなく、おれが入念に消し去った足跡のパズルを、何者かが解きにかかっているだろう。

「野郎、おれをつかまえにこい」と、コーウィンは声高につぶやいた。

キングズキャニオンの尾根道から四分の一マイルほどはいった空き地を見たとき、ソーンはここそコーウィンが野営していた場所だと思った。追っ手があらわれた場合、林のなかにまぎれて姿を消すのに絶好の地なのだ。しかし、コーウィンは追っ手をわざと目の前に出現させ、とってかえして行方をくらます方法を選んだ。敵の間近に身を隠す。ソーンもそうしていただろう。

レイとウォルト。ハットフィールドの人質救出／狙撃手チームのこのメンバーは、あの三角州でコーウィンが真下にひそんでいるのを知らず、マスクラットの巣の上にすわりこんで煙草を吸っていたのと同じふたりなのだった。彼らのどちらかがあのガルフストリーム・ジェット機に乗っていて、おれをナイロビからワシントンへ、さらにホワイトハウスへとはこんだのだろうか。

コーウィンのたき火跡は、横に倒れたとても太い空洞のモミの古木を背に積んであり、木の開口部は根生菌でおおわれていた。先端側の樹皮はついばまれたというか、文字どおりひきはがされていた。

カラスの群れ。べらぼうな量のビーフジャーキー。

ソーンは陽にあたたまった丸木のカーブに背をもたせかけ、うずくまった。森の風景と音とにおいに、身体ごと溶けこむような気持ちがした。夕暮れどきで、はるか下方の草地で餌をあさっていたカラスたちのもどってくる鳴き声がときどき、眠りに落ちかけた夢想の世界からめざめさせられた。ビーフジャーキーを何枚かひきちぎり、古い丸木の樹皮に親指ですりこんだとき、姿は見えないもののカラスたちが騒々しく叫びながらポンデローサマツのこずえに集まってきた。

ソーンはしゃがれ声で一回、カアと鳴いてみせた。カラスの鳴きまねをするのは、ほんとに久しぶりだった。頭上の騒ぎが不意にやんだ。カア、カアと二回ためしてみた。反応なし。ところがカア、カア、カアと三度鳴くや、巨大な黒いものが空き地を旋回して舞い降り、いちばん近い木にとまった。ワタリガラスのように大きく、ハメットの小説のなかでガットマンがポケットナイフで切りつけた、鉛でできたにせのマルタの鷹のように黒光りしていた。繁殖雄。群れを支配している鳥だ。

ソーンがひざまずいて丸木の開口部にしりからはいりこむと、大ガラスが食事の時を告げた。一ダースにあまる黙した黒い影が、次々と丸木に降りてきた。

十分後、ソーンは根生菌のベールをくぐって丸木からはい出た。カラスたちはどこかに消えていた。ジャーキーもなくなっている。朝になったら、残りをおいておいてやろう。

ソーンはその夜、丸木のなかでぐっすり眠った。悪夢を見ることなく。

9

ゲルソン・ヘニングズはつめたい目とかぎ鼻をもつ、頭のはげた大男で、退役陸軍大将として指揮官・参謀養成大学で軍事戦略を講じていたところを、ウォールバーグによって国家安全保障顧問に選任された。

「わが国の現行の対イラン戦略について、新たな選択肢をいくつかまとめて大統領に提案してもらえますか？」と、イェーガーは求めた。

ここ数日の安全保障会議におけるイェーガーの役目は、ヘニングズと大統領の衝突を最小限におさえることにあった。

「われわれのいまのイラン戦略がどういうものか、わたしにはまだよくわかっていないのだから、選択肢の出しようがないだろう？」と、ヘニングズがぶっきらぼうに応じた。

「アメリカ国民はテロリストの陰謀と核のおどし戦術にうんざりなんだぞ」と、ウォールバーグがかみつくように言った。「イランはアメリカの問題じゃない、全世界の問題なんだ。国連を使って――」

「例によって、そのみんなの親指をしゃぶりつづけるわけですか？」ヘニングズがテーブルごしに身をのりだした。「これは言っときますよ、大統領、もしわれわれが行動に出ないなら、イスラエルが動くでしょう。一方的に。彼らはまえにもやったことがある。七〇年代のエンテベ奇襲がそうだし、その数年後にはイラクの核施設も攻撃した。国連は、イランが四年から十年以内に核兵器をもつだろう、と言っています。イスラエルは一年だと主張している。われわれはいまただちに、方針を明確にする必要があるのです」

ウォールバーグがヘースティングズ・クランダルにそっと目を動かすと、報道官はすぐさま口を開いた。「あのう、申しわけありませんが、大統領、シカゴの小学生の代表団が……」

「いかん!」と、ウォールバーグが言った。「忘れてたぞ」立ちあがった。「わるいが、諸君、この件はこれまでにしよう、時間が来た」

イエーガーはあとに残った。ウォールバーグも大儀そうに椅子にすわりなおした。シカゴの小学生たちとの面会などなかったのだが、彼は焦眉の問題をかかえていた。

「ヘニングズの選任は誤りだったという気がしてきた。がさつすぎるよ。まったく角がとれてない。チームプレーに向かないな。この政府の本質がなになのか、彼はわかっておらん」

「あの仕事につかせるのなら、彼が最適なんです」

「わかってる、わかってるさ」とウォールバーグが言い、突然、大きな重役椅子から身をのりだした。ミネアポリスの州知事公邸からワシントンにはこびこんだ椅子である。「世論調査によると、わたしはDCを出る必要があるな、大統領の姿を国民に見せないと……」

「それは危険です、こっちがコーウィンの居場所をつかむまでは」

「きみがコーウィン問題を始末してくれるはずじゃなかったのかね」とかん高く言ったあと、調子をやわらげた。「ソーンはなにをやってる?」

「彼はカリフォルニアにいます、コーウィンがハットフィールドの部下たちをやりすごした地です。二度も。コーウィンの思考方法をつかむつもりだ、とソーンは言ってますが」

「わたしにはたわごとに聞こえるが、もしかするとちがうかもしれん。ソーンがもどったらただちにここに呼んで、じかに報告させてくれ」

ソーンはイェーガーを不安にさせていた。やつに負けてはならない。ソーンと大統領を密談させるのは、なおさら不安だった。ハットフィールドの存在がソーンを大統領からへだてているかぎり、イェーガーとしてはハットフィールドに目をかけてやるつもりだった。ハットフィールド本人はいままでのところ口に出してはいないが、みえみえの野心をかなえてやってもいい。

「わかりました、ボス」と、イェーガーは言った。

ソーンはウォールバーグの補佐官たちとの会議を午前七時半に設定してくれるようあらかじめ電話を入れたあと、オークランド発の深夜ジェット便に乗った。ヘーステイングズ・クランダル、ピーター・クォールズ、そしてパディー・ブライアンが、ミネソタ州知事時代からのウォールバーグの側近であった。ソーンが知る必要のあることをたくさん、彼らは知っているにちがいなかった。

人前で悪夢を見るといけないので、いつもどおり飛行中ずっと起きていたから、レーガン・ナショナル空港に着くとまっさきに飛行機を降りた。コーウィンをさがすために選ばれてつれてこられた日と同じ地階の会議室で、クランダルとクォールズと握手を交わしたあと、会議用テーブルについた。ブライアンはそこにいなかった。また、出し抜かれたのか？ それとも、二日酔いがひどくてまにあわない？

しかしそのとき、ブライアンの酒飲み特有の赤ら顔がトレーとともにあらわれた。トレーには、それぞれレギュラーとカフェイン抜きのコーヒーのはいったガラスポットふたつ、ミルク、砂糖、ピンクと青と黄の砂糖代用品、クロワッサンがのっていた。

「きのうの晩、〈ハード・タイムズ・カフェ〉で少々飲みすぎたか？」と、クランダルがにやにやしながら聞いた。

「ぼくはオールドタウンに住んでるから、飲むのはそこだね」と、ブライアン。

「コーヒーをついでくれればいい、なにか必要になったらブザーで呼ぶよ」

しかし、ソーンから言った。「ミスタ・ブライアン、きみも参加してくれないか？」

ほかのふたりがどっちにころぶにせよ、ブライアンがソーンにとってひょっとするといちばん頼りになる男かもしれなかった。クランダルがわざとらしく腕時計に目をやった。

「わたしは二十分後に大統領と打ち合わせがあるんです」

「こっちは長くはかからんさ。第一に、コーウィンに関してホワイトハウスがもっている情報をすべてほしい、彼が生まれた日から現在にいたるまですべてだ」

「それはいいですよ」と、クォールズが言った。

「第二に、カリフォルニア州のターミナスにある〈ターミナス雑貨店〉の、殺しがあった日と、それと……まあ、その二週間くらいまえにさかのぼって、電話の交信記録が必要だ」

「ぼくが用意しましょう」と、ブライアン。

「第三。犯行現場に最初に到着した郡保安官代理が、ふたつの死体のすぐ近くで・三五七口径のマグナム拳銃を見つけた。それが殺害に使われた凶器だったのかどうか、そしてだれの所有と登録されていたのか？」

「その警官が知らなかったのですか？」ブライアンが驚いて聞いた。

ところが、クランダルがまた腕時計で時間を確かめ、腰をあげた。

「申しあげておかなければなりませんが、ミスタ・ソーン、あなたがいま求めていらっしゃるのはきわめてセンシティヴな国家安全保障上のデータです。あなたは地元のいなか者の法執行官と話すまえに、ハットフィールド捜査官に問い合わせるべきでした」

ソーンは心中、おもしろがった。いなか者だと？　エスコバーにそなわっている繊細な知性が、クランダルには願っても得られないものであり、彼はたったいま知らず知らずにその・三五七口径が凶器だと認めてしまったのだ。

「わたしのほうでハットフィールド捜査官に照会し、彼があなたの目にふれてもよいと認可したものについては、折り返しご連絡します」と、クランダルが言った。

彼が会釈して退席すると、クォールズもあわてて立ちあがり、さきほど請け合ったコーウィンの履歴資料についてなにも言わないまま、あとを追って出ていった。ブライアンは宿酔のていで、まだすわっていた。ソーンはサイドボードに歩き、自分と彼のコップにコーヒーをつぎなおした。

「彼らはあなたになにも提供する気がないですよ、おわかりでしょうが」と、ブライアンが言った。

「わかってるさ」とソーンは応じ、つけ加えた。「おれはメイフラワーにいる」

よい天気だったので、ハットフィールドはダウンタウンの六ブロックを歩いてホワイトハウスに向かった。おれが提案してソーンをカリフォルニアに行かせたと思えるように、報告書を作成しておこう。というのも、コーウィンがどうやって三角州とキングズキャニオンでおれの部下たちからのがれたのか、あの野郎はそのなぞをほんとうに解いてしまったからだ。

彼が歩道のまんなかで急に立ちどまったものだから、歩行者たちは静止した彼の身体のまわりを、川の水が大きな丸石に沿って流れるように、まるくよけて通り過ぎていった。

コーウィンの履歴に関する選り分けた情報をソーンに見せるよう、クランダルに許可せざるをえないだろう。しかし、電話の通話記録はだめだ。ましてや・三五七口径マグナムの件は絶対にだめ。あの夜の出来事については、おれ自身にもわかっておらず、ぜひ知りたいことが多すぎる。

ドーストのセッション・メモによると、いま推定するところ、人を殺すことはソーンにとって、彼の同棲女とそのガキが死んだがための、即席の嫌悪療法だったろうということ。すばらしく頭がよくていらっしゃるもんだ。でも、あのふたりのシフタ殺しはどうなんだ？　圧力をかければドーストは、シフタの死がその方程式にどうあてはまるのか、おれにしゃべるだろう。そして、ソーンに言うことをきかせるためには、あいつがくりかえし見る悪夢をどう利用するのがいちばんいいのかについても。

彼はホワイトハウス前のペンシルヴェニア・アヴェニューに最近オープンした、歩行者専用商店街にはいっていった。

ドーストがどんな案を出すにせよ、おれとしてはきっちり、このＤＣではソーンに見張りをつけ、首都の外では電子装置を使って監視しておくのだ。

彼はにわかにやる気が高まるのをおぼえ、急ぎ足になった。きょうの会議のことをソーンに教えてなかったので、ソーンが話し合いのために仕事を中断されるのをいやがっていた、と大統領には報告しておこう。りっぱな態度だというふうに。

しかしまちがいなく、ウォールバーグは半ば無意識にせよ、大統領の呼び出しを無視したソーンに腹を立てるだろう。

10

ソーンはメイフラワー・ホテルのフィットネス施設でマシンによるウェートトレーニングを一クールすばやくすませ、シャワーを浴び、プールを五十回往復し、もう一度シャワーを使って無制限に水が消費できるぜいたくを味わった。

フロントにクランダルからの封緘したマニラフォルダーが、郵便配達人によってとどけられていた。内容のあるものか？　それとも、そっけない拒絶か？　後者ではないかと疑いながら、彼はＤＣで唯一知っている静かな場所へと歩いた。ジョージタウン埠頭だ。飲み物の売店から二段高いテーブルを選び、アイスティーを注文した。

左手方向、ワシントン・パークウェーへと出るキー・ブリッジの上では、混みあう車が低くうなっていた。白い船体に茶色の縁どりのある遊覧船が橋の下にさしかかり、船楼をおおう平たい陽よけがなんとか橋の下側アーチをくぐり抜けられるよう、身をちぢめるようにもぐりこんだ。

コーウィンに関するフォルダーを開いた。案の定、中身がすかすかの資料だった。小学校とハイスクール――平凡な成績――、短期大学を一学期だけ、そしてヴェトナムへ。傭兵としての考えうるキャリアへの根拠なき推測、彼が不在中の妻の死、北部の大森林への隠遁。しかし、彼らが削除を忘れていた――というか重要とはみなさなかった――事項があり、コーウィンにはのんだくれで暴力をふるう父親と、忍従する母親がいたらしい。それが原因で、彼が問題児に育ったと考えうる。電話の交信記録、なし。拳銃の弾道試験の報告、なし。犯行現場の証拠物件についても、記載なし。

遊覧船がソーンの右手遠くの埠頭のはし、《船でアレクサンドリア見物を》と書かれた看板下の係留所にすべるようにはいってきた。観光客が上陸してぶらぶらと歩きだし、四人組のクルーが折り返し出航の準備をはじめた。

ソーンは独力でもって、コーウィンが間近に隠れることによって二度も追っ手からのがれた事実をさぐりだしていた。だが、コーウィンがヴェトナムで遠距離射程のスナイパーとしていかに腕が立ったか、それを知る必要があった。そのあとの傭兵だったとされている期間、彼はなにをしていたのだろう？　どこで、それをしていたのか？　都市でか？　ジャングルのなかで？　あるいは砂漠で？　銃身の長いライフルを使った遠距離の殺しか、拳銃による至近距離のそれか？　それとも爆薬を使って？　ナイフ？　鉄線による絞殺？　はたまた、彼が自分の娘にやったような、面前での卑劣な方法か？

コーウィンについてのもっと広範な予備知識、もっと詳しい履歴をつかむまでは、彼がどこで、どうやってウォールバーグをねらうのか——また、いかに本気でねらうのか——の考察をはじめることさえできなかった。ここですわってアイスティーを飲んでいては、つかめるはずもなかった。

ソーンがウェーターをさがしてあたりを見まわすと、彼より一段上にすわっている身体をしっかりきたえあげたブロンドが、ハイキング用ショートパンツからはみでた内ももをたっぷり見せながら、さりげなく頭をさげて自身のシャツの襟に話しかけた。

おそらくクワンティコのＦＢＩ訓練所を卒業したばかりで、彼女にとっては初の大仕事なのだろう。送受信両用のマイクロ無線機を使い、埠頭から通りを二本へだてたところにいるであろう尾行車両に警告を発し、ほかの徒歩の尾行者たちに指示を出してもらっているのだ。

遠くジャングルや熱帯雨林やサバンナにあっては、気配は、ひっくり返されて裏の色淡い側が上になった木の葉、ゆっくりともとの状態にはねもどっていくひとむらの草、風もないのにかすかに動く枝かもしれない。ここでは、彼は服装とか動作の矛盾をさがした。

ハイキング姿で自分の襟に話しかける女。売店のすぐ下に立って停泊中のヨットのほうを手ぶりで示す、とても陽に焼けた二十代半ばのスポーツマンふたり――それぞれの耳にちっちゃなレシーバーがはまっている。盗んだショッピングカートを押す、中年の元気がなく目もうつろなホームレスの男。ところが、その浮浪者の肩までたれたくしを入れてない髪はあまりよごれておらず、靴もすりへるどころかぴかぴかすぎた。ハットフィールドはドーストからセッション・メモを力ずくで奪っておきながら、あきらかにそれを信用してないのだ。

ソーンは伝票の支払いをすませると、埠頭沿いにジョージタウン大学のほうに歩きもどった。尾行者たちはいずれはやっかいになるにしても、さしあたっては彼らの存在が意図に反して視覚上のホワイトノイズとなり、こちらの動きを隠してくれるだろう。

公式ルート以外の独自の情報源を利用するのに、ホテルの部屋の電話は使えなかった。携帯電話？　一回こっきりの使い捨てを手に入れるか、他人のを盗むか、あるいはテレフォンカードを買うかしなければだめ。それでもなお、そのいずれもが結局は探知されてしまい、それらを入手する行為自体が、自分が監視されていることを承知しているという事実を、ハットフィールドに知らしめることになるだろう。

不規則に広がるジョージタウンのキャンパスをさまよったすえに、古びてお化けの出そうな図書館を見つけ、裏にまわってなかにはいった。コンピューター室で、インターネットにログインした。民主党全国大会からはじめて、大統領の最近の成功したキャンペーンを報じる「ニューヨークタイムズ」と「ワシントンポスト」紙の記事を呼び出した。大統領候補指名の受諾後、ウォールバーグが妻のイーディスおよび成長した子供たちと並ぶ第一面の写真で、画面を一時静止させた。息子は三十歳、セントポールで弁護士をやっている。娘のほうは二十七歳、シカゴ大学にて心理学の博士号を取得。文句のつけようのない核家族。どんな秘密が隠されているというのか？

ソーンはもっともらしく見せかけるために一連の記事を選び、プリントを開始した。コーウィンに関する予備知識をより多く集めることは、ハットフィールドだって納得だろう。プリントアウトが終わると、レンジャー部隊の旧友ヴィクター・ブラックバーンに人目を盗んですばやくEメールを送った。パナマで片手の一部を失い、退役の日までデスクを前にキャリアをつとめあげようとしている男だ。彼なら職掌柄、陸軍の最高機密に属する資料の多くにアクセスできる。

ソーンとヴィクターはパナマでひどいことを目撃し——そして、やった——結果、ふたりのあいだに鉄のごとくかたい友情のきずなが結ばれた。彼らは圧力釜のなかのように緊迫した状況下に数週間をすごし、半ば気が狂う苦しみを味わった。背中合わせにすわりこみ、あたりを飛びまわったり、ふたりのうずくまる落ち葉の山から身体にはいのぼってくるあれやこれやの虫にさんざん食われ、雨はライフルの一斉射撃さながら激しくたたきつけてくるのだった。そして一度、ヴィクターが情報を吐けと拷問されている最中にソーンがあらわれ、敵がヴィクターの命を絶つまえに拷問をやめさせたこともあった。

ヴィクターへのEメールは、簡潔にして要を得ていた。

ヴィクターへ。ハルデン・コーウィン（ミドルネームはなし？）なる人物について、きみが掘り起こせるかぎりのことをたのむ。小さいときは問題児で、一九六六年に突然短期大学をやめて特殊部隊にはいり、精鋭狙撃手チームに志願してヴエトナムにおもむいたらしい男だ。彼はなぜ軍隊に志願したのか、どのくらい優秀だったのか、除隊後なにをしたのか。うわさでは傭兵になったようだが、おれは確証と、きみが調べうるかぎりでの多くのソースからの詳しい情報がほしい。

ソーン。

メールを送って文書を消去し、それからワークステーションをはなれてトイレに行った。大きなべっこう縁の眼鏡をかけた勉強好きらしい女性が彼のテーブルにさりげなく歩み寄り、プリントアウトの内容をメモできるようにしてやったのだ。

日が暮れかかるなかをホテルにもどり、ラウンジにとどまって飲み物をとりながらそっと様子をうかがった。ＦＢＩの連中は、ソーンがふたたび外出した場合にホテルの外で動きながら監視できるよう、ホテルのなかまであとをつけてきてなかった。それはまた、彼の部屋の電話機にもうすでに盗聴器がとりつけられていることを意味した。

彼の判断しうるかぎりでは見張られてなかったので、このときとばかりにフロントに行き、ほかになにか郵便が来てないかとたずねた。またマニラフォルダーがあずけられていて、今度はじかにとどけられたという。送り手の名は記されていない。

パディー・ブライアンからだろうか？　部屋にはいるや、自分でも驚くほどせっかちに封筒を破ってあけた。頼りになる人間が期待にこたえてくれたのか否か、ぜひとも知らなければならないと思いながら。

11

ブライアンからだった。殺人事件当日とそれをさかのぼる二週間の、〈ターミナス雑貨店〉の電話の通話記録のコピー。証拠が残る事務手続きをしなくてすむよう、電話会社の従業員から言葉たくみにせしめたものにちがいない。たぶん飲み友達だろう。社会工学の産物か。

タワーパーク・マリーナ、付属の〈サンセット・バー・アンド・グリル〉、そして隣接のトレーラーハウス専用駐車場へかけたのと、そこからかかってきた数回の市内通話。納入業者への長距離の送信が三回と、彼らからの受信四回。掘り当てたやまは、毎週火曜日と木曜日の午後二時に西部の州のさまざまな市からかかってきた電話で、最後の三回はロサンゼルスの同じ公衆電話ボックスからだった。いずれもニサ宛。

十一月三日、大統領選挙日の正午、いつもより二時間早くロサンゼルスの不明の番号からひとつ受信があった。〈ターミナス雑貨店〉の店主の話によれば、ニサが相手の声を聞いたとたん、「おまえか！」と叫んで受話器をたたきつけたという件だ。コーウィンが娘に、おまえたち夫婦を見つけたぞ、と告げたのか？

そうにちがいなかった。彼女は「あわてふためき」自分のほうから何本も電話をかけ——かけはじめたのは十二時四分——ビヴァリーヒルズの高級なマーキス・ホテルにいる何者かをさがしだそうとして、なかなかつかまらなかったのだ。その何者かはあきらかにイェーガーで、本人がソーンに語ったところでは、彼女の電話を受けるや、彼は個人雇いのボディーガードふたりをひきつれて彼女のもとに行こうとした。悪天候のせいで彼らの到着が遅れ、彼女と夫を救うことはできなかった。

コーウィンはニサと彼女の夫の居場所をどうやって知ったのだろう？　そして、場所を突きとめるや、なぜ彼女に電話したのか？　彼はもしかすると異常者かもしれなかったが、痴呆症ではなく、ものを忘れてしまうことはなかった。妻の死に苦しんで世間から身をひき、北の大森林で孤独に暮らしていたが、そこで何者かに撃たれた。しだいに、撃ったのは義理の息子だと疑うようになり、最終的にそう信じこんだ。そこで、娘夫婦の行方をさがしはじめた。

復讐。コーウィン流の倫理規定に照らした復讐。そう考えれば、ソーンにも完全に納得がいった。コーウィンが途中で切られるにきまっている電話をかけたのも、倫理規定で説明がつく。ほとんど騎士道に近い精神。

しかし、だったらなぜ、ニサをあれほどサディスティックな激情でもって殺したのか？　それに、コーウィンが自分を襲ったとみなした男がもう死んだ以上、なぜ彼はウォールバーグをおどしているのか？　さらにさかのぼって、マザーがコーウィンを殺したがったわけは？　コーウィンの死がマザーの出世をもたらすなんてことがありうるのか？

いやおそらく、だれもが信じたように、あれは狩猟の事故にすぎなかったのであり、デーモン・マザーの犯行などでは全然なかった。コーウィンはなんらたしかな根拠もなく、被害妄想にとりつかれて行動してきたのである。彼が大統領をつけねらうのは、より妄想の進んだふるまいにほかならない。

考えに窮したソーンは、例の火曜と木曜ごとの電話の件に頭をもどした。発信元はアリゾナ、ニューメキシコ、ユタ、コロラド、ネヴァダ、そして最後にカリフォルニア州。ウォールバーグのスタッフのだれかからの、はげましの電話だろうか？　いや、ニサがあわてふためいて電話をよこすまで、夫妻が選挙運動から身をひいた理由をだれも知らず、ましてや彼らの居所を知る者はいなかったはずである。

それを確認する手段は、もしかすると？　ソーンはジョージタウン大のコンピューターからプリントしてきた新聞記事にかがみこみ、ウォールバーグのキャンペーン部隊の行き先と、火曜と木曜の電話の発信地のひとつひとつとを丹念に照合していった。

フーヴァー・ビルディングのカフェテリアで、ぽつんとはなれた片隅のテーブルを囲んでいるのは、ハットフィールド、いんちき浮浪者、ジョージタウン埠頭でヨットのことを話しあっていたふたりのスポーツマン、そして図書館でソーンがなにをやっていたのかを調べた、あのべっこう縁眼鏡をかけた黒髪の勉強好きな女。すばらしい太もものもち主であるにせのハイカーを含め、尾行班の残りはメイフラワーの周囲の通りに張りこんでいた。彼らはだれひとり、ハットフィールドの精鋭の人質救出チームに属してはいない。が、いずれも意欲と能力のある捜査官ないし訓練生であり、ソーンの監視がしかるべき許可を得ておらず、たぶん違法であることを知らされていなかった。

ハットフィールドがテーブルごしに浮浪者を指さした。

「ゲーリー。彼には手を焼いたか?」

「とんでもない、ボス」ゲーリーはごみ箱あさりの役になりきり、実際にひどくくさかった。「やつは気づいてないですよ」

「彼は僻地じゃずばぬけて優秀かもしれないけど」と、けっこう貴族的な鼻をもつスポーツマンその一が、うすら笑いを浮かべて言った。「都会の環境におかれると、どこを見ていいか、だれをさがしていいのかもわかっちゃいない」

ハットフィールドは金髪の、とても若くしたジャック・ニクラウス似のスポーツマンその二をさした。「彼の一日を簡潔に」

「メイフラワーで朝食。上のフィットネス施設に行き、トレーニングと水泳。フロントに立ち寄り、コーウィンに関するファイルを受けとる」

ふたたびスポーツマンその一に。「マイケル？」

「ジョージタウン埠頭まで歩き、アイスティーを飲み、コーウィンのファイルを読む。しばらく考えごとをしたあと、そこを去る」

浮浪者のゲーリーがひきついだ。「ジョージタウン大のキャンパスをぶらつく。彼が図書館に向かうとすぐ、わたしがシャーリーンに知らせたので、彼女はさきになかにはいれました」

「彼はコンピューター室に向かい、インターネットにログイン」と、べっこう縁の眼鏡が言った。「彼がトイレに行ったすきに確認できたのですが、ニューヨークタイムズとワシントンポストの大統領選挙運動の記事にアクセスしていました」

コーウィンもつかもうとしているであろう大統領の行動パターンをなんとか見つけ、暗殺者にさきんじて、大統領と暗殺者が交差する場所に着こうと考えているのだ、とハットフィールドは思った。正しい、型にはまったやり方だ。よし。ソーンの動きは予測がつく。

スポーツマンその一が言った。「彼はメイフラワーにもどり、ルームサービスを注文」

スポーツマンその二がいきおいこんで言った。「部屋にはいりこみ、彼が新聞から選びとった記事を写しましょうか？」

「危険すぎるな。やつの電話には盗聴器をつけてある」ハットフィールドはこれでよしと、椅子の背にもたれた。「よくやった、諸君。監視をつづけてくれ。いいか忘れるなよ、もしやつがくそったれをしたら……」

「われわれがそばにいて、トイレットペーパーを渡してやりますよ」と、ゲーリー。

パニックに襲われたとき、ニサはイェーガーに電話で助けを求めた。火曜と木曜の電話はすべて、ウォールバーグの選挙キャンペーンが当日もたれる町からかけられていた。したがって、それらの送信はイェーガーからの激励だったにちがいない。イェーガーがニサ夫妻の行方はだれも知らなかったと述べたのは、うそだったのだ。ひとり芝居をやって、夫妻が身を隠すのを助けたのか？　それとも……。

マザーがコーウィンを殺そうとしたのだと、もしウォールバーグが信じるにいたっていたら、どうなる？　ウォールバーグはニサとデーモン・マザー夫妻を選挙運動から降ろし、シークレットサーヴィスのエージェントたちによる護衛からもはずさざるをえなかったろう。暗殺未遂事件が自分の選挙運動に向けられたどころか、おのれのチーム内から起こされたものだと知れたら、破滅的な結果を招くであろうから。もしそうなら、イェーガーの助力は、ニサとデーモンをメディアから隠すダメージコントロールであったことになる。

ソーンはニサの写真があればと願った。・三五七口径マグナムの所有者がだれか、知りたいと願った。あの夜のハウスボート上の出来事を、順序だてて再現できればと願った。あれも願い、これも願い……。しかし、どれひとつ容易にかないそうになかったし、ましてやハットフィールドの手の者たちが、まるでソーンのことを頭に刻みこまれたアヒルの子みたいに、彼につきまとっていてはとてもだめであった。

午前二時半にベッドにはいり、一時間、眠りを求めるのがこわいかのように何度も寝返りを打った。が、いったん眠りが訪れると、悪夢はともなわなかった。意識下で、自分は正しいことをやっていると思っていたにちがいない。

グスタヴ・ウォールバーグが大統領執務室の窓ぎわに立っていた。レースのカーテンごしに、少人数の庭師たちがホワイトハウスの広大な庭を春の花々の植えこみで輝かせる様子を、眺めている風情だった。実際には、昨夜の光景をまぶたに浮かべていた。

イーディス、彼のアメリカコガラのように敏捷な妻が、いつもの着古したナイトガウン姿でベッドのはしに腰かけ、彼女がクリスマスにプレゼントした高級錦織のローブを夫がぬぐさまを見守っていた。

「なにか気がかりなの、あなた?」

彼は言った。「政争と世論調査だよ、おまえ。野党の諸君がけしかけてるんだ、おれがテロリストの脅迫のせいで環状道路《ベルトウェー》から外に出られないでいる、おれがおびえているんだとにおわせてね」

「世論調査なんてなによ! 政争なんて!」彼女が夫の身体に腕をまわした。「あなたがおびえてなんかいるもんですか! あなたはわたしの勇敢な獅子なんですもの」

そのとき彼は決心した。

「あす、カートとスタッフと打ち合わせたうえで、発表しよう。主要な赤い州(アメリカのメディアでは共和党の強い州は「赤い州」、民主党が強い州は「青い州」とされる)を遊説してまわり、各地で国政ないし外交の重要政策をあきらかにすると。少々ゆさぶってやるさ」

彼は窓から目をそらした。突然そこに、イーディスではなく、ニサが映っているのを見たのだ。ミネアポリス空港そばの小さなモーテルの、きたならしく色あせたピンクの模造フロッキング壁紙がはられた部屋のベッドのなか、ニサは裸で彼を待っており、ベッドはふたりの情熱に喜んできしみ、壁にぶつかり……。

だが、ニサはいなくなった。死んでしまって、この世にはいない。そして、彼のほうは生きていた。

12

ホテルのプールを数往復しながら、ソーンは尾行するＦＢＩの連中をまいてやることに心をきめた。彼らの監視はとてもいいかげんであり、こっちをばかにしているといってもよかった。シャワーのノズルの下に立ち、最初は熱い湯、次いでつめたい水をしたたかに浴び、タオルでふき、服を着た。

よし、彼らをまいてやる。ただし、それが計画的だと連中にわからない方法で。そのあと、なにをする？　映画？　バー？　ウォールバーグがワシントンのベルトウェーの内側の鉄壁の警護をあえてこえるまで、待つほかなかった。まちがいなく、コーウィンもそれを待っている。

そのとき、なにをすればよいか答えを思いついた。尾行をまいたあと、偶然をよそおってパディー・ブライアンと会い、事件現場の鑑識結果がほしいとほのめかすのだ。

ウォールバーグは正午に、地階の会議室で部下たちと会った。イェーガー、クランダル、クォールズ、そして一同に命じられたものをはこぶ役のパディー・ブライアン。

会議の公式な記録はとられなかった。テープもビデオ・レコーダーもスイッチが切られた。

日常業務の——安全保障のではなく——打ち合わせだと、スタッフには発表されていた。通常はここで毎朝、国家安全保障会議が開かれているのである。それには国家安全保障顧問ゲルソン・ヘニングズ、シークレットサーヴィスのホワイトハウス分遣隊長シェーン・オハラ、および国土安全保障局、ＦＢＩ、ＣＩＡ、国家安全保障局《NSA》の各局長が出席する。

「きみたちに二週間をあたえる」と、ウォールバーグは部屋に集まった面々に告げた。これが州知事時代からの彼のスタイルだった。部下たちはプレッシャーのもとで最善の努力をした。「そのあと、われわれは主要な赤い州を大々的に遊説してまわる。どこに行き、そこに着いたらなにを言うべきか、きみたち全員の意見が聞きたい。そしてその最後に、この政権第一期のテーマを、だれもが見てわかるような簡にして要を得た言葉で述べてもらいたい」

「二週間！　それではとても余裕がなくて——」

「きみにはそれだけの時間しかないんだ、カート。閣僚たちとシークレットサーヴィスに連絡する。スピーチライターたちを休ませない。スポークスマンたちを派遣し、報道陣との手はずをととのえさせる。オハラに地元警察、国土安全保障省、ＦＢＩと役割を調整させる」あの名高い笑みをハットフィールドに向けた。「その他のFBIとだ」

「問題はコーウィンか！」と、ハットフィールドが叫んだ。

「そのとおり。コーウィンだよ。きみの判断を聞かせてくれ。ベルトウェーの外側で、われわれが公衆の前に姿を見せても安全かな？」

躊躇するときではない。「わたくしとわがチームはいまはもう、彼が十一月にカリフォルニアの三角州でどうやってのがれたのかを知っているのです、大統領、そして三月にカリフォルニアのキングズキャニオンで、彼がいかにしてわれわれをやりすごしたかも」コーウィンの手段を見つけだしたのがソーンだったことを、ハットフィールドはあきらかにしなかった。「われわれがもう知っている以上、彼がどんな暗殺計画を仕掛けようとも実行は不可能でしょう」

ブライアンはホームバーの背後にいた。だれにも気づかれず、過ぎ去った時のゴーストのように。大統領が彼らにスポークスマンを派遣するよう命じたとき、ブライアンは自身の気持ちが高ぶるのをおぼえた。ぼくももとの仕事にもどれるぞ！　この瞬間から、ソーンは彼のレーダーから消えた。

イェーガーの口調は激しかった。「きみの言うように、テリル、ハル・コーウィンはまだ生きていて、大統領を暗殺する願望をもって活動しているんだ。だから、彼のもたらす危険は依然としてきわめて大きい」

「大きいけれども、想定はできます、外国人のテロリストや白人優越主義者、中絶反対の活動家や右翼の変人たちがひき起こす危険と同じように。遊説の場所さえきまれば、大統領、わたくしとわがチームは行く先々でのありうる危険を想定できます」

「仕事にかかってくれ、諸君」と、ウォールバーグは言った。「きょうの午後からはじめて一日に二回、ここにいる全員から簡単な報告をしてもらう」

ほかの者たちが去ったあとも、彼は居残った。イェーガーに事前に相談をしてなかったけれども、ふたりのあいだのきずなは選挙日に共になしたあの決定にさかのぼるのであった。カートに多大なる権力を付与する決定。とはいえ、そのイェーガーさえすべてを知っているわけではなかった。そんな者はひとりもいない。

「あのう……大統領……」彼はさっとふりむいた。パディー・ブライアンだった。

「さっきおっしゃいましたよね、遊説に出られるまえに、スポークスマンたちを派遣する必要があるだろうと。よろしかったら、わたくしも……」

「問題外だ！」と、ウォールバーグははねつけた。ブライアンの飲酒癖については、クランダルとクォールズから聞かされていた。彼は大またで部屋を出るまえに、ちょっと足をとめてひと言つけ加えた。「この愚か者め」

ハルデン・コーウィンはおのが思いと同じほどにもにがいブラックコーヒーを飲み、日課であるウォールバーグの旅行計画のチェックをすべくラップトップ・パソコンで大統領の公式ウェブサイトをクリックし、痛むひざをさすった。おれはだれの目をごまかそうとしているのだ？　おれは障害をかかえているようなものじゃないか。日々訓練を怠らないでいたが、たとえ標的をとらえたにしても撃ちそこなう可能性があった。じっと手をこまねき、ここで朽ち果てるべきかもしれない。ごく限られた暮らしを送ってきた、この一部屋の小屋で……。

そんな自己嫌悪もどこへやら、彼はぐいと背筋をのばした。旅行計画が出ている！きょうから二週間後に出発し、六日かけて五州をまわり、十ヵ所に立ち寄る。リストアップされた町と都市と農村地帯のうち、ひとつが目にとびこんできた。何年もまえ、国外での仕事の合間にくつろぎを求め、その地点の近くまでハイキングに出かけたことがあったのだ。

テリーを家に残し、幼子の面倒をまかせた。記憶が心をさいなみ、思わずすすり泣いた。テリーの死後、彼はミネアポリスのヘネピン・アヴェニューのひき逃げ事件の現場に行ってみたのだった。テリーが青信号で横断中、交差点に斜めに突っこんできたマーキュリー・クーガーがぶつかり、彼女の身体を六十フィートはなれたオフィスビルの二階の窓にたたきつけたらしい。

ひき逃げ犯は一週間後に逮捕された。処分は一年間の免許停止。コーウィンは男をつけねらい、男の妻から夫の命を奪ってやろうと誓った。男がコーウィンからテリーを奪ったように。

同じ日の夜から、悪夢がはじまった。ドスンと衝撃音がし、彼はテリーが歩道にぶつかるまえにつかまえようと、交差点を必死にかけていた。まにあわなかった。彼女の破壊された死体のわきにひざまずくと、彼女がふわりと起きあがり、すべるように立ち去りはじめた。

彼も妻の名を呼びながら走った。傭兵の任地の、死体があちこちに散乱し、暑く荒廃した風景のなかを追いかけた。彼女がとまってふりかえり、とても悲しそうな目で彼を見、そのあと迫撃砲でずたずたにされた林のなかにはいってゆき、消えてしまった。

そのときに、目がさめるのだった。毎回。

悪夢がさらに二年余の傭兵稼業のあいだずっとつづいたあと、彼はようやくテリーが自分になにを話しかけているのか理解した。〝これ以上、人を殺さないで〟。暑い国々で死を商売にするのはもうやめろ。彼女を殺した男を殺す考えはもう捨てろ。コーウィンは妻と暮らした家をニサに譲渡し、北の森にはいって人をではなく、動物をわなでとらえ銃で撃つ狩人になった。悪夢はやんだ。そうして年月が過ぎていった。それから彼自身が撃たれた。襲撃者の銃弾は彼を倒し、肉をひき裂き、半ば身障者にし、理性と感情をゆがめさせた。もはや動物さえも狩ることができなくなった。彼の人生は終わった。

ところが、ポーティッジにあるホイットビー・ハーニルドの小さな診療所に入院していた彼を、ニサが車で訪れはじめた。傷がいえると、娘はクリスマスに父をセントポールに招いた。彼が自分を撃ったのはだれで、なぜかをさぐりだそうとすると、彼女はそれを手伝い……。

　意識がウォールバーグの演説場所にもどった。そこならうまくいくだろう。おれがうまくやってみせる。元気づいた彼は足をひきずって狭い小屋を横切り、暖炉わきの壁にかかったフリース裏地のジャケットをとった。衣類とわずかばかりの所持品を納めるために自分でこしらえた洋服だんすに歩き、銃ケースをとりだした。

その日に使うためのライフルと、望遠照準器《スコープ》と、弾薬。いまではずっと新しく、はるかに優秀な狙撃用の装備《ハードウェア》が手にはいる。たとえばM四A三ライフルと、最新式ナイトスコープのAN／PVS‐一〇。でも、重要なのはハードウェアではない。すぐれた狙撃手をつくるのはソフトウェア——脳味噌と肉体の内部配線——である。

　本日からビタールート山脈自然保護区域へ出発する日まで、すべての射撃練習は一千ヤード先の標的をねらっておこなうのだ。想定しうるかぎりの警備境界線をこえた先、現在でもごくわずかな射手しか撃ちえない距離の標的を。おれの夢のなかで追跡してくる危険な獣は、もし現実に存在するとしたら、そうした数少ない射手のひとりだろうか？　いずれにせよ、ハル・コーウィンがどこで、いつ銃を発射するかを、そいつに正しく予測させてはならない。

コーウィンはライフルをもち、寒い北の春の日のなかに出た。一瞬、ある記憶が鮮明によみがえった。ずいぶんむかし、父親につれられてはじめてシカ撃ちに出かけたときのことだ。ハンターたちの銃撃音がとどろき、十三発目が鳴ったとき、父親は言った。〝今夜の雪の上には血がしたたっているだろう……〟

大統領と大統領の側近がこぞってモンタナ州西部に出向く予定になっていた。そこで一行を待ち受けているのは、銃を手にしたハルデン・コーウィン。その夜もまた、雪の上に血がしたたるだろう。

ブレンダン・ソーンは豪奢なメイフラワーのロビーを、目的もなさそうにぶらぶらと横切った。スポーツマンその一がロビーの椅子から腰をあげながらあくびをし、新聞を折りたたんだ。回転ドアからコネティカット・アヴェニューに出ると、目に見えない網に囲まれているのを承知でジョージタウン埠頭に向かった。

夕闇が濃くなるなかを、三階建てのガラス張りのレストランへと歩いた。今夜は、通りの段の陽よけのかかった飲み物売店でもなく、プラスチックのコップにはいったビールでもない。二階の高さの屋外にある、ディナー用に準備されたテーブルを選んだ。

図書館のべっこう縁眼鏡の女と、太もも自慢の女性ハイカー——今夜はとりすましたふくらはぎ丈のドレスでそれを隠していた——がすぐ近くのテーブルをとり、ジョージタウン大学での彼女たちの架空の仕事についてにぎやかにおしゃべりをはじめた。ウェートレスが水とメニューをもってくるや、ソーンはFBIの方々が聞きとれるように声高に注文した。

「ハウスワインのシャルドネをグラスで、それとまず前菜にフライドクラムをもらおうか。で、ぼくの水にはレモンのスライスをひと切れたのむ」

ウェートレスがメモパッドに書きとめた。「承知いたしました、サー」

ウェートレスはFBIたちのテーブルに寄ってメニューをおいていった。ソーンはポトマック川のヴァージニア州側、まばゆい照明のついたパークウェーを行き交う車の流れを眺めた。ウェートレスがワインをはこんでもどってきたとき、彼は白い遊覧船が船の列に並んでキー・ブリッジの下をくぐりはじめるのを見た。

「クラムはすぐにおもちします、サー」彼女はジョージアなまりがあり、肌はマホガニー色で、髪を手のこんだコーンローに編んでいた。

「ありがとう。それで、あのう、お嬢さん、化粧室はどこかな?」

「なかにございます、サー、三階に」

彼は二十ドル札二枚を、ふたりのＦＢＩに見えないよう水のグラスの下にすべりこませてから、きらびやかに飾りたてた室内レストランへと階段をのぼっていった。ＦＢＩの女はどちらも、席を立ってついてはこなかった。階段をのぼりきり、厨房を通って奥の生ごみバケツが並ぶ細い通路に出、それから巨大な噴水を囲む円形のショッピングモール裏の、まだ完成しておらず人けのないアーケード街を抜けた。

観光客たちがまだ、ショッピングモールのむこうの小さな公園の先の埠頭へ、遊覧船から上陸しているところだった。ソーンがレストランのテーブルをはなれて船に乗りこむまで、四分しかかからなかった。

13

囲われたキャビンの内部は、だれもすわっていないベンチが十二列並び、船橋《ブリッジ》にのぼる狭くて急な階段があった。船尾側、後部観覧デッキへと開いたドアのあいだで、山高の紙帽子をかぶったにきび面のティーンエージャーが、熱い煎りたてのポップコーンを鍋から注いでいた。その香ばしいかおりがキャビンいっぱいに広がった。

ソーンは短いタラップが見えるように、かなり前寄りのベンチを選んで腰かけた。彼のあとからは、もうだれも乗ってこなかった。船長がブリッジへの階段をのぼっていった。まだ二十歳をこえておらず、ひどいもじゃもじゃの金髪頭だった。

もやい綱を解かれた船が岸壁をすべるようにはなれ、アレクサンドリアをめざし川下へとへさきをまわした。録音された解説が川の左右の名所を指摘したが、暗闇のなか、両岸のパークウェーを流れるヘッドライト以外はほとんどなにも見えなかった。

母親と十歳の息子がソーンの先のベンチにすわった。男の子はひざ立ちし、手のひらサイズのビデオカメラで窓ガラスごしに撮影したあと、すわりこんで自分が写した場面を再生しようといくつかボタンを押した。

十代の少女がふたり、キャビンの奥側に腰かけてくすくす笑いながらうわさ話をはじめた。さらに四人のティーンエージャーがそこに加わった。全員が革のジャケットにジーンズ姿。ひとりの少女が片手をあげ、その手でひな鳥がくちばしを開いてぱくぱくするしぐさをまねた。少年がポップコーンを買ってきて、ひとつかみを彼女の口に押しこむと、ほかの連中が笑いころげた。彼らはみなロシア語をしゃべっていた。DCならではの光景。

遊覧船は七時三十分に、オールドタウン・アレクサンドリアのキャメロン・アンド・ユニオン・ストリート埠頭の停泊場にすべりこんだ。ディキシーランドのバンドが、第二次大戦時代の名残からアートセンターに変貌した旧魚雷工場の前で、音はでかいけれどもへたくそな演奏をしていた。埠頭にあるしゃれたレストランからステーキを焼くにおいが漂い、ソーンの食欲をそそった。なにしろ、フライドクラムを食べそこねたから。

キング・ストリートのはるか先のつきあたりに、ジョージ・ワシントン・マソニック・メモリアルが輝いていた。ソーンはその方向に歩いていき、マーケット・スクエアと薬剤師博物館を通り過ぎた。玉石敷きの道で、建ち並ぶ古い邸宅と風化した化粧れんがのオフィスビルは丹念に手入れがほどこされていた。

歩いているのは、大半が夜の散歩に出てきた土地の人たちだった。彼は足をとめ、白と黒のぶちのスプリンガースパニエルをなでてやった。

「タキシーって名前なの」と、犬をつれたグラマーな金髪女が言った。「白い胸がタキシードみたいだから」

「いい名だ」と、ソーンは応じた。「かわいい犬だね」

女が金色の巻き毛をおどらせてうなずいた。「犬は最良の友だわ」と、真剣な顔で言った。

〈ハード・タイムズ・カフェ〉は埠頭からキング・ストリートを半分くらい進んだと

ころにあった。なかにはいると、重厚な扉のわきから正面の壁沿いに席が並び、そこに客はひとりもいなかった。係の立ってない受付の奥にカウンターがあり、ウィークデーの夜なのに飲み客で半ば埋まっていた。

ソーンはボックス席につき、生ビールとベーコンチーズバーガーとフライドポテトをたのんだ。もしパディー・ブライアンがあらわれなくても、彼としては少なくとも食べ物にありつけたわけだ。満腹の吐息をもらし長椅子にもたれかかったところへ、人影がぼうっと寄ってきた。ブライアンだった。顔が赤く、髪はぼさぼさ、言葉も少々不明瞭。

「ソーン！　いったいここでなにをしてるんです？」

ソーンは立ちあがり、手をさしだした。パディーがその手を握った。パディーの手のひらはじっとり湿っていた。

「ジョージタウン埠頭にいたんだが、オールドタウンへの遊覧船を見かけたのでとび乗ったのさ。一杯おごろう」

「自分のをカウンターからもってきますよ。いまトイレに行ってたんです」

彼が半分空になったグラスを手にもどり、ソーンの向かいにすわるや、ないしょ話をするようにテーブルに身をのりだした。

「さて、うそはなしで、ソーン、どうしてハード・タイムズくんだりまでいらしたんです?」

酔ってはいても、ばかな男ではなかった。

「例の電話記録の礼を言いたくてね」

「なんの電話記録です?」ブライアンは無表情をよそおった。空のグラスをかかげてみせた。「ぼくは自分のキャリアの終わりを祝っているんですよ」

ソーンはウェーターの目をひきつけ、手で円を描いて飲み物のお代わりをたのんだ。

「どうも意味がよくわからないな」

「大統領の地方遊説のことは聞きました?」

「フォックスのニュースチャンネルで言ってたな」

「総力キャンペーンです。スポークスマンの派遣やら、なにもかも」

「へえ、そりゃすごいじゃないか! きみはまえにスポークスマンだったから――」

「いや、ひどいもんです。スポークスマンのひとりに加えてもらいたいとにおわせただけで、大将をおこらせてしまいましてね」新しい酒を半分ぐいっと飲み、目をあげてソーンの視線を受けとめた。「飲みすぎるのは自分でもわかってます、でもね、仕事にさしさわったことは一度もない。あの間抜けふたり、クランダルとクォールズのしわざだな。あいつらはおべっか使いで、おそらくゲイ関係にあって、ぼくが信頼できないといつも大統領に告げ口している」

「たしかきみらは三人とも、ミネソタ州知事時代から大統領といっしょだったよな」

「ええ。いい時代でした。ぼくとイェーガーとクランダルとクォールズ、それにニサ……」悲しそうに首を横に振った。「美人で、政治のセンスがよかったなあ。彼女とぼくはむかしは仲がよかった。おたがいのことを話しあって」

「彼女はなぜウォールバーグの大統領選キャンペーンに加わらなかったんだ?」

「彼は州知事時代、彼女と性的関係をもってたんです、彼女がマザーと結婚するまえと、したあとも。ウォールバーグは大統領選への出馬を表明するや関係をご破算にした。ほら、言うじゃないですか、遍歴の騎士はよろいかぶとに居ずまいを正せば清廉さをとりもどす、とかなんとか。彼女が泣いていたので、ぼくがどうかしたのかと聞くと、思わず秘密をもらして……」

清廉さをとりもどす、ウォールバーグはニサにそう言ったかもしれないが、本心はちがったろう。大統領選立候補者はすべてメディアによる微に入り細をうがった身辺調査にさらされるため、それによって情事が露見するのを恐れたのだ。ソーンは相手がしゃべっているのを、聞いていなかったことに気づいた。ブライアンが酔った目で、こっちをじっと見つめていた。

「ほかの理由もあったんです。われらがすばらしき首席補佐官、くそったれのカート・イェーガーがニサとやりたがった。彼女がつめたくはねつけると、あいつは選挙運動をになう女性たちを追っかけはじめ、苦情がいっぱい出た。そこで」——ブライアンが楽しそうに笑っている——「キャンペーンにのりだしてまもなく、シャーキーというロスの黒人ポン引きが場所と時間を問わず、行く先々で土地の黒人娼婦を世話しはじめましてね、なぐられても平気な女たちを」

どれひとつ、ソーンのための説明になってなかった。そこで、彼は聞いた。「ウォールバーグが党の指名を得たあと、なぜニサは運動にふたたび参加するのかな？」

「じっとしていられなかったんです。政治好きの血が騒いで。ウォールバーグの演説原稿を書き、キャンペーンの戦略を練って……」また悲しそうに首を振った。「いまいましいウォールバーグは、コーウィンがニサ夫妻をねらっていると知ると、彼らを見捨ててしまった。信じられないでしょう？　そして、ふたりは殺された。もちろん、ウォールバーグのかかげる大いなる理想なんて、ほとんどたわごとにすぎなかった。まだ州知事だったころに、彼はぼくらに言ったことがある、彼を大統領候補指名からはずせる事実をなにか知っているやつがいて、そいつのことがこわいんだと……」

それがコーウィンだったはずはない。コーウィンとウォールバーグは同じハイスクール仲間だった、たしかな事実として。ただし、ウォールバーグの父親はミネソタ州ロチェスターの市長をやっていた——それらウォールバーグの若いころのことは周知の事実である。それでも、かりにマザーがウォールバーグの発言を聞き、おびえの原因がコーウィンであると思いこんだとしたら、マザーはウォールバーグに貸しができると考えたかもしれない、もし自分がコーウィンを……。

「彼がその話をした日、デーモン・マザーはそこにいたのかい?」

「おぼえていませんね。いまさら、それがどうしたというんです?」ブライアンはよろよろと立ちあがり、ふらつく足でトイレへと歩いていった。

これまで語られた酔っぱらいの誹謗中傷のなかに、なにか有益な情報があっただろうか? たしかにあった。ウォールバーグの過去になにかが隠されている。

ブライアンがよたよたともどってくると、ソーンは言った。「いいかね、パディー、例のFBIの男、ハットフィールドが必要な資料にアクセスさせないため、おれの仕事はひどくやりづらくなっているんだ」

「わかっています。あなたはたしか、鑑識結果と凶器の出どころをたずねてましたね。犯罪現場と、銃」ブライアンが指先を鼻のわきにあてた。「それはパディーちゃんにまかせてください」

ソーンはブライアンを、〈ハード・タイムズ・カフェ〉から二ブロックはなれたキャメロン・ストリートの彼のアパートメントまで歩いて送ってゆき、最終の遊覧船に乗って午後十時にジョージタウンにもどった。歩いてホテルに帰った。

監視人たちは外で任務についていた。ソーンが姿をあらわしたとき、彼らが一様にもらす安堵のためいきが聞こえた気がした。彼らはソーンの部屋をがさ入れしてなかったし、彼が六時間近く行方をくらましていたことを、おそらくはハットフィールドに報告しないだろう。

14

翌朝、ソーンはホテルが泊り客のために備えてあるコンピューターの一台で、ヴィクター・ブラックバーンからのEメールを受けとった。

この六年あまり、いったいどこに行ってたんだ？　おれはあいかわらずベニング（ジョージア州西部にある陸軍訓練センター、フォート・ベニングをさす）で、なまけて太ってる。こないだの健康診断では、腕立て伏せを七十五回しかできなかった。おれたちが屁もひらずに、そいつを二百回もやれたころのこと、おぼえてるか？

ハルデン・コーウィン。ある種の世界では、その野郎はいわば伝説と化している。おれとしては全盛期の彼と対決してみたかったな。飲んだくれの父と忍従の母という、機能不全の家庭の出だ。察するに、その親父は酔っぱらうと息子をなぐったんだろうな、おそらく。

ロチェスター・ハイスクールでは、しょっちゅうトラブルを起こし、スポーツは優秀だった。彼とウォールバーグは、ムスタングズという名の地元のアマチュアチームでアイスホッケーをやった。両者とも、一九六五年六月に卒業。ウォールバーグはミネソタ大学に進み、コーウィンは九月にロチェスター短期大学に入学、十八歳になったばかりの乱暴者としてだ。

一九六六年の大晦日、コーウィンは盗んだ車を酔って運転し、ひき逃げ事故で人を死なせた。裁判官は彼に選択をさせた。志願兵としてヴェトナムに行くか、自動車運転過失致死傷罪で厳しい実刑判決を受けるか。

彼はヴェトナムを選んだ。出発の前日に、テリー・プレスコットという名の女性と結婚。現地で三クールの勤務期間をすごし、あとのほうの二回は敵陣での遠距離狙撃手をつとめた。銃のあつかいにとびきり秀でていたということだ。一度にひとりずつ、千ヤードの射程で四人のヴェトコン将校をしとめた。

ヴェトナム戦争が終わると、彼はテリーのもとにもどり、七三年にふたりは娘のニサをもうけた。しかし、平和時の陸軍に彼の居場所はなかった。七〇年代半ば、彼は傭兵の道に転じた。残っている記録はきわめて大ざっぱだ。あるいはナイジェリア。あるいはアンゴラ。あるいはスーダン。あるいはビアフラ。そのすべてかもしれない。全然ちがうかも。あるいはイエス、あるいはノー、あるいはまったくのでたらめ。

国務省が彼のパスポートをとりあげようとしたが、ただし確証はない。スクリーンから消えてしまったのだ。おれのアクセスしうるかぎり、公的な記録は残っていない。ほかの部局にあたれば、調べていることがばれてしまう。おまえがコーウィンを追っているのなら、こてんぱんにたたきのめせ。やつがそんなに優秀なはずはないんだ。そのうちおれに一杯おごり、ことの顚末を聞かせてくれ。

すると、コーウィンの妻テリーは、彼がウォールバーグといっしょにアイスホッケーをやっていたころは、彼のガールフレンドだったわけである。ウォールバーグはこの妻を知っており、ずっとのちに彼女の娘と不倫の関係をもった。むかつくが、そういうことなのだ。そして、コーウィンはヴェトナムに行って以降、ウォールバーグと一度も再会してない。

敵の間近に隠れること。ソーンはぞくぞくしてきた。ブライアンが期待にこたえてくれるのを待ってはいられない。再度実地検証にはいる旨をハットフィールドに告げ、あす飛び立とう。

ジャネット・ケストレルは、グローヴランドからカサロマの〈リヴァー・ストア〉

まで、カリフォルニア一二〇号線の十マイルを車に乗せてくれたしらが頭の牧場主に、手を振って礼を言った。〈リヴァー・ストア〉は茶色の粗木造りの平屋で、尖塔状の板ぶき屋根がカフェテリアの店の部分をおおい、裏に〈ＡＱＵＡリヴァー・ツアーズ〉の事務所と物置があった。

屋根と手すりのついたポーチの上方に、ライトブルーに塗られた木製のコーヒーカップとソーサー、それに青と金色の文字で《エスプレッソ・デリ——リヴァー・ストア》と書かれた大きな青地の看板が、かけてあった。ポーチの支柱の一本からは、アメリカ国旗が斜めに掲げられていた。駐車場に一台だけとめてあるのは三年前のスズキのＳＵＶで、それは店のオーナーであるサム・アーネスの車だった。

「やあ、ジャネット」アーネスはしらがまじりのカイゼルひげをたくわえた大男で、長い髪をポニーテールに結び、ジーンズにブーツをはいて上は色あせたマキノーコートを着ていた。「ジェシーはパイン山湖畔キャンプ場に行ってて、フローはこっちに向かっている途中だ。彼女がきみを乗り入れ場《プットイン・スポット》まで乗せてってくれる」

彼女は自分のフォーランナー四輪駆動車がなくて残念に思った。それがあれば、数千フィート下のトゥオルミ川まで、五マイルのひどい泥道もどうってことない。フローの車でゆっくりとくだるのとでは、まるっきりちがうのだ。

「じゃ、コーヒー一杯の時間はあるわね」

「それにデニッシュペストリーもな」アーネスがにっこり笑った。

ジャネットは去年やったトゥオルミの急流下りガイドの仕事をなつかしく思っていたので、もどってこられたのがうれしかった。細く、流れの速い、曲がりくねった川を、ゴムボートでくだっていくのが好きだった。それはレベル四のライドで、水中の岩にぶつかる事故を避けるには大変な技量を要した。彼女はしかし、〈ショ・カ・ワ・カジノ〉のチャーリー・クイックフォックスから連絡がありしだい、川の仕事をきっぱりやめるつもりでいた。

非合法な手段は避けたらどうなんだと彼らは問題にするだろうし、司法省の国内公安課が自省の捜査官のオフィスに盗聴器をしかけているという被害妄想的疑念を完全には追い払えなかったので、ハットフィールドはレイ・フランクリンとリンカーン記念館で会うことにした。環状線の内側の人間がそんなところに出向くのは、よそからの客につきそってでもないかぎり、まっぴらごめんだろう。実際にそこは、ネブラスカ州イーストジーザスやアーカンソー州ディズマルシーページといったまったくのいなか町から来て、キャーキャー騒ぎ走りまわる小学生たちで混みあっていた。このあたりのどこでだって、だれかがハットフィールドたちふたりを見かけるとか、話を盗み聞きする可能性はまずない。

彼らは記念館正面の細長いリフレクティングプールを見おろす場所に並んで立った。赤の他人のふたりがたまたま、静かな水面をじっと見つめている風情で。レイ・フランクリンはまったく飾りけのない実戦部隊員で、身長六フィート、冷徹非情であり、人質をとられた状況下に狙撃銃を握らせたら本領を発揮するが、スーツにネクタイ姿ではおちつかなそうだった。

ハットフィールドは相手のほうを見ずに話した。

「きみのお友達のソーンがあすミネアポリスに飛び、それから車で北に走り、コーウィンの小屋があったポーティッジに向かうらしい」

レイはマールボロを一本振り出し、火をつけ、むさぼるように煙を肺まで吸いこんだ。お友達という、ハットフィールドの皮肉な言い草がおもしろくなかった。ソーンにはまだ会ったことがないが、彼には頭にきていた。コーウィンが三角州とキングズキャニオンでおれたちをこけにした方法をあの野郎が見つけたせいで、おれとウォルト・グリーンは無能呼ばわりされたのだ。おれたちが能なしに見られたってことは、ひいては人質救出／狙撃手チーム全体が無能視されたってことになる。

「あのくそったれ！　あそこではなにも見つかりっこないですよ。おれたちはあの地域を、くそに群がるハエみたいに徹底的に調べましたからね。中空の丸木や、暖炉のがたついた石さえチェックした。コーウィンの応急手当をした例の個人営業のいなか医者に話を聞き、銀行の支店長やカソリックの司祭、プロテスタントの牧師からも事情聴取して……。銀行の支店長以外、だれもなにも知らなかった。支店長が言うには、コーウィンが出ていったあと、あの医者が小屋を買って手入れし、この春に貸し出したらしい。それで一巻の終わりですよ」

「それはそれとして、ミネアポリスに出向き、ミネアポリスの地区捜査官《AIC》がソーンに提供する予定の車にGPS送信器をとりつけてくれ」

「あいつの面談の内容も盗聴したらどうなんです?」

「監視されてると警戒させたくないんだよ、レイ。彼がどこへ行くのか、それだけ知ればいい。いずれにしても、あいつはなにを聞き出すつもりかね? 彼が会うのと同じ面々に、きみらはすでに聞きこみをしているんだからな」

　コーウィンは自身の射撃の結果に期待しようともしなかった、それはただたんにいわば……起こるものでなければならなかった。スコープを通して千ヤード先に樹皮がめくれた白い木質の形成層が見え、そこは彼の弾がオークの木に命中した箇所だった。もしそれが人間だったなら、標的は死んでいたろう。

　たくみに身をひねって立ちあがり、左脚を叱咤激励しながら小屋まで三マイルを歩きもどった。今夜、ホイットビー・ハーニルドにEメールを送り、小屋を立ち退く旨を告げよう。七マイルの道を運転して町に行き、それを知らせるのは無用の危険をおかすことになる。このあたりでは、彼は顔を知られていたから。

十日以内に、グスタヴ・ウォールバーグは側近をまわりに配して山間の牧草地に設けられた台上の演壇に立ち、スピーチを開始するだろう。大統領が演説を最後までやりとげられる確率は、はたしてどのくらいある？

ソーンがメイフラワーの重厚な受付カウンターに立ち寄り、数日部屋をあける予定だと告げると、フロント係は九×十二インチ・サイズの封筒をよこした。外の見張りたちに気づかれないようオーバーのポケットに突っこみ、ポトマック川を渡ってレーガン・ナショナル空港へと走るタクシーのなかで封筒を開いた。いうまでもなくブライアンからだった。

三角州の犯罪現場の資料である。・三五七口径マグナム拳銃はデーモン・マザーが前年の三月中ごろにミネソタ州セントポールの銃砲店で買い求めたもので、おそらくコーウィンが生きてあらわれた場合の自衛用だったと思われる。それから判断して、コーウィンの考えが正しかった可能性は非常に高い。マザーに撃たれた、とする考えだ。となると、コーウィンがハウスボートに押し入ってきたとき、なぜデーモンは撃たなかったのだろう？　凶器についていた指紋はコーウィンのものだけだった。なんという皮肉。マザーとニサは自分たちの銃で殺されたのだ。コーウィンはどうやって、それを彼らから奪ったのか？

ソーンはレポートをしまった。ポーティッジの医者から、コーウィンの傷がどのくらい彼の身体能力にダメージをあたえているのか、聞き出したかった。ヴェトナムにあって、コーウィンは射程千ヤードの暗殺者だった。彼はこうむった負傷のせいで、ウォールバーグを以前ほどの精度で狙撃することがかなわない身になっているのだろうか？

15

どうあってもハットフィールドは肩ごしにのぞきこもうとするのだからと、ブレンダン・ソーンはミネアポリス空港で待っていた自動車――もちろんクラウン・ヴィック――を点検しなかった。車体の下にＧＰＳ送信器が隠されているのは承知だ。どのみち、現場で監視する者がいなければ、ＧＰＳ追跡装置は無用の長物である。なぜなら、おれはＦＢＩの連中が予想しているまさにその場所に行くつもりだから。ただ、連中が予期していない事柄を聞き出したかった。彼らがみずからの聴取で知りえなかった事実を。

北へ走るミネソタ一六九号線は、フェアバンクスに向かう途中の沼沢地にはさまれたアラスカ・ハイウェーを思い出させた。平坦な風景がダークグリーンの常緑樹の林によって破られ、林は一マイル走るごとにしだいに密度を増していった。右手には、ミルラクス湖が大きく広がっていた。さわやかに晴れた日だった。青い湖水と輝く太陽、モーターボートでウォールアイを流し釣りしたり、あるいは雑草生い茂る湖岸でカワカマスやその幼魚をねらってルアーを投げる漁師たちが見られた。

冬のあいだは、凍った湖面に穴釣りの人たちのそり付き小屋が点在し、ストーブの煙突から煙がたなびいていることだろう。ソーンが仲間とアラスカでやったように、子供らがシャベルで雪かきをしてスケートリンクをつくり、放課後にはリンクの両端にバックパックを積みあげ、アイスホッケー用の臨時のゴールにするだろう。

ポーティッジの町。酒場が三つ。教会がふたつ。カフェ、イタリアンレストラン、ピザショップ、商店がいくつか、スーパーマーケット、ドラッグストア、金物店、銀行、町の広場に花崗岩三階建ての市役所と保安官事務所。クレープペーパーで手づくりしたイースターの切り抜き細工がショーウィンドーで色あせている〈ウィルモッツ雑貨店〉。かつては上映中の映画のタイトルが書かれていた大ひさしに、黒い大文字で〝パーティーや会議に貸し出し〟とある〈シャトー・シアター〉。

ソーンはメイン・ストリートを走り抜けて町に一軒あるモーテルのひとつ〈バイド・ア・ウィー〉にいたり、いつもの癖でいちばん奥の角の部屋を指定し、一晩かひょっとしたら二晩と言った。チェックインに応じた女は、腰が大きく張り、淡いブルーの瞳とごく短いあごをもち、たいていのミネソタ人はそれと意識していないのだが、中西部の特徴である鼻にかかった声で話した。

「いまはお好きな部屋がとれますけど、夏はずっとウォールアイの釣りのシーズンだから、メモリアル・デー（五月の最終月曜日の戦没将兵追悼記念日）から先、レーバー・デー（九月の第一月曜日の労働祭）まではすぐに満室になるんですよ。シカ狩りのシーズンも、ウィークエンドはふさがってしまいます。この地域では、料金だって急に値上がりしますしね」

「おぼえとくよ」と、ソーンは約束した。「食事はどこがいいかな？」

「朝食ならグッド・イーツ・カフェでしょう。アルフレッズはおいしいステーキハウスで、町を出て二マイル、空港の近くにあります。ほかにピザ・パレスとドミニクズ・イタリアンもありますよ」

一泊旅行用のバッグをベッドに投げ、町なかへ歩いて出た。マーケット銀行のこの土地の支店はオークとメイン・ストリートの交差点の、赤れんが造り二階建てのビルの一階を占めていた。

支店長のアーリー・カールソンは年恰好四十代、ずんぐりした男で金髪に白いものがまじりつつあった。前歯が義歯なのと、刺すような青い目のわきにかすかな傷痕があることから、まだフォースマスクが使われてなかった時代にアイスホッケーをやっていたものと想像された。ソーンが臨時のＦＢＩ職員証をちらっと見せると、奥の事務室に通された。カールソンがドアを閉めた。仕切り壁の窓ごしに、出納係と顧客の姿が眺められた。カールソンのかん高いテナーの声は、体格やアイスホッケーの傷痕にそぐわなかった。

「去年の十一月にも特別捜査官たちがミネアポリスから来て、ハルデン・コーウィンについてとても突っこんだ質問をしましたね。いったいなんの事件かは言わなかったけれど……」

「申しわけない、こっちはその当初の捜査にかかわってなかったもんで」

カールソンの青い目は、そんな話は信じませんよ、と言っていた。

「コーウィンは自分の小屋を売ってから、姿を消したと聞いているんだが」

「親友のホイットビー・ハーニルド、この地域の開業医にです。そちらには売り値を聞く権利があり、こちらは答えなければならないのでしょうが、でも……」目が厳しくなった。「それは銀行のマル秘情報でして、わたしどもはつねにお客さまを保護させていただいておりますもので」

「必知事項ってわけか——局とまったく同じだな。でも、コーウィンが売却後すぐに町を出たことは、認められるだろうね？」

「それはもう。翌日でした」

ソーンはなにも書いてない手帳のページに、それらしくチェックの印をつけた。

「十一月に局の者がここに来て以降、あらたにわかったことがなにかあるかな？」

カールソンが首を横に振りかけ、次いでまゆ根を寄せた。「ちょっと待ってくださいよ、わたしどもが二月中旬に税務書類を提出したとき、ハーニルド先生が所有権を移転してないことに気づきましたねえ」

「それはあまり重要とは思えないな」ソーンは腰をあげた。カールソンも立ちあがり、ソーンがもう帰るとあって一転愛想よく手をさしだした。

四月の午後の陽射しはきつかった。ソーンは衝動的に〈オランダ人酒場《ダッチズ・タヴァーン》〉にはいった。カールソンが聞きこみの最後に言ったことについて、考えてみる必要があった。

カウンターにはふたりの飲み客しかおらず、オーバーオールを着たがっしりとしてたくましい農夫どうしがハムズの生ビールのジョッキをたこのできた手で握っていた。ソーンが店にはいったとき彼らはそろってふりむき、それからたがいの会話にもどった。

固ゆで卵がいっぱいはいり、「二個でも一ドル」と手書き文字のカードが添えられた金魚鉢がおいてあり、そのそばのスツールに彼は腰かけた。ずんぐりした体格のバーテンダーが生ビール用ジョッキに塩を振りかけ、せっけんの泡立つ湯のなかでバシャバシャ洗い、ゴムマットの上に伏せて水切りをしていた。明るいブルーの目と、いかついあご。薄くなりかけた金髪にしらがまじりはじめ、それをゲルマン系らしい角ばった頭のきっちりまんなかで分けている。彼自身がオランダ人にちがいない。ぬれて灰色じみたエプロンで条件反射的に手をふきながら、ソーンのほうに寄ってきた。

「なんにします、お客さん？」

「生ビールを。それと……」ソーンは鉢から卵をひとつつかみ、カウンターに軽くたたきつけて殻を割った。

「どうぞ」

ハーニルドがコーウィンから小屋を買い、コーウィンはその翌日に町を出た。なるほど、撃たれたことが大森林での隠遁生活を終わらせたというわけか。旅の金が必要になったので、親友に即金で買ってもらったのは筋が通る。しかし、ハーニルドはなぜ所有権の移転登記をしなかったのか？　彼は帳簿上は依然コーウィンの所有物である小屋の、固定資産税を払っているのだ。

カウンターのはしで、オランダ人バーテンダーが生ビールを樽から注ぎ、木のへらでもって盛りあがった泡をこそぎ、また栓からビールをつぎたした。こちらにもどり、しずくでぬれたジョッキをカウンターにおいた。

「ここは泡をこそいでくれるんだね、きみ」

「町にはバーがほかに二軒あって、土地っ子はつぎ切りじゃ許してくれないんですよ」太い前腕をカウンターについた。「通りがかりですか？」

「夏のあいだ借りられるような小屋をさがしているんだ」ソーンは卵をひと口食べ、ビールをすすった。「銀行で聞いたんだが、地元の医者が貸し小屋をもってるらしい」

「ハーニルド先生ですよ。でも、ひと月前に貸し出されたって聞きましたけどね」

ひと月前。三月。ちょうど、コーウィンがカリフォルニアのキングズキャニオン国立公園でフランクリンとグリーンをまいたあと、行方をくらましたころのことだ。ソーンはがっかりしたふりをし、次いで顔を輝かせた。

「なあ、それは短期間かもしれないじゃないか」

「かもしれませんね。ヘムロック川のはずれに行けば先生が見つかります、場所はまちがえっこない。ほんとにむかしながらの個人開業で、往診だってやってるんです。小さな診療所をかまえて、家にいるときはそこで患者を診察し、自家用機で飛びまわってます。二度ばかり、深い森のなかに飛んでっていなか道に着陸し、けがをしたハンターたちを拾いあげたこともある」

ハーニルドの診療所は、緑色の雨戸をもつ白い板張り二階建ての正面に建て増した、木造の平屋だった。住居からは、葉を出しはじめたヤナギの木立を通して川が見晴らせた。診療所のドアには、「医学博士ホイットビー・ハーニルド」と刻まれた真鍮板がはってあった。下に小さな文字で「九時～五時、月曜日～金曜日」、その下にさらに小さな文字で「急患の場合は電話を」と記されていた。

つぼみをつけたばかりで、まだかぐわしいにはいたっていないライラックの茂みが小道をはさんでいた。待合室にはだれもいなかったが、金髪を後ろで束ねてまるく結った背の高いきりっとした女性が、受付の背後のドアからあらわれた。

「こんにちは。ドクター・ハーニルドのナース兼受付係のイングリッドです」北欧系の特徴が濃く、大柄なたくましい身体つきで、大きくて白い歯をもっていた。顔にぱっと笑みを浮かべた。「妻でもあるのだけれど。急患でなければあたしがさきに簡単に病歴をうかがいます」

「急患じゃありません。じつは患者でもないんです」彼はFBIの身分証を開き、バッジと職員証を示した。彼女はそれを見て、ちょっと顔をしかめた。

「また、あなたたちなの。ハルについてあたしどもが知っていることは、みんなお話ししたのに」

ホイットビー・ハーニルドはサギみたいに脚のひょろ長い男で、同じく北欧系らしく身長が六フィート六インチほどあってやせこけ、妻が気持ちよく魅力的なのに対し気持ちよく不恰好であった。まことに好一対というべきか。普段着の上に医師用の白いスモックをはおっていた。

イングリッドはいなくなり、彼らは椅子とスツールが各一脚、流し付きのカウンター、キャビネット、真新しい白布のかかったテーブルのある部屋で向かいあった。

「アーリー・カールソンが知らないことで、ぼくが話せることがなにかあるのかね？」

「アーリーがのろしをあげて知らせたんですね」ソーンは手帳をとりだした。「コーウィンが例の狩猟事故で負った傷について、カールソンが詳細を話すことはできません」

「負傷は広範囲。傷は多様」

「いやあ、それはなしですよ」と、ソーンは穏やかに言った。

ハーニルドが青い目で冷ややかににらんだ。

「近ごろではどのみち、きみらは強制してでもしゃべらせるんだろうから、よかろう、彼は三度撃たれていた。左ひざ、左手、胸だ。ひざに命中した弾は膝窩動脈および静脈の下方枝、大腿二頭筋腱、腓腹筋の一部、そして腓骨頭の一部を奪った。きみが聞きたいのはそういうことだろ、ソーン捜査官？」

「なぜつっかかるんです？　こっちは職務を遂行しているだけなんですがね」

「で、こちらも医者のやることをやってるまでだ。ぼくはたとえだれから聞かれようと、患者のプライバシーを侵害するのはいやなんだ」

「いま思ったんですが、問題はたぶん彼が三度も撃たれた点にあるんでしょう。シカ狩りのハンターが誤ったにしては、度が過ぎる」

ハーニルドが肩をすくめた。「彼は両腕を広げ、自分がオジロジカではなく人間だと、ハンターに合図を送っていた。しかし、通じなかった」自身の左手の小指と薬指をさした。「二発目は彼の左手の、親指からかぞえて第四指と第五指をもち去った」

「なるほど。今度はわかりやすくお願いしますよ。ひざの傷はどのくらいひどかったんです？」

「かなりひどかったな。処置に長時間を要した。ハルの脚にドレインを入れ、組織がくっつき、感染の可能性が弱まるように、管を徐々に抜いた。腓骨頭が砕けていたから、損傷部分のすぐ下に腱を挿入しなければならなかった。そのせいで、ハルはいま足をひきずって歩いている——左脚がわずかに短いのだ」

イングリッドがブロンドの頭をドアからのぞかせた。

「ホイット、患者さんが待ってるわよ」

「ほんの一、二分ですみますから」と、ソーンはすばやく言った。彼女が顔をしかめ、ひきさがった。「それで、胸の傷は？」

「そうか、胸の傷ね」ハーニルドは待っている患者たちのことを気にするふうではなかった。「弾丸は第七肋骨を粉々にしたが、貫通したのではなく、かすめたんだ。寒さが出血をとめるまえに、数百ccの血がおもに体内から流れ出た。肋骨の砕けた破片が皮膚を破って突き出た開放骨折の症状で、破片は同時に胸腔にも突き刺さっていた」

「でも、肺そのものには刺さってなかったのですね？」

ハーニルドが鋭い、値踏みするようなまなざしで見返した。

「刺さってなかったが、ハルはせきをするとか、深く息を吸うだけで胸の傷口から外の空気が吸いこまれ、肺を圧《お》しつぶすのではないかと恐れた」

ソーンは考えながらつぶやいた。「彼は圧布とか包帯とか、胸を相当に気密状態にたもつてだてを必要とし……」

「手袋の片方をベルトで締めつけたんだ」ソーンは事情に詳しい自分のつぶやきが、ハーニルドの注意をひいたことに気づいた。「その状態で千フィートをはい進んで小屋にたどり着き、はってなかにはいり、弓を使って——彼は撃たれたとき、大型のオジロジカを弓で狩っていたんだ——電話機を床に落とした。そして九一一番に電話した」

「自力で自分の命を救ったのか！」ソーンは感嘆に近いつぶやきをもらした。

ふたたび値踏みするようなまなざし。ハーニルドが言った。「傷は感染症を起こすことなくきれいになおったが、医学用語で〝固縮〟と呼ぶ状態が残る結果になった。胸壁痛のために、深い呼吸ができないのだ」

「コーウィンの小屋にはどう行けばいいのかと、それと、なぜあなたは移転登記をしな——」

「患者を待たせているんでね。さらに質問があるのなら、あすの朝八時にまた来てくれないか」

16

コーウィンはライフルを曲げた左腕にかかえ、銃口を斜めにあげて自分からはなし、小屋に向かって歩いた。準備はととのった。足をとめて半ばしゃがんだぶざまな姿勢で、小道のわきの掘り返された肉の隠し場所をのぞきこんだ。キツネだ、まちがいなく。

彼がハーニルドの診療所を退院したあと、ニサがはじめて丸太小屋を訪ねてきたときの記憶が、不意に鮮明によみがえった。野生のキツネを見たことがないという娘をつれ、森のなかのまだ深い雪を踏んで見せにいったときのことだ。そのときの思い出は信じられないほどの甘さに満ち、まるでミツバチの巣をかんだかのようであった。

あのときも、同様に道のわきにしゃがみこみ、動物の通った跡を指さした。ハイイロギツネだった。アカギツネより尾が太く、肉球は小さいが親指は大きい。そのあと彼女を枯れたオークの木の根もとにあるキツネの巣穴につれてゆき、穴の入り口に突き出た樹皮片にひっかかった、赤みがかった灰色のキツネの毛の房を見せてやった。そして散らばった骨の破片、とてもやわらかいウサギの毛のかたまり、色あざやかなアメリカオシドリの羽根が三本、落ちているのを教えた。

次いで彼は手の甲を唇にあて、鋭く吸ってネズミのか細くチューチュー鳴く声をまねた。焼け野原のむこうはしにある低い丘に並ぶ、葉が落ちた広葉樹の幹のあいだから突然、とがった鼻がもちあげられた。獣道で寝ていたキツネが、鼻と足の上方に灰色の尾をもたげ、全感覚をとがらせて起きあがったのだ。

すると、輝く目と、キツネの毛皮のようにつやのある髪をもつニサが、ほんとうにうれしそうに叫んだ。「まあ、なんてかわいい！」

ニサ。死んでしまったニサ。そう思うと、心臓発作にみまわれたみたいに胸が痛んだ。おれはなにをしたんだ？　キツネの思い出にしがみつこうとつとめた。だめだった。焼け野原を逃げるようにのぼって小屋にもどり、ライフルの手入れをし、残り火にまきをくべ、二日後にここを立ち退く旨のメッセージをハーニルドに送ろうとラップトップの電源を入れた。ところが、ハーニルドからのEメールが待っていた。

もうひとり来た。ほかの連中とはちがう。今度のは優秀だ。小屋を見たがっている。ぼくは朝までひきのばしたが、やつはぼくを監視している。

それはただちに、コーウィンの出立を一日早めさせた。彼はメールを送った。

ありがとう。ころばぬ先の杖。あす立つことにしよう。

飯を食ったあと、必要なものすべてをジャネットの一九九〇年型フォーランナーに積みこみ、車を三マイルはなれた小川のむこう岸の密集したトウヒの木立のなかに隠した。夜明けまえに出発しよう。

つめの先ほどにも細い三日月のかすかな光しかなかったけれど、帰る途中のあらゆる木、あらゆる茂み、あらゆる小道の曲がり角を知りつくしていた。撃たれるまえ、この小屋はテリーの無意味な死以来ずっと彼の家であった。キングズキャニオンでの出来事のあとこの小屋にもどったのは、ＦＢＩがすでにここを捜索ずみだったからだ。

闇につつまれた林のなかを静かに歩きつつ、アメリカワシミミズクが獲物を求めてホー、ホー、ホッホーと鳴く声を聞いているうち、彼はいつのまにか新たなＦＢＩ捜査官のことを集中して考えていた。

ほかの連中とはちがう。今度のは優秀だ。

そいつは何者だ？　年齢は？　どんな面体なのか？　動きはどのくらいすばやいのか？　山中での行動をどの程度得意としているか？　気配を察知する観察力の鋭さは？　その男がいかに優秀でも、このホームグラウンドでおれに匹敵する者はありえない、だがしかし……そいつは悪夢のなかで追いかけてくる獣なのだろうか？

午前七時四十五分、ベーコンエッグとハッシュブラウンとトーストで力《りき》をつけていてさえも、ハーニルドの診療所のドアのブザーを押しながらソーンはあくびをもらした。なにしろ朝の三時まで、半マイル手前の道にとめた車のなかにいたのだ。ハーニルドはどこにも行かなかった。ソーンは医者が出かけるとはかならずしも予想してなかったのだが、人を追うときには手順をきちんと踏み、どんな不測の事態にもそなえるよう訓練されていたのである。

ハーニルド本人が、ぱりっとした白衣を着、片手に湯気の立つコーヒーカップをもってドアを開いた。イングリッドの姿は見えなかった。ハーニルドがカップをあげ、飲むかね、とたずねた。

「いえ、けっこう。朝食をすませたばかりなので」

ハーニルドはうなずき、受付カウンターのへりにしりをもたせかけた。一枚の紙をさしだした。

「ハルの小屋までの地図をかいといたよ。冬だと四輪駆動が必要だが、この時節じゃきみので行ける」

ソーンは略図をよく見た。森の奥深くにあるコーウィンの小屋は単純な長方形。図の四分の一の砂利道から小屋までは、点線でかかれた伐採搬出跡。

「孤絶した場所ですね」

「ハルは小屋を自力で建てた。木を切り倒し、皮を削って丸太にし——テリーの死後のリハビリだったんだな。おので脚を切りつけてしまい、片手で運転してぼくの診療所まで来た、出血多量で死なないようにもう片方の手で傷口をふさぎながら。それがぼくらの出会いだった」

「ここですごした日々、彼はどうやって生計を？」

「わなでの猟や、狩りで——撃たれたあとは、それもみんなできなくなったが」

「あなたはコーウィンに小屋の代金を支払ったあと、なぜ自分の名義に登記移転しなかったんです?」

「彼は負傷したあと、この地域で生じたあらゆるつきあいからのがれるため、金が必要だったんだ」そこで息を継ぎ、次の言葉を強調した。「ハル・コーウィンはぼくの親友なんだよ。彼がいつ小屋をとりもどしたいと思ってもいいように、彼のためにとってあるのさ。そのあいだ、税金を払うために貸し出しているがね。実際、いまもだれかが住んでいる。必要以上に住人に面倒をかけないでもらいたい」

ソーンはうなずいた。「もちろんです。コーウィンと連絡はとっているのですか?」

ハーニルドが突然敵意を見せ、ソーンのほうに一、二歩迫った。「きみらばか者どもは、ハルがいったいなにをやらかしたと考えているのかね?」それは判断のまちがった人間に対して用いられる、たくみな威嚇戦術だった。だが、ソーンはどんな相手からもひきさがるような男ではなかった。「きみたちはなぜ、かわいそうな男をそっとしておいてやれないんだ?」

ソーンは内心思った。そのかわいそうな男が合衆国大統領を暗殺しようとしているからだ、と。口ではこう言った。「ご存じのように、コーウィンは世界でも有数の過酷な内戦で傭兵として数年をすごし……」

「かもしれない。しかし、テリーが殺されるまえハルがなにをしていたにせよ、彼は一切をなげうってここに来たのだ。自身が撃たれたあとは、もう動物さえ殺せなくなった」

「それでも」と、ソーンはわざと挑発的に言った。「彼の娘とその夫の死についてはいくつか疑問点があり、彼に聞けば捜査の助けになりうると考えているんですがね」

「彼の娘？　もしぼくがきみの心を正しく読みとっているなら、きみはいやなやつで、ぼくはまちがってないと思う、彼は娘を溺愛していたんだから。なんといっても、彼が撃たれたあと、娘さんは、いったいだれのしわざだったか見つけようとする彼の手助けをしたんだ」

それはソーンには初耳だった。コーウィンの足跡がそこで一段と曲がりくねり、さらに複雑になったと感じられた。娘は父親の手助けをしたのに、コーウィンはにもかかわらず彼女を射殺したばかりか、その死体めがけて自瀆したのだ。ともかくもいま、ソーンが話をその方向にもってきた当の質問をするチャンスだった。

「マザーが彼を撃った犯人だとしたら、どうです？　ねらって撃ったのだとしたら？」

「そんなばかな。とんでもない！　ハルとニサがたがいの仲をつくろってから、デーモンは彼女といっしょに一、二度こっちに来たにすぎない。それだけだ。いいか、きみ、彼とマザーはほとんどおたがいを知らなかったんだ！」そこでひと息入れると、細長い禁欲的ともいっていい顔がまったく無表情に変わっていた。「ぼくは往診に出かけなきゃならんのでね」

それは、ヴァーモント・カントリー・ストアがノスタルジア・カタログでいまだに売っている缶入りのメープルシロップのように、まさにむかしながらの丸太小屋であった。手おので荒削りした柿板葺《こけら》きのとがった屋根に、皮をむいた丸太の壁。長もちする、ことによると一生もつほど頑丈な造り。人ひとりで建てるには多大な努力を要したろう。

石を手積みした暖炉の煙突からは、ひとすじの煙ものぼっていなかった。四月の湿った地面にはいろんな足跡が見られた。小鳥、ウサギ、リス、二頭いや三頭の異なるオジロジカ、たくさんのキツネ、ヤマアラシが通った乱れた跡、そしてソーンの思いをむかしにさかのぼらせたひとつの足跡。クズリだ！　二十年あまりのあいだ、クズリの足跡を見たことがなかった。

狩りとわな猟でひたすら暮らしを立てていた男にとって、このあたりにはあまたの獲物があったのだ。自身が撃たれることで、その暮らしも幕を閉じた。ハーニルドの話によれば。

ソーンは大胆にドアへと近寄りかけ、急に足をとめた。ランドールのサバイバルナイフを新たにDCで買っておいたが、九ミリのベレッタはツァヴォにおいてきていた。まあ、どっちにせよいまとなっては手遅れだ。

「おれと話してくれ」と、小屋に向かい声に出して言った。

〝なかは空っぽだ。はいって、さがしているものをみつければいい〟

「それは信じられない。コーヒーのにおいがするぞ」

〝ゆうべのだよ〟

「けさのだ」

ドアには押しあげれば簡単にはずれる掛け金しかかかっておらず、これでは大好きな塩を求めてはいろうとするヤマアラシは別にして、だれも阻止できないだろうに。塩分をほしがったヤマアラシたちはむかし、ソーンの父親がまきの山におき忘れたおのの柄を、一夜のうちに食べてしまったことがあった。

ソーンは深呼吸し、掛け金を押しあげ、ドアを一フィート開き、大声で呼びかけた。「だれかいるのかい?」ドアがあいたとたんにコーヒーのにおいが強くなった。それだけだった。「はいるよ」

石油ストーブにかけてある、しみのついた青と白に塗り分けた大きなエナメルのポットに手をのせ、さっとひっこめた。まだ熱い。そして——感じのよいことに——そばの調理台にきれいに洗った重い陶製の白のマグカップがおいてあった。

ポットから注ぎ、すすってみた。上等のコーヒーでもある。たぶん。

あきらかに挑戦だった。おれはここにいた、コーヒーを沸かした、おまえのためにいくらか残しておきさえした。いま、おれは消える。そして次は、間近に隠れることはしないつもりだ。

きのうソーンが診療所を出たあと、ホイットビー・ハーニルドはソーンがあらわれたとコーウィンに警告したにちがいなかった。どうやって？　電話ではない。電話だと、固定にせよ携帯にせよ、記録が残ってしまう。だが、テーブルの下にサージプロテクターを見つけた。バーンアウトを防ぐためにコンピューターに接続するやつである。

そうだったか。Eメールだ。コーウィンはホワイトハウスのウェブサイトで大統領の旅行計画を調べるため、パソコンをもっているのだろう。

ソーンは外に出、ドアの掛け金をおろした。ヤマアラシたちになかで騒いでほしくなかった、たとえコーウィンはもどってこないにしても。しかし、彼はここで一ヵ月間、暮らしていたのだ。間近に隠れるという戦術をとるにしても、彼も一方では慣れ親しんだ土地にいたかったのだろう。大統領を狙撃する訓練のためか？　もしそうなら、コーウィンがどういうやり方の狙撃を計画しているのか森が教えてくれるだろう、とソーンは確信した。

小屋の前の焼け野原をくだりかけたが、今度もまた急に足をとめた。見張られているぞ。小鳥や小動物は自分たちの縄張りにはいりこんでくるものに対してつねに強い関心をもっているが、たぶんもっと大きななにかでは？ 脅威となりうるなにか？ クマか？ それとも、人間？ もしクマなら、子をつれた母グマ。もし人間なら、コーウィン。ソーンはふたたび焼け跡をくだっていった。

17

コーウィンの双眼鏡のコーティングされたレンズは、光をまったく反射しなかった。追跡者にこちらの所在を知らせるようなぎらつきは皆無だった。

こいつはそんじょそこらのＦＢＩ野郎ではない。武器ももっていない。小屋のまわりの動物と小鳥の足跡を調べ、茂みのなかの足跡も一巡し、それから大胆になかにはいった。焼け野原をくだりはじめたいま、見られているのを感づいているようだ。じゃまになる葉むらのすきまを通し、コーウィンは双眼鏡で男の姿を追っていった。森のなかでもまったく自在な動き。デスクワークなどやったことがない男。ハンター。コーウィン自身がかつて受けたのと同じような高度の訓練に耐え、さらにみずから鍛錬を積んできていた。コーウィンがそうであったように。

このハンターは何者なのだ、そして獲物はだれだ？

ソーンの目が倒れた指の太さの若木の、かじられた末端にひっかかった。ワタオウサギがかんだもので、カンジキウサギの手おので一閃したようなかみ口とはちがった。かじられてから二十分とはたっていない。すぐそばの常緑樹の下に、隠された小さな毛のかたまり。

次に二十フィート先、枯縮病にかかったトウヒの上で赤くきらめくものが目をとらえた。カラスくらいの大きさのムクドリモドキで、赤いとさかがとてもめだち、翼と頸に白い斑点があった。とさかのあるキツツキが一羽、コッコッコッといらだったように鳴いてその木の裏側から飛び去った。

枯れたトウヒの幹には、腰の高さに穴がいくつかあった。弾痕ではない。ナイフ傷だが、幹にイニシャルを彫りこむとかではなかった。なにかを……掘り出したのか？ライフルの弾？　動悸が高まり、ゆっくりと三百六十度に目をこらした。西の方角、介在する狭い沼地のむこうに低い丘の頂が見え、そこへはところどころ茂みに仕切られながら火事で裸にされた野原がなだらかにはいのぼっていた。

もしハンターでない素人が、焼け野原を歩きのぼって自分の小屋にもどるのを習慣にしている人物——たとえば彼の妻の父親——を撃つ計画を立てているなら、彼は殺人を犯そうとするまえになにをやらなければならないだろう?

〝そのぽつんと立つ枯れたトウヒの木を目印にして、まえもってライフルの照準を定める。ひょっとすると、西の方角にあるあの低い丘から?〟

枯れたトウヒは丘の見せかけの頂から見通せ、カラスの飛ぶ距離ではおよそ百五十ヤード、ソーンがいま骨折ってのぼってきた道のりで五百ヤードあった。狭い沼地を横切ったあと、ずっと以前に伐採されたオークとニレに徐々にとって代わったトネリコとヒッコリーの若木のあいだを縫い、丘をのぼってきたのだった。

彼はゆっくりと、そしてたえず範囲を広げながら円を描くように動いていった。一時間後、スタート地点から約五十ヤードのところで一心不乱に地面に目をこらしていたとき、六フィート前方の花をつけはじめたばかりのハナミズキの木から、マツノキヒワのつがいが怒ったようにチッチッチッと鳴きながら飛び立ち、びっくりさせられた。

彼の目はぱっと飛び去るつがいを無意識に追い、丘の斜面の数ヤード上の刈りとられたやぶをこえていったが、刈ったのはワタオウサギの仕事だと心にとめたあと、視線はさっとそこにもどった。

やぶの奥、のびはじめたサワギクの草むらに半ば隠れて、自然には見られない形状があった。長さ六フィート、幅三フィートのざっとした造りの壇であった。直径六インチのトネリコの若木が並べられていた。同サイズの若木がもう一本、それらとは直角に上り坂のほうのはしにおかれ、細いナイロンひもで所定の位置にしっかり縛りつけてあった。もっと太い、直径一フィートの丸木が、下り坂側のはしに横に渡して縛りつけられていた。壇の下の斜面の密な下生えがなければ、それは伏射用に設けられたまにあわせのベンチレストらしかった。

ソーンはライフルの射撃練習で伏射の姿勢をとるのをまね、下り坂に向かってうつぶせに横たわった。最初に目をとらえた刈りとられたやぶが、いまは正面にあった。それは完璧なキーホールをかたちづくり、そこを通してあの遠くの枯れた、ナイフでえぐられたトウヒの木が一直線に見えた。

コーウィンは正しかったのであり、ほかの者すべてがまちがっていたのである。彼は射的場のブリキの鳥で、素人の殺し屋でもミスがありえないよう入念に準備された射撃のえじきだったのだ。しかし、自給自足の隠遁生活を数年送った彼は、だれの怒りも買わず、だれのじゃまにもならず、だれをもおびやかさない男であったろうに。だれかがなんとしても殺したいと願うような男ではなかったはずだ。

コーウィンは、故意に彼を撃ちたがる可能性をもっていた人間を、さがしまわっただろう。そして、彼自身にしかわからないなんらかの理由で、それは娘婿のデーモン・マザーだときめつけた。ひょっとするとその判断はまちがっていたかもしれないが、おそらくは正しかった。しかしながら、たとえ正しかったにせよ、彼は娘の夫を殺したとき、なぜあんなにも残忍なやり方でニサを殺したのだろうか？

その後の六時間で、ソーンは、射撃手が次のような好適な標的をねらって発砲した、五つの異なる場所を発見した。岩の露出部分は簡単に傷がつくので、弾の当たった箇所が双眼鏡でチェックできる。樹木は幹の青白い樹肉が確認できれば、弾が命中して樹皮が吹き飛ばされたあかしとなる。

七百五十から一千ヤードの射程距離をとり、それぞれちがった地形で、可能なかぎりの高みから発射されていた。ごく少数の者にしかなしえない、おそろしく遠距離の射撃である。なるほどミスもあったが、発射された弾数に比較すれば衝撃的に少なかった。スナイパー用の、高速度で、重い銃弾が使われていた。すばらしいライフル射手によってしかるべき進路に送り出されれば、人間の頭を、落としたスイカみたいに破壊してしまうだろう。

ソーンはそれを知るためにやって来た事柄を、ことごとく知ってしまった。クラウン・ヴィックへともどる時刻だ。ここをくだった低地では、陽がかげりつつあった。

そのとき彼は、年月を経て中空になったオークの枯れ木の、高さ八フィートほどの株を自分が見つめているのに気づいた。枯れ木のまわりでは草がいきおいよくのび育ち、すでに胸の高さに達していた。

二本の中途で折れた枝が肩の高さで斜めに突き出ているさまは、演壇に立ってスピーチをしている人間の姿を髣髴させた。胸の高さにあたるところを、枯れ木はコーウィンの高速弾によって裂かれ穴だらけになっていた。

ここで、いま、きょうという日が終わろうとするときに、ソーンは以前は直感でしかなかったことを確信するにいたった。コーウィンは都市での追跡ではなく、広々としたいなかでの接近を選び、高い位置から長い射程距離での殺しを実行するつもりでいるだろう。だとすれば、大統領の立ち寄り先のうちでソーンが求める地点は、範囲がせばまることになる。

そのことに気づいたとき、ソーンの身体の動きは無意識に停止していた。銃弾を撃ちこまれたオークの株からわずか二ヤードはなれた位置で、次の一歩を踏み出そうと片足をあげたまま。ちょうど、サイの王ブワナ・キファルのわきに気づかれずに立っていたときのように。そして同じ瞬間、監視されているという圧倒的な感覚にとらわれた。神経が張りつめた。もしかして、コーウィンが一日中、あとをつけていたなんてことが？　あの男はそんなにも優秀なのか？

そのとき、茶色の大きな団子鼻のウッドチャックが、木株のてっぺんの開口部から頭を突き出した。コーウィンではなく、ウッドチャックがどうしてか人間の存在をかぎつけ不安になっただけなのだった。彼はくすくす笑い、水から出た犬みたいにわざと身体をふるわせた。ウッドチャックのほうは最悪の懸念が現実のものとなり、オオヤマネコに追われたかのように中空の株のなかに必死で逃げこんでしまった。ソーンは正当な誇りをもって、多年の訓練、数年のモレンガルによる指導がむだではなかったとつくづく思った。まる一日ずっと、キツツキにもウサギにもウッドチャックにも気づかれないで近寄ってきたのだった。技量におとろえはなかった。いまは早くモーテルに帰り、きょう知りえたことと大統領の旅の経路を照合してみたかった。暗殺の方法についてはわかった。次は、コーウィンがどこで襲うつもりか、その場所を見つけ出ださなければならない。

追跡者が去って一時間後、コーウィンが動きだした。もう急速に暗くなってきていた。あと三十分もすれば日が暮れる。あちこちの傷が痛んだ。自分の責任だった。追跡者のあとをあまりに間近につけすぎたのだ。他人の目を通して地形と自身の射撃エリアを見ること、そして追跡者がなにをつかもうとしているのかを知ることへの関心が強すぎたのである。行動が軽率だった。

間一髪で、ウッドチャックが住む木株の裏側の丈高い草むらにそっとうずくまり、息を殺して身じろぎもせず存在していないかのような状態につとめ、相手への威圧感が消え去るのを待った。そうはしても、見つからなくてすんだのはウッドチャックのおかげだった。運よくFBIの追跡者は監視されている感覚を、人ではなくその動物のせいだと思い、株の裏側を調べずに帰ってくれたのである。

熱いコーヒーポットを残しておくという挑戦は、結局のところあまり賢明なアイディアではなかった、とコーウィンはさとった。午後の長い時間、追跡者に見られることなくつけまわして動静をつかむのに、とても苦労させられた。しかも、ここは自分の縄張りであったのに。その男はコーウィンが待ち伏せの奇襲を受けた現場に気づきさえした。

FBIはどうやってあんな人間、コーウィンの分身といってよいほどの人間を見つけ出したのだろう？　その男は方程式の新たな、頭の痛い要素であった。男が丸太小屋と周辺地域を調べようと考えたこと自体が、コーウィンにとっては時間の切迫を意味した。男はほぼまちがいなく、コーウィンが待ち伏せして撃たれた、と確信するにいたったはずだ。いまごろはおそらく、マザーがやったと信じかけているだろうし、もしかするとコーウィンがマザーを追ったのも当然だと考えているかもしれない。

そんなことはどうでもよかった。どうでもよくないのは、コーウィンがいかなる方法で暗殺をやろうと計画しているかを、追跡者がほぼ確実につかんでいることだった。

高みから、遠距離射程の狙撃銃によって、と。そしてまた、コーウィンが大統領の遊説旅行のあいだ、むこう十日間のいつかの時点でそれをやることを、彼はほぼ確実に知っていること。

追跡者が知らない、知りえない唯一のこと、それはコーウィンがどこで襲撃するかである。それがコーウィンの強みだった。コーウィンはジャネットのフォーランナーを隠し場所から出し、今夜ノンストップで西に走ってモンタナとアイダホ州境のビタールート山脈自然保護区域に行こうと決心した。そうすれば、作戦基地を設け、地形と諸条件を検討し、待ち伏せの唯一完璧な場所を見つけるのに必要な時間が稼げる。

むかしなじみの自信がわいてくるのをおぼえた。正しい地点を見つければ、おれにはそれとわかる。そして正しい瞬間が来れば、おれは撃つ。一発でよい、それで充分。おれはそれほど優秀なのだ。

18

ソーンはポーティッジのモーテル〈バイド・ア・ウィー〉で、大統領の旅を求めてコンピューターを操りながら夜をすごした。興奮のあまり眠れず、夜明けまえにそこを出て双子都市（ミネソタ州のミシシッピ川両岸のミネアポリスとセントポール）へと車を走らせた。いまはもう、コーウィンがいつ、どこで、いかにして大統領を殺そうとしているのかがわかっていた。しかし、その解答があらゆる点で正しいことを大統領の側近たち全員に納得させなければならない、なにしろハットフィールドがたくみなやり方でなんとしてもけちをつけにかかるだろうから。ハットフィールドはソーンのもたらす情報を必要としていながら、コーウィンを倒すときにはかかわってもらいたくないと思っているのだ。

ミネアポリスからDCに飛ぶノースウェスト便は翌朝の九時だったので、ハットフィールドには知ってもらいたくない最後のもうひとつの情報をさぐる時間があった。もしFBIの連中がつかんでない手がかりが得られれば、きまりきったことをこつこつやっていると見せかけておいて、その情報を自分の胸にしまっておくことができる。

ミネアポリス・セントポール国際空港はミネソタ川とスネリング砦の近く、ダウンタウンの西南数マイルのところにあった。ノースウェストの出発ロビーまで頻繁にシャトルバスのサービスがある、すぐ近くの空港モーテルにチェックインした。

ダウンタウンにあるFBI地方局の下の駐車場にクラウン・ヴィックをおき、エレベーターで上にのぼり、セキュリティーチェックを受けたあと地区捜査官《AIC》に車のキーを渡した。捜査官はブリーンという名の、いかめしい顔をした黒髪の男で、数あるタフガイの役のひとつに扮した故ロバート・ライアンに似ていた。

「あんたがもっていてかまわんよ、あすの朝、空港で渡してくれればいい」

「きょうの午後、町をぶらぶらしたいんだ。あすの朝はシャトルバスでノースウェストに行ったほうが楽なんでね。そう言ってくれるのはありがたいけど」

その地区特別捜査官《SAC》はあきらかに、事前に情報をもらっていたようだ。親切の仮面をかなぐり捨てた。「とっとと失せろ、ソーン」

ソーンがエレベーターでおりている最中、ソーンも名前だけは聞いていたが会ったことはないレイ・フランクリンが、いままでひそんでいた地方捜査官たちの控え室から出てきた。

「車からＧＰＳ送信器をはずしてこよう」

「あいつに尾行をつけるかい？」と、ＡＩＣが聞いた。

フランクリンは、ハットフィールドがミネアポリスのだれにも詳しい事情を知られたくない気持ちでいることを、心得ていた。すぐに首を振った。

「やつがミネアポリスで午後いっぱいかけて、だれに会い、なにをさぐろうとしようと、おれたちがすでに知っていることばかりさ」

ソーンは都市間バスを乗り継ぎ、セントポールのマーシャル・アヴェニューにある古い、あちこちが張り出した家を訪ねた。コーウィンとテリーが暮らし、ニサが育った家である。ＦＢＩのファイルによると、コーウィンはそこをニサに譲渡したうえで立ち去り、世捨て人になったらしい。ニサの親友ジュエル・ビーメルと臨床精神科医であるその夫ネイトが、不動産業者から家を買っていた。

ニサに関するどんな資料をＦＢＩの連中がおきざりにしているか――もしあったとしたらだが――ソーンにわかるはずもなかった。しかし、連中が手抜かりをしたか、あるいは重要でないと考えたかはしらないが、たとえわずかではあれ、マザーがコーウィンを撃ったのか否かに関する手がかりが残っていることを願った。あるいは、ビーメル夫妻からなにか聞けるかもしれなかった。いずれにしろ、午後を映画を観てすごすよりましというものだ。

手入れのゆきとどいた芝庭のところどころに植わった常緑樹が、二階の屋根より高くのびていた。家が建てられたとき、おそらく一九二〇年代に植えられたものだろう。行動に移るまえにひと息入れ、なんだかうしろめたい気持ちにかられながら臨時のＦＢＩの身分証をとりだした。精神分析医シャロン・ドーストの報告書によって任務に適すると認められたとき、手交されたものだ。輝くバッジと、赤・白・青のＦＢＩの印章が押された職員カードが納まっている。

ベルを鳴らした。ドアが三十代後半のきれいなブロンド女性の手で、ためらいなく開かれた。青い目、逆毛を立ててふくらませたヘアスタイル、そしてそれに適した状況であればすぐに陽気にほほえみそうなふっくらした唇。

「なんのご用……」彼女はFBIの身分証を見るや、驚くほどの力でソーンの腕をつかんだ。「まあ、そう！　さあ、はいって！」

いささかあっけにとられたソーンが招じ入れられたのは広々としたリビングルームで、硬材張りの床の一部に、深く豊かな色彩をまだもっている時代物のキリムじゅうたんが敷いてあった。彼女は、とても丹念に磨きこまれて内部のひそやかな輝きが透けて見えるかのようなオークのふしのあるコーヒーテーブルのむこう、革のソファーに彼を案内しながらも、肩ごしにしゃべりつづけた。

「数分したらネイトも帰ってくるわ！　コーヒーはいかが？　もちろん飲むわよね！　あたしはジュエル」このときには、ともかくも彼をソファーにすわらせていた。「ニサに降りかかった恐ろしい悲劇をまだ調べてくれている人がいるなんて、あたしはほんとにうれしい！」彼女がニサだけでデーモンに言及しなかったことに、ソーンは気づいた。「紅茶のほうがよろしければ……」

「コーヒーでけっこう」彼はここに来てついていているとわかったので、つけ加えた。「で、おっしゃるとおり、わたしがここにうかがったのは彼らの悲劇のためです」

「ほら、言ったとおりでしょ！」と彼女は応じ、キッチンに立っていった。

部屋の片隅で、人間の背丈ほどもある堂々たるグランドファーザークロックが、コツ、コツ、コツと悠然と秒を刻んでいた。煤で黒ずんだ石造りの暖炉の上方に、のりのきいたひだ襟姿で長い羽根を刺した帽子を斜めにかぶった騎士の油絵がかけてあった。戦闘的のようでもあり、ぼけているようにも見えた。

小型グランドピアノの上は額入りの写真で占められていた。ニサを主役にした四枚で、彼女が年月の移りゆきのなかを歩んだ結果が示されていて、最初は彼女の結婚式当日の一枚だった——彼女はブロンドで美しく、真剣な表情をしており、デーモンは若くてハンサム、男らしく見えた。ヘアスタイルこそ変わったけれど、彼女の顔はどの写真でも同じだった。ハート形で官能的であり、低めの鼻に知的で澄んだ青い目をもっていた。身体つきも変わらなかった。水着姿で笑っている一枚は、くびれたウエストと長い脚と豊かな胸を誇示していた。彼女の特徴のどれが少なくとも三人の男性——ウォールバーグとイェーガーと彼女の夫——をとりこにしたのだろう？　彼女の父親の娘への執着を含めれば、四人だが。

ジュエルがショートブレッド・クッキーを盛った皿、銀製のコーヒー沸かし、マイセンのカップとソーサーをのせた、こった装飾の銀のトレーをはこんで奥からもどってきたちょうどそのとき、玄関ドアの錠にかぎをさしこみ、まわす音が聞こえた。

「ほら、ネイトよ！」と、彼女が感嘆符つきの声をあげた。

ネイト・ビーメルはやせ形の、穏やかな顔をした六十代の男で、妻より六インチほど背が低く、高級なウールのスーツに地味なネクタイを結び、よく磨かれた靴をはいていた。

ジュエルが簡単に夫をハグした。「ネイト、こちらはミスタ……」末尾がしだいに消えていった。「まあ、あなた、お名前もまだお聞きしてなかったわね！」

「ブレンダン・ソーンです」

「ミスタ・ソーンはFBIの方なの。彼らがとうとう、ニサの死に関してなにかやりだしているのよ！」ソーンのほうに向きなおった。「あたしが冷淡だなんて思わないでね、あたしたちはデーモンが好きだったわ。でも、彼はニサのおかげで出世しただけなの！　彼女の助けがあればこそだった」

ソーンとネイトが握手した。全員が腰をおろしコーヒーがつがれた段階で、ソーンはふたりをなだめでもするかのような身ぶりで切り出した。

「わたしがきょうここに来たことで、変に希望をもってもらっては困るんです。われわれはまだ彼らふたりの死を捜査していますが、事件が継続中である以上、わたしはあまり……」

「そのことについてはしゃべれない」ネイトがやさしい笑みを浮かべながら、小鳥のようにこきざみにうなずいた。「警察がわたしの患者のことをいろいろ聞きにくると、わたしも彼らにそっくりそう答えます。わたしはセッション・メモをとっておかないので、〝裁判所の命令をもらってきなさいよ、そのときまた話しあおう〟と言うんです。彼らはけっしてそうしない。文書によるバックアップのない報告は、うわさでしかないってことでしょう。精神科医である以上、守秘義務は保証されるべきです」

FBIが国家の安全保障をもちださないかぎりは、とゾーンは思った。それがもちだされるや、精神科医といえども守秘義務は保証のかぎりではない。

彼は言った。「あなたとニサはどうやって知りあったのですか、ミセス・ビーメ……ジュエル？」

「彼女がガス・ウォールバーグの州知事選の選挙運動をやってて――」

「きみも苦労してやってたじゃないか、ジュエル」

「そう、彼女だって！　肩書きはないけど、なにもかもやったわ！　あたしはミネアポリスのデイトンズ百貨店の宣伝担当ディレクターをしてて、彼女はガスの運動への寄付を募ってたのよ。あたしたちはすぐさま意気投合したの！」

「ジュエルは知事のために多額の金を集めたんだ」と、ネイトが愛情をこめて言った。「彼女は大会社に寄付させるこつを知っているんだな」

ジュエルが大口をあけて笑った。「あたしはテキサスの大牧場で育ったから、野外の暮らしには早くからうんざり！　あたしが唯一気に入っている広々としたスペースはニーマンマーカス百貨店のメインフロアだけ。ハイキングはね、サックスフィフス・アヴェニューとロードアンドテイラーのデパート間を行ったり来たりすること！」

「あなたはニサの父親と話したことは？」と、ネイトがソーンのお株を奪う恰好でたずねた。「わたしどもは一度会っただけですが、彼のことがとても好きになり、ニサたちが殺されたあと彼がわれわれに会いにここに来てくれるのではないかと思ったりもしたんです。しかし……」そこで肩をすくめた。

「じつはそれこそ、わたしが聞きたくてここに来た質問のひとつです。ミスタ・コーウィンはどこにいるのか？　それとまた、わたしは裁判所の命令書をもってないけれども、日記、手帳、メモ、カレンダー等々――ニサが大統領選挙の運動にたずさわっていたときにもっていたものならなんでも、見せていただければありがたい。ほかの特別捜査官たちがきっと、ほとんどをもち去ったとは思いますが、でも――」

「なにももっていくもんですか！　二つ、三つ質問をしただけで帰っていったわ！」

パディー・ブライアンからそれらしき解答は得ていたものの、ソーンは最後の質問に対して夫妻がどう答えるか聞いてみたかった。

「なぜニサがウォールバーグの選挙運動に当初はかかわらず、彼が候補指名を受ける直前に参加したのか、そのわけをご存じですか？」

「彼女は子供をさずかりたかったの」と、ジュエルが即座に答えた。「時計がカチカチ鳴っているのを感じたのね！　でも、デーモンは精子の数が少なかったうえに、人工受精には断固として耳を貸さなかった。だから、彼女は選挙運動にもどった。政治からはなれてはいられないってね！」

ネイトがたしなめにかかった。「ジュエル、それはちょっと――」

「本人があたしにそう言ったんだもの。それにどっちにしろ、いまとなってはどうでもいいことでしょ？　ふたりとも死んじゃったんだから」

「彼女の書いたもののなかで、なにか気づかれたことは、たとえば――」

「いいえ、あたしたちは一度も目を通してないの！」と、ジュエルが大声をあげた。「悲しすぎて！」

「それはガレージのわたしの作業部屋にしまってある」と、ネイトが言った。「アンティークの時計の修復が趣味でしてね」隅においてある、人の背丈ほどある時計を身ぶりで示した。「あれなんか芸術品ですよ。松材仕上げのグランドファーザーで、ローラー・ピニオン式、八日巻きの木製ムーブメントがついています。ドイツじゃなく、アメリカ製でね。アーリーアメリカンの時計装置は、鉄が手にはいらなかったのと、真鍮工業もまだはじまったばかりだったので、木でつくられていたんです」またも、はにかんだやさしい笑みを浮かべていて、ソーンはそれが好きになってきていた。

「いらっしゃい、そのノート類をさしあげましょう」そして、やるせなさそうにつけ加えた。「こわれた時計の修理なんてはるかにやさしいんです、こわれた心をいやすのにくらべればね」

「悲しすぎるわ！」と、ジュエル・ビーメルがくりかえした。

19

ニサは日記そのものはつけてなかったが、ソーンは彼女の手帳がほとんど同じ役割をもっていたことに気づいた。買い物リスト、自分用のメモ、ウォールバーグの選挙運動の戦略等々が雑多に記されていた。マニラフォルダーもあり、なかにはさまれた二ページの手書きの記録は、銃撃犯をさがすコーウィンの手伝いを彼女がやっていた事実を裏づけるものであった。

ソーンはまずそちらに目を通した。

一月二十日。デーモンは、アイオワの党員集会のための活動でデモインにいる。わたしはパパが自分を撃った男をさがしているのを知っていたので、手助けをしたいと申し出た。パパも最終的に同意。

ソーンが推測したとおり、コーウィンは射手のライフルの照準合わせという点から判断して、トウヒの幹から数個の弾丸を掘り起こしたのだった。次いで彼は、ソーンがきのう発見した丘の中腹の待ち伏せ現場で、使用済みの空薬莢を八個見つけた。その真鍮ケースを弾薬の手込め職人のところにもってゆき分析と特徴検査を依頼し、そのあとポーティッジをあちこち歩きまわって射手に関する情報を集めたようだ。

薬莢については収穫なし。しかし、おちつかない挙動のハンターが狙撃のあった夜、〈オランダ人酒場〉の公衆電話を使っていた。黒い髪、黒眼鏡、口ひげとヤギひげ。「俳優みたいだった」

二月二十五日、ニューハンプシャー州における民主党の最初の予備選挙の翌日、コーウィンはポーティッジ飛行場である事実を聞きこんだ。オールウェザー・チャータ一ツアーズ・オヴ・ロビンスデール社の飛行機が、コーウィンが撃たれた当日にひとりの男を町にはこびこみ、日が暮れたあとその男をはこび出したというのである。

不動産の取引かなにかの用だったらしい。名前はわからないが、〈オランダ人酒場〉で聞いた挙動のおちつかない飲み客と同じ人相。ここから手をつけよう。

コーウィンはオールウェザー社のオーナーである元ブッシュ・パイロット(辺境地帯を飛ぶ小型機の飛行士)に会って事情を聞いた。ポーティッジに飛んだ客の名前はジェラード・ホプキンズといい、プライマリー・パワー・インクのクレジットカードで支払いをすませていた。

プライマリー・パワー・インクといえば、ガス・ウォールバーグの指名獲得を支援する民主党の資金調達組織ではないか！　ジェラード・ホプキンズは選挙運動の関係者にちがいない！

ジェラード・ホプキンズ？　詩人にジェラード・マンリー・ホプキンズというのがいたな。ソーンは記載事項を読みながら、あきらかに偽名だと思った。だが、コーウィンはホプキンズなる男を即座に念頭から消した。彼はウォールバーグと四十年間も会ってないし、話してさえいないのだから、ウォールバーグの大統領選挙運動にかかわる者が彼を殺したがる理由があろうか、と。しかし、ニサはあきらめなかった。もしウォールバーグが大統領になれば、コーウィンを殺すことが金と権力と影響力にいたる道につながるだろう、と何者かが考えたのかもしれないのだ。それに、その男は狙撃以前にポーティッジで顔を知られていたのでないかぎり、なぜ変装なんかしたのだろう？　コーウィンはとうとう娘の意見を入れ、〈オランダ人酒場〉から男がかけた電話の番号をつかもうとしたが、酒場の主人は知らなかった。

ニサの薄いフォルダーの最終事項は、コーウィンの小屋での彼女の最後の滞在となったにちがいない旅からもどって書かれていた。


ブッシュ・パイロットを調べること。

芝居用の衣装店を調べること。

射撃練習場を調べること。


最初のブッシュ・パイロットの項目のわきにはチェックマークがついていた。オールウェザー・ツアーズ社を調べたわけで、その件は済み、の印だ。

次の、芝居用の衣装の店。狙撃者が口ひげとヤギひげを買った店を見つけようというのだ。チェックマークなし。

最後の、射撃練習場。おそらくはだれかが狙撃者に、その男がなにを計画しているかを知らずにコーチしたはずだ。チェックマークなし。

マザーはすべての点にあてはまった。元軍人ではなかったから、射撃は素人だったろうし、変装も必要としただろう――ハーニルド医師がなんと言おうと、彼はポーテイッジで顔を知られていたにちがいないから。しかし、狙撃犯さがしの過程で、ニサもコーウィンも、自分たちのさがす男がニサの夫かもしれないという疑念をまったくいだいてなかった。

がっかりしたソーンはマニラフォルダーをわきにおき、彼女の小型本サイズの手帳に移った。買い物のリスト、アポイントメント、彼女自身が側近の運動員でなくなってから夫に助言するためにメモされた、ウォールバーグの選挙運動に関する種々のアイディア。それらのアイディアは、ソーンにもきわめて妥当に思えた。それから、ウォールバーグのフロリダでの勝利をめぐる膨大な政治的なメモにまじって、オールキャピタルで強調された一行。

おお、なんてこと！　デーモンだなんて！

ついに出たか！　推測の泥沼のなかで、確固たるふたつの事実。

ひとつ。デーモン・マザーがまさに狙撃者であった。

ふたつ。この記載にいたるまで、ニサは彼が犯人だと全然考えていなかった。

以後の記述はおよそ三ヵ月の間をおき、民主党大会がウォールバーグを大統領候補者に選ぶ直前に再開されていた。ふたたび、まったく政治に関する内容ばかりだった。

ニサは運動に没頭していたのだ。

コーウィンについてはひとことも言及がなかった。彼女が夫の罪に対してどうふるまったか、あるいはどうやってその事実に気づいたのか、なにも記されていなかった。あきらかに彼女は、マザーが犯人だと気づいたことを、当の夫に知らしめていた。「おお、なんてこと！　デーモンだなんて！」と書いた翌日、手帳には夫が・三五七口径のマグナム拳銃を買ったとの記載があった。そしてまたあきらかに、彼女は父を殺そうとしたのがマザーだったことを、コーウィンに話してなかった。もし話していたら、彼女はデーモンといっしょに殺されることはなかったろうに。もしかすると。たぶん。

そして彼女が話さなかった結果、ソーンはいま蚊帳の外におかれ、なんだかよくわからない理由で彼の勇気を嫌っている男に自分の行動を報告し、そのうえうそをつかれるざまにおちいっているのだった。さて、レンジャー部隊の斥候兼スナイパーとしてまっさきに学ぶのは、つねに秘密の手段を用意しておけ、である。

彼はタクシーをつかまえ、ダウンタウンに行ってくれと運転手に告げた。

〈オアシス〉はよけいな飾りをはぶいた、飲んだくれたちのための安酒場で、カウンター背後の鏡が汚れてくもり、よくあるように気の抜けたビールのにおいとむっとする煙草くささがまじりあい、酔っぱらいたちが前腕とひじをやすめるカウンターのまるまったエッジはニスがはげて下の木地がむきだしになっていた。逆向きに読める《バドライト》のネオンサインが、正面の窓の内側で輝いていた。カウンター後ろのてっぺんに沿って、色あせた《さわやかなビール、ハムズ》の横幕がかけてある。カウンター上方のテレビは、音量を落としてＮＢＡの予選を映し出していた。

ソーンはさっと店内を見まわし、三人いる飲み客のいずれもが求めるたぐいの男ではないと判断した。が、そのときドアが開き、外の光がはいってくる人の影を酒場の入り口にのばした。その男は確実にみこみがありそうだった。ソーンは即座にスツールにすわり、二十ドル札をカウンターにおいた。

「ウィスキー一杯とビール」と、バーテンダーに告げた。

ソーンが注視する鏡のなか、新顔は値踏みするようにあたりを見まわした。男がやおらソーンの横に腰かけたところへ、バーテンダーがソーンのビールとウィスキーをはこんできた。

「やあ、大酒のみ《ザ・ブーザー》のベニー」とバーテンダーは新来客に気のはいらない声をかけ、去っていった。

ベニーがソーンのショットグラスを見つめ、唇をなめた。ほとんどアル中だが、まだホームレスにはなってない様子だ。年齢は五十五といったところで、それにしては顔にしわが多すぎ、サイズが三つは大きいおんぼろのグレーのカーディガンをはおっていた。ヴェトナム戦争に従軍した退役兵で、わずかばかりの軍の障害年金をもらい、ぽんこつ車の後部座席かどこかの借間で寝ているのだろう。

「戦争はどうだった、ベニー？」

「負けたさ」

ソーンは口をつけてないウィスキーのグラスをベニーのほうにすべらせた。それをつかみあげるベニーの手がふるえた。彼が飲んだ。ソーンは身ぶりで合図し、もう一杯もってこさせた。

ベニーが鋭い視線を投げてきた。「なぜだい？」

「ヴェトナムの退役兵が金に困ってるのは、見ればわかるんでね」

ベニーが二杯目のグラスをおいた。もう手はふるえていなかった。

「第一戦闘歩兵師団だ。地獄を見たよ」

「ビッグ・レッド・ワン（アメリカ陸軍第一歩兵師団の愛称）だな」とソーンは認め、ビールと二十ドル札を残したままスツールからすべり降りた。「腹がへった。いっしょにどうだい？」

ふたりは白タイルとガラスとクロム鋼で輝く〈ホワイト・キャッスル〉のカウンターにつき、ソーンはコーヒーを飲み、ベニーは黄色いラップでくるまれた小型のハンバーガーをいくつもがつがつと食べた。とうとうベニーが後ろにのけぞり、口を大きく開いてげっぷを出した。虫歯がひどかった。目玉はそれほど上にまわっていなかった。

「それで、なにがお目当てなんだ？　気前のいい白人さんよ？」

「あんたの財布さ」

「おれがそこにお宝でも入れてると思うのか？」しかし、彼はくたびれた革製のをとりだし、ふてぶてしくカウンターに投げた。ソーンはなかを指でさぐって望みのものを抜くと、それをかかげてベニーの判断を求め、財布を返した。

「代償を受けとってくれ」と、百ドル札二枚をカウンターにおいた。「これだけあれば二ヵ月分の家賃と食費がまかなえるだろう。もしかすると酒もやめられるかも。ひょっとするとな」

ソーンはベニーと握手を交わし、夜の町へと出ていった。

ベニーはその後ろ姿を見つめ、そっともらした。「まさに、ひょっとするとだ」

ソーンはもう一ヵ所、銀行の終夜営業のＡＴＭに立ち寄り、これからは毎日の日課にしようときめていたことをはじめた。デビットカードで一日の許容限度額の現金をひきだし、腰に巻いたマネーベルトに納めたのだ。秘密の手段が必要になるはずだから。

午前七時十五分に空港のセキュリティーチェックを通過したあと、DCへ飛ぶ便のゲートに進むまえに公衆電話機の列に寄っていった。耳ざわりなコンピューター生成の声が長距離通話の料金を告げた。彼は必要枚数のコインをスロットに押しこんだ。二回目の呼び出し音で受話器がとられた。

「ドクターのオフィスです」

「早起きなんだね、イングリッド。ソーンです」

「まあ。あなたなの」彼女の声はしかりつける口調だったが、かすかにおもしろがっている気配があった。「彼は手があいているけど、あまり長くひきとめてはだめよ。八時に往診に出なくちゃならないから」

ちょっと間があって、ハーニルドの声が聞こえてきた。「しつこいな」

「わたしがコーウィンの小屋に出向く前夜、あなたが警告を送って立ち去らせるまで、彼があそこに住んでいたことはわかっているんです。わたしがあなたに聞きたいのは――」

「彼がどこに行ったか、ぼくは知らんよ」

「そうでしょう。わたしが聞きたいのは、以前になぜ彼が小屋を売って急にいなくなったかです。マザーが彼を撃ったことは知っています。コーウィンがマザーとニサを殺したこともわかっている。彼はいま、合衆国大統領を殺すつもりだ。わたしとしては、それをやらせるわけにはいかない。その点で、いくらかでも手を貸してもらえませんか」

「イングリッドを別にすれば、ハル・コーウィンはぼくの生涯の最良の友なんだ」長い沈黙があった。「いいだろう。彼はぼくに、撃った男がオランダ人の店の公衆電話からかけた番号がつかめないと言った。でも、いなか医者タイプのぼくにはできた。それは電話帳に載せてない、ミネアポリスの番号だった。ぼくはハルに教えた。その翌日、彼は小屋を売り払い、永久に去った」

「あなたはなぜ永久だと思ったんです？　彼はもどってきたじゃないですか」

「彼のクマの毛皮をもって出たからだよ。オールド・ジョン、彼をハンターと森の男に鍛えあげたネイティブアメリカンだが、そのジョンが少年のころの彼にあたえたものだった」ソーンにとってのモレンガルのように、コーウィンの師匠にあたる男か。

「それがなくなっているのを見て、ぼくは問題の番号に電話をかけた」ふたたび間があった。

「ニサが出た。このことを後悔せずに生きていけたらと願うばかりだ」

「ニサは生きていけなかった」とソーンは言い、頭にきて電話を切った。

最初に話を聞いたときにハーニルドがこの事実を教えてくれていれば、おれが費やした手間も時間もそっくりはぶけたものを！　ハーニルドはマザーが狙撃犯だったことを、はなから知っていたのだ。マザーはニサの父親を撃ったあと、彼女をアリバイに利用しようと、電話を入れたのである――「やあ、ハニー、帰りが遅くなるよ」とかなんとか。

裏切りだった。にもかかわらず、彼女は夫に味方した。六月、コーウィンはハーニルドから電話帳に載ってないニサの番号を聞き出した。彼は翌日ポーティッジをはなれた、きっとこれを最後にと考えて。しかし以後、彼の腹の虫はおさまらなかった。マザーが彼を撃ち、ニサはそのことを隠して彼に言わなかった、と。そして五ヵ月後、三角州で、彼はふたりともを殺した。

コーウィンは傭兵として恐ろしいことを多々やってきたにちがいない――傭兵はみんなそうだ。自分を許せないことどもを。ソーンも同種のことをやったが苦しまなくてすんだのは、レンジャー部隊をやめたあとも依然として政府の仕事をやっていたからだった。

コーウィンがたとえ苦しんでも、そういうことをやりながら生きていけたのは、テリーとニサがつねに後ろで彼を支え、彼の核、彼の中心、彼の錨、彼の出発点たりつづけていたからである。

　そうこうするうち、テリーが殺された。ニサが彼を責めた。もはやおさえきれない罪悪感が、洪水のごとくに彼に押し寄せた。悪夢にも襲われ、それはアリソンとイーデンが殺されたあとのおれそっくりだったろう、とソーンは思った。

　コーウィン自身が撃たれ、手足が一部不自由になったあと、ニサが彼の人生にもどってきた。彼女は、自分を撃った男を追う彼の手助けさえしはじめた。神による救い！　第二のチャンス！　ところが、彼女はまたも彼に反抗し、こともあろうに彼を殺そうとした男の側に立ったのである。

　愛と憎悪は、先端がふれあうほどにあまりにみごとに反り返った、化石のマンモスの牙のようなものだ。コーウィンの心中で、おそらく愛と憎しみはふれあっていた。彼がふたりを殺したのは、ふたりがいっしょに彼が救われる最後のチャンスを奪ったからだ。

　それでほぼ完璧に説明がついた。ポーティッジから姿を隠し、カリフォルニアの三角州にふたたびあらわれるまでの五ヵ月間、コーウィンがどこにいて、なにをしていたかを除いて。そもそもマザーが彼を殺そうとしたのはなぜか、を除いて。

　そして、肝心の疑問が残る。なぜコーウィンは、ニサとデーモンを殺したあと、まもなく合衆国大統領の座につこうとするグスタヴ・ウォールバーグをねらおうときめたのか、だ。

20

第二次大戦時代にさかのぼる旧式の・三八口径回転式拳銃、サバイバルナイフ、そして距離と射程と射角を最終チェックするための距離計だけをたずさえて、コーウィンはアイダホ州サモンの〈モーテル・デラックス〉を出た。そこの部屋を二週間、偽名で借りてあった。三脚は山の上、現場に隠しておいた。現場に来た初日に銃の照準を合わせていたので、いつものようにライフルと弾薬とスコープは部屋に残してきた。〝その日〟まで、それらをスナイパーの巣にもち帰る必要はない。

荒れたままの迷路のような細道が、大部分がまだ白い衣装を着たままの標高一万七百五十七フィートのトラッパー峰の西パー峰の西にくねり、高峰の背景にはもう冬の雪をとどめていない、より低い峰々が連なっていた。トラッにくねり、トラッパーの約十マイル北で、コーウィンは国立公園のわき道へと曲がり、次いで未舗装道路にはいり、さらにだれも通らなくなった細い林道に折れた。そこを半マイル走ったところで、フォーランナーをはずませて道からそれさせてとめ、初日に刈っておいた枝でおい隠し、いつもそうするようにイグニッションキーを左後輪の前においた。

すこし足をひきずりながら五マイルほどを歩き、花崗岩の峰の連なりの、大統領が近々スピーチをおこなう牧草地に近い側の山麓の谷へともどっていった。縁に氷の残る小さな山あいの池を渡り、大山塊の北端をまわりこむルートである。そこが途中で唯一、こえなければならないむきだしの岩場だった。彼は針葉樹と広葉樹の混交林に隠れて南の反対側にもどり、細く暗い雪解けの急流沿いに斜面をくだった。

自分の狩りに完全に集中していて、だれであろうと彼を追いかけてくる者に一切の考慮を払わなかった。おのれの足跡を完全に隠しきり、何者にも判読させない自信があった。

メリーランド州のキャンプデーヴィッドは合衆国海軍の施設で、もっぱら大統領の憩いとときおりの会議用に維持され、報道陣はシャットアウトだった。施設はカムフラージュされた通電フェンスのなかにあり、三十基の遠隔操作式の全天候型監視カメラが林のところどころに隠されている。敷地をめぐる偽装をほどこされた掩蔽壕のなかには、一個小隊四十名の高度に訓練された警戒態勢の海兵隊員歩哨が、暗視ゴーグル装備で配されていた。

カート・イェーガーがまえもって手配しておいたとおり、テリル・ハットフィールドがキャンプの平素の輸送手段であるゴルフカートで彼をヘリポートから大統領のキャビンまではこんだ。首席補佐官はＦＢＩ捜査官と完全に私的な会話がしたかったのだ。

「きみはソーンをあまり評価してないようだな、テリル」

ハットフィールドが意外な答えを返した。「もしだれかがコーウィンを見つけることになれば、それはソーンでしょう。彼にそうしてもらいたいけれども、コーウィンを殺すのはわたしがやりたい。自分の手で。わたしはFBIの長官になりたいのです」

「おれはウォールバーグの次期政権で国務長官をやりたい」

両者ともに予期しなかった打ち明け話のあと、ふたりは二分間だまってカートで走った。やがてハットフィールドが口を開いた。「われわれはソーンを利用してやつを見つけさせる。そのあとソーンをケニアに送り返し、密猟の罪で監獄で老いさせればいい。去る者は日々に疎し、ですよ」

「少なくとも大統領の心からは消えてもらおう」と、イェーガーは同意した。「当面は、大統領を危険なストーカーから救わなくちゃな」

コーウィンは大統領が演説日に到着するはずの時刻の四十五分前、太陽を背にして東を向いていた。彼らは日なたに、こっちは日陰に、発育の悪い松の低木が茂るふたつの花崗岩壁のはざまのV字形スロットのなかにいるだろう。ヴェトナムで出撃拠点として渡り歩いた、狭苦しい偽装たこ壺とはちがった。

彼は三脚を使い、いちばん安定したポジションである伏射姿勢で撃つだろう。松の低木が茂っているため、遠く下方の牧草地から岸壁面に向けられる偵察の双眼鏡にも、スロットの開口は見えないだろう。スロットの底は、乾いてかたまった地面だった。彼の十二ヤード背後でスロットがすぼまり、そこに彼がそれに沿って崖をおりてきた急流があり、その流れが彼の逃走路になるだろう。

コーウィンはバー・アンド・ストラウドのプリズム光学式距離計をカメラのように、牧草地の、彼らが演壇を設けられる唯一の場所に向けた。距離は千二百十ヤード。とてつもない遠距離射撃になる。彼が引き金をしぼるまえにここを見あげる者はだれもいないだろうし、発射後も、弾がどこから飛来したかを彼らが調べ出すまでに、たっぷり一時間の混乱があるだろう。

そのころには、彼はとっくに姿を消しているだろう。当然追ってくるブラッドハウンド犬をまごつかせるために、急流にはいって逃げるのだ。しかも川をくだるのではなく、つめたい水のなか坂をのぼって盾となる森に出、木々の下に隠れて切り立つ山を横切り、西側へともどっていく。姿をさらすことは、ヘリコプターに対してさえも、ない。日暮れにはジャネットのフォーランナーにたどり着き、敵が検問網を張るはるか以前に車をスタートさせ、夜明けまでに数百マイル西へ走っているだろう。

例の未知の追跡者だって、たとえその男がどういうわけか襲撃がその地だと正しく把握していたにせよ、はたしてコーウィンが地域のどこで待ち伏せる計画であるかは知りえないはずである。男の前にはライフルの発射地点の候補として徹底的に捜索すべき数十平方マイルの牧草地、森、急峻な岩壁が広がり、そのいずこにもコーウィンが過去に足を踏み入れたことを示す印は一切ないのだから。

ソーンがキャンプデーヴィッドでヘリコプターから降り立つと、レイ・フランクリンと名乗る身長六フィートの頑強な男がゴルフカートで迎えにあらわれた。ハットフィールドの腕利きの部下ながら、コーウィンに一度ならず二度までも裏をかかれた男だ。そしてそれに付随して、ソーンによっても一度ならず二度までも面目をつぶされていた。フランクリンは優秀なFBI現場部隊の一員だが、ソーンにかかると彼ら全員が愚かに見えるのだった。

細いアスファルト道路沿いに、うっそうとした森が広がっていた。そのかなたには、メリーランド州側のカトクティン山脈の峰々が見えた。迷彩シートがシークレットサーヴィスの戦闘指揮所と、通信センターの屋根をおおっていた。

「九・一一以前に、ああいうのはすでにあったのかい？」

フランクリンがマールボロを深く吸いこんだ。彼はボスと同じように敵対的だった。

「ああ。大統領をつけねらってるのは頭にターバンを巻いた連中だけじゃないんでね、あんたのげすなお友達のコーウィンのほかにもいるのさ」

ふたりともだまりこむうち、フランクリンは急に向きを変えて森に乗り入れ、外壁を半丸太で仕上げた三千平方フィートの平屋のログキャビンの前でカートをとめた。

彼の口調に敬意の念がまじった。「あの丸太の裏には、ケブラー繊維をつめた頑丈なコンクリート製の内側シェルがある。耐爆弾・火器構造だ。地下室は糧食がストックされ、核攻撃にそなえてグラウンドゼロ仕様まで強化されている」

ドアが開き、ハットフィールドが彼らに早くしろと身ぶりで示した。

「乗せてくれてありがとうよ」と、ソーンは言った。

「くそったれ」と、フランクリンが応じた。

広い私室を圧するようにつややかなダイニングテーブルがおかれ、まわりに六脚の椅子。四方の壁には、額にはまった西部画、数枚の風景写真、西部を主題にしたタピストリー。ふくらましすぎのようなふたつのソファーの上には、ざらついた生地のまくらがぎっしり。

大統領、イエーガー、ハットフィールド、いつもいっしょのクランダルとクォールズがすでにテーブルについていた。さしあたりパディー・ブライアンの姿はない。ソーンは説明にかかったはなから、その部屋に自分の味方があまりいないことに気づかされた。ハットフィールドの役割はあきらかに、ソーンの意見を受けとめ、大統領の目の前でけちをつけ、あげくにソーンのひとりよがりの考えだとして葬り去ることにあった。

ソーンは切り出した。「大統領、遊説旅行で演説をなさる土地をウェブサイトで公表されましたが、わたしは西部モンタナ州のビタールート山脈のなかの予定地に注目しました」

「そうなんだ、魚類野生動物庁があそこで二頭のハイイログマの子を野生にもどすことになっている。万人受けするわけじゃないが、環境運動を支援するわたしの姿勢を示すひとつの実験だな」

「コーウィンはそこにいるでしょう」と、ソーンは言った。

「シークレットサーヴィスもそこにいるさ」と、ハットフィールドが反論した。「大挙して。土地の牧場主たちがそのハイイログマが彼らの家畜を襲うようになると主張しているし、モンタナとアイダホ両州には反政府的な極右組織やサバイバル集団がごまんといる。警備はきわめて厳重になるだろう。リス一匹だって、大統領に近づけやしない」

「コーウィンは近づく必要はない。彼はスナイパーだ」

「スナイパーだった、――四十年前にな。われわれはいま広葉樹と針葉樹の混交林に囲まれた、山あいの牧草地の話をしているのだ。森のなかでは、コーウィンは見通しがきかず撃てない。まわりの峰はどこも狙撃銃の射程には遠すぎるし、かといってナイフや爆弾や手榴弾を使えるくらいに近づくのは不可能。だから拳銃でもって、おまけに群集のなかから速射でやるほかない。そんなことはできっこない」

ハットフィールドの反応は予想どおりだったけれども、ソーンはわざと信じられないといった口調をよそおった。

「われわれはいま、合衆国大統領の命について話してるんだぞ！　おれがつれてこられたのは、おれの思いつくシナリオがおそらくコーウィンが使う方法だと、コンピューターがはじきだしたからじゃないか。それでだ、おれならこの場所で襲う。シークレットサーヴィスの警備範囲の外側から、狙撃銃で撃つ」

ハットフィールドは準備をしてきていた。指をパチンと鳴らした。パディー・ブライアンが地形図をもってあらわれ、それをテーブルの上に広げた。万事が入念にお膳立てされていた。

ソーンへの反感がハットフィールドをして、この現場の危険性に対する判断を狂わせしめたのか？　かりに個人的にその危険性を理解していたとしても、彼はいま公の場でそれを否定しにかかっていた。

「さえぎるものなくねらえる最短の地点だって、どれも七百五十ヤードはなれている」ハットフィールドが地図を指で突いた。「そこと、そこと、そこ。コーウィンが的をはずれるのがわかっていながら撃ち、チャンスをふいにしっこない」

「それはそうだ。だが、彼は望遠照準器をつけた高性能ライフルを使い、七百五十ヤード以上はなれた高い岩壁から撃つはずだ」ソーンも指を突き立てていた。「たとえばここ、あるいはここ。もしおれに彼ほどの技量があるなら、おれはそうする」

「あいつの腕がどんなものか、どうしてわかる？　やつがヴェトナムをはなれて以後、われわれは確実な事実をひとつもつかんでなく――」

「ヴェトナム時代の腕さ」と、ソーンは即座に言った。

コーウィンが遺体袋に納まった暁には、おれは自分で掘り起こした事実を入れてりっぱな報告書をつくってやるが、それまではだめだ。こいつらは、おれのヴィクター・ブラックバーンという情報源についても、コーウィンがポーティッジ近くの彼のもとの小屋に潜伏していた事実も、射程距離千ヤードの射撃練習跡のことも、なにも知らない。ソーンは現状のままにしておきたかった。

「あいつはもう五十六歳なんだぞ」と、ハットフィールドが冷笑を浮かべて言った。

「しかも、障害も負っている。目と手の協調が衰えてきているにちがいない」

「きみはそのチャンスをとらえたいんだろ？　接近した身をもっての攻撃への対処は、

シークレットサーヴィスにまかせればよい。きみの部隊は七百五十ヤードの地点に展開し、下と内側ではなく、外側と上を見張るのが肝要。おれも現場に行き、監視を――」

「絶対に来るな！　あんたは助言者の立場で――あんた自身の要請によって――ここにいるにすぎない。現場活動はけっこう。さて、助言はいただいた。レイ・フランクリンがあんたをヘリにつれもどすために、表で待ってる。ただちにDCにもどり、今後の指示を待つように」

ソーンは支持を求めてウォールバーグのほうを見た。いまここで問題になっているのは、この男自身の生命なのである。大統領はためらい、それから目をそらした。ハットフィールドは事態を自分の管理下におく旨、まえもって一同に納得させていたのだ。コーウィンがいかに恐るべき男か、だれひとり理解していなかった。

イェーガーが言った。「提言をありがとう、ミスタ・ソーン」

ソーンは部屋を出た。こうなったらモンタナに行き、地図上ではなくじかに自身で現場を見きわめるまでだ。

「あのお粗末なやつをケニアに帰しましょうよ」と、ソーンがいなくなるや、ハットフィールドが言った。「彼の役目はもう終わりです」

「もしかして、まさにもしかしてだが、彼の言うとおりだとしたらどうなる？」と、ウォールバーグが質した。「もしコーウィンがあそこにいて、わたしを撃とうとしたらどうする――」

「そのときはわたくしの部下たちが、彼が銃を発射するまえにひっとらえますよ。これはわたくしの勝ちゲームなんです、大統領。山の上昇気流を考慮しながら、俯角で射程千ヤードの射撃など、だれにもできっこありません」

「シークレットサーヴィスとＦＢＩ人質救出チームを現場に配置して」と、イェーガーがやけに愛想よく言い添えた。「安全を確保すると同時に、大統領の過去を根にもつ一匹狼の殺し屋が殺意をいだいてつきまとっている事実を、完全に封じこめましょう。男が思いちがいをした異常者であることは、このさい関係ありません。彼があそこにいるという事実がもし知れたら、政治的影響ははかりしれないでしょう」

21

ソーンはメイフラワー・ホテルのフロントに、ジョージア州フォート・ベニング基地のヴィクター・ブラックバーン気付けで連絡はつくと言いおいたあと、ヴィクターにＥメールを送った。

ヴィクターへ。おれを独身将校宿舎《BOQ》に泊めてくれ。そしてきみも二、三日休暇をとれ。レンジャー部隊のときのように、森に出かけて酒を飲もうじゃないか。詳しくはのちほど。ソーン。

ホテルマンたちをだまし、Lストリートのバス駅に歩き、直通バスに乗ってアトランティックシティーまで行った。そこから民間便でモンタナ州のミズーラに飛び、レンタカーをハミルトンへと走らせ、実名で〈スーパー・エイト・モーテル〉にチェックインした。リスクは小さかった。表向き、彼はフォート・ベニングにいることになっていたから。

翌朝、九三号線を南に走り、雪化粧を残してそびえるトラッパー峰のかなり手前で細い四七三号に折れた。大統領一行がはいるであろう道筋で、牧草地に近づけるようにだ。臨時のＦＢＩ身分証を活用して現場にはいり、その日は花崗岩の壁を苦労してのぼりおりし、牧草地を見おろす斜面にころがった巨大な丸石を縫うように歩きまわるのに費やした。ハットフィールドの言ったとおりだった。七百五十ヤード以内に、待ち伏せできる地点はなかった。

次の日は九三号線をトラッパー峰の南に走り、ルート標示のない細い泥道を通って西のアイダホ州にはいり、そのあとふたたび北に向かい、ビタールートの稜線の西側にのぼる道をさがした。牧草地に対面する稜線の東側斜面は、前日に徹底的に調べたのだ。山麓の渓谷を見つけ、人の通った跡を求めて徒歩でのぼっていった。人跡なし。しかし、コーウィンが狙撃の準備をしにくるには、このルートしかないはずだった。いやしくも彼がこの地にいるとしたら。

つづく二日間の朝、ソーンは狙撃手のひそむ地点を見つけようと、山をのぼって稜線をこえ、反対側を牧草地へとくだった。俯角が急になればなるほど、射撃はむずかしくなる。ハットフィールドのＦＢＩチーム到着前で、じゃまされることなく山を調べられた最終日までに、彼は三つの候補地をさぐりあてた。九百五十ヤード外、千九十五ヤード外、そして文字どおりの遠距離射程である千二百十ヤードはなれた地点。

最後の地点が、狙撃者にとって願ったりであった。発育の悪い松の茂みによってカムフラージュされた、花崗岩の壁と壁のはざまの狭いＶ字形スロット。底はかたく乾いた地面。背後に細い山の急流があり、はるか上の陰地に残る雪が解けて下り坂を流れ落ちていた。射撃後のコーウィンにとって恰好の逃走路だ。

しかし、問題は距離だった。千二百ヤードあまり！　フットボールのフィールドを十二面、山の斜面沿いに並べた距離である。発射された弾丸はこの長さを飛ぶあいだに約二十五フィート落下するし、しかも標高七千五百フィートの地点の、渦を巻き、方向の予測がつかない風の影響を受けるのだ。まったくの不可能事。

それでも、やるのがコーウィンとなると……。

ソーンは確信した。あさって、彼とコーウィンはどちらも頂上をこえ、山の反対側を牧草地のほうにくだっているだろう、と。おのれの職業がいやになった殺し屋がふたり。一方は人を殺そうと決意し、他方はそれを阻止せんと決意する。だが実際のところ、どうやって阻止するのだ？　ランドールのサバイバルナイフでか？

人を殺すのがいやになったとはいえ、ソーンに選択の余地はなかった。ハットフィールドがおのれ自身と大統領の側近たち全員を、たとえコーウィンがあらわれても彼は接近した身をもっての攻撃というまぬけた方法をとるだろうとの考えで、催眠術にかけたも同然だった。ソーンはまた、映画《アンタッチャブル》における、銃撃戦にナイフでもって対応することへのショーン・コネリーの侮蔑に満ちたせりふを思い出しもした。

ハミルトンのダウンタウンの銃砲店で、ソーンはなにも知らない素人をよそおい、店員に三〇・〇六口径のボルトアクション式のウィンチェスター・スタンダードモデル七〇とウィーヴァーK四スコープを売らせた。毎年、数千挺も売れている銃である。待つことなくその場で入手でき、書類にサインする必要もない。森に出かけてぶっぱなしたい男が、またひとりあらわれただけの話である。もしハットフィールドの部下がわざわざ調べにきても、疑念をいだかせることはありえない。

演説日の午前四時半にコーウィンはモーテルをチェックアウトした。フォーランナーを隠し、歩きもどる時間が必要だったのだ。事が終わったあと、ジャネットの携帯に電話をかけ、車を残してある場所を見つけるよう伝えればよい。世間があいつは死んだか、永遠に行方をくらましてしまったと判断するまで、彼は世の中全員の追及の目にさらされるだろうが、ジャネットだけは絶対にそんなことはないだろう。コーウィンが彼女の人生のなかに存在するかぎり、彼女はけっして自分の男を見つけることもないだろう。

瞬時、決心がゆらいだ。きょう、彼は殺人を犯すつもりだった。あのおぞましい夢と記憶に満ちたおびただしい夜が、一挙に思い出された。これ以上人を殺すいわれがあるのか？

合衆国魚類野生動物庁の森林警備員《レーンジャー》二名と、ミズーラにあるモンタナ大学林学部の野生生物学科の学生ふたりが協力し、スモーキー（漫画のクマの名）という名の若い雄のハイイログマと、性別に合わない名をつけられた雌のウィニー・ザ・プー（アラン・ミルンの童話『クマのプーさん』の主人公のテディ・ベア）を野に放とうとしていた。もっとも、クマたちが自分に名前があると知っているわけではなかった。彼らは野生動物であり、そうありたがっていた。

「放すのはシラミだらけの二頭のクマだけだなんて」と、ローラ・ギヴンズが不平を言った。二十歳のまじめな女子学生である。

「これは手はじめだよ」と、レンジャー・リックがやさしくたしなめた——そう、彼の名前はほんとうにレンジャー・リック、リック・タンディだった（レンジャー・リックは元アメリカ陸軍のレンジャー部隊員リックが考案したサバイバル・グッズの商品名）。二十二歳で、ローラと議論するよりは彼女のパンティーのなかにはいりこむことのほうに関心があった。

もうひとりの森林警備員サム・ジョーンズは三十五歳、この件についてはひそかに牧場主たちの側に立っており、魚類野生動物庁の多くの職員がそうであった。牧場主たちにとって、家畜をおびえさせたり襲って傷つけるハイイログマは増えてほしくないのだった。

「あと二百七十八頭もクマを放すんだ」と、彼が言った。

「あと六百二十八頭のクマを放すべきだわ」と、ローラが目を光らせて叫んだ。「個体数の完全回復には、それだけの数が必要なのよ」

ショーン・マクリーンは二十五歳で、博士課程を終えようとしていた。彼が賛成して言った。「ここには一万六千平方マイルの未開拓地があります——二本のハイウェーと数本の未舗装路が通っているだけで。ぼくらのクマが繁殖し、ゆくゆくは現存個体数とのギャップを埋めるのに充分な広さの土地です。だのに、あなた方、国の役人は協同作業地として国道一二号線の北のエリアしかぼくらに提供してないじゃないですか」

「だから二頭のクマで充分なんだよ」と、サムが言った。「なにか文句があるかい、諸君？」

ローラもショーンも返答しなかった。クマたちがそれぞれのケージのなかを歩きまわりながら、声を合わせてうなった。

報道関係者はエアフォース・ワンの奥に陣取り、主役たちは前方部に乗っていた。ウォールバーグは演説原稿をうわのそらでパラパラめくっていた。彼と側近たちはミズーラ近郊の空軍基地からヘリコプターで演説地近くの着陸ゾーンまではこばれ、それからハイイログマたちが放たれる牧草地まで防弾ガラスのはまったリムジンを連ねて走るだろう。

「ハイイログマは生息地条件の厳しい、リファレンスたるべき動物種であります。彼らは何百という他の種の生存に適した生態系の、自然のバロメーターの役を果たすのです」

原稿がウォールバーグのひざに落ちた。彼の胸中では、コーウィンのことがとてつもなく大きな位置を占めていた。コーウィンはここにいるだろう、とソーンは言った。彼はソーンのその言葉を信じていた。演説原稿をまた手にとり、集中しようとつとめた。

「ハイイログマたちは、もし彼らのいま残っている生息地が縮小や隔離によって細切れにされてしまうと、生き残ることができず……」

原稿のページの上に、昨秋のデザート・パームズ・リゾート・ホテルでのコーウィンの顔がかさなった。シークレットサーヴィスがもう数秒すばやく、もうすこしまっすぐ撃ちさえすれば……。

「イエローストーン国立公園とその周辺の自然保護区域におけるハイイログマの生息地は孤立しており、存続可能な規模の個体数を維持するには不充分でありまして……」

カリフォルニアの砂漠の夜、コーウィンはなぜマザーが自分を殺そうとしたのか、まったくわからないでいた。しかし、大統領選挙日の夜以前に、彼は理解したにちがいない。そしてマザーは殺され、いま彼はガス・ウォールバーグの命をねらっている。

うわのそらの大統領を見おろして、イェーガーは軽蔑しか感じなかった。おのれの命を危惧する人間は、危惧していること自体を隠そうとするものだ。

「大統領」ウォールバーグがぎょっとして顔をあげた。「演壇にのぼるまえに、クマを研究している学生たちと握手し、気のきいた言葉を交わしてください。そのあと、ケージのほうに歩いて、森林警備員たちと物知り顔でしゃべっていただいて……」

「あー……どんな聴衆が来るのかね？」

「数は少ないですが、おそらく遠慮なく主張し、まあ反対意見が多いでしょう——彼らはことを環境問題とはみなさず、土地活用の問題ととらえていますから。でも、ワシントンの記者団の半数と四大ネットワークがすべて顔をそろえておりますので、閣下のスピーチは全国のディナータイムのニュースとなるでしょう」

ウォールバーグが両目をこすった。「そこが肝心だな」

「ハットフィールドとオハラが現場を厳重に封鎖しています。かりにコーウィンがあそこにいて、どうにか発砲したにしても、閣下のケブラー防弾チョッキが弾を完全にとめてくれるでしょう。危険はたとえあるにしても最小限で——」

「わたしは現場の危険など、ちっとも気にしてないぞ」と、ウォールバーグがどなった。「いまは気持ちを集中したいんだよ」

この男は恐怖を隠そうともしていない。「申しわけありません、閣下」

ウォールバーグがなんとか気をしずめ、声高に原稿を読みはじめた。

「この二頭の象徴的なクマたち、プーとスモーキーを野に放つことによって、われわれはわが国のハイイログマの最新個体数を遺伝子組み換えへと導く、生物学上の通路を開くことになりましょう……」

彼が声を落とした。「わたしの目の前でケージの扉が開き、クマたちがちょっとためらったあと、鼻を地面にふれながらゆっくりと前に進み、そしてたぶん自分たちが自由なんだと気づき、森のなかへとかけていき……」

「拍手喝采ですよ、大統領」

通路をさがっていきながら、イェーガーは思い出していた。オーラフ・ゲーヴル邸で開かれたウォールバーグの試験的な資金集めパーティーのあと、ニサ・マザーによってはねつけられたために起こった、彼にとってはじめての性的不面目の事態を。イェーガーはニサをベッドルームにひっぱりこみ、彼女の身体をまさぐりにかかったのだった。彼女は彼の横面を力いっぱい張り、怒りに目を燃えあがらせて大またで部屋を出ていった。

もし彼女が彼のくどきに屈服していたら、事態はなんと異なっていたことだろう！彼女が応じなかったおかげで、鬱屈し復讐に燃えた彼は、カーステンという名の女性運動員を見つけ出した。乳しぼり女のようなおっぱいと、まるまるとしたヒップと、張りのある太ももをもち、上から下までブロンドの女を。ところが、その女がモーテルのベッドに裸で横たわってさえも、彼は勃起できなかった。過去に一度もないことだった。その夜以降、そんな事態がたびたび起こりはじめたのである。

ロサンゼルスがこの遊説旅行の最後の立ち寄り先であった。シャーキーに電話をしてみるか。ちょっとニサ・マザー似のブロンド女を用意させ……。

そう考えると、おのれのものがかすかにかたくなるのを感じた。大統領警護のことなど、心のどこかに行ってしまった。

だが、シェーン・オハラの心は大統領警護の問題で占められていた。赤褐色の顔の五十五歳の男で、聖パトリックの日に緑ずくめの衣装で手に棍棒をもち、パレードの先頭に立ったらいいような雰囲気があった。とはいえ、そのぶっきらぼうな好漢の外見とは裏腹に、失敗は絶対に許さない頭の切れる野心的な男でもあった。

テリル・ハットフィールドが言った。「わがチームは七百五十ヤード外側に展開し、必要とあれば即座に対処できます」

「七百五十ヤードだと？　おいおい、テリル、アルカイダには遠距離暗殺の技術はないぞ」

「いや、大統領を憎んでいるサバイバリストがやるかもしれないので」と、ハットフィールドが言った。説得力なく聞こえたが、オハラはうなずいた。

「よし、きみらで遠くの脅威をカバーし、わがほうは接近作戦にそなえる、それでいいだろう。おれはブッシュ父にはじまって新しく選ばれたウォールバーグを入れれば、これまで四・五人の大統領の命を守ってきて、まだひとりも失っていないんだ」腕時計を見た。「ホームプレートの演説は午後三時開始だな」

　きょう、あんたがひとりを失うことはないよ、とハットフィールドは歩み去りながら思った。あらゆる武器と仲間内の隠語で武装した、彼自身の部下たちを七百五十ヤード外に配置してある以上、そんな事態は起こりえない。彼らの作戦前の興奮したやりとりが、耳にはめたレシーバーにとどいた。彼にはそれが、獲物をねらうまえにウォームアップするコヨーテの群れのほえ声に聞こえた。

　フランクリンの声がした。「レイ・ワンからＴＯＣへ。緊急対処《コンプロマイズ・オーソリティー》の要請、およびコード・イエローへの移行許可を願います」

イエローとはコード・グリーンのまえ、偽装と潜伏という最後から二番目の段階であり、コード・グリーンはこのケースではコーウィンを視覚にとらえた場合を意味した。グリーンはつまり正念場であった。この作戦におけるTOC、すなわち戦術作戦司令官のハットフィールドは自分のボーンマイクロフォン——部隊では〝ミック〟と呼ばれた——に応答した。

「受信《コピー》した、レイ・ワン、待機せよ」

いつも武器を使いたくてうずうずしているウォルトが割りこんだ。「こちらウォルター・ツー、それは緊急対処《コンプロマイズ・オーソリティー》を認めるということですか？」

緊急対処《コンプロマイズ・オーソリティー》とは、彼らの携行するMP五機関銃、狙撃銃、スタン手榴弾、・四〇口径グロック・セミオートマチック拳銃でもって銃撃を開始する許可の婉曲表現である。すべての玩具でもって。彼の部下たちはこれこそを生きがいとしているのであり、彼はそれゆえに部下たちを愛しているのであった。

「受信《コピー》、ウォルター・ツー、事態がコード・グリーンに移れば緊急対処《コンプロマイズ・オーソリティー》を認める」

彼らは大統領をきちんと守るだろう。が、オハラが懸念しているターバン頭やサバイバリストの脅威からではない。ソーンが彼らに、そこにいるだろうと警告した、ハルデン・コーウィンなる男から守るのである。ウォールバーグ同様、ハットフィールドもソーンの言を信じていた。

ただし、彼の部下たちはソーンが望んだのとはちがい、外側にも上にも向いてはいなかった。かりにコーウィンが姿を見せるほど愚かだったにしても、五百ヤード以上はなれた場所で銃をかまえるほどには愚かではないはずだ。ハットフィールドの部下たちは彼をしとめるだろう。ハットフィールドはソーンをなじって赤っ恥をかかせるだろう――それからばか野郎をケニアに追放して刑務所で老いさせ、一方、イェーガーがきっと、ソーンはツァヴォのキャンプにいると大統領に思わせてくれるはずだ。ハル・コーウィンは死ぬだろう。ソーンはいなくなるだろう。次期国務長官となる男を味方に得て、テリル・ハットフィールドは次のFBI長官になるだろう。

22

ソーンは軽装で山にはいった。スコープを装着したライフルを背中にはすかいにかけ、双眼鏡を首からつるし、ひとつかみの薬莢をコートのポケットに入れ、ナイフと水筒をベルトにつけて。また、ゆっくりした足どりではいりもした。アオトウヒの木立にはさまれた渓谷を苦労してのぼりながら、もしかするとハットフィールドが正しかったのかもしれないと感じはじめた。木々の下に車は隠されていなかった。タイヤの跡も、足跡も、折れた小枝もない。もしコーウィンがいまここにいないとすれば、彼は来ないのだ。

ことによると、ソーンはすこし緊張を解いてもよいのかもしれなかった。ハットフィールドがさんざん毒づいてじゃましたにもかかわらず、配下の部隊を七百五十ヤードはなれた位置に展開し、背後の切り立つ岩壁に目をこらさせているだろうから。

ソーンはしばしの時間を費やして、池を縁どるアシの下の鳥や動物の足跡を調べた。ミンクのやわらかい肉球の跡、小刻みに走ったネズミの足跡、茶色の穂が実りはじめたばかりのガマの茂みのそばに、一ダースほどのつま先の長いコヨーテの足跡。水面に小さなコインのようなアオウキクサが浮かび、糸状の根が水中にのびていた。ヒルムシロがミュールジカの鋭いひづめにより泥のなかに押しこまれ……。

ソーンは凍りついた。

シカの足跡にまじって、一個だけ人間の靴の跡があり、水がそこにしみこんでいたのだ。靴跡は北に、中央山塊の北端のほうに向いていた。コーウィンならこのルートをとるだろうと彼がずっと考えてきた方角であり、稜線のむこう側に狙撃者の巣をさがしまわったときに彼自身がとった方角でもあった。

ソーンは立ちあがり、中央山塊を見やった。開けた尾根の壁面のはしっこで、なにかが動くのが目にはいった。あわてて双眼鏡をとりだし、かかげて焦点を合わせた。

遅すぎた。なにも見えない。あそこにいたのか？　オオツノヒツジか？　ワピチ？　人間？

彼は尾根の北端めざし、急坂をかけのぼりだした。

コーウィンは同じく軽装で、一時間前にはいっていた。首に双眼鏡、腰に水筒と古いスミス・アンド・ウェッソンの・三八口径回転式拳銃、肩に装塡しケースに納めたライフル、そしてポケットにはことがすべて終わったときにジャネットを呼び出すための防水ケース入り携帯電話、空のウォーター・ペットボトル、マスキングテープひと巻き。

右手上方に、花崗岩の急峻な岩壁。左手下方には、千フィートのまったくの奈落。例の数ヤードのむきだしの岩場をつたって中央山塊の北端をまわりこむまえに、いつもの癖であとを追ってくる者がいないかチェックした。

だれかいる！　一枚の岩陰にすべりこみ、双眼鏡を目に押しあてた。池のそばの人物にぴたりと焦点が合い、その男が立ちあがり、岩壁を見あげ、あちらも双眼鏡をかかげた。入念に調べている。いま、動きだした。谷底から出発して、足早にのぼってくる。それはコーウィンの射撃練習跡をあばき、マザーが待ち伏せた現場をさぐりだしたハンターだった。

コーウィンは腹ばいになって稜線の反対側にまわりこみ、松と灌木の林と砕けた岩の広がりのなかに身を隠した。アドレナリンがわきたってきた。追跡者は彼より少なくとも十五歳は若く、頑強で俊敏、恐れを知らなかった。この男から逃げおおせるすべはない。彼はおのれの短くなった片脚と、傷めたひざと、胸筋の固縮をのろった。

腰のベルトからリボルバーを抜き、アノラックのポケットから空のペットボトルとマスキングテープをとりだした。ボトルの口を拳銃の銃口にかぶせてテープで縛った。

この拳銃は・三八口径の短く、比較的ローパワーの弾をそれほどの迫力や騒音なく発射するけれども、こういう山の薄い空気のなかで消音器をつけずに撃てば、あまりに遠くに飛びすぎるかもしれなかった。ペットボトルは発射のさいにもれるガスをおさえ、弾の飛ぶ方向をすこしも左右せずに発射音を小さくするだろう。すなわち手製のサイレンサーであり、至近距離での一回かぎりの使用ではなんら問題なかった。


ソーンも中央山塊のはしを急いでまわりこみ、しっかり身が隠せる地帯にとびこんだ。息をあえがせ、脈拍がしずまるのを待った。めざす獲物がその先にいるのかさえはっきりしない、最悪の忍び寄りであった。下から見た動きではシカかも、オオツノヒツジかも、はたまた妄想だったかもしれなかった。

しかし、彼にはそれがコーウィンだとわかっていた。ドースト分析医の言ったとおりだった。妻のアリソンと娘のイーデンは心奥風景にしりぞいてしまい、このたぐいまれな森の住人と勝負したいという欲求がとって代わっていた。結果はどうあれ。まばらな樹木と下生えのなかを、ゆっくり、音を立てないようにくだっていった。人が身を隠せそうな物を通り過ぎるときにはかならず、わきにまわって奇襲の可能性をさぐり、それから前に進んだ。

コーウィンは岩棚の上によじのぼり、拳銃を握って二分間そこに立っていた。遠くの動きがちらっと見えただけで、撃つのは不可能だった。事態を進ませ、展開を待つほかなかった。倒れた丸木を踏んで小川を渡り、朽ちかかっている木の上にわざとぬれた足跡を残した。木のはしからその先のやぶにとびこみ、小枝を折り、葉をカサカサと鳴らし、待ち伏せをよそおった。

ソーンはかすかなポキポキとカサカサを聞きつけ、ぎょっとした。急流の下流に進んだ。コーウィンが倒れた丸木を低い側に渡った、ぬれた足跡があった。そのむこうのうっそうとしたやぶにコーウィンがひそみ、ソーンが丸木を渡ってくるのを待ち受けているのだろう。やはり、間近に隠れる戦術か。

ソーンは匍匐の姿勢で、そろそろと音を立てずに上流へとはなれていった。丸木の場所からは見えない川幅の狭い箇所をさがし、流れをとびこえた。

それから、坂の低い側を歩いて川下にもどっていった。ツァヴォでの年月で鍛えた静寂の歩みで動き、下生えのなかのより濃い影を一瞬も見のがすまいと意識を集中し、ランドールのサバイバルナイフを握りしめて。悪夢が来るなら来い。

しかし、影は見なかった。コーウィンはいなかった。

またも裏をかかれた。怒りが恐怖にまさった。彼は次に大胆にも丸木にとびのり、足跡をつぶさに調べた。そうだったのか。足跡は双方向に向かっていた。コーウィンは坂上のほうへ丸木を渡りなおし、ソーンが下流に歩いているあいだに、流れにはいって上流に向かったのであり、その音は小石の上を走る水音で消されたのだ。

コーウィンはひざの深さの流れから急いで出た。坂下側の岸のヤナギの茂みにころがりこんだ。枝をちょっと押しつぶしたが、注意をひくほどではあるまい、と願った。そのまま身体を休め、色淡い幹と葉と完全に一体化した。自製の消音器をつけたリボルバーをかまえた姿勢で。影がひとつ、さっと頭上をよぎったとみるや、一羽のステラーカケスが流れにかぶさるようにたれた枝にとまり、頭を起こして彼をじっと見つめた。

川むこうでは、あの追跡者が木立からすこし踏み出し、その目は山の上のほう——

まちがった方向――をさがしていた。コーウィンが流れを渡りなおしたことに気づいてない。待ち伏せは成功した。

コーウィンが引き金をひき、カケスが鋭く叫んで飛び去った。追跡者の両腕がぱっと大きく開き、キャップが飛び、男は急所に命中するとそうなるように、まさに骸骨が倒れるみたいにくずれ倒れ、ライフルがはでに音立てて岩の上を十フィートあまりころがった。

コーウィンがかぞえきれないほど見てきた光景だった。人はそんなふうな倒れ方をよそおうことはできないものなのである。彼は男が死んだのを確かめようと、流れのなかにはいりかけた。男のこめかみにだめ押しの一発を撃ちこむべきなのはわかっていたが、もう消音器はなかったし、時間が貴重だった。男のろうのように青白い顔と、さらに頭の下の岩に血が流れていたし、コーウィンは予定の時間より遅れていた。そこで彼は、音高く流れる川の坂下側の、姿を隠してくれる木立のなかへとけこんでいった。

ソーンは徐々に意識をとりもどした。頭がずきずき痛んだ。自分がどこにいるのかわからず、なにが起こったのか記憶がなかった。しかしながら、頭脳の基底部にあるトカゲ脳が、動くと死ぬかもしれないと指令を出したので、頭を動かさずに目だけを開いた。上には、広葉樹の枝と松の大枝ごしの陽光。パナマではない。アフリカともちがう。砂漠じゃない。無限に連なる貨物列車がそばを走るような音は、いきおいのよい急流だった。山だ。

記憶が、ばらばらながらもどってきた。小枝が折れるような、かすかなパシッという音がしたな。待ち伏せされたのか。空のソーダか水のボトルを使った、手製の一回きりのサイレンサー。コーウィン！　どのくらい気を失っていたのだろう？　十五分、それとも二十分？　気絶したわけは？

ゆっくり上体を起こした。頭がひどく痛かった。キャップが一ヤード先に落ち、ライフルが十ヤードほどはなれたところにあった。両腕を投げ出すようにして倒れたのにちがいなかった。岩に血がついていた。そっと指先でさぐると、ひたいの皮がはがれてたれさがっていた。倒れたときに頭を打ったらしい。急流のあちら側に目をやった。むこう岸のヤナギの茂みに、押しつぶされた箇所があった。

たった六ヤードの射程なのに、なんだってコーウィンはしくじったのか？

そのとき、彼はふたたびガアガア鳴く声を聞き、ステラーカケスの黒い影が飛ぶのを見た。そうか！　ジグソーパズルのさらに多くのピースがしかるべき場所に納まった。カケスに危険を知らされ、わざと身体をぐったりさせて死体のように倒れかけたちょうどそのとき、銃弾がキャップをかっさらったのだ。頭を岩にぶつけ、そのせいで気を失った。血が流れたため、ほんとうに死んでいるように見えた。そして、コーウィンは二発目を、消音器をつけないで撃つ危険をおかしたくなかったのだ。ソーンは立ちあがった。ひどいめまいがし、目を細めてなんとか腕時計を見た。一時十一分。演説は三時に予定されていた。流れに沿って坂をくだるんだ。急げ！

コーウィンは窮屈な思いで偽装たこ壺に身を落としこみ、ライフルを肩からはずし、キャリングケースに納めたまま岩壁に立てかけた。同じ壁にしりを休め、ひざに両手をついて大きく息をした。遠まわりをさせられたけれど、とにかくここまで来た。姿も見られなかった。張り出した岩の下に手をのばし、三脚をとりだして組み立てた。

ボルトアクション式のモデル七〇・マグナム、一九五一年にウィンチェスター社が製造しライフルマンズ・ライフルとしばしば呼ばれる銃を、フリース裏地がすり切れたソフトレザーのキャリングケースから抜いた。その金属部分は、一千ヤードの射撃がもたらす高温に耐えられるよう熱処理がほどこされていた。ライフルの銃身と同じくらいに長い、彼自身が使い古した信頼できるユナーテル三六パワースコープはすでに装着ずみだった。照準ももう合わせてあった。

最後に、ライフルを三脚にとりつけた。長さ四インチ・重さ二八〇グレインのシエラ弾頭のついた、・三〇〇口径のH＆Mマグナム薬莢をとりだした。一発を薬室に送りこんだ。彼の計画では一発しか必要なかった。

ソーンははるか下方の牧草地を双眼鏡で見た。ハットフィールドのＦＢＩ人質救出チームの面々がまさにいるべきところ、無人の演壇から距離七百五十ヤードの地点にいた——まちがった方向を向いて！

そして彼らより上、ころがった丸石と花崗岩のかけらとねじ曲がった松の低木のなかのどこか、ソーンとＦＢＩの連中のあいだのどこかにコーウィンがおり、射撃の準備をしているはずだった。ソーンの自己欺瞞は消え去っていた。心の奥底では一貫してわかっていたのだ、自分がこの事態に直面させられるであろうことが。コーウィンが勝つか、おれが勝つか。それとも、おれはシャロンの言うガラスの虎であって、大統領を死なせるのか。

23

大統領のガス・ウォールバーグはカメラの砲列のためにさほどおおげさな表情をつくるでもなく、それぞれスモーキーとプーを入れた鉄格子のケージのそばでレンジャー・リックとサム・ジョーンズと握手を交わした。マスコミ用にすでに、ローラ・ギヴンズとショーン・マクリーン相手におしゃべりをし、ポーズをとって写真におさまってもいた。

「大統領、閣下のスピーチがはじまったときに、わたしどもがケージの戸を開いてクマたちを放す予定になっております」と、レンジャー・リックが説明した。

「待て、ちょっと待った」と、イェーガーが反対した。「はじめじゃなく、スピーチの終わりにだ」

イェーガーには、二頭のハイイログマが大統領の演説の最中に演壇めがけて突進し、自動小銃に殺される映像を流す六時のイブニングニュースが、ありありと見える気がした。

「この二頭のクマのことはよくよく知っているんです、サー」と、リックが言った。「ぼくらがなだめすかさないと、クマたちは外に出ません。タイミングはうまく合いますよ」

ウォールバーグにはよくわからなかった。黒いメクラアブがうるさくまわりを飛びまわり、彼は忘れていたのだが、野生の生き物はひどく……そう、ワイルドなにおいがした。ウォールバーグは、シークレットサーヴィスのエージェントたちの動く菱形にとり囲まれ、いそいそとその場を去りはじめた。

イェーガーの言ったとおりだった。かりにコーウィンがここで待ち伏せしているにせよ、やつは殺されるだろう。きょう、ウォールバーグの身に悪いことは起こりえない。

コーウィンは典型的な伏射の姿勢をとり、ライフルは三脚の上にしっかり固定されていた。彼は下方の牧草地の集団を横切るように、スコープのレンズをゆっくり動かしていった。複数の人間がスコープの視界を満たした。

大統領がちょうど展望台にあがったところで、アイダホ州知事が彼を紹介するために演壇のほうに歩を進めつつあった。イェーガーが大統領の右手にけんか腰ともいえそうなポーズで控え、そのそばに報道官のクランダルが同様の姿勢で立っていた。ウォールバーグの左には、すこし後ろにさがって、彼の妻とクォールズ。

コーウィンは無我の境地にはいっていた。ウォールバーグが演壇に近づくのを待つうちに、脈拍が六十台前半までさがり、彼は長い経験からそれが最良の射撃をもたらすことを知っていた。

これはその長い経験を賭した射撃であった。

ソーンの唯一の強みは、もっとも致命的な狙撃――頭を撃つこと――が同時にもっともミスしやすい点にあった。頭は動く確率が高いうえに、脳が多くの骨で保護されているからだ。ほんのすこしでも動けば、遠くから発射された高速弾は跳飛するかもしれず、完全なミスになりかねない。コーウィンはそんなリスクをおかさないだろう。ウォールバーグが演説をはじめるのを待って撃ち、そして胴の塊をねらうだろう。しかし、演説の最中のいつ？　くそ、考えろ！　そうだったのか。コーウィンは、世の政治家たる者が演説の途中で少なくとも一回はやるしぐさを、ウォールバーグがするときまで待つつもりなのだ。ジェスチャーで表現するため、腕をまわして肩の高さまであげる。こうするとわきの下があらわになる。ケブラー防弾チョッキのわきの下のスリットに弾を撃ちこめば、胸をひっかきまわして心臓を破壊するだろう。

で、コーウィンはどこにいる？　九百五十ヤードはなれたところか？　千百九十五ヤード？　千二百十ヤード？　それとも、ソーンが考えたこともない場所か？　モレンガルに教わったとおり、彼は目を閉じ、自分がつけねらっている動物にいたる道筋を見抜こうとつとめた。いまここでは、自分自身をつけねらってみる。おまえなら、どこから撃つ？

目を開いた。もしおれにコーウィンほどの銃の才能があるとしたら、おれは千二百十ヤードの距離から発射するだろう。

ソーンはライフルをつかみ、できるだけ速く、同時にできるだけ音を立てず、岩のあいまを縫ってかけおりていった。彼は、いまやコーウィンがひそんでいると信じる距離千二百ヤードの細谷の、約百ヤード上の丸石が積みかさなった場所にすべてを賭ける気でいた。

コーウィンの呼吸が遅くなった。もう一度スコープを、群集を横切って動かしたあと、標的の位置にもどした。標的以外のすべてが消えていった。むかしからの知恵のことごとくにそむき、彼はウォールバーグのスピーチがはじまったとたんに撃ち、しかも頭をねらうことにしていた。

森林警備員たちが鉄格子のケージの戸をずりあげた。クマたちは疑っていた。そう、あっちは森で自由が待っているけれど、これもまた人間どものたくらみのひとつだとしたらどうなる？

イェーガーは群集のかなたをにらんでいたが、目にはニサ・マザーの姿しか映ってなかった。ニサが死んでも、彼の性的妄想はやまなかった。ロスのシャーキーが、少なくとも見かけは彼女に似た女を世話してくれるだろう。彼が何度もその肉体をわがものにでき、生前のニサは屈服させられなかったけれども、今度は彼の思うがまま従わすことのできる女を。

ガス・ウォールバーグは牧草地のむこう、森との境におかれたケージ内のクマたちのむこう、彼の下で顔をあおむけた人びとのむこうを見やった。だが彼が見ていたのは、今夜テレビ画面の前にいるであろう数百万の人たちだけであった。大統領受諾演説のさいに感じたのと同じ力が腹の底と股間にみなぎるのを感じ、セックスがもたらしてくれるとされているのに一度もあたえてくれなかったものを感じた。彼は国民のパワーを切望し、国民はそれを提供し、彼は受けとった。それはいま、彼のものであった。

「わが同胞であるアメリカ国民のみなさん、本日われわれは大いなる旅へといでたち……」

ソーンは右ひざをついてライフルをもちあげ、安全装置を解除したあと、右足に重心をかけて腰を深く落とし、立てた左ひざに左ひじをのせて支え、上腕のひじのすぐ上の部分をひざの皿に押しつけた。脈拍を落とすために、呼吸をコントロールしはじめた。スコープをのぞきこんだ。やつがいた！

だが、いかん！　スコープの視界のなか、コーウィンが引き金をひきにかかっている！　ウォールバーグがしゃべりはじめたばかりなのに、その頭をねらって撃とうとしているのだ！　ソーンの指が引き金を、六オンスの抵抗にさからってきわめて静かにしぼっていった。両手のなかでライフルがはね、彼は銃がふたたび安定するまえに、自分が発射したことを知った。しかし、彼が撃ったまさにマイクロ秒後に、コーウィンのライフルも反跳していた。コーウィンもまた銃弾を放ったのだ。

ライフルが反跳したとき、コーウィンはわき腹に強い衝撃を受けた。痛みはなかった、まだ。巨大なこぶしを思い切りたたきこまれたような、目がくらむ感覚。この感覚はずっとまえにもあった、一年半前に。そのときは、マザーだった。いまは、あの追跡者がやはり死んでなくて、あいつがやったのだ。それがどうした？　彼は赤い霧《ミスト》を見たのだった。標的の破壊された頭をつつむ、血の暈《ハロー》。ほかのことはどうでもよかった。

彼は踏みつけられたオカガニみたいにはって百八十度まわり、V字スロットの背後の命綱の急流に向かった。すでにショック症状がはじまっていたが、なんとかまにあうだろう。流れは彼を山の下へ、あらゆる追跡から永久に遠くへはこび去ってくれるだろう。

ソーンは瞬時その場にとどまり、下の光景をスコープで見た。男たちが叫び、女たちが悲鳴をあげる。シークレットサーヴィスのエージェントたちが展望台に殺到する。スモーキーとプーが騒ぎにおののき、開いたケージからとびだし、森と自由に向かって突進していく。

森林警備員らは着装武器を抜くような動作をしかかるが、きょうは彼らは大統領の命令により丸腰である。学生たちはハイタッチをしている。クマが自由になったから。展望台上にひしめく人びとに囲まれ、床板の上に横たわった男の頭はほとんど残っていない。

コーウィンはふたたびあの凍える十一月の夜の焼け野原にあって、千フィート先の小屋へとはい進んでいた。すこし動くたびに、カメのようにのろい身体の下で、血が地面にしみをつけた。黒ずんだ、大量の血。動脈血？　もしそうなら……いや、そんなことはない。なんとかたどりつくぞ。つめたい水にはいり、出血をとめよう……。

死者たち。とても多くのみごとな射撃。とても多くの死者たち。

テリー。マーシャル・アヴェニューの家の暖炉の前、十歳のニサは毛布にくるまって床に寝そべり、三人いっしょにテレビの漫画を観ながら笑っていた。

大人のニサ、彼女も死んだ。ノー！　ノー……。

はえ。急流にたどりつくまえに、あの追跡者が追いつくだろうか？　目がかすんできた。疲れた。頭から泥のなかに倒れこみたい。だめだ。はうんだ。腕。脚。もう一度。もう一回。心が身体から遊離しかかっている。いかん！　もうわずか数フィート……。まえにもやってのけたじゃないか。

ソーンは最後の二十ヤードを、樹木限界線よりはるか上のケニア山の半分凍ったがれ場を走るときのように、一気に突進かつすべってスナイパーの巣にとびこんだ。コーウィンの銃はまだしかるべき位置にあった。そこからはなれて谷川の方向に、はった跡が血でくっきり印されていた。卵の殻を破ってあたたかい砂のなかからはい出るや海をめざす、セイシェル諸島の生まれたてのカメたちのひっかき跡に似ていた。V字形に狭まった奥の先にコーウィンがおり、片腕を弱々しく動かし、片ひざを曲げて押していた。川に行き着こうとしているのだ。のがれるために。それまでにもう死んでいなければ。

ザクザクとブーツの音。追跡者だ。コーウィンは力をふりしぼってこうべをめぐらした。視野が薄暗くなりかけていたけれども、のしかかるように立つ男の姿がぼんやりと見えた。かまうもんか。おれはすぐに消え、自由になり、追及の手が絶対にとどかないところへ行くのだ。

ソーンはひざをつき、かがみこんで顔を近づけた。コーウィンは死んだように青白かった。顔全体がほこりと血でよごれていた。なんとかしゃべろうとしていた。つぶやき。ささやき。

「おまえ、おれ……おれたちは……」語尾が消えていった。そして、もう一度声をふりしぼって。「……うりふたつだ……」

ソーンは冷ややかに言った。「おれは自分の娘を殺さなかった」

「おれは……」コーウィンが声をつまらせ、だまりこんだ。

死んだか？　だめだぞ、とんでもない！　ソーンは不意に、コーウィンからすべてをとりあげ、ほんの小さな勝利のかけらもない道に送りこむという、残酷な欲求にかられた。

「コーウィン！」と、彼はどなった。両目が開いた。「刑務所にはいるみやげに聞かせておいてやる。おまえは撃ち損じたぞ」

コーウィンの半開きの口からしたたる血が歯を赤く染め、まるでハロウィーンの魔法使いの歯のように見えた。そのとき、コーウィンがにんまり笑った。

そして、きわめて明瞭に聞き返したのだ。「おれが？」

コーウィンが片足でひと押しするや、もんどりうって急流のなかに落ちた。ソーンはブーツのかかとをほんの一瞬つかんだものの、流れのいきおいにひきはなされ、コーウィンの姿は消えていった。彼は疲れはててゆっくり立ちあがり、コーウィンの最後の言葉を声に出さずに口にした。

〝おれが?〟

ソーンの頭のなかは天地がひっくり返ったように混乱していた。

第二部　ソーン

暗い森で道に迷うのは
けっして恥ずべきことではない
――オウディウス『変身譚』より

24

数時間のうちには、各紙ともにこんな大見出しがおどるだろう。

ウォールバーグは無事
首席補佐官カート・イェーガー殺さる
大統領をねらった暗殺犯の誤射か

グスタヴ・ウォールバーグと大統領夫人イーディス・ウォールバーグはエアフォー

ス・ワンの豪奢な通路側座席に、恥ずかしがることなく手を握りあってすわっていた。保安上の理由から随行記者の姿はなく、したがってふたりのプライベートな親密さを公にする者はいなかった。

イーディスにとって、ことは簡単だった。ガスが彼女を裏切ってニサ・コーウィンと不倫をかさねたけれど、彼女は苦痛と嫉妬を押し殺してけっして口外せず、そして浮気は終わった。いま、夫は彼女だけのものであり、無事に生きのび、アメリカの偉大な大統領のひとりになろうとしている。

ウォールバーグにとっては、さほど簡単ではなかった。彼は恐れおののき、まだふるえていた。猛スピードで飛ぶ鉛の小片が山風に流されてほんのすこしコースをはずれたために、本来彼の心臓をねらった弾が別の人間の頭を吹き飛ばしたにすぎなかったのである。

さらに、自分が生き残ったというあたりまえの罪悪感のほかに、カートが死んでほっとしている事実があった。カート・イェーガーを首席補佐官に登用したのは無理強いによりしかたなくであり、次期には彼を国務長官にしなければならなかったであろう。そのわけは、選挙日の夜……。

ビヴァリーヒルズのマーキス・ホテルの屋上階、もう使われていないボールルームで背のまっすぐな椅子にすわってひざをつきあわせていた自分たちふたりの姿が、ありありと脳裏に浮かんだ。ジャックとボビー（ジョン・Ｆ・ケネディとロバート・ケネディ）が同様のポーズで写った、あの有名な写真のように。カートが手ぶりをまじえてしゃべっていた。

「コーウィンはもうすでに三角州に向かっているにちがいないですよ」

いったいどうやってコーウィンは彼ら夫婦の所在をつかんだのだろう？　ウォールバーグはけげんに思った。

「われわれがなにもしなければどうなんだ？　それで問題が解決するかも——」

「たしかに、彼らが生き残ってメディアにしゃべる懸念はなくなるでしょう、知事。でも、コーウィンがいますから」身をかがめてさらに近寄った。「わたしの知り合いがこのロスにいて、その男なら問題をきれいさっぱり……かたづけられます」

それが決定的だった。悪魔と取引をし、わが身をカート・イェーガーの野心的な手にゆだねてしまったのだ。でも、ほかにどうできたろうか？　ときには個々人の死をもって、より大きな利益にやくだてなければならないこともある。

「大統領？　あの件で仮の報告がございます」

シェーン・オハラが通路をはさんだ側のシートに腰をすべりこまそうとしていた。それに負けないくらいすばやく、イーディスが夫のひざの前をすり抜けた。

「殿方だけでどうぞ」

彼女が声のとどかない距離に去るのを待って、オハラが言った。「ＦＢＩとわがシークレットサーヴィスのエージェントたちが、ビタールート山脈自然保護区域にハイイログマを放すことに声高に反対している者たちのリストにもとづき、サバイバリストと牧場主たちの保安措置上の徹底捜査を開始しました」

ウォールバーグはいやおうなく思い出さされた。通常のＦＢＩとシークレットサーヴィスの部隊があそこで、暗殺を試みて失敗したのがテロリストではなくハル・コーウィンだとは知らされずに、自国ないしは外国人のテロリストをさがして水に浮かぶスイレンの葉状態で右往左往していたことを。

「われわれがほかに焦点をしぼっているのは、もちろんアルカイダです。彼らが以前の鉄のカーテンの国から来た傭兵を、暗殺者として使った可能性はありますから。もしそうだった場合、すぐさまそちらに捜査の針路を転じます」

「それで……発射現場の捜索はだれが担当しているのかね？」

オハラが上体を起こした。粗野な赤ら顔がはじめて、くつろぎかけた表情になった。責任問題が素通りしようとしているのだ。

「弾が東側の岩壁から飛来したのはわかっております。ハットフィールドが、そっちは彼と彼の人質救出チームが受けもつと言い張りまして。まあ当然でしょう。彼らは高度に訓練されてますし、すでに山の上のほうに配置されていましたから」

ワシントンで暮らすようになった月日のせいで体形をくずしたハットフィールドは、背の低い松の茂みに隠れて下からは見えないV字形に開いた岩場に、あえぎあえぎなんとかのぼった。発射地点の候補地のひとつにすぎず、ここはまずはありえないほど距離が遠くはなれていた。彼はグロック拳銃をホルスターからさっと抜いたあとになって、なめらかな岩壁にもたれてうずくまっているのがコーウィンではなくソーンなのに気づいた。ソーンは疲れ、くたくたらしく見えた。髪がぬれ、シャツも胸の半ばまでそうだった。ウィンチェスター・モデル七〇のライフルを床尾を地につけ両ひざではさんで立て、銃口は左耳わきの先で天を向いていた。

ハットフィールドは興奮のあまり、金切り声を発した。

「いったいここでなにをやってる？」

「おれはDCを出てからずっと現場にいたが、それがいかんとでも言うのか？　ウォールバーグはまだ生きてるだろ、おまえのおかげじゃないけどな」

「おれの部下たちは距離七百五十ヤードの地点で配置についていて――」

「あらぬほうを向いてだ。おまえらばか者どもはもしかして、まさにもしかしてだが、ひとりでもちゃんと撃てるやつがいたとしたら、あそこからクマたちを殺せたかもしれんな。おまえたちには絶対にコーウィンは殺せなかったろう。おれが殺した」

「死体はどこに？」

ハットフィールドはかっとなった。拳銃の台尻でソーンの頭をなぐりつけてやりたかったが、やめにした。チームの連中を呼び寄せるのもやめにした。さしあたって、ここで実際になにが起きたのかを知っているのはソーンだけ——そしてまもなく自分も知るが——それだけにしておこう、と考えたのだ。できることなら、ずっとそのままにしておきたかった。

そこで、彼は狭いV字形の谷間をうろついて様子を調べはじめ、三脚にとりつけられたライフル、そして後ろの水音高い急流へと苦労してひきずられた血の跡に目をとめた。大量の血だった。動脈血だと思えた。しかし、それでも……。

ソーンのところにもどった。「もう一度聞く。やつの死体はどこだ?」

「流された」

「言っただろ、流されたって。死んでいるように見えたが、おれが生死を確かめかけたとき、彼は川に落ちた」

「だったら、やつが死んだかどうかあんたは知らなくて、死んだと思ってるだけじゃないか」

そこではじめて、ソーンは感情をあらわにした。「彼は死んでいた、死んでいたさ、まちがいないよ、ハットフィールド。そして、殺したのはおれだ。また五年間、いやな夢を見ることになる」

「ブラッドハウンド犬をつれてきて――」

「なんでも好きなのをつれてくりゃいい。そいつらが彼を見つけてくれるかもな。いや、ひょっとしたら」――気味悪くクックッと笑っていた――「放されたばかりのあのクマたちがまっさきに見つけるかもしれんぞ。おれはあいつの胸腔を撃った――レンジャー部隊で標的豊かな環境と呼ばれる箇所だ。そこにはぐしゃぐしゃになるものがいっぱいある。心臓、腎臓、動脈――そのどれを撃たれても、標的は即時に致命的な失血をこうむる。おれの弾がもっと低いところに命中してても、肝臓があって同じ結果になる。十秒後に意識がなくなり、十五秒後にはご臨終だ」

ハットフィールドは頑固にゆずらなかった。「やつは谷川にたどりつき、なかにはいった」

「そう、肺に弾を受けて。それで彼は動けなくなるだろうが、即死にはならないかもしれん」

ハットフィールドも専門知識のあるところを示したがった。「肺を撃たれて治療もせずに生きのびる例がけっこうある」

「そうかもしれん、でもな、百ヤードも流されないうちに体温が下がって死ぬことになる」ソーンはくりかえした。「彼はまちがいなく死んでるさ、ハットフィールド、おれとしては生きててほしかったがな」うんざりだというしぐさをした。「もういい。

ウォールバーグは助かったんだから、おれはここをひきあげて——」

「あんたは連邦拘置所に拘留されて調査委員会に呼び出され、この山のここにコーウィンがいるのに気づいたとき、なぜ威嚇射撃をしなかったのか問われることになる」

「ほんとにそれでいいのか、ハットフィールド？　いまのところ、おれがここにいたことを知る者は、おまえ以外にいない。おれがだまっていさえすれば、大統領の暗殺を試みた男をだれが殺したか、しゃべれるやつはひとりもいないってことだろ？」

ハットフィールドはこみあげる喜びを押し隠した。この間抜けは手柄を一切合財おれにゆずる気なのだ。さりげなく聞いた。「どこに泊まっているんだ？」

「ハミルトンの〈スーパー・エイト〉さ。本名で」

「あんたはなかなか度胸がある、その点はおれも認めるよ」

ソーンは岩の壁に手をついて立ちあがった。「おれはまだこれからこの山をのぼって、暗くなるまえにむこう側におりなくちゃならない。レンタカーをそっちにおいてあるんだ」

彼は去りかけたが、ハットフィールドに前腕をつかまれた。

「あんたはきょう、ここにいなかった、わかるな？　あんたはモンタナにはいない。あんたはフォート・ベニングにいるんだ。まっすぐハミルトンのモーテルにもどって、そこでじっとしててくれ」ソーンの腕をはなした。「おれはキャンプデーヴィッドで大統領に報告することになっている。それまでにあんたがここにいた事実が全然もれてなければ、おれがあんたにナイロビまでの片道切符を、エコノミーだが送る。これで交渉成立かな?」

「よかろう」

「ライフルはおいていけ」

ハットフィールドは谷間で見つかるかもしれない銃弾とそのライフルの特性が一致するかどうか照合したかったのだが、ソーンは気にするふうもなく言った。「それはいいが、コーウィンが現場にモデル七〇を二挺おいていた理由を、いったいどう説明するつもりだ?」

ソーンがライフルをもって去った。ハットフィールドはチームに、上にのぼって合流するよう召集をかけた。

一同が息をはずませて到着するや、バラーが聞いた。「コーウィンはどこです?」

「死んだよ。やつが大統領に向けて発射したときに、おれが撃ったんだ。あいつは谷川まではってゆき、おれがここに着いたとたんに川にころげ落ちた」

「ブラッドハウンドをつれてこなきゃですね?」と、ペリー。

「もちろん。あの死体は必要だからな。さて、犯行現場の保存にかかろうか」彼はフランクリンとグリーンをわきにつれていった。「ソーンがきょうの午後、モンタナに飛行機ではいったと、ついさっき知らせが来た。あいつはハミルトンの〈スーパー・エイト・モーテル〉に宿をとっている」

ウォルト・グリーンが声高に不満を鳴らした。「やつはフォート・ベニングにいるはずじゃなかったんですか」

ハットフィールドはすばやくあたりを見まわした。聞いている者はだれもいなかった。

「近くのモーテルにはいって、彼の動きをもれなく監視してくれ。どこに行き、なにをやり、だれと話すかを。車種はわからんが、レンタカーを使っているらしい。レイ、できるだけ早急に、その車にGPS送信器をくっつけてほしい。ウォルト、彼の電話を盗聴し、あいつが身につけてないものすべて——かばん類や洋服——なにもかもに超小型送信器を仕掛けろ」

レイ・フランクリンが当然ながら質した。「人員による監視は?」

「さしあたってはエレクトロニクスだけでいい。こっちが監視していることをさとられたくないんだ。おれに無断でむちゃをやるなよ、いいな」

「くそっ」と、フランクリンが言った。「やつは勝手気ままに立ち去り《ウォーク・アウェイ》ますよ?」

「飛び去る《フライ・アウェイ》のさ」ハットフィールドはこらえきれずににんまりした。「ただし、勝手気ままじゃない、絶対に」

25

〝おれが？〟

記憶のなかでささやくその声がソーンを、浅く不安な眠りからさまさせた。シーツがよじれて腰に巻きついていた。汗びっしょりだった。ちくしょう、死んだコーウィンよ、亡きアリソンと亡きイーデンといっしょになって、おれの悪夢に押しかけてくるな。やめてくれ。

起きあがってヘッドボードにもたれ、ベッドわきにおかれたデジタル時計の緑色の数字表示をちらっと見た。午前四時三十分。モーテルに本名でチェックインしたことが、はじめて悔やまれた。しかしそれでも、彼がモンタナのここにいる事実がもれることがなければ、数日以内にケニアへの航空便に乗れるのであった。ハットフィールドは名声をとり、ソーンは悪い夢をとる。最低の取引だが、でもツァヴォにもどればやがて悪夢もやむだろう。彼はささやかな暮らしをとりもどせるだろう。たしかにまた人を殺してしまい、イェーガーも犠牲になった。しかし、大統領はちゃんと生きている。使命は果たせたのだ。まああとはいえ。ただし……。

〝おれが？〟

ソーンは椅子を窓ぎわに寄せ、すわって外を見た。コーウィンは字義どおりにそう言ったのだろうか？　それとも、死にぎわにあって、自分が撃ち損じたこと、ウォールバーグがまだ生きていることを、信じたくなかっただけなのか？　コーウィンが殺したかったのはイェーガーだ、と考えるのはばかげていた。

小型スーツケースをもった大柄な男の姿が街灯の逆光を受けてシルエットに見え、駐車場を横切って事務所わきにとめてあるフォードのセダンのほうに歩いていった。片方の耳がベレー帽のように目にかぶさった雑種犬が、彼の前をよぎった。男は犬をねらって靴でけりつけた。犬はキャンキャンと鳴き、牛の角をかわすマタドールよろしくけりをよけた。

ソーンは日本の剣豪、宮本武蔵が唱えたごとく、頭のなかをいったん空にしてみた。ハットフィールドが危惧していたように、ひょっとしてコーウィンが生きのびることがありうるだろうか？　撃った弾は先端をくぼませたホローポイントではなく、スチール被甲弾だから、まっすぐ彼の身体を貫通してしまい、生命維持に欠かせない器官にはひとつも当たらなかったのかも……。

そんなはずはない。あの男は死んだのだ。ソーン自身の悪夢がそう告げていた。ハットフィールドは約束どおり航空券を送ってき、ソーンは公的な承認のもと大手を振ってケニアにもどれるだろう。彼はそれこそが望みなのだと、みずからに言い聞かせた。この状況からうまくのがれて。

ハットフィールドがキャンプデーヴィッドのヘリポートから大統領のキャビンへとゴルフカートを走らせていたとき、彼のポケットベルが振動した。カートをとめ、携帯電話にその番号を打ちこんだ。

「ハットフィールドだ」

ウォルト・グリーンの声が言った。「電話盗聴器をとりつけ、ソーンの洋服、かばんにも送信器をしこみました」

「GPSはどうした？」

「それはレイがけさ夜明けまえに、ソーンの借りているチェロキーの下につけました。午前十一時現在、その車は町の北五マイル、ハイウェー九三号沿いの家族向けレストランでとまったところです」

「わかった。ふたりとも、よくやったぞ。そのままつづけてくれ」

チェロキーから降り立ったソーンは、その場でぴたっと足をとめた。モーテルの駐車場で、けさ四時三十分にフォードのセダン、クラウン・ヴィクトリアに向かう途中で犬をけろうとした野郎がいた。そして、そのクラウン・ヴィックの室内灯はともらなかった。ドライバーの顔を見られないための、よく使われる防御策である。

ソーンが〈バウンディング・エルク・レストラン〉の窓や戸のない裏壁そばに駐車したのは、そこにいることを隠したかったからではなく、諜報活動の知識がしっかり頭に残っていたからである。もしハットフィールドがこの車に送信器を仕掛けていたら、それを確かめなければならないのだが、こっちが気づいたことをハットフィールドたちに知られてはならないのだ。というのも、ハットフィールドのたんなる偏執症より奥深い、なんらかの意図が進行中だといけないから。

グローブボックスから懐中電灯をとり、ごみ容器のダンプスターのなかにつぶした段ボール箱を見つけたので、それをチェロキーわきの地面に敷いてまにあわせの修理工用ローラーボーイとする。両のかかとでふんばり、車の下に身体をすべりこませる。

懐中電灯で照らしていくと、二個の小さな四角い装置をダクトテープで縛りあわせたのを、運転席の下のフレームに磁石でくっつけてあるのが見つかった。衛星通信受信器と、傍受場所へ発信するためのずんぐりしたアンテナがついたセルリンク送信器だ。車台後部に沿って張られているのが、GPSのアンテナ用の電線だった。ソーンはこれと似たような装置を、十年前にファーム（CIAの訓練所）で訓練を受けたときに教えられたことがあった。

車の下からすべり出た。もぐっていたのは二分たらずだった。リアバンパーの陰に、小型で非常に薄いGPSのディスクアンテナがセットされているのを見つけるのに、もう一分かかった。それが天空の通信衛星とじかに交信しているのだろう。

車に送信器があったということは、モーテルの部屋の電話にも盗聴器が仕掛けられていることを意味した。

キャンプデーヴィッドの大統領用キャビンの広々とした居間では、予想どおりの面々がテーブルを囲んでいた。報告に来たハットフィールド、ウォールバーグ、彼のイエスマンたちであるクォールズとクランダル、それと背景でうろうろしているパディー・ブライアン。

ウォールバーグが切り出した。「諸君、国に一命をささげた勇敢なる男、カート・イェーガーのために一分間の黙禱をしようじゃないか」すこしあって頭をあげ、唱えた。「アーメン」

ハットフィールドは祈りがささげられたことをありがたいと思いながら、立ちあがった。彼としては、イェーガーの亡霊をなんとかうまくひきあいに出したかったからだ。〝彼が命を落とし、大統領、閣下が生きておられるのは、ひとりの男の働きによるのです。それはわたくし、テリル・ハットフィールドであります〟

彼は報告をはじめた。

「ハルデン・コーウィンは牧草地を見おろす東側斜面に即席につくったスナイパーの巣から、射程距離千二百ヤードでねらいました」もともとソーンがこのシナリオを提起したことにはひと言もふれなかった。「わたくしが彼を殺したので、彼は閣下の命を奪えませんでした」

ウォールバーグは十歳も老けて見えた。「詳しく説明したまえ、きみ！」

「わたくしはV字形の谷間の開口部に金属が光るのを見つけたので、そこから百ヤード以内の地点に必死でのぼっていったのです。すると、その谷間にはコーウィンがいて、いままさに撃とうとするところでした。彼が弾を発射しましたが、大統領、わたくしが同時に撃った弾が胴体に命中し、彼のねらいをはずさせたのです。彼にはスナイパーの巣の後ろ、山腹をかけくだる急流にころげ落ちるだけの余命が残っており、流されてゆきました」

「川にころげ落ちるだけの余命！」大統領の声は怒りと、そしてたぶん狼狽もまじり、うわずった。「死体がなければ、きみはなにもわからんじゃないか！」

「だ……大統領……彼は……し……死んでいます。わたくしは典型的な必殺の一発、わきの下から胸腔に達する一発を放ちましたから。谷川まではった跡は、大量の失血を示していました。FBIの研究所によるDNAの仮検査からしても、それはコーウィンの血にまちがいありません。撃たれた傷と、氷のようにつめたい水のショックが合わさって、彼は数分以内、おそらくは数秒のうちに死んだのです」

「そんなことわかるもんか！　こういうとき、通常はどんなやり方をするんだ？　低空飛行による赤外線探知か、大がかりな捜索……人手を使って……」

あとがつづかなかった。彼は政治家なのであって、人狩りの専門家ではなかった。ハットフィールドはさっそく、その沈黙につけこんだ。

「この種の状況では、大統領、ブラッドハウンド犬を使います。彼らは獲物をけっして逃がしません。で、わたくしはすでに犬たちを現場に入れてあります。わたくしがまにあわなかったばっかりにイェーガー首席補佐官を救えなくて申しわけありませんでしたが、ハル・コーウィンは死にました。ブラッドハウンド犬が彼の死体を見つけるでしょう」

彼はそこで部屋の緊張をゆるめようと間をおき、いちかばちかの賭けだが、ソーンのとっさの冗談を盗用した。

「スモーキーとウィニー・ザ・プーがさきに見つけなければですが」

一座のそこかしこからくすくす笑いが起きた。ウォールバーグさえもが、たまらず顔をほころばせた。

うまくいった。大統領にさしだすべき死体がないという事実を、なんとかやりすごしたのだ。そして、彼にはわかっていた。ひとたびガス・ウォールバーグが執務にもどれば、コーウィンの死体の問題は、たとえそれが見つからなくとも、やがてこの男の記憶から消えてゆくだろう、と。

第二の勝利。それは、ブレンダン・ソーンが話題にものぼらなかったことである。

ソーンはハットフィールドからなにか連絡があるまでの時間つぶしに、ハミルトンの町をぶらついた。モーテルにもどると、受付にメッセージがとどいてないかチェックした。なにもなし。ドアフレームとドアの下端のすきまに刺しておいたつまようじは、そのまま残っていた。送信器を見つけて以降、彼はまるで室内の明かりをつけっぱなしにしたガラスの家に住んでいる気分だった。ベッドに横たわった。待つことだ。

「ばかめ！」と、レイ・フランクリンはもらした。クイックトラック追跡システムの履歴データファイルによると、ソーンのジープ・チェロキーは彼が朝食からもどって以来、まったく走ってなかった。いまのところ、ソーンはよい子でいた。しかし、残酷な驚きが彼を待っているはずだった。ハットフィールドがフランクリンたちにそう約束していた。

電話が鳴って考えが中断された。フロントからだった。使いの者がいま荷物をとどけてきたという。

ソーンが待ちかねていたノックがあった。きっとレイ・フランクリンだろう――はたしてそうだった。その後ろに背が低くて太り、人を殺したくてたまらないような目の男がおり、それがフランクリンの相棒のウォルト・グリーンにちがいなかった。ソーンの車と電話にできるだけ早く盗聴器などをとりつけるには、彼ら両方が必要だったのだろう。ソーンはそんな思いのかけらも目に出さなかった。

「きみらはおれに、なにかもってきてくれたんじゃないかな」

グリーンがその独特の目で、部屋をすばやく見まわしていた。もしかすると、ソーンがそこに最小限の布地しか身につけてない未成年の少女を隠しているのを、見つけたいと思ってのことかもしれなかった。フランクリンが封印された大型封筒をソーンに突き出した。

「そうさ、ハットフィールド特別捜査官から、こいつをおまえさんに渡すよう指示されてきた」そこで息をついだ。「もうひとつ、おれからだが、くたばれ《ファック・ユー》」

ソーンはそれには応じなかった。だまって封筒を受けとり、ドアを閉めた。封筒の中身はFBIからの退職手当小切手と、片道航空券だった。四日後の、ダレス国際空港からナイロビ国際空港まで。

まえとはまったくちがった気分で、ベッドにあおむけに寝そべった。あす、DCへの便を予約しよう。連中はその予約を含めるまでの面倒はみてくれてなかった。かえって、それでよかった。時間をあんばいし、南のフォート・ベニングまで飛んでヴィクター・ブラックバーンと短時間でも会い、別れのあいさつができるかもしれない。DCでは、シャロン・ドーストと面会し、万事うまくはこんだことを報告できる。というのも、彼はツァヴォから合衆国に永久にもどる気がなかったからだ。ツァヴォ！　悪夢だって、七年前にそうだったように、しだいに遠のいてゆくだろう。かつて望んでいたとおりの日々の暮らしが、ふたたびはじまるだろう。

そうなれば、多少の敗北感に似た気分をわざわざ思い出すこともないだろう。

26

真夜中、あくびをしながらソーンはノース・ファースト通りにハンドルをきった。航空会社のスチュワーデスたちが飲みすぎたときによく使う表現を借りると、彼は酒をつぎすぎてしまっていた。アフリカのタスカー・ビールだったらと願った――いや、各家でトウモロコシから手づくりするすごく強いポンベならなおいい、と思いながら飲んだ。でも、ミラーのビールでもけっこうきいた。酒のせいで、たとえ自分の暮らしをとりもどしたにせよ、ほんとうはどうだってかまやしないのだと気づかされた。

だれか気にしてくれる者がいるか？　そうだ！　彼の国外追放書類への署名をひどくしぶっていた治安判事、スクィーラー・ケモリは気にしてくれる。モレンガルもだ。ソーンは腕時計を確かめた。ナイロビは午前の半ばだ。営業を終えたガソリンスタンドのわきに公衆電話を見つけ、モーテルの部屋の電話機が盗聴されているのに気づいたときに買っておいたテレフォンカードを使った。

スクィーラー・ケモリ本人が二度目の呼び出し音で、彼のオフィスの電話に出た。

「アーサー・ケモリです」

「スクィーラー！　おれは数日後にはナイロビに向かって飛んでいて――」

「だめ。それはやめろ」ケモリが突然スワヒリ語にきりかえた。「当局の連中が空港で、サイの角の密猟者を待ちかまえているぞ」

ソーンは侵入者がいたかどうかのチェックもせず、モーテルの部屋にはいった。考えようによっては、やつらはもうすでになかにいるのだから。万事休す。彼に選択権はなかった。服をぬぎ、熱いシャワーをたっぷり時間をかけて浴び、最後につめたい――耐えうるかぎりつめたい――水をかぶり、それから腰かけて駐車場をじっと見つめた。

そのとき、彼は事態を理解した。ハットフィールドが指図したのだ。やつらはおれがナイロビに帰るのをちゃんと待ち受けており、おれはその場で逮捕され、ハットフィールドがでっちあげたいんちきな罪で有罪の判決を受け、投獄されるだろう。アフリカの刑務所のなか、おれの寿命はミバエのそれぐらいしかないだろう。かといって、気持ちを変え、コーウィンを殺して大統領の命を救ったのはおれだとだれかに話そうとしても、その機会はけっしてないだろう。よく考えられた、じつにきたない手口だ。

おれが帰らなかったら？　その場合も、やつらはおれをひっとらえ、ハットフィールドが国家安全保障という不可侵の名目のもとに選んだ、どこかのテロリスト収容所にぶちこんでしまうだろう。あるいは、もっとひどいことに、病院送りか。

ベッドにはいったが、まだすこし酔いが残っていたのかもしれない。いつのまにか目が閉じた。

まぶたの裏で、ツァヴォの老いた雄ゾウたちが草をはみ、トランペットさながらの高い声で鳴いた。モレンガルが小道のわきにしゃがみこみ、土ぼこりのなかに残されたシフタの足跡を指さしてにっこり笑った。

迷彩服を着た麻薬のはこび屋がパナマのジャングルの細道でうつぶせに倒れ、彼女のまわりに血だまりができていた。彼は女の身体をひっくり返した。アリソンだった。息絶えていた。彼女の下にはイーデンがいた。死んでいた。

彼は瀕死の男を見おろし、言った。「おまえは撃ち損じたぞ」

コーウィンの歯はハロウィーンの魔法使いのように、血で縁どられていた。彼が聞き返した。「おれが？」

ソーンは「ちがうか？」と叫び、はっとして眠りからさめた。

ベッドのはしに腰かけ、あえぎ、汗が吹き出ているのに身ぶるいした。ソーンの唯一の防衛策は、コーウィンの最後の言葉がなにを意味したのかを知ることだった。コーウィンとは何者だったのか？　資料になにが書かれているかではなくて、彼がどういう人間であったか？　彼がなしたことの裏には、いかなる理由があったのか？　なぜ大統領の側近たちは最初から、あれほどしゃにむに彼の死を望んだのか？

どこから手をつける？　それは簡単。コーウィンが泊まっていたモーテルを見つけることだ。トラッパー峰のアイダホ州側の半未開地域には、ごく少数の町しかない。その車は、コーウィンはチェックインのさい、乗っている車の種類とナンバーを記入しただろう。コーウィンはウォールバーグを殺すためにのぼった峡谷から半径およそ五マイル以内のどこかに、緊急脱出のために隠しておいたと思われる。車はまだそこにあるだろう。それを発見できれば、コーウィンが実際はいかなる人間であったかについて、真実を語ってくれるなにかがなかに残っている可能性がある。

そのなんらかの知識がソーンに、紙一重の優位をもたらしてくれるかもしれない。

レムヒュー。テンドイ。ベーカー。サモン。シャウプ。ノースフォーク。ギヴォンズヴィル。これらがコーウィンにとって魅力的な距離の範囲内にある、アイダホ州の小さな町々だ。でもトリプルAで記載されている宿泊施設があるのは、サモンだけである。サモンの三つの選択肢のうち、いちばん安い〈モーテル・デラックス〉はダウンタウンにあり、カフェや各種の店が利用できる。

モーテルの部屋の電話が盗聴されているとしたら、ソーンが現在身につけたり携帯してない物のなにもかもに、いままでにもう超小型の送信器が仕組まれているだろう。チェロキーはその位置をつねに送信していた。もしソーンが装置をはずせば、彼らにわかってしまう。しかし、きのう町をぶらついているあいだに、下見板張りの古い家屋で、ガレージを個人営業の自動車修理所に変えた店が目にとまっていた。それは彼が必要とするまさにうってつけの店であった。

きょう、彼は三十分ほどかけてその近辺の数ブロックを歩きまわり、当の店の窓ガラスを利用して尾行の有無をチェックした。背後にはだれもいなかった。私道に新しいシヴォレー・シルヴァラードがとめてあり、リアウィンドーのラックにシカ猟用のライフル二挺がかけてあった。ガレージのなかで、二十代半ばの大柄でたくましい金髪の青年が、二〇〇二年型フォードF一五〇ピックアップトラックのあけたボンネットの下からグリースでよごれた顔を出した。

「足がほしい」と、ソーンは言った。「四輪駆動でオフロード用のやつを」

「この町にはハーツとエイヴィスの営業所がありますよ」

「レンタカー会社は嫌いなんだ。クレジットカードも使いたくない。おれはキャッシュが好きでな」ソーンは折りたたんだ札束をとりだした。「こういうのが」

近寄ると、青年は汗と機械油とたばこの煙のにおいがした。カバーオールのしりポケットから油じみた赤いぼろ切れを抜いて両手を何度も何度もふきながら、ソーンの札束を魅入られたように見つめていた。

「裏に九四年型のダッジ・ダコタの四駆がありますけど。一日三十ドルで、保証金が五百ドル、ガソリン代はそちらもち」

「五百だって？　九四年型だろ？」

金髪青年がにっこり笑った。「三百五十でいいですよ」ちょっと考えた。「いなかで、ろくな道もない。いまは狩りのシーズンじゃないし、二日前にビタールート山脈で、どっかのテロリストが合衆国大統領を撃った。あなたはいわゆるジャーナリストってやつじゃないですか？」

「残念ながら」

青年が手をさしだした。「アンディー・ファレルっていいます」

「ブレンダン・ソーンだ。あすもまたダコタが必要になるかどうかは、今夜教える」

「晩飯はいつもセカンド・ストリートの〈スパイス・オブ・ライフ〉で食うんです。そこでぼくをつかまえてください。その店は九時に閉まっちゃうけど」

ソーンはサモンのチャーチ・ストリートにある〈モーテル・デラックス〉にはいっていった。受付にすわる肌の浅黒いずんぐりした女に、バッジとＦＢＩの印をおした職員証をちらっと見せた。いまや法的に無効になってしまったけれども、その〝身分証〟は魔法のようなききめがあった。彼は女に、一週間かそこらここに泊まり、たぶん二日前の夜が明けないうちに出発した男がいなかったか、たずねた。

彼女は時代遅れの署名式宿泊者名簿をさっさとカウンターの上で開き、ページを繰っていった。「名前はわかります？」

「ハル・コーウィンでは？」

「コーウィンはありませんねえ。二週間を予約したのに、早めにチェックアウトした男性がいますね」名簿をまわしてこちらに向け、記載欄を指さした。「ハル・フレッチャー。矢羽根でもつくってるんでしょうかね。あたしの一家は矢に羽根《フレッチ》をつけることに詳しいのよ。彼が大統領を撃とうとした過激派ですか？」

「参考人だ」

「あれはアラブ人なんかじゃ全然ないですよ。いい人にも見えましたけど。五十代で、やせてて、ちょっと背が高く、長い時間を外ですごしてるように見えました。足が不自由でしたね」思い出し笑いをした。「うちの息子と毎晩、駐車場でキャッチボールをしてくれたんですよ」

「なにを運転してた？」

彼女がふたたび宿泊者名簿を調べた。「九〇年型のフォーランナー。カリフォルニア・ナンバーで5‐C‐W‐D‐0‐4‐6。色はたしかダークグリーンでした」

ソーンが〈スパイス・オブ・ライフ〉に着いたとき、アンディー・ファレルは窓ぎわのテーブルでビールを飲んでいた。ブロンドの髪を洗い、スラックスとスポーツシャツとウィンドブレーカーに着替えており、テーブルの上にはチーズバーガーとフライドポテトとシーザーサラダがあった。やせっぽちで二十歳くらいか、髪をあざやかな緋色に染めて下唇にピアスをはめたウェートレスが、彼とふざけあっていた。

ソーンは彼の向かいの椅子に腰をすべりこませた。

「ここはビールとワインしかないんですよ」と、アンディーが申しわけなさそうに言った。彼がホストで、ソーンが招かれた客であるかのように。

「おれはコーヒーがあればいい」

アンディーがウェートレスに手を振って合図した。「ぼくがここで食事をするのは、有機野菜が使われているのと、ハンバーガーがとてもうまいからなんです」

ソーンはにやりとし、ウェートレスのほうに首を振った。

「それと、いま思ったんだが、彼女もいくらか関係あるんだろうな」

アンディーの顔がウェートレスの髪に負けないくらい、真っ赤に染まった。彼女がソーンのコーヒーをはこんでくると、アンディーはデザートにアップルパイのアイスクリーム添えをたのんだ。ソーンもそれにならった。テーブルの上がかたづけられたあと、アンディーが身をのりだして小声で話した。

「考えていたけど、あなたは新聞記者じゃない」

「言っただろ、ちがうって。まあ政府の、ごちゃごちゃした略語の機関に属してるってとこだ。きみはハンターだ、そうだよな？」

「どうしてわかりました？」

「きみのシルヴァラードのガン・ラックさ。狩りをしているなら、きみはこのあたりの奥地に詳しいにちがいない」

「試していいですよ」

「よし。大統領が演説をした牧草地の上にそびえる峰の西側をくだると、山麓の谷がある。それを知ってるかい？　おれのさがしているものが――」

アンディーが突然、大声を出した。「そうか！　犯人はあの谷を中央山塊へとのぼったんですね？　そいつはイスラム原理主義者なんかじゃなく、地形をよく知ってる土地の人間にちがいない」

「地形を知っている点は、イエス。地元の人間、それはノー。さて、もしその男がすばやく立ち去れるように、あの谷の半径五マイル以内に四駆のSUVを隠しておく必要があったとしたら、彼はどこに車をおくだろう？」

アンディーが立ちあがり、「すぐにもどります」と言ってカフェを出ていった。自分のピックアップトラックから地形図をとってもどってきた。それをテーブルに広げ、曲がりくねった線の一本を指先でトンとたたいた。

「そこの、その国立公園の小さな道路がわかりますか？　ぼくなら逃げるために、そういう細い泥道のどれかを調べますね」

「きみはおれの職業につくべきだな」ソーンは腰をあげた。「もしおれが二日以内にピックアップといっしょにもどらなかったら、車は谷の入り口にある例のモミの木立のなかに隠しておくから見つけてくれ。キーは左前輪の上にのせておく。きみがそこまで行って車をとってくる分は、保証金でまにあうかな？」

「そりゃ、もちろん、お釣りがきますよ。でも」――彼がちょっと言いよどむ――「あなたがなにをしているか知らないけど、ぼくにもぜひ手伝わせてほしいんです、ミスタ・ソーン」

ソーンは肩をすくめ、顔をしかめた。「おれもできたらそう願いたいさ、アンディー。きみが背中を守ってくれれば、安心できるだろうからな。しかし……」

「わかってますよ」と、アンディーががっかりして言った。「国家安全保障」

ソーンは多すぎる金をテーブルに投げた。「おれのおごりだ」手をさしだした。ふたりは握手を交わした。彼は自分でもよく考えないうちに、つけ加えた。「おれは政府のためなら人だって殺すんだ、アンディー」

「たぶんそうだろうと思ってました」と、アンディーがまじめくさって言った。

店を出ながら、ソーンは、もしかするとおれの墓碑銘はこうなるかもしれんなと思った。彼は政府のために人を殺した、と。今度の件では、ひょっとすると、殺す人間をまちがえたか？

コーウィンのフォーランナーはすべてを知るためのかぎであった。もしそれを発見できなければ、ソーンはみずからを窮地に追いこんでしまったのであり、全力をあげて逃亡をはからなければならないだろう。もし発見すれば、ハットフィールドの策略に対抗するてこに利用できるなにか、それにつながる手がかりが見つかるだろう。

朝、通りを歩いて朝食をとりにゆき、帰ると部屋の電話を使ってあすの夜ミズーラからミネアポリスへ、次いでワシントンＤＣへと飛ぶノースウェスト便を予約した。

ＦＢＩのふたりが食いつくえさをあたえてやるのだ。

同じ理由から、チェロキーを運転してフランクリンのＧＰＳ送信器とともに、ベッドフォード・ストリートにある旧郡裁判所内のラヴァリ郡博物館に走った。もしふたりがそこまであとを追ったにしても、彼がたんなるひまつぶしをしているのだ、と考えるだろう。

アメリカ先住民たちの工芸品コレクションに魅せられるがまま一時間をすごしたあと、一階の男子トイレの窓から外に出、窓の錠をあけたままにして買い物に出かけた。もっと時間を稼ぐために、なかなか説明のつかない材料をハットフィールドにあたえてやる必要があった。

いろんな店をまわり、下着、シャツ、靴下、財布として使うための防水加工のポーチ、ズボン二本とあたたかいジャケット一着、ひげそり道具、靴とくるぶし丈のブーツを各一足、ベルトを購入。さらに、木やすり、ポビドンヨード十パーセントの局所防腐殺菌剤、ガーゼの包帯と絆創膏、そして薄い半透明の医療用手袋。最後の最後に、十ドルのテレフォンカードをもう二枚。彼はすべてをキャッシュで支払った。ＦＢＩは跡をたどれるにしても、時間がかかる。銀行でＦＢＩの退職手当小切手を現金にかえ、それをそのままとっておいたうえに、ＡＴＭカードで一日の限度額をひきだした。きょうからというもの、マネーベルトの金にずっと面倒をみてもらわなければならないだろうから。

すべての品を雑貨店でもらった二個の買い物袋につめ、それを博物館の男子トイレの窓下に残し、彼自身は窓をのりこえてなかにもどった。平然と正面玄関から歩き出、車を裏にまわして買い物袋を拾い、モーテルに帰った。電話での伝言はなかった。部屋に侵入した形跡もない。予想どおりだった。あのふたりは、ＤＣにいるＦＢＩの鬼ごっこの鬼たちと同様、ソーンが彼らに対して軽蔑以外のなにも感じていない、と確信しているのである。ほんとうは、プラス怒りだ。

彼は翌日の宿泊費を支払い、朝になっても部屋をかたづけなくてよいと客室係に告げ、《起こさないでください》の掲示を出してからベッドにはいった。

27

ソーンは朝の四時に起き、音を立てないようにベッドをひき裂き、わきの電気スタンドを横に倒し、椅子をひっくり返した。現金をマネーベルトにおさめ、マネークリップはドル札を二、三枚はさんだままドレッサーの上においた。かぎ束、時計、ＦＢＩのバッジ、身分証と運転免許証を入れた財布も、わきに並べた。パスポートはスーツケースのなかに隠したが、それは連中がかならず見つけると考えてのことだ。

きのう着ていた服は倒れてないほうの椅子の上に投げ、きのうの靴下をなかに突っこんだ靴をその下に残した。古い衣類はドレッサーの引き出しに入れたままにし、スーツケースもクロゼットに残した。超小型の送信器を携行する気は毛頭なかったからだ。

新しい靴下と新しいブーツをはき、それから新しいひげそり道具と新しい替えの衣類を入れた買い物袋を裏窓から草の上に落とした。手袋をはめた手で窓ガラスを内側に向けて静かに割り、その破片を芸術的に床にばらまいた。

以上のことをすませてはじめて、木やすりでひたいを削り、血を部屋のあちこちと窓敷居に飛び散らせた。傷口を消毒して絆創膏をはったあと、マネーベルトをつけ、下着からすべて新しい服を着た。

二歩助走してガラスのなくなった窓から身をおどらせ、部屋の裏手の草深い斜面に着地するや、まるまってころがった。待った。どの部屋の窓もあかなかった。明かりもつかなかった。こちらを見やる、おぼろげな人の顔もひとつもなかった。あすの朝、部屋を掃除にきた者が人殺しの跡とおぼしい光景を発見して警察を呼び、警官たちは事件現場を踏み荒らし、ハットフィールドがそこを閉鎖したくてもまにあわないだろう。

ソーンは森を抜け、二ブロック先のアンディーのダコタ四駆がとめてあるところに歩いた。防水ポーチには彼の新しい身分を証明するものがはいっていた。運転免許証、社会保障カード、図書館カード（期限切れ）、そして三枚の失業手当支払い小切手の控え。すべて本物で法的効力を有し、いずれもが彼をベンジャミン・シュッツなる人物と証明していた。それが例の大酒飲みベニーの、ほんとうのフルネームだった。ポーチにはまた、ＦＢＩの職員カードもはいっていた。ただし、それを使わなくてすめばと願った。偽物ではないかと疑われるからではなく――ＦＢＩの身分証がどういうものか知っている市民がどれだけいるだろう？――、そのカードがまだ生きている事実がいずれハットフィールドの耳にはいるだろうからだ。そうなったら最後、追及が一段と厳しくなるだろう。

木やすり、バンドエイド、殺菌剤、医療用手袋は町を出る途中で、それぞれ別のごみ容器に捨てた。

一時間後、彼はアンディーのダッジ・ダコタを谷の入り口のモミの木立に乗り入れ、キーをタイヤの上に残した。買い物袋をもち、アンディーが指摘した国立公園局の道路を北東に歩きながら、両側からわきにはいる泥道をチェックしていった。追い越していく車はなかった。一台も通らない。

谷の北四マイルのところで、かろうじてそれとわかる廃道になった伐採搬出道へと曲がった。四分の一マイルほど進んで、泥がかたくなった部分にトラックのタイヤ跡の片方を見つけた。ほかに跡はなかったが、もう四分の一マイルのあいだに小枝が折れ、草が踏みつぶされており、重量車が通ったことをあかしていた。

松林の枝におおわれ、密に茂る下生えのなか、道路からは充分に隠され上空からも見えないと思われる場所に、ダークグリーンのフォーランナーがあった。かぐわしいモミの大枝をひきはがし、ナンバーを調べた。カリフォルニア5CWD046。最新の登録月ステッカーがナンバープレートにはってあり、前年のステッカーがその下からのぞいていた。まちがいなくコーウィンの車だ。

キーは左後輪のタイヤの前に隠してあった。ガソリンは満タンで、エンジンも即座にかかった。グローブボックスのなかをかきまわしてみた。地図、懐中電灯、取扱い説明書、紙ナプキン。そのとき、思い出した。カリフォルニアでは通常、自動車の登録証と保険証書類は運転席側のサンバイザーの裏側に突っこまれていることを。はたしてそれらはそこにあり、内容は驚くべきものだった。

そのピックアップトラックはジャネット・ケストレルという女性名義で登録されていて、住所はロサンゼルス郊外の所番地のミセス・イーディー・メレンデス方となっていた。この女性なら、コーウィンが姿を消した数ヵ月間を説明できるだろう。愛人で、彼といっしょに旅をしていたのか？　三角州での殺人をもくろむ彼を手助けした、殺し屋か？

彼女が何者であれ、ソーンがさがし求めてきた、実在する確かな導きの糸であった。彼女を見つけ出せさえすれば。彼はハイウェー九三号にもどり、それからできるだけ早くアイダホを出ようとインターステート二〇号線をめざして北に走った。ワシントン州のスポーカンで別のインターステートに乗れば、南のカリフォルニアへとはこんでくれるだろう。


クランダル報道官が大統領執務室《オーヴァルオフィス》のウォールバーグのデスクに、「ハミルトン・デイリーニューズ」紙を折りたたんでおいた。ちょうど折り目の下の、次のような見出しがめだつように。

地元ホテルからなぞの失踪

ウォールバーグはその記事を読むうち、さながら新聞がデスクの上を自分のほうに身をよじってはい進んでくる毒蛇であるかのような気がした。

「これはいつ起きたのかね？」

「二日前です、大統領。その町が暗殺未遂現場に近いという理由で、新聞は型どおりにシェーン・オハラのところにまわされ、そのあと彼のオフィスから型どおりにわれわれにとどけられました」

「ハットフィールドとのミーティングを設定してくれ、できるだけ早く《ASAP》だ」

「説明したまえ！」

　ハットフィールドは文字どおり呼び出しをくらい、オーヴァルオフィスの大統領の巨大なマホガニー製デスクの前に気をつけの姿勢で立っていた。すわるようにとは言われなかった。

「大統領、閣下もご承知のように、われわれがキャンプデーヴィッドでソーンを解任したとき、彼はメイフラワー・ホテルで以後の指示を待つことになっておりました。ところが彼はそうしないで、レンジャー部隊時代の旧友と二、三日すごすために、ジョージア州のフォート・ベニングに行く、と言いおいて出かけたのです」

「彼はケニアにもどる手はずがすべてととのっていることを、ちゃんと知っていたんだろう？」

「わたくしが自分でメイフラワーに航空券をとどけましたから」

「きみは当然、フォート・ベニング行きの真偽を確かめた」

「彼の友人によって部屋は独身将校宿舎《BOQ》に予約されていましたが、ソーンはあらわれませんでした。友人のヴィクター・ブラックバーンは陸軍の職業軍人であり、ソーンをかばうためにうそをついて軍人恩給を棒に振る危険をおかしっこありません。ふたりは十年も会っていないのです。実際、彼は怒っていました」

ウォールバーグがまゆをひそめた。「モンタナでなにがわかった?」

「フランクリンとグリーンが地元警察から捜査をひきついでおります。ソーンの持ち物が全部残されていました。全部です。レンタカー、かぎ束、FBIのバッジ、札のはいったマネークリップ、財布、ひげそり道具、身分証、衣類、かばんと。スーツケースの裏地のなかに隠されていたパスポートも見つけました。部屋の裏窓が内側に破られ、大量の血があたりに飛び散っておりました。われわれの研究所が現在DNA鑑定を急いでいますが、ソーンの血にほぼまちがいありません」

「もしかして、それは……コーウィンがやったとか?」なかばささやくような声だった。

「大統領、コーウィンは死んだのです」ハットフィールドは漆黒の顔に真剣そのものの表情を浮かべ、デスクに身をのりだした。この動作は鏡に向かって練習ずみだった。「でも、ソーンは生きています。飛び散っていた血は致死量ではなかった。致命的じゃなかったのです、大統領。それに、きわめて重要な身分証が一点、あの部屋からは見つかっておりません」

ウォールバーグが彼を凝視していた。「なにが？」

「ＦＢＩの印をおした職員カードです。おわかりですか、閣下？　彼はバッジは残したけれども、カードはもっていったんです」ハットフィールドは緊張を高まらせておき、不意にすすめられてもいないのに椅子にすわった。フランクリンがすばやく動いたおかげで、彼には従順な精神分析医シャロン・ドーストに無理強いし、自分に必要な情報を提供させるだけの時間的余裕があった。「当初にソーンの適性鑑定をした精神分析医が気づいたところでは、彼とコーウィンには強い同一性があるそうです。ふたりは世代ははなれていますが、ご承知のように、彼らのプロフィールは極端に似通っています」

ウォールバーグは動揺した。「つまりは、同一性が非常に強いので、ソーンがつけねらいはじめる気でいると――」

「それはありえません、大統領。彼は殺人に対する嫌悪感がきわめて深いので。それはとてもつらい個人的な失敗にもとづいており、彼がそのことに責任を感じているからです。しかし、彼はコーウィンを理解したいという欲求をもっています。ケニアにいてはそれができないので、かわりにモンタナに行ったのです」

ソーンがコーウィンの人生をさかのぼって掘り起こしていくことは、ウォールバーグとその野心にとっては、もうひとりのスナイパーにつけねらわれるのとほとんど同じくらい危険であるかもしれなかった。彼は次の言葉を発するのに合わせ、デスクを強くたたいた。

「彼をさがしだせ。身柄を確保するのだ。手綱をつけて、動きを封じろ」

ハットフィールドは、コーウィンと大統領のあいだに重大ななにかがある、ウォールバーグが明るみに出したくないなにかがあることに、望みをかけていた。それははたしてなにか？　彼がその秘密をつかみうる手段はあるか？　一方では、それがたとえなんであれ、その秘密に食らいつき、利用することによって、彼は破滅的な挫折と思われた事態を勝利へと転じさせたのだった！

彼の立場をもってすれば、ソーンをさがしあてて捕らえ、罰せられることなく殺すことが可能であった。あの男は真の意味で姿を消し、大統領の命を救ったのがほんとうはだれだったかという秘密もともに消えてなくなるだろう。永久に。

「国家安全保障の総力をあげてですか、大統領？」

「いかなる手段を講じてもだ、ハットフィールド捜査官」

28

ロサンゼルス郊外のカーソンは、スモッグにさえぎられた陽が射すあたたかい日であった。フォーランナーのあけはなした窓を通し、核戦争の被災地のようにだだっぴろい、数マイルはなれた世界最大の石油精製施設から、かすかに油のにおいが漂ってきた。カーソン・ブルヴァードから折れたグレース・アヴェニューは、たとえれば人種のレイヤーケーキで、黒と褐色に白の糖衣といった状態。通りの両側は大半が低所得者向けの公営住宅団地であり、細長い芝地をはさんだ奥に小さな家が入り組んで建っていた。

フォーランナーの登録証に記されたイーディー・メレンデス方の住所は、小さいながら完全に荒れはてたとはいえない平屋だった。ドアを開いたのは三十年配の女性で、あきらかにラテンアメリカ系ではなく、ネイティブアメリカン特有のがっしりした体格、目鼻だちがはっきりした顔、そして射るような鋭い目をもっていた。しかし、彼女が戸口にはこんできたのは、リフライドビーンズ、トルティーヤ、タコス、フリホーレ、サルサ、唐辛子の入りまじった香りであった。

「ミセス・メレンデスですか?」彼はFBIの権威を借りるまいときめていた。手をさしだした。「ブレンダン・ソーンといいます」

「はじめまして」

「えー……あなたはジャネット・ケストレルという方をご存じですか? 彼女がここの住所を――」

「あなた、彼女のお友達？　彼女がどこにいるか、知ってらっしゃるの？」

　行き止まりだ。ソーンはいかにも残念そうに言った。「あいにくと。わたしのほうこそ、彼女と連絡をとりたいと思っているのです」

「あの娘《こ》はあたしの妹なの。もしやと思って……」彼女があわてたしぐさをした。「でも、いいの、おはいりになって、どうぞ《ポル・ファボル》」

　ふたりは狭い居間のへこんだソファーにすわった。すべての家具が古く、くたびれていたが、どれもがすみずみまで清潔だった。彼女が、妹のジャネットは大変な美人《ムイ・グアパ》だ、と言った。

「あたしたちの本姓はローンホースと言います。あたしたちはサンタローザのすぐ近くに住む、ホップランド族の生まれなんです。彼女はリノでブラックジャックのディーラーになったとき、ジャネット・エイモアと名乗りはじめました」

　そしてリノを出たあと、ジャネット・ケストレルと名乗りだしたらしい。彼女の本姓がローンホースだったのはなぜで、いつのことだったのだろう？

「あの娘は去年の秋のある日、不意にここに車でやって来て、仕事をさがすあいだあたしたちといっしょに暮らすつもりだと言ったんです。でも、ここには二日間しかいませんでした。そのとき新聞でなにかを見て、とても興奮してましたね。やらなければならないことがある、と言うんです。あたしの夫カルロスは、彼女が出ていって喜んでました。夫は彼女のことを好きじゃなかったんです、彼女が身のほどをわきまえてないと言って」

彼女が、まるでソーンが十年来の友人であるかのように、彼の前腕に手をおいた。悲しそうな顔で。

「あたしたちが結婚したあと、あたしはすぐに気づきましたわ、カルロスはあたしをほしかったんじゃないって——彼はグリーンカードを取得したかっただけなんです」

突然、大きく黒い目が輝き、ほんの瞬時、快活さをかいま見せた。「ジャネットは出ていくまえに、あたしに言ったの。彼とは別れたほうがいい、ふたりでリノに行こう、ブラックジャックの札の配り方を教えてあげるってね」

「よいアドバイスだったんじゃないですか」

「そう思う?」と、彼女が真剣に聞き返した。次いで、かなわぬ夢だったみたいに、かぶりを振った。また悲しげな表情になった。

「彼女はここを出ていった夜に、とてもひどい暴行を受けたの。ビヴァリーヒルズの高級ホテルの裏の路地に倒れているところを、警察に発見されたんです」

ジャネット・ケストレルは新聞でなにを見たのか? なにをやらなければならないと思ったのだろう? だれが彼女をたたきのめしたのだ? コーウィンか? なぜ?

「病院に来いって、警察から電話がはいって」彼女はものまねがうまかった。「夫は

〝彼女はなにをやってんだ、男が女をなぐり倒すなんてよほどのことだぞ?〟って言うんです。夫が頑として車で送ってくれないものだから、あたしはバスに乗って彼女に会いにいきました。病院はビヴァリーヒルズのすぐ近くの、とてもりっぱなところでした。シーダーズ・サイナイだったかな? 彼女はひどいありさまでした。自分の身になにが起こったのか、ひとつも思い出せない状態で」

「警察はあなたと話したのですか? それとも妹さんと?」

「あたしには話はありませんでした。それに、あたしがジャネットに会えたのは一回きりなんです。彼女は病院がのませた鎮痛剤のせいで眠っていたけれど、突然目をさまし、フォーランナーをどこにとめてあるかをあたしに話しました。その車から彼女のダッフルバッグをとってきて、あるナースに渡してほしい、と。あたしは言われたとおりにしました。ナースはたくましい黒人女性で、とても親切でした。そのバッグをジャネットのために病院のロッカーのひとつにこっそり隠し、かぎをジャネットの服に入れておくと言ってくれました」

彼女はそこで間をおき、思い入れたっぷりにため息をついた。

「カルロスが三日間、どうしてもあたしをそこにもどさせなかったんです。ようやく行ってみると、ジャネットはいなかった」

まさに行き止まりだ。「あの……この事件はそもそもいつ起こったのですか?」

「十一月でした、早くに——選挙日のころかしら」彼女がまたも、疑いを知らない子供のように、手をのばしてきた。「もし彼女を見つけたら、イーディーはいつでも喜んでリノに行き、ブラックジャックの札の配り方を教わるつもりだって、彼女に伝えてくださいな。約束してくださる?」

「約束します」と、ソーン。

もし彼女が見つかればだ。しかし、ちょっと待てよ。病院は費用の清算をすませないでは、彼女を退院させはしないだろう。

シーダーズ・サイナイはロバートソンとドヒーニー通りにはさまれたビヴァリー・ブルヴァード沿いの、とてつもなく大きな時代最先端の病院で、ビヴァリー・センターと通りをはさんで向かいあっていた。ソーンは面会時間を過ぎたあとになかにはいった。夜間の日課にはいって病院全体が静まっているだろうから、いくらかでも当たりがやわらかいかもしれないと考えたのだ。

ところが彼がぶつかったのは、鉄の顔と鉄の髪をもつマーリーナ・ワーフェルという名の夜間責任者で、一切妥協をしない女だった。

「ジャネット・エイモアという元患者の行方が知れなくたって、当病院には関係ありません。あなたにも」

ソーンはしかたなさそうに、ＦＢＩの職員カードを相手の鼻先に突きつけた。

「どっこい関係あるんだな。彼女がいつ退院したか、入院費の支払いはどうしたのか、そして担当医の名前を教えてもらいたい」

彼女が小さい豚のような目を怒りに燃やし、身分証に一瞥をくれた。

「患者の情報は秘密です。あすの朝、管理部のオフィスが開いている時刻に出なおしてください。そしてあたくしは、あなたの職業倫理に反するふるまいを、あなたの上司に報告しましょう」

もしも彼が本物のＦＢＩ捜査官だったなら、無理にでも女にコンピューターを操作させ、望みのものを手に入れることができたろう。しかし、女がおどしを実行に移し、地元のＦＢＩ事務所に電話を入れる事態は避けたかった。ひとたび組織の知るところとなれば、情報はハットフィールドに送りとどけられるだろう。

「失礼におもえたのなら申しわけない、ミセス・ワーフェル。こっちとしては、ただ職務を遂行しただけで」

「不当にだわ」

落胆したソーンがエレベーターに向かって廊下を歩いていると、物を山盛りにしたトレーにタオルをかぶせてはこぶまるまる太ったアフリカン・アメリカンのナースが、彼のわきに寄ってきた。そして、彼のほうを見ることなく、口のはしをあけてささやきかけた。

「ドクター・ウォルター・ホートン。ここで聞かなかったことにして」

彼女は開いた戸口のほうに曲がり、行ってしまった。ソーンはなんの反応も見せず、そのまま歩いた。しかし廊下のはしまでずっと、ワーフェルのBB弾のような視線を背中に感じつづけた。


ハットフィールドは人質救出チームのさまざまな火器類の取扱い資格をまとめてとりなおすため、その朝を射撃練習所ですごした。ソーンのことが頭からはなれず、かろうじて資格得点に達した。あの男は世の中から消えてしまったらしい。コーウィンが墓場からもどってあいつを殺すことはありえないから、やはりおれが大統領に話したとおり、あれはソーン本人がたくらんだペテンにちがいない。でも、なぜだ？　そのときハットフィールドは不意に真相に思いいたり、声高にのろいの言葉を吐いた。

何者かがソーンに、ケニアにもどったときになにが待ち受けているかをリークしたのだ。おれの部下のだれかではない。彼らはたとえおれの腹積もりを正確に知っていたにせよ、それについてなにかをしゃべったりはしないだろう。彼らは口のかたい一団なのだ。

してみると、ナイロビのだれかにちがいない。ムセンギの配下のひとりかも。それとも、治安判事のケモリか。そいつがソーンに、逮捕されることになっているぞと教えた。だからこそ、やつは姿を消した！　あいつは大統領とじかに接触し、ハル・コーウィンを阻止したのはほんとうは自分である、と話す気でいるのだ。

ハットフィールドとしては、だれよりもさきにソーンを見つける必要があった。自分の車に歩き、去年、死んだ銀行強盗から奪っておいた偽装工作用銃《スローダウン・ピース》を、タイヤウェルからとりだした。第二次大戦時代のコルト・レミントン四五。練習場にひきかえし、その銃で一弾倉分を撃ち、弾道試験で銃が最近発射されたことがあると示されるよう、あとの手入れをしないでおいた。そして、銃を車のトランクにもどした。

フーヴァー・ビルディングの自分のオフィスにはいっていくと、電話が鳴っていた。受話器をとり、かみついた。「言っといただろう、電話はするなって！」

「おれは聞いてないぜ」と、男の声が応じた。ニューイングランド地方、それもまさにメーン州じか出しの鼻にかかったアクセントがあった。

サミー・スポールディングだ。彼らふたりはクワンティコのＦＢＩ訓練所で同期生だった。ハットフィールドは人質救出チームに進み、サミーのほうはロサンゼルス地方局の地区捜査官《AIC》になっていた。ハットフィールドは興奮した。彼は大統領執務室を出た一時間後、全国の主要なＦＢＩ地方局宛に、次のような《最優先》区分の警報《BOLO》をＥメールで発しておいたのだ。

ブレンダン・ソーン名義の臨時職員証のいかなる使用に対しても警戒せよ。

「話してくれ、サミー。おれの必要としているなにかをおまえはつかんだ、そうあってほしいな」

「おれがつかんだのは、シーダーズ・サイナイ病院の夜間責任者からけさはいったお怒りの電話だ。きのうの晩、われわれの捜査官だと称するどこかの野郎が彼女に、元患者に関して聞きこみをしたらしい。彼女はそのIDが偽物だと感じたので、職員カードの番号を暗記した。おそれいるぜ、まったく」

「そうだな、うん、うん」ハットフィールドはがまんできずに聞いた。「それはだれの身分証だったんだ？」

「あんたのお友達のさ。くそったれブレンダン・ソーンだよ。彼女は男にとりあわず、昼間の係にまかせたが、そいつはそれきりあらわれなかった。お望みなら、おれが

――」

「だめだ！」ハットフィールドはさらに声を落として言った。「この件はおれ自身で処理するよう命令されているんだ。あすの午前中にそっちに出向くよ」

「バーベキュー用のリブとグリッツとスイカを用意しとこう」

「くそったれ」と、ハットフィールドは応じた。

ソーンはサンセット・ストリップの下手の荒れはてたモーテルに泊まった。すぐとなりには、午前二時に店を閉め、四時にまた開くようなバーがあった。眠りについたものの、午前三時ごろ、すでに恐ろしさに慣れ親しんだ悪夢を見、汗びっしょりになって目がさめた。記憶のなかではいつもの悪夢のすぐあとに、彼が「おまえは撃ち損じたぞ！」と叫び、コーウィンが「おれが？」と答えるのであった。二十分間もつめたいシャワーを浴びなければ、きょう一日をはじめられなかった。

ウォルター・ホートン医学博士はシーダーズ・サイナイ病院から数ブロックはなれたドヒーニー通りのクリニックビルに、自分の診療所を開いていた。ソーンは受付係に、名はブレンダン・ソーンであると告げた。

「予約はしてないんですが、先生にほんの二、三分だけ時間をいただければ……」

だが、受付の女性はみなまで言わせず、待合室の境のガラスのスライディングパネルごしに明るくうなずいていた。

「おかけになってお待ちください、ミスタ・ソーン。ドクターがすぐにお会いするでしょう」

彼はすわった。心中で警報ベルが鳴っていた。ホートンの診療所は高級で、こういうところは通常、数日ないし数週間前の予約が必要なはずである。あのワーフェルがドクターに、朝早く警告の電話を入れたのか？　ＦＢＩがこちらに向かっているのでは？　でも、いちかばちかやってみるしかなかった。ほかになにも手がかりがないのだから。

十分後、彼と同年配のハンサムでやせて背筋ののびた黒人男の、物で手狭になったオフィスに通された。ホートンは美しく澄んだ目と、厳しい顔立ちをもっていた。白衣はぱりっとし、首に聴診器。

ソーンと握手し、医者が言った。「あっちのシーダーズではゆうべ、例のおっかない女がきみをさんざんおどしたらしいね。きみにぼくの名前を教えたナースはきみのために口添えしていたが、ぼくはジャネットを守ってやりたいと思っているんだ。彼女は足とこぶしでひどく痛めつけられていた。少なくともナイフや棒や、ソーダびんは使われてなかったがね。片腕と鎖骨が折れ、すねにひび、片方の手首に骨折固定の金属ピンを永久挿入しなければならず、肋骨二本にひびがはいり、脾臓が破裂にはいたらないまでも傷ついていた始末だ。もしきみが彼女にさらに面倒をもたらすのなら……」

「わたしは彼女に、彼女の友人のことを聞きたいだけなんです」

「ほんとうかね？」と、ホートンがみずからに問うように質した。「まあ、あとでわかるだろう。きみの友達がなんらかの意味で関係しているのなら——」

「友達じゃない、わたしは彼に会ったこともない。彼のことをさがしているんです」

ふたりはにらみあった。ホートンがさきに目をそらした。

「わかった。あらゆる性的暴行の形跡が歴然だったが、ただし口、肛門、あるいは膣への挿入はおこなわれなかった。彼女はガッツがあると同時にがまん強かったな。ひと言も文句を言わなかった。うめき声ひとつもらさなかったよ。ひたすら耐えた。二日後、もの静かでたくましいアウトドア・タイプの男性が病院に来て、ぼくと話した。彼は、彼女に暴行した男を殺してやりたいと言うんだ。ぼくがあなたはやくざ者なのかと聞くと、彼はいやちがう、怒っているだけだと答えたがね」

「彼は住所氏名かなにか、教えましたか?」

「なにも。ぼくはそれきり彼と会ってない。彼はぼくが病院に出向いているときにここに来て預託金をおいていったが、それは治療費と医者の経費を払ってもあまりある額だった。彼は払いもどしが受けられる」

「ジャネットはあなたに住所を書きおいていきましたか?」

彼がじかに答えるのを避けて、言った。「彼女は許可が出るより早く勝手に退院し、ぼくに会いに二度このオフィスに来たけれど、その後はもどってこなかった。わざわざ寄ってくれて、どうも」

帰れということだ。考えもせずに、ソーンは言った。「DCにシャロン・ドーストという精神分析医がいます」彼女の電話番号を暗唱した。「彼女に電話して、ソーンについてたずねてみてください」

ホートンはためらったのち、ソーンに名刺を渡した。オフィスの電話とファックスの番号が印刷されていた。

「それは一日考えさせてもらいたい」と、彼が言った。

29

ソーンにはわかっていた。できるだけ早くロスを出るべきだ。FBIがいま、あの医師の電話に傍受装置をとりつけている最中かもしれない。しかし、収穫なしでは去れなかった。ジャネット・ケストレルこそ、さがしあてる人物だった。ほかに手がかりとてなかった。もしかするとホートンは、彼の言ったことを信じたかもしれない。もしかすると、シャロン・ドーストに電話を入れさえするかもしれない。

したがって、ホートンには考えるための一日、ソーンにとっては時間つぶしの一日となった。最初に、フィゲロアとフラワー通りが交わる角のロサンゼルス市中央図書館に立ち寄ることにした。由緒ある建物で、円形ホールにはいると、スペインの聖職者たちによってこの町が創設された故事を描くモザイク画がぐるりとめぐっていた。二階の主資料室の受付でコンピューターの使用料五ドルを払い、キーワード検索で、ウォールバーグが候補指名を得たのちの選挙キャンペーンに関する報道記事を呼び出した。メイフラワー・ホテルでろくに目を通さないうちに、放棄せざるをえなかった分だ。

ＤＣでは見落としていた埋め草記事に目がとまった。グランドキャニオンの南端にあるエルトバル・ホテルのギフトショップで、男がウォールバーグのメディア・コンサルタントのひとりから金を奪おうとした、そのコンサルタントの名前はニサ・マザーだった。

フラッグスタッフとフェニックスがグランドキャニオン国立公園の最寄りの人口密集地だったので、ソーンは両方の地元新聞からこの事件を報じた記事を画面に出した。大統領候補のガス・ウォールバーグが谷底をハイキングしているさなか、ギフトショップの床をモップでふいていた制服を着たしらが頭の男が、ニサ・マザーに一分かそこら話しかけ、そのあと彼女のハンドバッグをひったくろうとした。

彼女が金切り声で警備員を呼び、男は空想力豊かな記者の書くところ手負いのオオカミのごとくに逃げ、女が運転するダークグリーンのＳＵＶにとび乗った。ウォールバーグの別の側近、カート・イェーガーがその四輪駆動車を追いかけたが、ナンバーを見ることはできなかった。

コーウィンか？　なぜ裏切ったのかと、娘を問いつめた？　あるいは、彼女の夫を殺すぞとおどした？　そこで彼女は悲鳴をあげて警備員を呼び、彼がハンドバッグを奪おうとしたと訴えた。考えようによっては、彼に逃げるだけの時間をあたえたのだ――逃走車を運転していたのはジャネット・ケストレル？

ワシントンポスト紙にもどり、さらに興味をそそる記事を見つけた。選挙日の二週間前の夜、ウォールバーグがカリフォルニア州モハーヴェ砂漠の豪華ホテル〈デザート・パームズ・リゾート・アンド・スパ〉で一日をくつろいでいた。真夜中にスパの天然温泉プールに彼がひとりでつかっていると、裸の男が近寄って声をかけてきた。シークレットサーヴィスのエージェントたちが発砲、襲撃者は逃走した。

ソーンの見るところ、男を狂人とみなすのはとんでもないまちがいで、彼が裸だった点からして、その侵入者はコーウィンだったと思われる。不案内の場所で夜だと、裸のほうがはるかに静かに動けるのである。

〈デザート・パームズ・リゾート・アンド・スパ〉をグーグルで検索し、テレフォンカードの一枚を使ってベンジャミン・シュッツの名で一泊の予約を申しこんだ。で、ウィークデーのこと、シングルが空いていた。

リゾート・ホテルの表門で制服のガードマンたちが彼の身分証をチェックしたあと、日干しれんがの高い塀がめぐる敷地内に通した。ホテルになった邸宅はアル・カポネによって建てられたと信じられている。自然の岩場を削り、アンティーク家具とアール・デコ装飾で飾りたてたカポネのスイートルームさえあり、ウォールバーグが当ホテルを訪れたさいはそこに泊まった。

ソーンの部屋はピクニック・エリアの近く、ギョリュウの木立のなかにあった。珍しいカリフォルニア種の草むらに囲まれたテニスコート。両側のはでなヒメコウジの茂みにはさまれたエクササイズプール。ひとりで全裸の日光浴を楽しむための《太陽の箱》があった。カポネ時代の賭博場は〈カジノ・レストラン〉に姿を変え、フラシ天のカーテン、巨大な暖炉、そして中世の修道院におかれてもおかしくないどっしりした食卓が室内を飾っていた。そのテーブルはたぶん、むかしはそういうところで使われていたのであろう。

彼はギフトショップで水泳パンツを買い、大きなウールのバスタオルを肩にかけ、泥風呂とサウナとマッサージルームが並ぶ通路を歩いて温泉プールに向かった。そこは青い、底のなめらかなコンクリートのカップ状構造で、深さは一フィートから五フィートあり、装飾を兼ねた岩と茂みで外から隠されていた。一方のはしから天然の熱い鉱泉が規則的な間隔で湧き出、人工の崖からプールにあふれ落ちていた。この滝に近いほど、湯は熱かった。

ソーンは三十八度のビロードのような薄闇の湯のなかをぶらぶらしながら、めあてのガードマンが巡回してくるのを待った。来た！　五十代で、しわの寄った革のような顔に鋭い目、薄くなりかけた砂色の髪をもち、完璧に板についた制服を着て軍人らしい物腰。申し分ない。

「ヴェトナムかい？」ソーンは犬かきでプールサイドに寄っていった。「きみなら戦争を経験した男の見分けがつくだろうな」

「MPを二十五年やりましたよ、本土と海のむこうで」

「こっちは元レンジャー部隊だ。パナマと砂漠の嵐作戦に従軍した」彼は目にはいった水を振りはらい、プールサイドにあがった。「去年の秋に大統領を襲った、例の頭のいかれた男のことをうわさに聞いたんだがね。あんたはそのとき、ここで働いていたのかい？」

ガードマンはちらっとあたりを見まわしてから、ラウンジチェアに腰かけた。

「じつはですね、あの事件は全体になにか変だったんです。とにかく、あの裸の男、あいつはウォールバーグとただ話をしていただけで、そこへＦＢＩの連中があらわれた。男はウォールバーグを水中に突っこみ、逃げた。ＦＢＩは銃を撃ちはじめた。彼らは血を見つけたけど、男を発見できなかった」薄くてかたい唇がさも軽蔑したようにゆがんだ。ソーンの期待したとおり、この元ＭＰは文民の治安部隊をまったく尊重していないのだった。「連中は男を見つけられなかったので、男が砂漠にはって逃げ、死んだと主張する始末で」

「彼らの弾は命中もしてないと？」

「全然、当たってやしません。あの男はしりに火がついたサルみたいに逃げましたからね。弾なんか当たりっこない。わたしが思うに、彼はわざと岩に頭をこすりつけ、血をつけたんですよ。顔は見なかったけど、だいたい大統領と同年配でしたね。手足が長く、片足が不自由なのにすばやかった。彼が元軍人だっても、べつに意外じゃないな」

　翌日の午前七時、ロサンゼルス国際空港《LAX》のＦＢＩがいつも専用ジェット機を着陸させるめだたない片隅で、サミー・スポールディングがハットフィールドを出迎えた。ガルフストリーム機を見て、スポールディングが軽く口笛を吹いた。

「するとおまえは、おれがほらを吹いてると思ってたか」ハットフィールドはにっこり笑った。

「おまえがなにかどじを踏んで、そのごまかし工作をやってるんだと思ってたさ」

「どじなんてことは起こりえないぞ、おい」

サミーはハットフィールドにとって、彼自身のチーム以外でほんとうに信用できる数少ない人間のひとりだったが、彼はマーリーナ・ワーフェルと会う約束を守るため、ひとりでシーダーズ・サイナイ病院に向かった。彼女は管理部の、自分のとりでであるデスクを前にして彼を迎えた。

「最初に」と、彼は言った。「われわれの組織の者があなたにご迷惑ないし心痛をおかけしたとしたら、その点をおわびしたいと思います」

「あの人はとても失礼でした」

「そういう評判の男でして」ハットフィールドは彼女の目を見つめた。「じつはですね、彼はメキシコのチワワ州で諜報活動に従事することになりまして。そういうわけで、わたしがあなたとじかにお話しするために、DCからここに飛んできたしだいで」

「やっぱりね！　彼は去年の十一月にここに入院していた病人について、いろいろ不適切な質問をしていました。ジャネット・エイモアについて」

ジャネット・エイモアとはいったいだれだ？　でも、ソーンが知りたがった以上、ハットフィールドも彼女のことを知りたかった。「エイモアはなんの治療を受けていたのです？」

「路地で強盗にあい、ひどく痛めつけられていました」

「で、あなたの立場からして、ソーンに彼女の住所は教えられなかったのですね？」

「教えようと思えばできたでしょう。しなかったんです。彼女のお姉さんの住所です。ただし、彼女はとっくにそこから出ていましたけどね。彼はまた、彼女が病院とどういう支払いの段取りにしたかも知りたがりました――それと、担当医の名前も」満足げに鼻をすする音。「あたくしはどっちも教えやしません」声を落とした。「でも、彼は医師の名前をナースのひとりから聞いたかもしれないんです。おしゃべりでトラブルメーカーのナースからね」

「あなたは真の愛国者ですよ、ミセス・ワーフェル」と、ハットフィールドは言った。

彼はホートンのオフィスに電話を入れ、自分が到着するまで医師を待たせるよう受付係に命じた。ホートンの仕切られた手狭なオフィスにはいるや、ハットフィールドは彼のＦＢＩ身分証をデスクの上にどさっと投げた。

「特別捜査官のテリル・ハットフィールドだ。シーダーズ・サイナイ病院でマーリーナ・ワーフェルに会ってきたところで――」

「ミセス・ワーフェルなら知っている。彼女はその……有能な女性だな」

「有能にとどまらない。愛国者だ」

「かんべんしてほしいな」と、ホートン。

彼はまさにハットフィールドが軽蔑するタイプの黒人だった。口がうまく、物腰がやわらか、洗練されていて、自信にあふれ、おまけにつめをきれいに手入れしてある。

「去年の十一月、あんたはジャネット・エイモアという名の路上強盗の被害者を治療した。現住所を含め、彼女に関してもっているすべての情報を出してもらいたい」

「かりにぼくがそういう患者を治療したとして――」

「いやいや、あんたは彼女を治療した、まちがいなく」

「かりにぼくがそういう患者を治療したとしても、彼女の診察記録は法律によって保護されているんでね、ハットフィールド捜査官」

「おれからは保護されてない。手錠をかけてＦＢＩビルまで連行しようか？」

ホートンは捜査官と目が合うように立ちあがった。

「ぼくは南部中央諸州《サウス・セントラル》から出てきたんだよ、ハットフィールド、医科大学へ進むのは言うにおよばず、ハイスクールを卒業したのも家族ではじめてだった。ぼくはたくさん稼ぎ、大きな影響力をもっている――この町の実力者たちに対するぼくの医師としての接し方は完璧だからね。だから、きみもやるなら覚悟してかかることだな――坊や」

ハットフィールドは怒りにふるえていたが、さきに目をそらしたのは彼のほうだった。ドーストとちがい、ホートンはおどしに動じなかった。一時間前にはじめて名前を聞いたばかりの女性のカルテを見るハットフィールドの権利をめぐり公の場で争うのを、大統領はけっして望まないだろう。

彼は方針を転じた。「ソーンと名乗る男、たぶんＦＢＩ捜査官のふりをしていたと思うが、そいつがあんたに会いにきただろ？　その男はあんたの患者じゃないのだから、彼についてては医者の特権の陰に隠れるわけにはいかない」

「ぼくはなんの陰にも隠れやしないさ、ハットフィールド捜査官。どのみち、ぼくがなにを言おうときみは信じないだろうから、ぼくから提供できる情報はない」

自分の車に乗りこみながら、ハットフィールドは、くそ野郎、別の情報源からジャネット・エイモアにたどり着いてみせるぞ、と思った。いや、もしかするとソーンはあそこに来ていて、ホートンがなぜか理由はわからないが言いつくろっているのかもしれない。

ホートンの電話に盗聴器をつけたほうがいいだろう。もし必要なら、彼のコンピューターに侵入してファイルを読みとるし、スタッフもおどしてやろう。なんとしても、ほしいものを手に入れるのだ。なにしろおれは、合衆国大統領を思うがまま操れるのだから。

30

〝おまえは撃ち損じたぞ〟

〝おれが？〟

このやりとりはいまや重みと意味を増していた。混んでない真昼の道路をロサンゼルスへと走りながら、ソーンは〈デザート・パームズ・リゾート〉で得た情報をじっくり吟味した。コーウィンはウォールバーグとじかに対面し、彼と話しさえした――なににについて？　彼を殺そうと思えば殺せたのに、そうはしなかった。自分が逃げるために、ウォールバーグを水中に突っこんだにすぎない。これはつまるところ、コーウィンがはじめからイェーガーを撃つつもりだったということか？

ソーンはハリウッド・フリーウェーをヴァインで降り、サンセットを西に走り、それから南のホートンのオフィスへと向かった。いまごろはもうきっと、ＦＢＩがあの医師から聞きとりをすませ、彼が協力的であったにせよ、なかったにせよ、オフィスの電話に盗聴器をとりつけているだろう。

ホートンのファックス送受信機まで傍受されているかどうかはわからなかった。ソーンはキンコーズを見つけ、その先に車をとめて歩いてもどり、ホートンのファックス番号に無記名のメッセージを送った。《あなたの一日は終わった》。キンコーズと通りをはさんだコーヒーショップから、表を注視して半時間待った。ＦＢＩらしき人間はひとりもあらわれなかった。キンコーズの店内にもどり、彼のファックスへの返信があったかどうかたずねた。あった。

《ぼくのオフィスから一マイルのタコベル。午後二時三十分》

二時に現場に着き、隣接するガソリンスタンドのミニマートからそのメキシコ料理のファーストフード店を見張った。ＦＢＩ捜査官の姿はなかった。ホートンが二時二十五分に高級セダン、シルバーのＢＭＷ７で到着すると、ソーンは助手席のドアをあけてすべりこんだ。

「ちょっとそこらをまわりましょう」

ホートンはサングラスをかけていたため、彫りの深い顔が俳優のように見えた。

「電話じゃなく、ファックスにしてくれてよかったよ」

「じゃ、だれか来たんだな」

「とことんいけすかないやつ、テリル・ハットフィールド特別捜査官さ」ホートンが含み笑いをした。「言いがかりをつけるわ、いばりくさるわで、ひどいことになるぞと、ぼくをおどしたね。ぼくはいばり散らす人間は好きじゃない。簡単におどされてたまるもんか」

「それを期待してましたよ」

「きみの手助けをするかしないかぎりぎり迷っていたんだが、ハットフィールドがふんぎりをつけてくれた。彼が帰るとすぐ、あいつがぼくの電話に盗聴器をつける令状をとるよりまえに、ぼくはワシントンにいるきみの友人の精神分析医シャロン・ドーストに電話をかけ、ぼくのヘルスクラブの番号を伝えておいたんだ」

「友人？」ソーンの声にはちょっと驚きの調子があった。

「ああ、そうさ。まちがいなく友人だね。彼女は最初は用心深かったけど、すぐに心を開いてくれたよ、大きく。ぼくはいまは、はるかに多くのことを理解していると思う」車が赤信号でとまり、彼がソーンのほうを見た。「ジャネットの医療費を払った男は――名前はハルデン・コーウィンというらしいが――きみがさがしだそうとしている相手なんだな」

「もっともな理由があって」今度はソーンが含み笑いをした。「と思ってますがね」

「ぼくがきのうきみに話さなかった事実は、ジャネットが真夜中に退院し、美しくなめされたクマの毛皮をしかたなくおいていったことで、ナースのひとりがそれを病院のロッカーに隠し、かぎを彼女に渡した」

「コーウィンの毛皮だ。きっと彼があたえたんでしょう」

信号が変わった。ＢＭＷがすべるように発進した。「一月の末に、ジャネットがそのかぎをぼくのナースに送ってきて、クマの毛皮を病院にわからないように彼女のところに送ってくれないかと依頼してきた。ぼくらはそうしてあげた」

彼がBMWをタコベルのとなりのガソリンスタンドに入れ、エンジンをとめた。ブロックをぐるりと一周したことになる。上着の内ポケットから折りたたんだメモ用紙をとりだし、ソーンに手渡した。

ソーンはそれを開いて読んだ。

ジャネット・ローンホース
局留め郵便
グローヴランド、CA九五三二一

「できるだけ長く隠しとおすつもりだが」と、ホートンが言った。「ハットフィールドがシーダーズ・サイナイの職員のだれかからあのクマの毛皮のことを聞き出し、すぐにぼくの看護スタッフに大変な圧力をかけてくるだろう。ぼくとしては彼女らに、このために職業を犠牲にしろとは求められないんだ」

「わたしもそんなことはしたくありません」ソーンはホートンの手を握り、助手席のドアをあけた。「大変ありがとうございました、ドクター」

「あいつにはうんざりしたよ」とホートンが言い、声高に笑いながら走り去った。

ハットフィールドはいらだっていた。ホートンの電話機にソーンから一度もコールがなかった。ソーンがいままでにホートンのオフィスを訪ねていた証拠はなかった。

そこで、彼はクワンティコに電話を入れた。ＦＢＩの総力を使うわけには事実上いかなかった。というのも彼のチーム以外のだれも、コーウィンあるいはソーンのことを知らなかったからである。しかし、大統領が後ろ盾についている以上、人質救出チームをその装備とともにロサンゼルスに飛んでこさせることは可能だった。特別訓練とかなんとか、理由はどうとでもつけられる。訓練された数人でソーンをさがすほうが、ひとりでやるよりベターである。この任務を遂行するのに自分のチームが頼れることはわかっていたし、一団の口をかたく閉ざしておけることも当然、理由のなかにはいっていた。

彼らの到着を待つあいだに、ジャネット・エイモアなる氏名をカリフォルニア《C》法執《L》行《E》情報通信《T》システム《S》とナショナル・クライム・インデックスに照会し、全国五十州の車《D》両管《M》理局《V》にＥメールで送り、グーグルで検索した——いずれも成果ゼロ。信用履歴はなく、その名前での運転免許証も発行されていなかった。あたかも彼女がこの世に存在していないかのように。彼は姉のイーディー・メレンデスに事情を聞きにいくつもりでいたが、その姓名から判断して、女はおそらく頭のなかに考えひとつない愚かなスペイン系と思われた。

まずは、協力者であるマーリーナ・ワーフェルをランチにつれだすことにしよう。評判の高い高級店、たとえばビヴァリーヒルズの〈スパゴ〉でささやかな食事をごちそうすれば、彼女はいたく感動するだろう。もしかすると有名スターのひとりやふたりを目撃し、その経験を長年吹聴することになるかもしれない。

ハットフィールドが仕事の話をしたのは、デザートとコーヒーがはこばれてきてからだった。彼女が彼にとって、百二十五ドルのランチをおごるだけの値打ちのある情報をもっていることがわかった。ひょっとすると、かなり重要な情報かもしれなかった。

彼は切り出した。「ホートンと話しましたよ。もしソーンが彼に会いにいったとしても、医者の防御壁は高い。患者の秘密とかなんとか言ってね。ジャネット・エイモアのことをたずねても、同じ態度だった。彼女を見つけるのに手助けになるようなことが、なにか思い浮かばないですか？」

彼女は首を横に振りかけたが、ふっと動きをとめた。目を大きく見開いた。そして勝ち誇ったように叫んだ。「ロッカーだわ！」

「ロッカーがどうした？」彼は思わずきつい声になった。

「トラブルメーカーだとまえにお話しした例のナースが、なにかを病院のロッカーに忍びこませ、かぎをエイモアに渡すのを目撃されているのです。目撃したナースがあたくしに教えてくれました。もちろん、あたくしとは関係ないことですが。でもそのあと、エイモアは真夜中にこっそり退院したので、なにもかもあとに残していかざるをえなかった。それがなにかは知りませんが、きっとまだそのロッカーにはいっているはずです」

もしエイモアがなにか——衣類、手紙、写真、身のまわりのもの——をあとにのこしていたら、それはハットフィールドにとって、彼女が何者で、どこへ行ったか、ソーンがなにゆえに彼女をさがしているのか、等々を知る手がかりになることはまちがいなかった。

「行って、そのロッカーを見てみよう、マーリーナ」

しかし、彼らがマスターキーでロッカーをあけたところ、なかは空っぽだった。ハットフィールドの激しやすい気性が煮えたぎってきた。

「だれかがとっていったってことか？　かぎがなくて、どうしてそんなことができる？」

「エイモアがだれかにかぎを渡したにちがいありません。それだったら、忍びこんでロッカーを開き、中身をもっていくこともできたでしょう」彼女の目が光った。「でも、あのトラブルメーカーが今夜、当番につきます。彼女なら、だれがなかのものをとっていき、なぜそうしたのかを知っているでしょう。あたくしがそれを聞き出します」

「エイモア本人じゃなかったと、確信がもてるのかい?」と、ハットフィールドは質した。

「彼女がうろちょろしていたら、あたくしにはわかりましたもの。朝には答えを出しておきますわ」

とっていったのはおそらく、姉のイーディー・メレンデスだ。そして、彼女はたぶん偽のグリーンカードをもつスペイン系住民だから、落とすのは雑作もない。

ハットフィールドは翌朝まで待つ気はなかった。

ロサンゼルスから大量脱出する車で混んだ道を悪戦苦闘して進み、カーソンのグレース・アヴェニューに着いたときには夕暮れが迫りつつあった。めざす家は留守だった。半時間ほどして、庭師用の使い古した旧型のピックアップトラックが私道にはいってとまり、澄んだ目をもち黒髪を一九五〇年代風のオールバックにしたハンサムなラテンアメリカ系の男が降りてきた。あきらかに亭主だった。

ハットフィールドはピックアップと家とのあいだで彼をつかまえた。「きみの妻と話をしたい、メレンデス。いますぐに」

男がすばやくふりかえり、警戒心をあらわに、人種の壁という避難所に逃げこもうとした。かん高い声で言った。「女房になんの用だ、おい?」

ハットフィールドはメレンデスのぎょっとした目の前で、身分証をぱっと開いた。

「連邦捜査局の特別捜査官、テリル・ハットフィールドだ。さあ、答えてもらおうか」

態度がまさに一変した。おびえがどこかに消えた。「あんたたちの別の男がここに来た明くる日、おれが帰るとイーディーが、女房がいなくなってた。料理も洗濯も、だれもやってくれやしない。家の有り金《ディネロ》全部もって出ていきやがったんだ」ぐっと身を寄せた。ビールのにおいがした。「女房をおれに返してくれよ、なあ!」

「別の捜査官? そいつの名前は?」

「女房はそいつがここに来たことさえ話さなかった」親指をとなりの家のほうにぐいとひねった。「あいつが出てったあと、おとなりが教えてくれたんだ。彼が言うには、黒い髪のヤンキー《グリンゴ》だったらしい。となりもそれしか知らん」

ソーンだ。エイモアをさがして、どこでもつかまえられないでいるのだ。

「われわれはじつは、きみの妻の妹をさがしているのだ」と、ハットフィールドは言った。「ジャネット・エイモアを。彼女がここできみたちといっしょにいたことはわかっているし、退院したあとに病院においてあった包みを姉にたのんでとってこさせたこともわかっている」

「包み？　おれは包みのことなんかなにも知らんね」

しかし、エイモアについてはなんの抵抗もなくしゃべった。

「彼女はここにいた、たしかに、でも行っちまったよ」と、彼はまくしたてた。「そもそもやっかい者なんだ、あの女は。あれは売女《ブタ》にすぎないのさ、あんた。パン助が通りをうろちょろしてるところで彼女をさがせばいい。あれは悪いことをしたから、ぶちのめされたんだ。それにちがいない」

娼婦か。「どこへ行ったんだ？」

「知らんね、どこだっていいさ。イーディーなら知ってるかもしれん。でも、イーディーも行っちまった」男の好戦的な態度が復活した。あきらかに彼のグリーンカードは正式のものなのだ。「女房が出てったのはFBIのせいなんだから、あれがおれのところに帰るようにFBIはなにをしてくれるんだい？」

「なにもするつもりはない」と、ハットフィールドは言った。メレンデスに名刺を手渡した。「だが、もしおまえの妻が連絡してきたら、もしくは彼女の妹がそうしてきたら、この番号に電話をくれ、すぐに《プロント》だ。さもないと、おまえはとっととメキシコにもどることになるぞ、おまえの草履《ウアラチエス》が砂煙を巻きあげるくらいはやくに」

31

ヨセミテ国立公園にいたる途中にある、シエラネヴァダ山脈のふもとの古いゴールドラッシュの町、グローヴランドでバスを待つ十二名の人たちがいた。彼らにとってははじめての川下りの旅であり、みなが興奮していた。バスが停車した。彼らは列をなして乗りこんだ。運転手が前方で立ちあがり、頭数をかぞえた。

「カサロマまでおよそ十五分か二十分のご乗車です」と、彼が言った。「それからトゥオルミ川の乗り入れ場《プットイン・スポット》まで、ほんとにひどい道が五マイルつづきます。みなさんがあたたかい服装をしてらっしゃるので安心しました。五月初旬のこの時期、川はまだとてもつめたいですからね」

ブロンドの髪にメッシュを入れ、口の両側に笑いじわのできたやせた女性が、かたわらのこれもやせた十五歳の少年を手ぶりで示した。

「このジミーを運転席の後ろにすわらせてもいいかしら？」

少年は恥ずかしそうにしていた。バスの運転手がくすっと笑った。

「もちろんいいですよ。そうやって乗って山をくだるのが、お子さんは気に入るでしょう。ところで、心配している方がいらっしゃるなら、ゴムボートが転覆することはまずありえません。たとえ鋭い岩にぶつかって穴があいたにしても、命の危険はないのです。でも用心のために、ＡＱＵＡリヴァー・ツアーズではお客様全員にウェットスーツとライフジャケットとヘルメットをご用意しております」

彼は川へはいる者はだれしも打ち身やすり傷を負い、場合によってはあばら骨の一、二本にひびがはいるかもしれないとはつけ加えなかったが、それは客たちがそんなことを聞くために金を払っているのではないからであった。そのままで、エンジンを始動させた。バスはディーゼルの排気ガスを音高く吐き、前によろよろと進み出た。

午前十一時ちょうどに一行は水ぎわに立ち、そこでは四人のガイドが急な土手のしかるべき場所で三隻のゴムボートを支えていた。客たちがわっとばかりにそれぞれの席にはいこみ、ボートは渦巻く流れへと押し出された。

ソーンはかなり夜遅くまでがんばって運転し、グローヴランド・ホテルにチェックインしていた。一八四九年建設のアドービれんが造りの建物と、一九一四年に建てられたクイーン・アン・ヴィクトリア様式のものとを組み合わせたホテルであった。二階建てで、白い外壁に装飾部分が赤茶、周囲ぐるりと柱がめぐらされていた。朝、チェックアウトをしながら、彼は郵便局がどこにあるかたずねた。フロント係の中年男は髪が銀色、青い目が夢見るようで、細い首にカメみたいにしわがあり、かすかにナフタリンのにおいがした。

係が頭をわずかに動かしてうなずいた。「ホテルの裏の通りの、丘の上にございます。すこしばかり歩きますが」

グローヴランドは人口千五百の町だが、夏期数ヵ月のウィークエンドはその人口が倍になる。『AAAツアーブック』によると、町のレジャーの呼び物は、数マイルはなれたトゥオルミ川の急流下りだった。

郵便局はわけなく見つかった。茶色の醜悪なモダン建築で、屋根はトタン板葺きに似ており、はめこみ式の戸口で、てかてか光るコンクリートの上がり段の下におかれた青い郵便ポストがどこか場ちがいだった。なかにはいると、カウンターのむこうにまるいバラ色の顔の女性が青い制服姿で立っており、シャツの胸に《ロージー》と書かれた名札をピンで留めていた。

「数ヵ月前に、ロサンゼルスからジャネット・ローンホース宛に小包を局留めで送ったんだけど」と、ソーンは笑みをつくって言った。「彼女がそれを受けとったならかの記録が残っているかどうか、知りたいんですが？」

ロージーはなにも調べることなく答えた。「たしかに受けとられましたよ。ローンホースというのは彼女の父方の名前でした。彼女の両親は町から数マイルはずれた森に小さなログハウスをもっていました。その両親が数年前に亡くなられたのです。彼女はそこをひきつぐためにもどってきて、いまはジャネット・ケストレルと名乗っておられます」

「ぼくは昼間たまたま町にいるものだから、この機会になんとか彼女に会えたらと思ってたんだが……」

ロージーが巻き毛をおどらせて首を振ったあと、秘密めかしてほほえみかけた。

「両親の家の住所はお教えできません。でも、勤め先のカサロマという小さな行楽地にあるAQUAリヴァー・ツアーズに行くと、彼女をつかまえられますよ。ハイウェー一二〇号を北にまっすぐ走ればまちがえっこありません。リヴァー・ストアという、ひとつきりの建物ですから。ちょっとひっこんだ小さい丘の上に建っています。大きな青いコーヒーカップをかたどった看板が屋上にありますわ」

彼は礼を言ってそこを出た。ちょうど午前九時だった。


ジャネットは川の上が好きだった。川は幅が狭く、曲がりくねり、流れは速く、いま黒く深く渦巻いていると思えば、別の箇所では白く浅く荒々しく、しぶきをまき散らし、半分水中にある鋭くとがった岩にいかにもうれしそうにおどりかかる。ゴムボートをどこにもぶつけずに操るのは、非常な技量を要した。

しかし、〈ショ・カ・ワ・カジノ〉から手紙がとどいていた。きょうが彼女の、ガイドとして最後の川下りであった。あすはバスに乗ってホップランドに行き、住むところを見つけ、カジノでブラックジャックのディーラーの仕事をはじめることになる。彼女は自分がよく知り好きな渓流下り《ラフティング》の仕事をやめ、かわりに同じくよく知っているとはいえ好きになれないでいたブラックジャックの札配りを屋内のカジノでやることを、悲しく思った。けれども、その仕事はラフティングより報酬がよく、彼女は新しい人生をスタートさせなければならなかった。少なくともそのカジノは、彼女の属する部族が経営していた。そして、彼女のフォーランナーを回収するようにとのハルからの電話が、彼女の携帯電話にかかってこないかもしれなかった。

一行は午後一時に、昼食をとるためにあらかじめきめられた地点でボートからあがった。もうひと月もすれば、陽射しを浴びてあたたかく気持ちがよいであろう。急勾配の川岸のオークと松の混交林にもはや雪は残っていなかったけれど、木々の下はまだまだうすら寒かった。彼らはたき火をし、そのまわりでサンドイッチを食べた。

十五歳の少年のジミーは、川の知識を思ったほど充分に得られなかったので、ジャネットにつきまとった。食事をしながら、少年はラフティングの技術について、あるいはボートが通過していく彼には未開の自然と思われるものについて、彼女を質問攻めにした。彼がすばやく食べたので、彼女は食後に少年をつれて歩き、さまざまな樹木や低木の名前を教えた。彼がオークの木にからまった赤い葉のつるに手をのばすと、彼女がその腕をつかんだ。

「それはスマックじゃないのよ、ジミー。ウルシなの」

少年がさっと手をひっこめた。「これにさわるとかぶれるんだよ」

「秘密を教えてあげる」彼女は葉を一枚つみとった。「かぶれの免疫をつける方法があるの」その葉をかんだ。「注意深くしばらくかんでいると、すぐに——」

「わっ、すごい！　かっこいいな」

「でも、あなたはやっちゃだめよ」と、彼女は注意した。そして少年の世界にはいりこみ、突然クックッと笑った。「もしきみがやったら、きみのママはわたしを追いかけて殺しちゃうぞ」


ソーンはフォーランナーを〈リヴァー・ストア〉の前のアスファルト・スペースにとめ、ほかの車を確認した。屋根に大型のルーフラックをつけた白いヴァンと、荷物を入れる濃い緑色のベニヤ製ボックスを上にのせた薄緑のキャンピングカー。三年前に発売されたスズキと、九四年型のシヴォレー・アストロヴァンもとまっていた。店内では、エスプレッソの芳醇な香りと、しらがのカイゼルひげを生やし、白くなった長髪をポニーテールに結んだ大柄な老人に迎えられた。

「サム・アーネスです」と、男が言った。「なにになさいます?」

「とりあえずコーヒーを。ジャネット・ケストレルはきょう出勤しているかな?」

「イエスであり、ノーでもありますな。彼女は働いていますが、ここではありません」アーネスが店の奥の壁のドアを身ぶりで示した。「ＡＱＵＡツアーズです。彼女は社にとって、急流下りの名ガイドで、最優秀といってもいい働き手でして。ＡＱＵＡは四級のツアー――最上級は五級ですが――をやっております。一行は一日かけて川をくだり、陽が落ちてからもどるでしょう」店の電気時計に目を走らせた。「川岸の乗り入れ場《プットイン・スポット》におりれば一行をつかまえられるかもしれませんが、どうでしょうかね。通常なら、十一時までには川にはいってますので」

「車でおりてみるよ。どのみちジャネットを待っているつもりなんだ」

「四輪駆動ならよろしいんですが。道が蛇みたいに手に負えないものだから」

サム・アーネスの言うとおりだった。数千フィート下の川にいたるとんでもない泥道にはたしかに四輪駆動車が必要で、褐色の木々におおわれた急斜面を切り開いた細い坂道がつづいた。片側は山腹がそそり立ち、反対側は奈落の底へと落ちこんでいた。いまここで車を横転させれば、日没時にもまだころがりつづけているだろう。

　次のカーブを曲がったところで、彼は急ブレーキをかけた。道のまんなかに、ジャックウサギをかぎづめでつかんだイヌワシがいたのだ。ワシは無関心な威厳をたもったまま、大きく広げた翼をはばたかせて飛び去った。谷底に近づくと、空気がさらにつめたくなった。遠くから川音が聞こえてきた。道が平らになり、そこに松と曲がった広葉樹に両岸をアーチ状におおわれたトゥオルミ川が姿をあらわした。

ゆるやかな勾配で川へおりていく土の傾斜路のある、小さな駐車スペースが見つかった。乗り入れ場《プットイン・スポット》である。サムが忠告していたとおり、川下りの一行はとっくに出発していた。丸太造りの公衆便所と掲示板だけがあった。掲示板にはられているのは、ペットはつないでおくことと魚釣り禁止の注意書き、そして流れは荒れて危険であり、水面下には鋭くとがった岩がある、かならずライフジャケット着用のことと書かれた赤枠囲みの厳重な警告。

彼は四分の一マイルほど下流に歩いた。茂みに隠れたオールのない穴のあいた古いボートと道路のあいだの草むらにすわりこみ、木にもたれて目を閉じ急流の水音に耳を澄ました。

おれがさがしだそうとするばかりに、ジャネット・ケストレルをひどく危険な目にさらしているのではないか？　ハットフィールドはホートンのオフィスのスタッフから彼女のグローヴランドの住所を聞き出し、ソーンのほうが先んじていると知り、あわてておれのあとを追って彼女を見つけようとするだろう——おそらく彼の威嚇的な人質救出チームをひきつれて。

マーリーナ・ワーフェルがいきおいこんでニュースを報告していた。

「包みをロッカーからもちだしたのはドクター・ホートンのナースのひとり、メアリー・コギンズでした」

あのうそつき野郎！　ハットフィールドはいまはっきりと、ホートンが隠し事をしている事実を知ったのだった。でも、あいつを出し抜くのは簡単なことだ。

「いいぞ！」と、彼は叫んだ。「もうひとつだけ質問がある、あとは仕事にもどってけっこう。ドクター・ホートンはきょうの午後、病院に回診にくるのかい？」

ワーフェルが予定表を調べた。「来ます。三時に」

「いいぞ」と、ハットフィールドはくりかえした。今度は穏やかに。


三時十五分、ホートンのクリニックの待合室には二名の患者がおり、受付のガラス窓のむこうにはふたりのナースが見えた。

「メアリー・コギンズは？」と、ハットフィールドはたずねた。

前回見た記憶がある、小柄なブルネットが顔をあげた。彼はふたりのいる小部屋のわきの入り口からなかにはいり、ドアを閉めて自身の背で待っている患者たちの視界をさえぎるや、彼女の腕をつかんでひきずるように無人の診察室につれてゆき、なかに押しこんだ。

彼女があらがいはじめたが、彼はドアを荒々しく閉めてぴしゃりと言った。「あんたは大変な問題にかかわっているんだぞ、きみ。国家の大事にだ。起訴されたくなくて逃亡中のテロの容疑者を幇助している」

「わたしはそんなこと、してません!」

「きみはシーダーズ・サイナイ病院のロッカーから不法に包みをもちだし、それをジャネット・エイモアに送った。彼女は連邦法の逃亡者だから、きみの行為は犯罪幇助にあたるんだ。きみはウェストウッドの連邦ビルに留置され、朝になったら連邦裁判所に召喚される」

「わたしは家に五歳の子がいるんです!」

「子供をひとりでほうっておくのは、刑事犯罪の――」

「彼女はひとりじゃありません、わたしの母がいっしょです。あなたにそんなこと――」

「きみが洗いざらいしゃべらなければ、こっちはなんだってできるし、やるつもりだ」

彼女はもうすっかりおびえ、むせび泣いていた。「わたしたちは……わたしは指名手配のことなんか全然知らなかったんです。だから、彼女が電話をかけてきて、わたしたちに……わたしに……彼女のクマの毛皮をとってきて送ってくれないかとたのまれたとき――」

「クマの毛皮？」

メアリー・コギンズのほおには涙があったが、ハットフィールドには、彼女が気品を失わず医師とほかのスタッフをかばう覚悟であるのが見てとれた。彼は女がどうしようとかまいはしなかった、自分の望むものが得られればそれでよかった。

「ええ、クマの毛皮です」と、コギンズがくりかえした。「ジャネットは電話で、それがなにかの儀式のために必要なのだと言いました。だから連邦の法律に、アメリカ合衆国の法に反することではありません」

彼は考えた。儀式だと？　いったいどういう意味だ？　それから、あまり迫力なく言った。「おれなら違法にできる」

彼女が誇らしげに顔をあげた。

「だったら、ご勝手に！　わたしがやりました。ひとりで。だれの助けも得ておりません――ドクターも、ほかのナースの助けも。彼らはこのことについてなにも知りませんでした」

相手からやれるものならやってみろと言われた場合、ハットフィールドとしては有効な手だてが打てないことがわかっていた。彼女に対しても、ほかのだれかに対しても。ホートンが病院での回診からもどってきて正式に異議を唱えるまえに、ここに来た目的を果たしてさっさとひきあげたほうが賢明というものだ。

「よし、わかった。宛先だけ教えてくれれば、この件で報告書を書く必要もないだろう」

彼女のほうもその妥協案をよしとした。

「カリフォルニア州グローヴランドの局留め郵便で、ジャネット・ローンホース」

ジャネット・ローンホース？　メキシコ人じゃなく、ネイティブアメリカンなのか？「彼女の名前はエイモアだったはずだが」

「彼女はそれをローンホースに送ってくれと言いました」

32

一行はスケジュールどおり、午後四時きっかりにフェリー・ブリッジに着いた。ガイドたちがひざまでの深さの渦巻く川にバシャバシャとはいり、ツアー客たちが外に出られるようにゴムボートを土手にひっぱりあげた。橋の下に隠れるように建てられたガイド小屋からもってきた食材を使い、ガイドたちはコックに変身した。客の一団がそこかしこにすわってクラッカーとカキと野菜ディップを食べているあいだに、ガイドたちのほうは驚くほど完璧なディナーを供する準備にとりかかった。

ジミーの母親はアペタイザーを放棄して、ジャネットに近づいていった。ジャネットはステンレスのトングを使い、チキンの胸肉をたくみにひっくり返してプロパンのガス台で焼いている最中だった。

「あなたはウルシの葉を食べるってジミーが言ってたけど。そうなの？　ほんとう？」

ジャネットがばつの悪そうな笑みを見せ、うなずいた。

「ええ、ときどき、こういう旅でわたし自身の免疫をたもつためにです。効き目はありますけど、それについてはいつもは旅行客のどなたにも話さないことにしています。でも、ジミーがとても興味を示したので、つい見せてしまったんです。彼はすばらしい子です。ジミーの観察力は非常に鋭く関心も広いから、おかげでほかのお客さんたちにもまわりの自然のほんとうの姿を見させる結果になりました。きょうのグループに彼がいてくれてよかったわ」

ジミーの母親が身を寄せてきた。「彼は恋をしているのだと思うわ」

夕食後、彼らはギターをもちだし、ワインを追加した。だれもがほろ酔い気分で上機嫌だったが、ジャネットにとっては楽しくもありつらくもあった。愛する川下りのガイドとして、最後の旅のハイライトだったからである。

ハットフィールドが携帯電話で地区捜査官《AIC》のサミー・スポールディングと話していた。

「いまバーバンク空港に向かっていて、そこでおれのチームのほかのメンバーたちと落ちあうことになってる。われわれ総勢六名とその武器を、ヨセミテからそう遠くないグローヴランドという小さな町まではこべる、わりあい小型の飛行機が必要なんだ」

「おいおい、そいつは無理だぜ、テリル。お役所仕事ってのは――」

「きょうの午後だ、サミー。地位をかさに着たくはないが、こいつは国家保安上の問題だし、おれは大統領の直接指揮下にある。報告書のことなら、人質救出チームの秘密訓練と書いとけばいい、どうだ？」

　呆然と長い沈黙があった。「なんとかなるかもしれん」

「用件がもうふたつ。グローヴランドの郵便局に圧力をかけ、ジャネット・ローンホースという名前の女の住所を聞き出してくれ。あんないなか町のことだ、絶対に知ってるにちがいないんだ。それと、パイロットはおれたちをどこに降ろすか知らんが、そこにレンタカーを二台用意しといてほしい」

　サミーがコンピューターのキーをたたくかすかな音が聞こえてきた。

「グローヴランドの郊外数マイルのパイン・マウンテン・レイク空港だな。車をそこに待たせておく」彼がすこしでも支配力をとりもどそうとして「でっかい貸しだぞ、この野郎」と言い、電話を切った。

パーティーがようやくお開きになったとき、あたりはほとんど暗くなっていた。客たちをグローヴランドに送るため、バスが待機していた。大声でのおしゃべりと笑いがあちこちで交わされた。寒いので、みんなの吐く息が空中で白い蒸気となった。一同が列をつくってバスに乗りこんでいるとき、ジミーがふりむき、とても礼儀正しくジャネットの手を握った。

「この夏、毎週、ここにもどってきたいな」と、彼が言った。

彼女は今回が自身の最後の旅だということについて、ひと言もふれなかった。しかし、ジミーがバスに乗ると、彼女は少年を軽くハグしてほっぺたにちょっとキスしてやった。彼の母親が彼女を抱きしめた。そして一行は去っていった。

そのあとの一時間、ガイドたちはゴムボートの空気を抜き、それらとほかの道具をすべて道端にひきずりあげるのにいそがしかった。トラックが到着すると、彼らは一切を積みこみ、自分たちも荷台に乗ってカサロマへの帰途についた。ジャネットはやることなすことに夏の終わりの風情を感じた。ひとつの終わり。だが、彼女はみずからに思い起こさせた、それははじまりでもあるのだと。

グローヴランドへの飛行中、ハットフィールドは作戦を練った。彼があの女――名前はどうあれ――を必要としたのは、ソーンがなぜ彼女をさがしているのか、その理由を知りたいからであった。だから、ソーンが見つけるまえに、女をつかまえなければならなかった。ソーンが見つけたとき、ハットフィールドとしてはさきにそこにいたかった。もし彼女が生粋のネイティブアメリカンなら、グリーンカードをとりあげる云々の手は通用しないが、メアリー・コギンズにやったように圧力をかけることはできる。国家の安全をおびやかすとして、逮捕のおどしを使えばいいのだ。

フランクリンが通路を歩いてきて、彼の上に身をかがめた。

「なにがあったのか、いつブリーフィングをしてもらえるのですかね、ボス?」

ハットフィールドは横にすべり、フランクリンをとなりにすわらせた。この件には全員が一丸となってかかわっているとの感情をチームにもたせておくことは、いつもながら大切なことであった。

「われわれはジャネット・エイモアないしジャネット・ローンホース、どちらでもいいがそういう名前の女を見つけ出そうとしている。〝ローンホース〟というからには、少なくとも一部先住民の血がはいっていると思うが、確証はない。われわれが彼女をつかまえたいのは、同じ思いの人間がほかにもいるからだ。したがって、われわれが一番に彼女をさがしだしたい」

「だれが彼女をさがしているのです？　なぜ？」

「理由はわからん。それこそ、おれの知りたいところだ。だれかという点は……」彼はフランクリンがどう反応するかを楽しむために、ちょっと間をおいた。「ブレンダン・ソーンだ」

「あの野郎か！」と、フランクリンが叫んだ。「こいつはおもしろくなりそうですね」

座席からすべり出た。「みんなの目をさまさせてやりますよ」

ハットフィールドはいまフランクリンに話した事柄について考えた。そう、内容は絶対にまちがってなかった。ソーンはどこかで女の足どりと交差し、われわれと同じように答えを求めている。でも、いったいなにに対する答えだ？　彼にはわからないことがまだ多すぎた。すべてはカリフォルニアの三角州にさかのぼるのだろうか？　彼自身もそこに足をはこんだことはあるが、選挙日の夜にあそこで実際になにが起きたか、彼はまだ知らなかった。

イェーガーはあそこに行ったことがあり、そのイェーガーは死んだ。コーウィンはもちろんあそこに行き、ふたりを殺したのだが、コーウィンだっていまはこの世にいない。ソーンはハットフィールドと同じ事柄についてなにかをさぐろうとしているけれど、ソーンもまもなく死ぬだろう。ハットフィールドが殺しの現場に到着するまえに、いったいなにが起きたのか、それがほんとうにそんなに重要なことなのか？

肝心なのは、ソーンよりさきにジャネット・エイモアを見つけることだった。


カサロマの店の夜間照明の下、ソーンはフォーランナーの背に積んだ大きなスペアタイヤにもたれて腕を組み、意図して自分の身体で車をめだたないようにしていた。彼はガイドたちがゴムボートと装具をトラックから降ろすさまを、じっと見守った。

どれがジャネット・ケストレルかはすぐにわかった。黄褐色の肌をした二十代半ばの女性で、胸は豊かだがしなやかな身体つき、そして戦士の血筋は明白だった。それはとくに、しっかりした鼻、高いほお骨、深くくぼみ澄んだ目と、その捕食動物を思わせる厳しいまなざしに見てとれた。五ヵ月前にこうむった残忍な暴行の痕跡は、外見上はうかがわれなかった。はるかに年長のコーウィンにぴったりの相棒だ、ふたりの関係がどうだったかは知らず。

彼女がほかのガイドたちとにこやかにおしゃべりしているのを見て、ソーンは彼女の目が先住民族の戦士風の容貌のなかで唯一不調和なことに気づいた。ソーンがそれまでに見たなかでもっとも澄みきり、もっとも透明な青い目であり、氷河のような深みがあった。

四人のガイドは小屋の扉を閉めてかぎをかけたあと、ほかの三人がジャネットをとりかこみ、かわるがわる彼女をハグした。彼女がどこかへ去るので、一同で別れのあいさつをしているようであった。ソーンはとても急いで彼女を見つけにきてよかったと思った。

ようやく彼女ともうひとりの女性が男性たちからはなれ、屋根にベニヤの箱をのっけたキャンピングカーのほうに向かいはじめた。通りすがりにケストレルの視線がなにげなくソーンに投げられ、それからフォーランナーに移り、はっと驚いたようだった。彼女が足をとめた。

「さきに行っててちょうだい、フロー。わたしはこの男の人を知ってると思う。彼に家まで乗せてってもらうわ」

ふたりはちょっとの間、ふたたび抱きあったあと、フローは自分のキャンピングカーへ進み、ジャネットのほうは怒りに顔をこわばらせてソーンにつかつかと歩み寄った。

「さあ、あなた、話を聞きましょう。どうやってわたしの車を手に入れたの?」

「いまはそれを話している時間がない」と、ソーンはいかにも切迫した乱暴な口調で言った。彼女をここから急いでつれださなくてはならない。「おれの名はブレンダン・ソーン。テリル・ハットフィールドというじつにたちの悪いFBI捜査官がいま現在ここに向かっていて、そいつはきみを追いかけてるんだ」

たちまち驚きが怒りにとってかわった。

「わたしを追いかける？　なぜ？　どうして？」

「彼はモンタナでのガス・ウォールバーグ大統領暗殺未遂事件に関して、きみにあれこれ質問をしたがってる」

「そんなばかな！　わたしはモンタナに行ったこともない――」

「銃を撃ったのはハル・コーウィンだった。ハットフィールドはその男と事件の両方にきみが関係していると踏んだんだ」彼は自身の探索の結果がハットフィールドの関心を呼び起こした事実は伏せた。それについてはのちほど、彼女を安全な場所に移してから話す時間があるだろう。

彼のひと言ははね石のように彼女の胸を強打した。おお、なんてこと！　ハルが大統領を殺そうとしたなんて！　だけど、そのFBI捜査官はどうやってわたしとハルを結びつけたのだろう？　そして、このブレンダン・ソーンとかいう男は、いかなるいきさつでわたしのフォーランナーに乗っているのか？

「ハットフィールドはおそらくきみがケストレルという姓で通っていることを知らないけれど、いまごろはもう例の病院の事務員――ワーフェルだったか――とドクター・ホートンのオフィスのスタッフを通じて、ジャネット・エイモアとジャネット・ローンホースを結びつけているだろう。ホートンのスタッフたちに圧力をかけてクマの毛皮をどこに送ったか白状させただろうし、グローヴランドの郵便局できみの住所を聞き出すはずだ——おれもそうしたんだがね。もしきみがおれではなく彼と話をしたいのなら、それもけっこう。ただし、きみにはそのほかの選択肢はない」

「わたしは逃げられるわ。逃げるのは得意だもの」

「ハットフィールドと彼の部下たちからは逃げられない。ひとりでは無理だ」

彼女はつづけざまの衝撃に打ちのめされていたが、立ちなおるのも早かった。なにも答えず、片手をさしだした。「車のキーをちょうだい」

「フォーランナーのなかだ」

彼女が運転席の側に小走りにまわりこみ、彼もそのわきに乗りこんだ。彼女はエンジンをかけ、ひと言だけ口にした。「小屋からとってくるものがあるの」

ソーンは感嘆の思いに打たれた。もし彼女が手助けをしていたのなら、コーウィンがきわめて長期間にわたって追っ手を寄せつけなかったのも不思議ではない、と。

33

ハットフィールドはパイン・マウンテン・レイク空港のレンタカーのそばで、彼のチームと身を寄せあっていた。一同の吐く息が冷気にふれて羽根状に立ちのぼっており、高地の空気はロサンゼルスのスモッグによごれたそれとは雲泥の差であった。どの顔も興奮で青ざめていた。戦いたくてうずうずしているのだ。彼らはそのために生きているのだから。

「ようし、みんな、聞いてくれ。ローンホースは二十代、髪が黒くて目はブルー、先住民族の血が混じっている可能性がある。百二十マイルはなれた小屋に住んでいる。彼女が武装していて危険だとは思わんが、確証はない。われわれとしては彼女を今夜つかまえるか、それがだめな場合は彼女が姿をあらわすまで家を張りこむ。尋問にはおれだけがあたるが、それはおれだけに指針があたえられているからだ」

「了解です、チーフ」と、アイスラーが言った。

「おれが道順を知っているから、フランクリンとグリーンを乗せて先導車のハンドルを握る。ペリー、きみがもう一台を運転してくれ。なにか質問は？」

バラーがたずねた。「もし女が抵抗した場合、こっちはどこまで押しますか？」

「撃ってはならん。おれが彼女と話す機会をもつのが最優先だからだ。かりに武器をもっていたにせよ、しょせんは女性用の拳銃だろう。・三八〇口径か、そんなところだ。蚊を撃ち落とす程度の威力しかない。きみらは防弾チョッキを着用している。それにだ、きみたちはでかいタフガイばかりじゃないか」

ハットフィールドは一同に、ここでの真のターゲットがソーンであること、ソーンをひとりだけにさせて彼自身の手で射殺したいこと、それは明かせなかった。チームの面々は彼に忠実だったが、それでも彼らは連邦捜査官なのである。彼らとて、あからさまな処刑を傍観はしないだろう。彼はソーンのほうがさきにローンホースと接触しうるとは思わなかったけれども、たとえわずかであるにせよ、その可能性について説明しておかなければならなかった。

「われわれがそれほど運がよいかどうか疑問だが、もしかすると彼女にはわれわれがケニアからつれもどした男、ブレンダン・ソーンがつきそっているかもしれない。じつはわれわれはここで、すご腕のテロリストを相手にするかもしれないのだ」フランクリンとグリーンはソーンがテロリストなどでないことは知っていたが、コーウィンを殺したのがハットフィールドではなくソーンだったとは知る由もなかった。「もしローンホースをつかまえるかソーンを殺すか、ふたつにひとつとなったら、ソーンを殺せ」そこでひと呼吸おいた。「なにか言うことは?」だれも口を開かなかった。「では乗りこむぞ」

バラーが大声を発した。「ハイヨー、シルバー、かなたへ!」（ローン・レンジャーが愛馬シルバーに乗って出発するときにあげるかけ声）

それが彼らのいつもの、ときの声であった。一同はにんまり笑いながら車に向かった。例によって、戦闘への期待が彼らをハイの状態にさせていたのである。

ジャネットは運転しながらも、ソーンのほうにそっと視線を投げつづけていた。彼はハルのことを思い出させた。ハルよりははるかに若いけれども、同じく無口で、身体能力の高そうな外見やタカのように鋭い目がそっくりだった。

彼が聞いた。「きみの小屋に行く裏道はあるかい？」

「あなたは被害妄想じゃないの？　彼はこんなところに来られっこないわよ」

「きみはハットフィールドを知らない。おれは知ってる」

「どうして彼を知ってるの？」

「あとで話す」

「あなたはどういういきさつで、わたしのピックアップを手に入れたの？」

「あとで話す」

小屋から一マイルのところで彼女はハンドルをきり、松林のなかのハイキング道へと曲がった。車が木の根や岩に乗りあげ、両側の枝にぶつかるたびに、ふたりは座席ではねた。

彼女は緊張してきていた。「まわり道をして、フォーランナーを小屋から四分の一マイルのところにとめておいてもいいけど」

「そうしよう。ここはきみの両親の家だったんだろ？」

いったいどうして、この男がそんなことまで知っているのだろう？　彼女は答えた。

「ええ。いまはわたしの家だけど」そして、しかたなくといった感じでつけ加えた。

「父はさんざん酔っぱらっては、母や姉やわたしをなぐった。そのうち母が死に、イーディーと父とわたしだけになって。イーディーはロスに逃げ出し、メキシコ人と結婚。わたしも十八になってすぐ家を出たわ。どこに行こうと、ここで父といるよりはましだった。父が死ぬと、小屋はわたしのものになった。だから帰ってきたの。まきストーブだし電気も来てないけど、わたしが川下りのガイドをやっているあたたかい夏のあいだは、大いに満足」

「寒い冬の期間はどうなんだい？」

彼女はハンドルをぐっとひねり、ざらざらした樹皮のポンデローサマツにフェンダーがぶつかってつぶれるのをかろうじて回避した。

「そのときはほとんどをリノですごしているの、ブラックジャックのディーラーをやって」

「そこでコーウィンと知りあったのかい？　リノで？」

「あとで話すわ」と、彼女が相手の猿まねをして答えた。

「なるほど」

彼女は頭を回転させた。なぜ彼に、そんなにあれこれ話すの？　ハットフィールドからはもちろん、この男からも逃げなければ。どうやらFBIはこの男も追っているようだから、ハルがどこにいるかを男から聞き出したあと、FBIの追跡をまくのに彼を利用すればよい。

　彼女がフォーランナーを小さく半円を描いてUターンさせ、来た方向に向けてからエンジンを切り、ライトを消した。ふたりはだまりこくってすわり、高地の静寂が、その無音ではけっしてない独特の静寂が、ふたたびあたりをつつむまで待った。アメリカヨタカが中距離程度はなれたどこかでクークーと鳴いたが、いつものようにその声はよく通るので、彼女はどこで鳴いているのかはっきりとはわからなかった。

　彼女が驚いたことに、ソーンが助手席側のドアを音を立てずに開いて外に出た。そのままフォーランナーのわきに立って小屋のほうを手ぶりでしめしながら、車のあいた窓ごしにそっとささやいた。

「あっちはあまりに静かすぎる。野生動物の音もまったくしない。ハットフィールド一味が家を張りこみ、きみかおれ、あわよくば両方を待ち伏せているんだ。おれたちはここで別行動をとろう――おれが陽動作戦をとる。もしうまくいかなかったら、どこで落ちあう？」

「落ちあう？　うーん――ウィスキー・リヴァー」彼女は口にしたあとから考えてみて、そこでよいと思った。〈ウィスキー・リヴァー〉なら友人たちがいる。ソーンをまきたかったが、そのまえに彼からハルのことを聞き出さなければならない。「そこは山をしばらくくだったところ、オークデールにあるオートバイ・ライダーたちの酒場」

「FBIがここに来てるってことは、やつらはグローヴランドの郵便局できみの本名を知ったんだろうな」

「わたしにフォーランナーを捨てろと言いたいの？」

「そのとおり。車から足がつくかもしれないからな」窓のフレームを手で軽くたたいた。「五分、待っててくれ」

彼が下生えのなかに溶けこんでいった。それは彼女がかつて目にしただれにも劣らないくらい、静かな動きであった。子供のころの、指定保留地に住んでいたネイティブアメリカンにも負けないくらいに。

ハットフィールドは公道と小屋をへだてる森のなかにチームの面々を配置し、みずからは私道に陣どった。もし女がひとりならば、部下たちが彼女をとらえ、彼はソーンがあらわれるのを待つ。ソーンが姿を見せなければ、彼がひとりで女を尋問することになる。なぜソーンは彼女をさがしていたのか？　どういう経緯で、彼女は事態に関与したのか？

もしソーンが彼女といっしょなら、チームに彼女を連行させたあと、ソーンには話しあう必要があると告げる。やつを殺し、部下たちには正当防衛に見せかければよい。彼は小屋に通じる小道のわきの、アメリカツガの林のなかで楽な姿勢でうずくまり、・四〇口径グロック・セミオートマチック拳銃を右ひざにのせて引き金に人さし指をごく軽くふれた。

びくっとした。何者かが背後の砂利敷きの私道を用心深く歩いてくる。いったいどうやって……。

しわがれたソーンの声がささやいた。

「ハットフィールド？ 彼女はもうあらわれたか？ 彼女をつかまえているのか？」

ハットフィールドは凸月の明かりで、見通しのきく私道に立つソーンの姿をきっと見分けられるだろうと思い、拳銃を依然ものわきにそえて隠したままゆっくりと立ちあがった。

「われわれは彼女を待っている」と、彼は部下たちに聞こえないように小声で言った。「あんたにはケニア行きの航空券をとどけたはずだ。いったいなんだって、死んだふりなどしたのだ？」

「ケニアの監獄の内情を見たことがあるからさ」ソーンが低く笑った。「まっぴらごめんだよ。それにしても、おまえはなぜおれをわなにはめようとした？ おれはおまえに、コーウィン殺しの名誉などほしくないと言った。望みは立ち去ることだけ、と言ったはずだ。おれの思いどおりに、どうしてさせなかった？」

私道のむこうはしにかろうじてそれとわかる人影を、ハットフィールドは淡い月明かりを通して凝視した。

「おれはあんたを数ヵ月間、確実に国外に退去させておくよう命じられていたんだ」グロック拳銃が気まぐれな月光にも絶対に照らされることのないよう用心しながら、ツァヴォを徐々にもちあげていった。「そのあと、あんたは釈放されることになる。ツァヴォにもどれるんだよ」

彼は人影めがけて銃を連射した。人影は横ざまに吹き飛ばされ、のどを絞められるような叫びを長く大きくあげながら、道路わきのビャクシンの密な茂みのなかに一回転して倒れこんだ。瞬時、手足をばたつかせる音がし、すぐに静かになった。野郎をしとめたぞ！　さあ、急いで部下たちの目をごまかす手段を講じなくては。

片方の手に手袋をはめ、DCの射撃練習場で数発の弾を通しておいた古いコルト・レミントンをとりだした、足のつく心配のない完璧な偽装用銃であり、まさにソーンが携行していそうな非合法の武器である。空に向けて三発撃ったあと、その拳銃をソーンが倒れた茂みのなかに投げた。

「こっちだ！」と、彼は叫んだ。「明かりが必要だ！　銃をもってこい！　人手もいる！　早く！」

父親の先例にならい、ジャネットも隠し金を水を通さないビニールでつつみ、小屋裏の角付近の乾いた土のなか、ほんの十八インチほどの深さに埋めておいた。彼女はそれをポケットナイフで掘り起こしてから、小屋の横壁沿いに足音をしのばせて戸口へと移動した。不意に私道から銃声が聞こえ、思わず空中に二フィートもとびあがった。

「こっちだ！」と、聞きなれない声が叫んだ。「明かりが必要だ！　銃をもってこい！　人手もいる！　早く！」

ハットフィールドの部下たちが暴走する牛のような騒ぎでそれぞれの持ち場を捨て、叫んでいる男への援助にはせ参じた。叫んだのはハットフィールド？　ソーンを撃ったの？　殺した？

彼女はドアへ走り、そっとなかにはいり、携帯電話をつかみ、つくりつけ寝台からクマの毛皮をはぎとり、ふたたかかえの衣類をバックパックに押しこみ、九十秒後にはふたたび外にいた。クロゼットに残っているリノ用の衣装が、もしかすると彼らをそこにひきとめ、彼女がまだ家に帰ってないのだと判断させてくれるかもしれない。

彼女は車のライトをつけず、慎重にゆっくりと走り去った。ソーンを待とうとは考ァー〉で……三日待とうと思った。それより長くなれば、彼は来ないだろう。
えなかった。彼はうまく切り抜けるか、あるいは失敗するかだ。〈ウィスキー・リヴ

ハットフィールドはソーンが倒れこんだビャクシンの濃い茂みのそばで、いらだちながら待っていた。彼はかけつけた部下たちに言った。「ソーンだ！　あいつはおれの背後からあらわれ、撃ってきた。警告どころか、ひと言もなく、だしぬけに。やつはそのやぶのなかだ。おれは懐中電灯をもってないので……」

一同がフランクリンを先頭に、茂みに踏みこんだ。「やつの銃があったぞ！」フランクリンが片ひざをつき、ハットフィールドがそこに投げこんでおいた偽装用の・四五口径拳銃に絶対にさわらないようにしながら、その銃身のにおいをかいだ。「よし、こいつは作動していた、まちがいない」

彼らは茂みをかきわけ、かきわけ進み、反対側に集まった。銃が見つかった。多量の血痕もあった。しかし、ソーンは発見できなかった。

ハットフィールドはいやな予感をおぼえた。でも、あれだけ弾を受け、あれだけ出血しているのだから、ソーンが遠くに行けるはずはない。

「聞いてくれ」全員が、アドレナリンがひいているのであろう、疲れた表情で彼をとりかこんだ。「あいつは撃たれ、ひどい傷を負っている。夜明けまでこの林の周囲に

範囲を限り、茂みをたたいて野郎をさがしだすんだ」

「警察はどうします？」と、アイスラーが聞いた。

「警察は絶対に呼ぶな。いいか。やつを見つけたら、かまわず撃ち、射殺すること。テキサスのガラガラへビと思って対処しろ。日の出のころには、あいつには遺体袋にはいってもらいたいのだ」

34

ソーンはハットフィールドがグロック拳銃をとりだすのを見るや、あの山上でコーウィンを相手にしたときのように身を横に投げて隠れ場の茂みにとびこみ、撃たれたとハットフィールドに思いこませるために叫び声をあげた。ところが、なんたることか、ほんとうに撃たれてしまったのだ。銃弾が建物解体用の鉄球さながらにわき腹を強打し、身体のひねりを加速させたため、彼は下生えのなかに横ざまに落下し、意識がもうろうとした。

大量に出血していた。よい点——敵をまどわせる材料になること。悪い点——あまりに失血がひどいと身体が防衛態勢にはいり、動物が単純に生きのびるためだけに必要とされる以外のすべての機能を封じてしまい、ショック症状を起こすだろう。ショック症状によって命を落とさないにしても、ハットフィールドに見つかり殺されるだろう。動くのだ。いますぐ。

事態は刻々と変化している。いまは出血をとめるのが肝要であり、そうすれば血の痕を連中にたどられなくてすむ。血にぬれそぼったTシャツをひき裂き、細長い布切れを傷口に詰めこみ、弾の射入口と射出口の双方をふさいだ。

そのとき痛みがはじまった。よし。痛みを感じる以上、ショック症状にはいることはないだろう。けれど、少なくとも肋骨が一本、もしかすると二本折れていた。骨の破片が肺に刺さっていないか？　彼は心中、ハーニルド医師の声を聞いた。

〝第七肋骨を粉々にし……貫通したのではなくかすめた……肋骨が胸腔に突き刺さったが肺そのものには刺さってなく……千フィートをはい進んで彼の小屋にたどり着き……自力で自分の命を救った……〟

コーウィンが撃たれたように、撃たれたのだ。彼はいま、これもコーウィンがなしたように、これから自分の命を自力で救わざるをえないのだった。おのれがもつ森林生活能力を総動員し、なんとか茂みのはずれまで音を立てずにはってゆき、捜索者たちからのがれた。どうにかこうにか立ちあがり、バランスをたもち、よろめき歩いた。ハットフィールドははなからずっと、おれを殺す気でいたにちがいない。だとすると、なぜケニアへの切符をよこし、手のこんだ芝居をしたのか？　どれも意味が通らない……。

倒れた。考えを集中させるのは無理だった。いまはハットフィールドのことは忘れろ。あいつより先に進むことが肝心。必死の思いで立ちあがり、歩きつづけた。ロッジポールマツからロッジポールマツへ、亜高山性モミから亜高山性モミへ、ホワイトスプルースからホワイトスプルースへ。ようやくポプラの木立のなかにはいり、そこでは進むのがまえより速くなった。木の幹がたくさんあるので、それに次々とつかまりながら歩けたし、ほとんど竹やぶみたいに密に茂っているため、林のなかを動く姿を見とがめられる危険が少なくてすむだろう。

月の入り直前、彼は来た道をふりかえってみた。血の痕はなかった。これならうまくいきそうだぞ！　あのハットフィールドの野郎の鼻を、ご本人の得意のゲームで明かしてやるつもりだった。たとえそれがいかなるゲームであっても。

彼のこれまでの人生はずっと、戦いか逃亡かであった。ほとんどが戦いだったが、いまは逃げることだ。どこに逃げる？　そして突然、あれこれが一度に頭に浮かんだ。カサロマの店。そこまで二マイルくらいだろう。食料。飲み水。ＡＱＵＡリヴァー・ツアーズ。医薬品。抗生物質。泊まりのキャンプ客がそこに車をとめておいてくれていたらありがたい。おれなら確実に、点火装置をショートさせ動かすことができる。なにしろおれはレンジャー部隊員だったんだ、そうだろ？　そう、元レンジャー隊員で……。

はっとわれにかえった。いつのまにかハイウェー一二〇号線の中央にさまよい出ていた。路肩にもどった。落ち枝を杖がわりに拾おうとかがみこんだひょうしに、また も倒れた。ばか野郎！　頭を心臓より高くしておくんだ、さもないとコーウィンのようにくたばってしまうぞ。

コーウィン！　そうだったのか！　ハットフィールドがおれに死んでもらいたがっているのは、おれが――ハットフィールドが、ではなく――コーウィンを殺し、その結果ウォールバーグの命を救ったからなのだ。たとえケニアの刑務所にあってもソーンが生きていれば、その件についてなにもかもだれかれにしゃべりつづけられる。いつかは、だれかが耳を傾けるかもしれない。そして、人に話す。重要人物たちに話して、彼らがそれを信じるかもしれず、彼らもまたしゃべり、ウォールバーグが聞きつけるかもしれないではないか……。ソーンが死んだほうが、ハットフィールドにとってははるかにいいのである。

前方、射してきはじめた夜明け前の光のなかに、カサロマの店が見えた。それに、きのうの朝にそこに駐車していた、九四年型シヴォレー・アストロのミニヴァンの姿も。ダッシュボードの下のワイヤーをはずし、点火スイッチを迂回してショートさせてやれば……。で、どうする？　全速力で、できるだけ遠くに走るのか？　ハットフイールドに追いつかれないうちに、オークデールの〈ウィスキー・リヴァー〉でジャネット・ケストレルに会えることを願って？

ぼうっとした頭で考えると、ジャネットは彼が得たい答えをすべて握っているように思えた。彼女は先に移動するまえに、二、三日は待っていてくれるだろう。それまでに〈ウィスキー・リヴァー〉に着かなければならない。コーウィンが死んだこと――そして殺したのが自分であることを――彼女に話さなければならないだろう。そのうえで、なんとか彼女の協力をとりつけ、求める答えを見つけ出すのだ。

でも、肝心なことをさきにやらねば。食べ物、水、初期感染をくいとめるための抗生物質が必要だった。すでに熱が出てきていた。ばかなことをしていると、ほんとうに命を落としてしまう。

彼は店の窓に石を投げつけ、ガラスを破った。

ヨセミテ峡谷のむこう、ティオガ峠の細道を通して太陽が輝きはじめ、ハットフィールドはソーンがいなくなったことを認めざるをえなかった。それとも、部下たちが死体を見つけそこなったか。捜索範囲を拡大すべきだが、そのための人手がなかった。彼はＦＢＩの活動系統の埒外で作戦を展開していたので、この期におよんで警察官や保安官たちの助けを求めるわけにはいかなかった。もしソーンが生きて発見されたら、ソーンがしゃべるのはわかりきっていたからだ。

女も姿をあらわさなかった。彼の検索エンジンは役に立ってくれなかった。これまでケストレルではなく、エイモアないしローンホースをさがしていたからである。

彼は女の小屋のなかをくまなく調べた。すべて彼女の衣装と思えるものと、私的な書類があった。IDカードとハンドバッグと現金と車のキーが見あたらなかったが、彼女がそれらを必要だったのだろう……。

車のキー！

自分の腕時計に目を走らせた。午前八時。サミーが仕事の虫だという記憶はなかったけれども、ロサンゼルス地方局に電話を入れ、スポールディング地区捜査官につないでほしいと告げた。サミーはいた！

「テリル！　おれはひと晩じゅう眠れなかったぞ。おまえのおかげで、おれはワシントンのお偉方たちとどんなトラブルにおちいってんだい？」

「なんでもないさ。おれたちが追ってる男をとりにがしただけで。ところで、たのまれてほしい。ジャネット・ケストレル、つづりはK-E-S-T-R-E-Lだが、その名前でカリフォルニアの運転免許証が発行されているか、どんな車が彼女に登録されているか、売りに出たり担保になっているかどうか、調べてくれ」

「聞こえるだろう、おれの安堵のため息が。わかった、ケストレルだな。ただいまコンピューターにぶちこんでおります。ほかには？」

　ハットフィールドはちょっと考え、その先に踏み出してもべつにまずくはないと判断した。

「ある。彼女に関して情報収集警報《シーキング・インフォメーション・アラート》を出してくれ」

「ＳＩＡを？　それはテロリストの場合だぞ、テリル」

「まえから言ってるように、これははるか上の階級《フードチェーン》から来ている命令なんだ。おれはいると思われる共謀者について、彼女に問い質す必要がある」

「わかったよ。出たぞ！　ジャネット・ケストレル。合法なカリフォルニアの運転免許証と、合法なネヴァダの運転免許証。一九九〇年型トヨタ・フォーランナー、色はダークグリーン、カリフォルニア５のＣ・Ｗ・Ｄの０４６の正当な所有権をもってるな。車両登録と保険は有効で、売りに出てもいないし担保にもなってない。調査は続行するが、しかし――」

「そのフォーランナーについても警戒中《ＢＯＬＯ》の警報を出してくれ」

　彼は満足して電話を切った。ソーンを捕らえてはいない――いまのところはまだ。でも、女はすぐにつかまるだろう。女とソーンはかつて深い仲にあったのか？　女とコーウィンとは、なんらかの点でつながりがあったのだろうか？　ソーンが彼女をさがしているのは、そのゆえか？　女を徹底的に締めあげ、そのうえで身柄を拘束しておく必要があるかどうか判断しよう。拘留先はたぶん、ウェストウッドの連邦ビル内にあるFBIの秘密の留置場になるだろう。九・一一《ナイン・イレヴン》後のテロ対策諸法によって、彼にはそういうことをするだけの権限がたっぷりあたえられていたのである。

女所有のフォーランナーについてBOLOを、彼女自身に関してSIAのそれぞれ警報を出しておけば、彼女の身柄を確保するのは時間の問題にすぎなかった。

ジャネットはハットフィールドがBOLOを出させるまえに、すでにオークデールにはいり、フォーランナーをケート・ウェインのガレージに隠していた。ケートはリノでジャネットとともにブラックジャックのディーラーをやっていた元同僚で、三年前に〈ウィスキー・リヴァー〉の共同経営者のひとりであるオートバイ・ライダーと結婚した。夫婦のあいだには、いま二歳になっている娘が生まれ、幸福な結婚生活だったが、夫がオートバイの衝突事故で死んでしまった。ケートは〈ウィスキー・リヴァー〉の夫の権利持分をひきつぎ、現在は夜勤のバーテンダーとしてそこで働いているのであった。

ジャネットは〈ウィスキー・リヴァー〉から二ブロックはなれたところにあるケートのつましいカリフォルニア特有のバンガロー家屋の、玄関ドアわきの人造岩からケートのスペアキーをとりだし、ケートの娘リンディーの寝顔をのぞきこんだあと、きちんとととのえられた予備の寝室のベッドに倒れこんだ。たちまち深い眠りに落ち、ソーンが死んだのか、それとも生きているのかと考えることさえ思い浮かばなかった。

35

生きていた。なんとか。

かなり熱のあるソーンは水を飲んでトレールミックスを食べ、それから撃たれた傷に対処するため、ＡＱＵＡツアーズの救急箱にはいっていた抗生物質をのみくだした。傷口に包帯を巻き、包帯をビニール袋でくるんで防水処置をほどこし、ライフジャケットを一着失敬した。レジスターそばのカウンターに百ドル札一枚を残したあと、シヴォレー・アストロをショート発進させようと外によろめき出た。

トゥオルミ川への曲がりくねった泥道――サム・アーネスが蛇のように手に負えないと称した細道――をこの夜間に走るのは、きのうの朝にくだったときよりずっと困難に思えた。ハイビーム・ライトの前方おぼろに曲がり角とカーブがたえまなくあらわれ、切り立つ崖から谷底にころがり落ちるのを防いでくれる柵などひとつもなく、そして底を流れる一条の川は暗がりのなかで見るというよりは想像するがゆえに、なおさら恐怖をそそった。

道がようやくトゥオルミ川に沿って平坦になったとき、彼は車をとめ、窓をあけて川音を聞いた。心なごませる音ではなかった。薬で感覚がもうろうとしていてさえ、軽く身ぶるいをおぼえた。

ライフジャケットを着こみ、水もれのする古いボートが隠されている茂みのところまで、草でおおわれた土手をなかばすべるようにおりていった。最後の力をふりしぼり、ボートを雑草の上からひっぱり出し、水中に押し入れ、なかにはいこんだ。身をかがめて船べりにつかまりながら、ボートのへさきへと苦労して進んだ。船尾がもちあがり、ボートがゆっくりと回転した。

彼は前方を向き、ボートの乾ききった船底板のすきまから水がしみ出てくるのを見つめた。顔には汗が玉になっているのにもかかわらず、悪寒が全身をかけめぐるのを感じた。そのまま川の流れに身をまかせた。

ケート・ウェインはオートバイ・ライダーというよりはカウガールを思わせた。自分で煙草を巻き、格子縞のシャツに革のループタイを結び、身体にぴったりの色あせたジーンズと浮き彫り模様のかかとの高いカウボーイブーツをはき、上はメッシュブロンドの髪にステットソン帽といったいでたちである。

その彼女がいまコーヒーをつぎながら、やせたキツネ顔のなかの鋭い茶色の目で、食卓の向かいにすわったジャネットを問い質していた。

「あたしをだまそうなんてだめよ、おばかちゃん。あんたがこんなまねをするのは、心底おびえているときだけなんだから。あんたとはいつからのつきあいだと思ってるの」

ジャネットはくすくす笑い、トーストしてバターがたっぷり塗られたイングリッシュマフィンの三枚目にかじりついた。

「おっしゃるとおり、困ってるのよ。アーニーのせいで。わたしは、ほら、去年の夏、リノで働いたでしょう、小屋の屋根のふき替えの費用をつくるために。ともかく、七月の半ばに、当番が終わったあとアーニーと〈ゴールデン・ホースシュー〉にいたの。わたしはウォールバーグが民主党の大統領候補指名を受諾する様子をテレビで見るつもりだったんだけれど、アーニーは例によってわたしに外で客をとらせようとした、自分はヒモの役割で――そこで、わたしは頭にきた。だから、となりのスツールの年配の男とふざけはじめたの。するとアーニーが腹を立て、わたしの顔をひっぱたいたのよ、ほんとにひどく」

「アーニーはもともと手がはやいからね。あんたもなんだって、あんなやつに――」

「気がつくと、彼と年配男がにらみあってるじゃない。アーニーはナイフを、年配男はびんを握ってたわ。警官たちが正面玄関からはいってきて、わたしのほうは年配男を裏口からひきずり出していた。彼をフォーランナーに乗せ、走りだしたの。リノには当分もどれないと思ったのね。男の名前はハルといった。わたしたちは十一月までいっしょに旅をした。わたしの人生で最上の四ヵ月だったな」

「それはあたしがいままで聞いたなかで、いちばん突拍子もない話だわね」

「彼はわたしをアーニーからひきはなしてくれた。彼は……わたしを評価してくれたわ。自分を大切にしろと言ってくれた。わたしたちは一度もいっしょに寝なかった。はじめのうちわたしのほうからさそってみたけど、彼はできなかった。奥さんがずいぶんまえに酔っぱらいのドライバーにひき殺され、彼はいまでもそのことに罪悪感をもってて」

ケートがたずねた。「彼のせいで、あんたがトラブルにおちいっているわけ？」

「そう。彼とアーニーのせい。ＦＢＩがわたしをさがしてるわ」

「あんたはいったい、なにをしたの？」

「なにも。一月にハルにフォーランナーを貸し、それ以来彼には会ってないもの。ソーンと名乗る男がきのうの晩、その車を運転してＡＱＵＡツアーズにあらわれた。そして、連邦捜査官たちがわたしを追っていると言ったの」

「彼はどうやって車を手に入れたのよ？」

「わからないわ。けど、彼の言うとおりだった――ＦＢＩがわたしの小屋で待ち受けていた。わたしが逃げられるように、ソーンが彼らをひきつけてくれた。わたしは彼にここで会おうと言ったけれど、そのあと小屋で銃声が聞こえて。彼が生きてるのか死んだのか、わからない。わたしはそれを知る必要がある」彼女が力なく笑った。「それと、フォーランナーを隠しておかなくちゃならないし。だから、あなたはこれから数日間、住みこみのベビーシッターを得たってこと」

「あたしが得たのは、まさにこのリヴァー・シティーにもちこまれた大変なトラブルだわよ」ケートが立ちあがり、思いついたようにつけ加えた。「太腕《ファットアームズ》・ルドゥーと車両所有証明書《ピンクスリップ》を交換すればいいわ、あなたのフォーランナーと彼がいつもそばにおいてかわいがってるハーレーのコピーの一台とをイーブンで」

いまだケストレルもフォーランナーの行方も、皆目つかめなかった。レイ・フランクリンが彼女の住まいを再度調べ、書類一枚でも見のがさないようひっかきまわした。彼は有力な一点を見つけた。サンタローザの北にある〈ショ・カ・ワ・カジノ〉からの、彼女にブラックジャックのディーラーの仕事を提供する旨の手紙だった。

「彼女はそこに行ったと思いますか?」と、レイが熱っぽくハットフィールドに聞いた。

「そこに問いあわせてはみるが、疑問だな。女は自分の小屋の近くで銃声を聞きつけ、ひと晩じゅう車を飛ばして逃げた、とおれは思う。われわれがBOLOを出すまえに、メキシコにはいったかもしれん。先住民族がメキシコで姿を隠すのは簡単だ。彼女のフォーランナーがティファナ近くの国境を通った記録があるかどうか、スポールディングにたのんで調べてもらおう」

「あの女がなぜ、そんなに重要なんですか?」

「彼女がソーンにとって重要だからだよ」

一時間後、ケストレルに関するSIAが、いくつかある彼女の名前のどれかでかなりの情報をもたらした。ケストレルは――エイモアという名で――過去三年間の冬期、リノのカジノのひとつでライセンスをもつディーラーとして働いていた。当のカジノや、本人がその間住んでいたサウス・ヴァージニア・ストリートの安下宿屋から、彼女について悪評は聞けなかった。

去年の夏の一時期にもリノで仕事をしており、七月に〈ゴールデン・ホースシュー〉という安酒場でのけんか騒ぎに〝居あわせた〟。アーニー・マッキューという鼻っぱしらの強いのが彼女をひっぱたいていたところ、さる年配の男が女を救った。警官が到着したとたん、彼女とその年配男はおそらくはつれだって姿を消し、それ以降行方が知れなくなった。

一見、なんでもない事件である。だが、マッキューから聴取した話は興味をそそった。「やつはただの年寄りで、カウンターで飲んでた。片足が不自由だったが、たしかにすばやく動いた。おれよりすばやかったよ」

年寄り。片足が不自由。すばやく動いた。コーウィンだ。そうにちがいない。ハットフィールドは彼なりのつながりをつかんだ。エイモアはその七月から十一月の三角州の殺害事件まで、コーウィンとともに逃亡していたのだ。彼女が名前をケストレルに変えていたのも不思議ではない。ソーンはどういうわけか彼女のことを知り、さがしに出た。

しかし、どれひとつたいして助けにならなかった。ケストレルがどこにいるのか、彼にはわからなかった。ソーンがどこにいるのかも、わからなかった。いや、かりにソーンが生きているとすればだが。

ソーンは生きていた。かろうじて。彼は、トゥオルミ川をこわれかけたボートでオールもなしにくだっていたまさにそのときほど、寒くこごえてぬれそぼったことはかつてなかった。子供の時分、春が来て氷が解け、アラスカのフェアバンクスの橋がみんな水没するころ、よく親友のウォリーといっしょにチノ川をくだったものだが、あのときでさえこれほどではなかった。

ボートはたえず水のなかへなかへともぐっていき、ついには船べりが見えなくなるまでになったが、それでも浮かびつづけていた。そのとき、水びたしの舟が舷側からとがった岩にぶつかり、ひっくり返った。ソーンは十分間、いちばん大きな破片にしがみついていたが、ついに手がはなれた。パナマで大波にひきこまれたときに似ていた。どちらが上かわからず、なんとか息をしようとあがいたとき顔が水面を破り、手足が岩にぶつかって折れるのを避けるためにエビみたいに身体をまるめつづけた。片足が砂利にぶつかった。たえず動く川底に指を立てようとしたが、またもひきはがされた。岩がさらに多くなった。泡立つ白波が増えた。小石だぞ！　石だらけの傾斜した川床の上、深さ一フィートの水中に腹からとびこんだ。岸まで数フィートをはい進むと、主流に逆らう流れが身体を押してくれた。そこではさしもの急流も足をとらえることなく、ふたたび川にひきもどされることはなかった。

松の枝ごしに射してくる陽光が背中にあたたかく感じられた。着衣が蒸気を立てはじめた。彼は両目を閉じた。そのまま眠りに落ちた。

ウォルト・グリーンがとびこんできた。「カサロマの店を経営している老人が、きのうの夜に泥棒にはいられたそうです。同じ建物内のＡＱＵＡリヴァー・ツアーズもやられたらしい。ホシはドライフードと水と救急医薬品を盗んでいきました。それと、店のわきにとめてあった、泊まりのキャンパーの車ももっていかれたとか」

「カサロマからケストレルの小屋までの距離は？」

「二マイルです」

「くそっ！　盗難車の報告書を出したか？」

「それにはおよびませんでした。問題の車がトゥオルミ川のほとり、例の最悪の道を五マイルくだったところに乗り捨てられているのを発見しましたから。ＡＱＵＡツアーズ社が川下りのゴムボートを出す地点にあたります」

ハットフィールドは鋭く問い返した。「それがなぜ重要なんだ？」

「ジャネット・ケストレルはＡＱＵＡ社の急流下りのガイドなんですよ。店主のアーネスは、ソーンがきのうの午前中に彼女をさがしにきた、と言ってます」

大変などじを踏んだものだ。われわれはケストレルの住所を知るのを急ぐあまり、グローヴランドの郵便局長に彼女がどこで働いているのかを聞かなかった。ソーンは聞いたのだ。だからこそ、彼はわれわれよりさきに彼女のもとにたどり着けたのであろう――もし、たどり着いていたならば。彼はＡＱＵＡツアーズで彼女を待ち受け、ＦＢＩが彼女の行方を追っている旨、警告することもできたであろう。

「われわれはアーネスを川までつれてゆき、周辺を見てまわりました。彼が言うには、半ば破損したこぎボートが二年前からそこの雑草のなかに埋もれていたのに、それがなくなっているとか。オールはないけれども、たとえそうでも――」

「わかった！」と、ハットフィールドは厳しい口調で言った。「夜が明けしだい、川の両岸の捜索をはじめる。ほかの川下りガイドを使う必要があるだろうし、地元の警察と保安官たちもだ。もし彼らがソーンが生きているのを発見したら、われわれとしては国家安全保障を前面に出し、彼らがいかなる尋問をしようとしてもそれを阻止する」そこでひと呼吸おいた。「一方でおれは、作戦にかかわっている全員にソーンに対する緊急対処を許可するつもりだ」

緊急対処とはつまり、見つけしだい撃て、射殺せよということである。

36

ソーンが寒くて目をさましたのは、午後の半ばだった。太陽が空低くに傾いていたので、その光はもはや身体をあたためてくれなかった。彼は手足を動かし、どこも異常がないのを確かめてから、よろめきながら立ちあがった。わき腹がひどく痛んだが、肋骨はなんとか自然に治癒していた。深く息をしなければいいだけだ。

さしあたって熱はなかった。だが、医薬品と食料もボートとともになくなっていた。だから、熱はまたぶりかえすかもしれなかった。彼は川下のフェリー・ブリッジへと向かいはじめた。足跡が残らないように岩か小石の上を歩き、たびたび木にもたれたり岩にすわって休んだ。盗んだライフジャケットをナイフで切り裂き、それを枯れて半ば水に没したヤマナラシにひっかけた。そのころ太陽が沈み、夕暮れが訪れた。

ハットフィールドは乗り捨てられた車を発見するだろう。あすになれば連中は川岸を捜索し、うまくいけば紛失したボートとライフジャケットのかけらを見つけるだろう。川はドンペドロ湖に注いでおり、そこに流された死体は数週間のうちにきれいに消え去ってしまう。自分の身がそうなったのだろうと連中が考えてくれるのを、ただ願うほかなかった。

ジャネットは当局があのフォーランナーに関してBOLOを提示するいとまもないうちに、まっすぐカナダかメキシコへと走ったかもしれない。しかし彼としては、彼女がオークデールにいて、待っていてくれると仮定せざるをえなかった。

影がおおいかぶさってきた。顔をあげた。橋の下にいるのだった。とっぷり日が暮れ、さらにフェリー・ロードに往来がまったくなくなるまで待った。一歩進むごとに足跡をこすり消しながら、橋の支柱につかまって急な土の坂をのぼっていった。五マイル先のビッグオーク・フラットに着くと、ガソリンスタンドにとまっていたトラックの荷台にこっそりはいこみ、はこび去ってもらった。

夜が明け、ハットフィールドはガイドたちからあたえられたウェットスーツとライフジャケットとヘルメットを着用し、トゥオルミ川に浮かべたゴムボートに乗っていた。川の両岸の捜索にあたった保安官の部下たちが手こぎボートの一部、すなわち張り板と呼ばれるらしい湾曲した木材の破片と、船べりのほか竜骨の部分も見つけたところだった。しかし、ハットフィールドにはそれではたりなかった。ソーンの死体、ないしは彼が死んだという証拠らしいものがいくらかでもほしかった。

「それに札をつけて袋にいれ、あとは回収班にまかせろ」

次いで、ヤマナラシの枝にひっかかったライフジャケットが見つかった。

さっとアドレナリンがわきあがった。「そいつにさわるな」

そこはフェリー・ブリッジから二マイルの地点だった。裂けたライフジャケットが泡立つ白波のなかで、まるで人が助けを求めて手を振るみたいに渦巻きながら前後に動いていた。死体は発見されなかったが、ソーンが橋下から道路へのぼっていったことを示す跡もなかった。ハットフィールドはまわりを囲む緊張顔の面々を見あげた。

「この男は国家安全保障上、重大な危険人物なのだ。われわれとしては彼が逃げてないと確信を得なければならない。彼が生きていると信じる者はいるか？」

一同がたがいを見あってから顔をそらした。そして首を横に振った。それでハットフィールドには充分だった。彼らは川の捜索のエキスパートたちだったから。しかし、それでも彼は言った。「あすはもう十マイル先まで川岸をさがしてみてくれ、念のために」

のちほど、自分の人質救出チームに対しては、捜索を打ち切ってもよい旨を告げた。

「ソーンは死んだ。彼の捜索は終わりだ。いまからはケストレルを優先させる」

チームはそれに従った。しかし数時間後、ペリーがこう報告できたにすぎなかった。

「彼女はどこでも目撃されておりません。先住民族のカジノはこのところカリフォルニアでは厳しい監視下にあるので、ショ・カ・ワはもし彼女があらわれればわれわれに通報するでしょう。彼らは協力を望んでいます」

「そこはあまり期待しないほうがいい」と、ハットフィールドは言った。「国境を越えてメキシコかカナダにはいったという報告は？」

「来ていません」と、バラーが答えた。「でも、歩いてこえた可能性はあります」

コーウィンは死んだ。ソーンも死んだ。フォーランナーの行方は知れない。ケストレルは前科はなく、おそらくメキシコにいる。これらネガティブな情報をすべてポジティブなものとして大統領に報告する手段を、なんとか講ずるべきときかもしれない。

マンテカの郊外、イースト－ウェスト一二〇号線が広大なセントラルヴァリーを南北に貫くインターステート五号とぶつかるところで、ジャネットはフォーランナーをファットアームズ・ルドゥーの看板を出してないガソリンスタンドのわきにとめた。

ファットアームズは体重三百五十ポンド、身長六フィート八インチで、乗馬靴をはき、青いワークシャツの袖を切りとってその周二十二インチという太い二の腕を誇示し、そして頭にはカリブの海賊よろしく赤いバンダナを巻いていた。

　彼がフォーランナーをまわりこみ、渋い顔で明かりの下にはいってきた。

「こいつを必死でさがしているやつがいるぜ、こっちの頭がおかしくなるくらいに」

「わたしをさがしてるのよ」と、ジャネットは言った。「フォーランナーじゃなくて」

「おれはスズキ・サンパーをもってる、車両所有証明書《ピンクスリップ》をイーブンでとりかえてやるぞ」

　エントリークラスのオートバイだが、その一気筒四サイクルのエンジンは六百ccという大排気量を有していた。ピンクスリップを交換し、ジャネットがエンジン音をとどろかせて走り去ったあと、ファットアームズは満足げに高笑いをした。そのスズキは先週サクラメントで盗み、証明書を偽造し、ナンバープレートを大破したヤマハVマックスのものととりかえた代物だった。彼女が登録を更新するとき、登録番号《VIN》がいかさまだとわかる。ジャネットは逮捕されるだろう。

「ばかで、いまいましい、高慢ちきな女め」

　当然の報いだ。以前〈ウィスキー・リヴァー〉で言い寄ったとき、彼女はにべもなくはねつけやがったから。

〈ウィスキー・リヴァー〉は間口が狭くて奥行きが深く、左壁沿いにL字形のカウンターが配され、右の壁のほうにテーブルがふたつあった。奥のオープンスペースは金曜と土曜の夜にかぎり、演奏ステージ付きの小さなダンスホールになった。だが、きょうはいつものののんびりした週半ばの夜であり、ケート・ウェインはそんな雰囲気のほうが好きだった。

ジュークボックスでは、ウィリー・ネルソンが店の事実上のテーマソングである《ウィスキー・リヴァー》を耳ざわりな声で歌っていた。三人のハーレーかぶれたちが、ただし乗っているのはコピー品だとケートは知っていたが、カウンターで生ビールを飲んでいた。テーブルのひとつでは、うしろめたそうなカップルが、おそらくは不倫のセックスのために別々の車でモデストから来たのだろうが、それぞれの退屈なつれあいのもとへと帰るまえに一杯やっているところであった。

見知らぬ客が足をひきずってはいってき、入り口で立ちどまったまま、深くくぼんだビターチョコレート色の目で店内を見まわした。無精ひげののびたほおがやせこけ、熱がありそうだった。あちこちが悪い重病人のように見えたが、なんとかカウンターのスツールによじのぼった。

「なんになさいます?」と、ケートが聞いた。

男は答えるかわりに頭をカウンターの上に落とし、気を失った。

ケートは店の電話機で自宅の番号を押し、用心深く応えるジャネットにささやいた。

「彼はまにあったわよ」


ソーンがめざめると、待ちかまえていたように、茶色のあたたかい目が一フィートの距離から顔をのぞきこんできた。黒と白のぶちの毛が短い雑種犬が胸にすわり、腹の上あたりで尾を振っている。わき腹に包帯が巻かれ、痛みがあった。あばらにはテーピングがほどこされ、むずがゆかった。自分がなぜ犬を胸にのっけてあおむけに寝ているのか、わけがわからなかった。犬が片方の前足をあげた。彼と犬は礼儀正しく握手を交わした。

「彼の名前はジガーよ」と、ベッドサイドからかん高い声がした。

ソーンの位置からはシーツごしに、ちっちゃな女の子の顔の上半分だけが見えた。大きくてまじめそうな黒い目と、トウモロコシの穂の毛色の髪。たぶん二歳くらいか――イーデンはこのころに……。

「ぼくはソーン」彼はすぐにつらい記憶を押し殺して名乗った。

「リンディー」と、彼女が応じた。「あたしとジガーはこんにちはを言いたかったの」

「こんにちは」

彼女がくるっと背を向け、部屋から走り出ていった。フリルのたくさんついたピンクのドレスを着ていた。ジガーもベッドからとびおり、あわてて少女のあとを追った。

ソーンがふたたび目を開いたとき、ジャネットがそこにいた。ジーンズにブラウス姿で、右のブーツの外側についたさやにナイフがおさまっていた。両腕を乳房をおおうようにして組み、ほとんど防御の姿勢に見えた。

彼はテーピングされたあばらと、包帯の巻かれた傷を身ぶりでさした。「きみが?」

「ジガーの獣医さんよ。彼は絶対に口外しないわ。あなたはおとといの晩にオークデールに着き、ウィスキー・リヴァーによろめきながらはいってきて気を失ったの。わたしの友達のケートが電話で知らせてくれて。わたしたちふたりであなたをここにはこんだってわけ。ここは彼女の家。リンディーは彼女の娘なの」

ソーンは気をひきしめた。「話があるんだ」

「ここではだめ。いまもまずい」彼女がリンディーの消えたほうに手を振った。「閉店したあとのバーで。裏口の錠をあけておくわ」

37

彼らはホワイトハウス地下の会議室にいた。ふたりきりであった。補佐官たちもおらず、記録もとられなかった。ハットフィールドは巧妙なごまかしを駆使し、基本的な成果の欠如を自分にとって最大限有利な結果へと転化させる必要があった。

「大統領、わたくしどもは現在、ジャネット・ケストレルという名のブラックジャックのディーラーであり、ときに売春もはたらく女に捜査を集中しております。この女は七月にリノでコーウィンと親しくなり、選挙日まで彼と旅をし、そのあと行方をくらましました。わたくしは彼女に関して、BOLOとSIAを出しています」

ウォールバーグにとっては、懸念すべき人物が新たに登場したことになった。コーウィンが死んだ以上、ハットフィールドの言うところの過去をあれこれ詮索しているソーンだけが、自分の唯一の気がかりだと彼は考えてきた。ところが、このケストレルという女性も心配の種に思えた。慎重な判断を要する問題だった。ハル・コーウィンは事情をおぼえていて、それを彼女に話したかもしれない、すなわちほかのだれも知りえない事情をだ。カート・イェーガー亡きいま、ウォールバーグとしては新たに信頼できる人間を見つけなければならないとわかっていた。たぶんハットフィールドがその候補だが、まだ早い。さしあたっては、とぼけ、ケストレルが自分にとってなんの重要性ももたないかのようにふるまおう。

「それで、彼女はコーウィンと旅行をした。コーウィンは死んでしまい、もういない。いまはソーンがわれわれの最優先事項だ」

「じつはですね、大統領、わたくしどもがケストレルという女を手配しているのは、ソーンが彼女をさがしていたからです。ソーン本人に話を聞くわけにいかないので、彼女をつかまえ、彼が彼女に対してどんな用があったのかを知ることが不可欠なのです」

「ソーン本人に聞くわけにいかない！」と、ウォールバーグがかみつくように言った。

「どういう意味か言いたまえ、きみ。ソーンを見つけられないとは」

「彼に聞くわけにはいかないのです」と、ハットフィールドはくりかえした。「ソーンが死んだと信じるにたる充分な根拠を、わたくしどもはもっておりますから」

ウォールバーグは表情も声も変えなかった。「ほんとうか？」

ハットフィールドがつくり話を披露した。ソーンは彼と撃ちあいとなり、傷つき、トゥオルミ川をくだって逃走をはかろうとした。浸水する手こぎボート、その残骸、ライフジャケットが発見された。以後、まったくなにもなし。

ウォールバーグの胸に俄然、希望がわいてきた。「象徴的だと思えるな」ハットフイールドが語り終えたとき、彼はもったいぶって詠嘆調に言った。「ソーンとコーウィンの両者ともが、あたかもみずからの罪を浄化するかのように、氷のようにつめたい急流のなかで死を迎えたのは」立ちあがった。「よくやった、テリル。ただし、そのケストレルという女性を見つけるように。ソーンが死んだことを確認するのだ。わたしがこのわれらが偉大な母国を運営する仕事をつづけるためには、今回の一件を終結させる必要がある」

「かならず終結させます、大統領」

ひとりになったウォールバーグは興奮が高まるのをおぼえた。コーウィンが死に、ソーンもおそらくは死んだ以上、大統領職に就くまえの彼の人生の織物のなか、あの四十年前の結び目をつつきうる者はもはやいない。ハットフィールドはケストレルを見つけ、彼女のもっている情報をすべてひきだし、それを彼にだけ報告するだろう。あの男は大統領へのおのが献身のほどを立証しつつある――そしてハットフィールド自身の野望への献身を。ＦＢＩの長官になる野望である。イーディスがいみじくも大晦日に言ったごとく、いまやガス・ウォールバーグの行く手をさえぎる者はいないのだ。

〈ウィスキー・リヴァー〉の敷地の周囲を歩きながら、ソーンはびっくりするくらい気分がよかった。獣医がちゃんとした仕事をやってくれたのだった。激しい痛みは完全に消えていた。酒場の前に車はとまっていなかった。裏手の未舗装の駐車場にも、一台のオートバイも見あたらなかった。目の前の壁には窓がひとつもない。話をするには恰好の場所だ。あるいは、殺すには。

ドアをゆっくり開いた。ビールと酒のにおいがした。ここはカリフォルニアだから、煙草くささはまったくなし。ジャネットはダンスフロアの先の小さな丸テーブルにすわり、手にはなにもたず、ウィスキーのボトルと底厚のショットグラス二個が彼女の前においてあった。彼は錠前の差し金をすべらせて裏の戸口を閉じ、彼女の向かいに腰をおろした。

「それじゃ」と、彼女が言った。「ハルのことを話してちょうだい」鋭い視線が彼の顔に注がれた。

「まず、おれのことから話したほうがいいだろう。関連するから。おれはアラスカで育ち、狩りとわな猟をたっぷりしこまれた。そしてレンジャー部隊にはいった。そこを除隊したとき、CIAのパナマ前線で働く契約スナイパーとして雇われた。七年前、妻と幼い子供、ちょうどリンディーと同じ年頃の子を、酔っぱらいのドライバーのせいで失った。おれは妻の霊に、二度と人殺しはしないと誓い、ケニアの高級観光客用ロッジのキャンプ監視員になった。聞きおぼえのある話じゃないかな? ハルの人生によく似ているだろ？　それはともかく、ハットフィールドはおれが合衆国に送還されるよう罪をでっちあげたんだ」

「たしかに、似ている点はわかるわ。でも、なんだか悲しい話ね」

「お涙をちょうだいするほどじゃないさ。ハットフィールドはおれをわなにはめ、大統領のためにコーウィンを捕らえさせるべくこの国につれもどした」以下、彼女の理解のために概略を説明した。大統領に迫られてコーウィンさがしをひきうけたこと、彼がどのようにそれをやったか、コーウィンとの追いつ追われつの勝負、モンタナやビタールート山脈におけるいわばブラインドのチェスゲーム、等々。

「じゃ、あなたはハルがウォールバーグをねらって撃ち、弾はイェーガーに当たったと言いたいのね」

「まさにそのとおり。千二百ヤードの距離から」

「そこがわたしには信じられない。ハルが撃ちそこなうなんて。たとえ千二百ヤードはなれていたって」目が青い氷のかけらさながらであり、氷河のようにつめたかった。

「わたしは彼がはじめからイェーガーを撃つつもりだったと思う、なぜどうしてかなんてのはナンセンスよ。わたしが知りたいのは、どこってこと。ねえ、あなた――ハル・コーウィンはどこにいるの？」

ソーンは自身のルビコン川を渡った。「死んだ。おれが殺した。いまさら言ってもしようがないが、残念ながら彼は――」

ジャネットがテーブルごしにソーンにとびかかり、彼を椅子ごと後ろにあおむけに倒すや、その上にのしかかった。女の左手がまさにかぎづめとなり、男の顔面に長く平行した血の溝を刻んだ。右手のほうはブーツからナイフを抜きとっていた。女は男ののどめがけてナイフを突きおろした。男が刃をわきに払いのけた。ナイフは硬材の床に二インチも深く突き刺さった。

ソーンは相手のあごわきにひじ打ちをくらわした。彼女がガクッと身を落とした。彼はナイフをほうり投げた。カランと音を立て、演奏ステージに落ちた。息をあえがせて立ちあがり、椅子を起こし、酒ビンと割れなかったグラスを拾いあげた。肋骨の痛みのために背をまるめ、飢えたタカのように女を注視しながら、そろりそろりと椅子に腰かけた。

女がまばたいた。頭を動かし、片手をあごのわきに押しあて、悲鳴をあげた。両目を開いたが、敵意に満ちていた。男との距離を目測した。

「へたなことは考えるな」と、ソーンは言った。

まるまる一分後、ジャネットはため息をついて起きあがり、それから男の後ろをまわって自席に行き、すわりこんだ。酒を自分のグラスにつぎ、ボトルをかかげた。彼はうなずいた。ふたりとも飲み、グラスを下においた。

女が彼を殺そうとしたことがまるでなかったかのように、ソーンは話を再開した。たがいをつけまわして尾根からくだったこと。コーウィンが発射すると同時にソーンも撃ったこと。コーウィンが急流へはっていったくだり。彼女はひと言も口をはさまず、ひたすら男の顔を見つめつづけていた。

「おれはコーウィンに〝おまえは撃ち損じたぞ〟と言った。彼は〝おれが？〟と答え、川にころがり落ちて死に、永久にいなくなった」

彼が驚いたことに、以上の話は女をさらに怒らせるどころか逆に気をしずめさせたようだ。ただこう言っただけだった。「くりかえすけどね。彼はウォールバーグ大統領じゃなく、イェーガーを撃つつもりだったにちがいないわ」

「おれはそのことも考えてみた。しかし、彼とウォールバーグとのあいだには因縁があったが、イェーガーとはなにもなかった。だからその説は意味が通らない、きみがおれの知らないことを知っているのでなければ。おれがなぜきみをさがさなければならなかったか、ふたりで協力して真相をさぐりあてられればとなぜ思っているか、きみにはわかるはずだ。きみはハルのなんだったんだい？　恋人？　共謀者？　どうやってきみらは出会ったんだ？　彼は自分とイェーガーのことについて、きみになにか話したのか？　彼とウォールバーグについては？」

「もしわたしが、彼はわたしになにも話さなかったと答えたら、そうしたらどうなの？」

「もしそれがほんとうなら、おれたちはどちらもひどいことになる。ハットフィールドは追跡をやめる気はない。彼はおれをケニアの刑務所にぶちこみたいだけ、おれはそう考えていた。ところが、あいつはおれを殺そうとした。おれが死ねば、大統領を救ったのは自分であってハットフィールドではないと、おれはウォールバーグ本人に告げられない。だからいま、あいつはなんとしてもおれを殺そうとしているんだ。きみに関しては事態はせっぱつまってはいないけれども、彼はきみが彼のほしい情報をなにかもっているかもしれないと考えている。きみを捕らえ、きみから話をひきだすまでどこかに隔離しておくだろう」

彼女が、決心をするのにもうすこし時間が必要と言いたげに、それぞれのグラスに酒をもう一杯ついだ。ともにそれをすすったあと、彼女はため息をついて口を開いた。

「まずあなたから、あの夜に三角州で起こったことを話してもらわないと」

「すべて残らず？　きみのお気には召さないだろうけど」

「わたしは知らなければならない。ぜひ話してちょうだい、たとえ少々……恐ろしいことであっても」彼は話した。ニサの死体のくだりで彼女の顔は魚の腹みたいに蒼白になったが、とめだてはしなかった。話が終わると、彼女が言った。「わたしはハルをけしかけたの。もしわたしが彼の娘なら、彼を殺そうとした罪でわたし自身の夫だって殺すだろうと言って」

「じゃ、きみは彼の身の上を知っていたわけだ。どういういきさつで——」

「わたしたちはリノで知りあったの。わたしのヒモ気どりの男がわたしを街に出そうとしてなぐりつけているところを、彼が救ってくれたのがきっかけで。ハルとわたしはその夜にそこをはなれ、いっしょに西に旅をしたわ。でも、ふたりのあいだに性的な関係は一度もなかった。彼はわたしがもちたいと思った父親になったのね。で、わたしのほうは彼がほしがっていた娘になったわけ。テレビでウォールバーグがグランドキャニオンに来ると知ったとき、わたしはハルに、ニサと話しあいなさいと言ったの。ニサのしたことが彼を苦しめていることを、わたしは知ってたから。彼女は父親に、デーモンがウォールバーグにたのまれて彼を撃ったと打ち明けた。ウォールバーグはむかし、自分の親友だったものだから、彼はそれを信じなかったけど」

「だったら、ニサはなぜ大声で警備員を呼んだんだ?」

「彼女の話に彼がひどく怒り、デーモンをつかまえてやると言ったからよ。ニサはパニックにおちいったのね。でもそのあと、彼女は男にハンドバッグをひったくられそうになったと言っただけで、父親に逃げる時間をあたえた」

「きみもその場にいたのか?」

「外にね。人目につかないよう、先住民の女の扮装をして。ところがイェーガーがわたしに目をつけ、言い寄ってきた。彼は、自分たちはその月の後半はカリフォルニアのデザート・パームズ・リゾートにいるから、そこで会ってほしい、と言ったわ。いい思いをさせる、とかほざいて。わたしは応じるどころか、デザート・パームズのことをハルに教え、塀をのりこえてデーモン・マザーを見つけにいくよう説得した。わたしはフォーランナーのなかでハルを待っていた。けれど、デーモンもニサもそこにはいなかった。ハルはウォールバーグが温泉プールでひとりでいるのを見つけ、彼から真相を聞き出そうとした。でもなにも得られず、銃でねらわれただけに終わったの」

「すると、彼はウォールバーグを殺すためにそこに行ったのではなかったんだ」

「彼がそこに行ったのは、デーモン・マザーを殺すためでもなかったのよ、わたしは彼がその気だと思ったけど。ただ、デーモンからほんとうのことを聞き出すつもりだっただけ。その夜、わたしたちふたりは酔っぱらったあげく、ロスにもどる途中の砂漠のちっちゃなモーテルに泊まった。わたしはあの連中がこぞって彼にやったことに腹を立てていたけど、そのとき彼が言ったの。彼をねらって引き金をひいたのはマザーだが、そのことはもういい、彼としては隠遁して、静かに暮らしていくつもりだと」いかにもつらそうな目をしていた。「わたしは彼が眠っているあいだに、そこを出た。彼を捨てたのよ」

「その時点できみにできることは、ほかにはそうはなかったさ」と、ソーンは言った。

「わたしは彼にくっついているべきだったわ。ウォールバーグが選挙運動のためにビヴァリーヒルズのホテルに滞在するってことをロサンゼルスの新聞で読んだとき、埋め合わせの手段を思いついたの。エルトバルから来た愚かな先住民の小娘といっしょにイェーガーの部屋にはいると、電話機のそばのメモ帳にニサの名前、電話番号がひとつ、そして〝ターミナス〟という文字が書いてあるのを見つけた。見てないふりをしたけど」

「そこに欠落部分がある。きみは最終的に病院にいた」

「そこは断片的な記憶しかないの。わたしはメイドのカートに乗せられ……黒人の男ふたりがわたしを路地に捨てていて……。気がつくと病院のなかで、ハルがそこにいた。わたしは彼に、ターミナスと電話番号のことを話した。たたきのめされたわたしの姿を見て、彼はマザーに対する気持ちを変え、彼とニサの両方を殺しにいく決心をしたにちがいない。ふたりの居場所をわたしが教えたりしなければ——」

「ひょっとするとイェーガーはきみにその電話番号を知らせたかったのかもしれない、そう考えたことはないかい？　ふたりの黒人がきみを路地にほうりだした。ふたりの黒人は三角州でイェーガーといっしょにいた。たぶん彼はハルにそこに行ってもらいたかったんだ、彼とその部下たちがハルを殺すことができるように」

「彼らがあそこにいたのは、ハルを殺すためだったの？」目が驚きで大きく見開かれていた。「ニサとデーモンを救うためではなく？」

「それもおれが調べなければならないことのひとつだ」

「ハルは死んだ。ニサも死んだ。デーモンも死んだ。イェーガーだって死んだ。問い質す人間はひとりも残っていない」

「そのふたりの黒人男たちがいるさ。彼らはロスの連中だと思う。ハットフィールドに見つからずに、おれがあっちに行けさえすれば……」

はじめて彼女が笑みを見せた。「わたしなら、あなたにそうさせてあげられるわ」

38

金曜日の朝、〈ウィスキー・リヴァー〉で待ちあわせた五台のバイクが、夜明けまえの闇のなかを南に向かって走りだした。例の改造バイク《チョッパー》を自由奔放に乗りまわす技量はすべて、まあ、まさに才能である。オートバイの燃料タンクの容量はせいぜいのところ五ガロン。追い風を受ければ走行距離を二百マイルまでのばせるかもしれないが、そのころにはのどがからからになってしまうだろう。したがって朝食やランチのために停車し、トイレやコーヒー用の休憩も必要となる。

一隊を率いるのはあごひげを生やした屈強なウォーフ・ザ・クリンゴン（《スタートレック》の登場人物の名より）で、特注色に塗られ、高い変形ハンドル、クロム部分の多い一九九八年型ハーレーのダイナ・ワイド・グライドに乗っていた。バンダナ巻きの頭にネオナチ流の鉢形ヘルメットをかぶり、シールをいっぱい縫いつけた革製ベストを着た彼は、警察にとっては恰好の獲物たるアウトローであった。ジャネットがまさに避けなければならないものであったが、彼女はそのことをウォーフには言ってなかった。

というのも、ほかの者は、ラップアラウンドサングラスをつけ、革服の背にアメリカ国旗を描いてはいても、サラリーマンにすぎなかったからだ。バイクの後ろに黒いライダースーツでまたがる女たちは、彼らの女房だった。彼らのバイクには一台も、法律に反するチョッパーらしいものはなかった。特別仕様が二台、標準車が一台、してジャネットのスズキ・サンパーである。いずれも、山地のシエラネヴァダへの往復、はたまた月曜日には出勤にと、どちらにも適した多目的バイクだ。のび放題の髪にくしも入れておらず、あごひげもけっこうのびてきたソーンがスズキのジャネットの後ろに乗り、さまになっていた。エンジンの轟音ごしに叫ぶのではなく、ふたりがちゃんと話す機会がはじめて訪れたのは、フレズノの南で休憩してホットドッグを食べ、ノンアルコール・ビールをのどを鳴らして飲んだときであった。

「はっきりさせてもらいたいんだけど」と、ジャネットがホットドッグを大口でほおばりながら言った。「わたしたちは、イェーガーにしょっちゅう娼婦を世話していた、シャーキーという名のロサンゼルスのポン引きを追っている。で、そもそも、どうやってその男を見つけようっていうの？」

「見つけない。そいつにおれたちを見つけさせるのさ」

「そのあと、どうする？」

「三角州で実際にはなにが起きたのか、やつにしゃべらせる」

ウォーフがどなった。「乗るぞ」

カリフォルニア九号線と交わるインターステート五号に出、その道をグレープヴァイン山脈へとのぼり、ロサンゼルス盆地にくだった。サンタクラリテでほかの連中はカリフォルニア一二六号を西に折れ、週末のキャンプのためにロスパドレス・ナショナルフォレストに向かった。ジャネットとソーンはそのままロサンゼルスへと走りつづけた。日曜日に一隊と合流し、オークデールにもどる予定であった。

〈ゲイロード・アームズ〉はワッツ・タワーズから近い、サンタアナ市の古ぼけた安モーテルである。ソーンが選んだ一階の二室は入り口は別々でルームナンバーも異なるが、なかで連絡できるドアがあり、彼は週末の麻薬買い、ないし秘密のポルノ撮影をにおわしてチェックイン係に余分の金を払い、そこを借りた。ジャネットは記名をしなかった。

「シャーキーがあらわれると思う理由は？」

「イェーガーの名前といっしょにいかがわしい用件をもちだせば、あいつはおれたちのところに寄ってくる。たぶん、あすにでも」

彼女は、シャーキーがあらわれないでほしい、と思わないでもなかった。ソーンのような男なら、相手の口を割らすためになにをしでかすかわからない、という気がしたのだ。

「あなたがうわさをふりまいているあいだ、わたしはバイクに乗っててかまわない？」

「お好きにどうぞ」

ソーンは三軒のハントバーと二軒のストリップクラブをまわり、どこでも同じメッセージを残した。「イェーガーという名の男から聞いたんだ、シャーキーっていうやつに会えば、おれが制作するつもりの女をいたぶるビデオに出てくれる女たちを紹介してもらえるって。おれの名はトンプソンで、ゲイロード・アームズの一二一号室に泊まっている」

どこでも気前よく飲んだ。しかし、とうとう度をこしたので、モーテルにもどった。

ジャネットはまだ帰っていなかった。一時間後、何者かが携帯電話でラップミュージックを鳴らしながら、ドアの外に立った。ソーンは椅子の上に乗り、自分の姿は見られないように、窓のブラインドのすきまごしに下をのぞいた。外の男はスキンヘッドにした三十がらみの黒人で、黄色いFUBUのシャツを着、いくつかの指と両耳にいかにもポン引きらしく金のリングをはめ、首にもポン引き特有の金鎖を巻いていた。シャーキーか？　こんなにも早く？

どうやらそのようであった。男がドアごしに小声で呼びかけた。「よう、おれはシャーキーってもんだ。トンプソンとか名乗ってるやつをさがしてるんだがな」

ソーンは椅子をもとの位置にもどし、ドアを開き、男とラップミュージックが部屋にはいれるように数歩さがった。なにかが彼の後頭部を激しく打った。うすれていく意識のなか、彼は苦々しく考えた。

〝ラップミュージックを鳴らしながら男がはいったのは、本物のシャーキーがとなりの部屋から忍びこむ音をごまかすためだったのだ……シャーキーのほうからさきに口をきくだろうと考えるなんて……愚かな……ばかだぞ……ばか……〟

ガーゼを通したような声がした。「おれとホラスとでおまえをたんと痛めつけてやる、カモ野郎。おれは人を痛めつけるのが好きなんだ、いちばん効果的にやるのがな。男だろうが女だろうが、かまっちゃいねえ……」

そこから先、ソーンの意識はなかった。

ジャネットはまず北に向かい、次いでセンチュリー・ブルヴァードを西に走って広大なロサンゼルス国際空港に行き、えんえんとつづく旅客ターミナルの列の先、楕円形の〈ワールド・ウェイ〉までを二度まわったのち、ふたたび東のセンチュリー・ブルヴァードへともどった。心理学でいう、接近と回避の葛藤状態であった。ようやく終夜営業のカフェに立ち寄り、ボウル一杯のチリコンカルネを食べ、コーヒーをたてつづけに飲んだ。

こんなことにかかわるべきではなかった。ソーンのせいで、FBIに追われる身になってしまった。ソーンはハルを殺し、今度はシャーキーを拷問にかけて知っていることを白状させようとしている。口にはこぼうとしたカップが途中でとまった。わたしはどうにも男運が悪い。

リノで以前ボーイフレンドだったアーニー・マッキューは、わたしを売春婦にしたがった。あいつからのがれるため、自分の父親ほどの年齢のハル・コーウィンと遁走した。ハルは実際に何者だったか？　傭兵。わが娘を殺し、そのなきがらをけがした男。それはわたしがすすめたのだった、少なくとも殺すことは。そしてわたしはいまソーンと逃げているのだ——彼がハルを殺したから、その彼を殺そうとしたあげくに。男をそそのかして人を殺させたり、あるいはみずからだれかを殺そうとするなんて、わたしはそんな人間じゃない。ハルとソーンが――あのふたりが――わたしに狂気を感染させたのだ。どちらをも追い払わなければいけない。

自力でまっとうに生きていくべきときが来ていた。父親が酒乱だったせいで自分がずっと拒絶してきた民族の血を受け入れることからはじめ、〈ショ・カ・ワ〉に行ってブラックジャックのディーラーをやろう。それを基礎に生活を築くのだ。ようし！

思わず顔がほころんだ。今度だけは正しい決断をしようとしている。

しかし、彼女がバイクを〈ゲイロード・アームズ〉の駐車場に乗り入れたとき、さっと掃いたヘッドライトの光のなか、黒人ふたりに左右から腕をつかまれ頭をだらりとたれたソーンがよろよろと歩く姿が浮かびあがった。なにも考えず、躊躇もなく、彼女はアクセルを踏みこんだ。正面の男が、ヘッドライトに照らされたシカさながら、わきにとんだ。それがまずかった。バイクが男の胸をはねた。男は後ろに飛ばされ、駐車している車に激突した。

オートバイの轟音がもうろうとしたソーンの頭をかき乱した。次いで、衝突音。ジャネットだ！　おれを助けようとしている！　そう思った瞬間、彼は後ろへ倒れこみざま両脚を振りあげていた。頭がぼやけ、いつもの敏捷さはなかったものの、それでもそうしていた。片足がシャーキーの手から拳銃を払い落とした。片方の脚はシャーキーの両ひざをとらえた。彼は身体を反転させ、ひじをシャーキーののどに打ちこんだ。それで充分だった。

「通りだ」と彼はジャネットにかすれ声で言い、ホラスが落とした車のキーを彼女に投げた。

彼はちょっとの間、車にもたれた。ひとりではそれもできない状態だったが、いまははやくも立ちなおろうとしていた。シャーキーを部屋にひきずりこみ、床に落とした。どの室のドアも開かなかった。顔を突き出す者もいなかった。明かりがついていた三室も暗くなった。五万ドルはするリンカーン・タウンカーが乗りつけた。ジャネットがトランクのふたをはねあげた。ふたりしてホラスをなかに入れ、音高く閉じた。

シャーキーが部屋の中央におかれた椅子に、湿したタオルで縛りつけられていた。スキンヘッドに汗が光り、口のはしからよだれがたれている。その正面にすわったソーンが、ぬらしたハンドタオルでシャーキーの顔を単調にくりかえしはたいた。ソーンは次に、ランドール製のサバイバルナイフをとりだした。刃がギラリときらめいた。「おい、シャーキー。起きろ。苦しみの時間だ」彼はジャネットにすばやくウインクをしてみせたが、彼女は気づかなかった。「ほかの部屋でテレビをつけて待っててくれ。きみは血を見たくないだろうからな」

彼女は部屋を出て、リモコンを押した。むかしの映画をやっていた。《特攻大作戦》

だった。彼女が連絡ドアを閉めるまえに、ソーンの声が聞こえた。「まずは指だ、それから耳だぞ……」

ジャネットがドアを閉ざすと、レンジャー部隊時代の記憶がソーンの心をしめつけた。ヴィクターがコロンビアで、反乱軍の偵察隊によって待ち伏せ襲撃された。ソーンが現場に着いたときには、敵はヴィクターの小指を切り落としていた。ヴィクターはうめき声さえあげていなかった。ソーンはランドールのサバイバルナイフで三人の反乱兵士を殺した。ほかは逃げた。彼はヴィクターを肩にかつぎ、夜間のジャングルを五マイル歩いて基地にもどった。のちに彼らふたりはひどく酔うと、その件を笑い話にした。

彼はそのとき、自分はけっして拷問のできない人間なのだとさとった。しかし、そんなことは、シャーキーは知らない。

ソーンはさもばかにしたように、シャーキーの鼻の下を中指でうんと強くはじいた。

「鼻からはじめようと思うんだがな」と、彼は言った。

シャーキーが小便をもらした。

「ようし、シャーキー。ホラスはもう死んだが、おまえにはまだチャンスが残っている——一回だけな。イェーガーはなぜ選挙日の夜、おまえとホラスを三角州につれていったんだ？」

シャーキーとしてはうそをつきたかったが、こいつはホラスを殺《や》ったようにすぐさまおれをバラしてしまうだろう、と思った。相手の目にそう書いてあった。人殺しだ。

「ある男をバラすために」と、シャーキーは言った。「おれとホラスでもって、あのハウスボートから二百ヤードはなれた土手の上にいたんだ。イェーガーは肝っ玉がすわってたな——ひとりで銃ももたずに、あそこに様子をさぐりにおりていった。ひでえ霧で、おれたちのとこからはなにも見えず、なにも聞こえなかった。しばらくしてイェーガーがもどってきて、男はまだ来てないと言う。で、男が来てもおまえたちはじっと待って、そいつがなかにはいったあとで殺っちまえって言った。はいるまえじゃなくて」

「それで、おまえたちは待った」

「そうさ。やがて男があらわれたよ、のっぽで、ちょいと老けてて、足をひきずってたな。おれたちは近づいていった」

足が悪い。コーウィンもそうだった。

「男が船に乗り、イェーガーが〝いまだ！〟と叫んだ。おれたちはハウスボートに向かって撃ちはじめ、イェーガーのだんなはなんと携帯電話をとりだしなさった！ 警《サ》察《ツ》を呼び出し、銃撃を受けてると言った」

「撃たれたのか？」

「わからんさ。ひどい霧で、なにも見えず、聞こえもしないから、こっちだってなにかをねらって撃ってるわけじゃなかった。サツが来ると、イェーガーはおれたちに撃つのをやめろと言った。それでおしまいだよ」

「イェーガーは自分でも撃ったのか？」

「言っただろ、やつは銃をもってなかったって。どっちにしたって、あいつはお偉いさんタイプだった。あんなことでは自分の手をよごしやしないのさ、絶対に。いまごろはどこかの女と……」

ソーンは聞いておらず、考えに沈んでいた。イェーガーは船に乗りこみ、ニサとデーモンが死んでいるのを発見した。なんらかの理由で、たぶんハウスボート上で見たなにかのせいで、彼はコーウィンがひきかえしてくるだろうと判断した。そうなれば、シャーキーとホラスが保安官の部下たちが到着するまえにコーウィンを殺してしまうだろう。警察官たちが見つけるのは、まさにイェーガーが彼らの目にさらしたいものであるだろう。つまり、コーウィンとその犠牲者たちだ。三つの死体である。ソーンがそうにちがいないと考えていたのと、ほぼ同じであった。

彼はうめきながら立ちあがった。いまや、ひびのはいった一本だけでなく、肋骨全部がうずいた。あごもはれあがっていた。片方の目ほとんどふさがったありさまだ。

あらたに腎臓に激痛をおびえた。いちばん軽くすんでも、数日は血尿が出るだろう。彼はシャーキーの車のキーをベッドの上に投げた。そのときはまさに、シャーキーにか自分自身にか、どちらによりうんざりしたかわからなかった。現状あるがままの人物としてならば、シャーキーに。これから先になりはてる人間としてならば、おのれに愛想がつきたのだ。彼は言った。「ホラスはおまえの車のトランクのなかだ。生きてるさ。手当ては必要だろうがな」

39

ジャネットはベッドのはしに、両手をひざの上で組んですわっていた。テリー・サヴァラスが異常をきたして殺される《特攻大作戦》の音声がひびくばかりで、むこうの部屋からはなにも聞こえてこなかった。ソーンが連絡ドアからいかにも苦しそうに足をひきずってはいってき、彼女は腰を浮かしかけた。

「彼は……」と、彼女がかたずをのんで言った。「あなたは……」

「彼がどうしたって？」ソーンはライティングテーブルのそばの背のかたい椅子にくずおれた。それから答えた。「死んだとでも？　とんでもない。あの手合いはちょっとつっついてやると、自分が相手の妨げになっていたのならその相手にどうしてやればよいか、ちゃんとわかるのさ。あとはそいつの想像力にまかせればよい」

「ちょっとつっつくって、正確にはなにをしたの？」

「あいつの鼻の下を指ではじいた。一度だけ」彼は実際にやってみせた。「見てくればいい。やつはいまごろ、例のタオルをほどこうとしてるさ。夜勤の受付と話をつけ、ホラスを医者につれてくだろう――あんな男の心配はしなくていい。あいつはポン引きだし、人も殺す」

「あなただって人を殺す」

「金のためじゃない。それに、もうやらない。しかし、あいつをすこしは痛めつけるべきだったかもしれないな。おれをさんざんな目にあわせたんだから」彼はうめきながら立ちあがった。「ここを出よう。きみが運転してくれ」

彼女がハンドルを握り、ソーンはスズキの後部サドルに傷ついたカサガイみたいにしがみついた。長距離のドライブで、四〇五号線を北にラシエナガまで、そしてはるばるサンセット・ストリップまで走った。彼女が終夜営業のコンビニエンスストアでバイクをとめてイブプロフェンを買ったあと、ソーンはベニー・シュッツ名でツインの部屋をとった。それは彼がウォルター・ホートン医師とはじめて会う前夜に泊まったのと同じ、サンセット・ストリップ下手の荒れはてたモーテルだった。

彼は鎮痛剤を六錠のみくだし、服を着たまま一方のベッドに横たわって天井を見つめた。午前二時を過ぎていたので、となりのバーは閉まっていた。四時にまた開くだろうが、いまのところはわりあい静かだった。

「話せるあいだに話しとこう」と、彼は言った。「きみはじつは、さっきあそこでおれの命を救ってくれたんだ。やつらはおれを殺し、マルホランド・ドライヴのはしから投げ落とすつもりだった」

ジャネットは他方のベッドに、ワッツのベッドでそうしていたように、ひざの上で両手を節が白くなるほどにかたく組んですわっていた。だまりこくったままだ。ソーンはため息をついた。彼女は一歩もひく気がない。

「さてと。ことはこっちの予想どおりだった。イェーガーの腹積もりでは、ハルにマザー夫妻を殺させ、次いで警察の到着直前にシャーキーとホラスが彼を射殺する筋書きだったんだ。完璧な策略だったろうよ。殺人犯と犠牲者が、ともども死ぬんだからな。ところがハルは逃亡した」

「あなたがあらわれるまではね」彼女がピシャリと言った。そのあと、もっとやさしい声でつけ加えた。「わたしはコーヒーを飲んでくるわ。あなたも飲みたい?」彼はぐったり疲れ、ただ首を横に振った。彼女がうなずいた。「わかった。出ていくとき、《起こさないでください》の札をかけていくわ。それじゃね、ソーン」

「すぐに帰ってくるだろ、ジャネット」

「もちろん」

しかし彼が朝めざめたとき、ジャネットの姿はなかった。彼女はソーンを見捨てたのだ、コーウィンのもとを去ったときのように。ほかに考えようがなかった。

彼女は枕の上、彼の頭のわきにメモも残していて、それは終夜営業の軽食堂のメニューの裏に書いたものだった。

ソーンへ。きのうの晩、あのホテルの部屋ですわり、あなたがシャーキーを拷問していると思ったとき、わたしはこんなことを終わりにしなければいけないとさとりました。わたしはほんとうはハルのことをなにも知らなかったのだし、あなたのこともまったく知りません。わたしには自分自身の暮らしが必要です。さようなら。幸運を祈ります。ジャネット。

おれの命を救っておいて、おれを捨てたか。彼はアリソンの死とともに自分の感情能力が消えうせたものと思ってきたが、ジャネットの書き置きを読んで、彼女が自分の人生のなかでいかに重要なものとなっていたかに気づいたのだった。七年間忘れていた感情がわきはじめるのを感じていた。おれはなんとばかだったのだろう。ハルを殺した罪を彼女が許すなんて、なぜ考えたのか？

朝めざめたとき、ファットアームズ・ルドゥーは自分がどこにいるのかわからなかった。疲れきっていた。横目で見ると、壁の下方まで走る横縞が鉄格子であることに気づいた。留置場にいるのだった。つくりつけ寝台のはしに背をまるめてすわり、頭を両手でかかえこんで記憶をたどろうとつとめた。ケストレルと交換したフォーランナーのよけいな装備をとりはらったあと、記念にインターステート五号を飛ばし、ローダイ近くの〈チョッパーズ・ロードハウス〉でしこたま飲んだのだ。そこは、暴走族に寛大なうえ有色人種を歓迎してくれ、あらゆる種類のアウトローたちがたむろできる酒場だった。

そのために、そこはローダイ刑務所と呼ばれた。むかしのＣＣＲの楽曲の一節が思い出された。〝しまった、またローダイにぶちこまれたぞ〟

ファットアームズは覚醒剤を大量に服用していたものだから、デンジャラス・ダンが彼の真新しいトニーラマ製のダチョウ革のカウボーイブーツにビールをこぼしたとき、相手をプアホワイト呼ばわりした。ダンがなぐりかかってきた。ふたりでもつれあってよごれた床をころがったあげく、ダンがはね起きるやサイズ十二のティンバーランド製革靴でファットアームズの側頭部にけりを入れた。

そうだった、いま記憶がよみがえった。彼はすばやく身を起こすと、ベストのポケットからバックのハンターナイフを抜くや、のこぎり歯の刃をデンジャラス・ダンの腹に突き立てたのだ。

そのあと、だれかになぐられて気を失った。

そしていま、彼はこの独房のなかにいるのだった。デンジャラス・ダンは生きているのか、それとも死んだのか？　ダンの身の上を気づかっているのではなく、もしダンが死んだとなれば、ファットアームズは今後の厳しい人生を目のあたりにしていることになる。ダンが命をとりとめていれば、ファットアームズとしてもなんらかの逃げ道があるかもしれない。司法取引の見返りに地方検事に売り渡せる人間をだれか、彼が思いつくことができればだが。

そのとき、ジャネットのことを思い出した。彼女を懸命にさがしているやつがいたぞ、彼女のフォーランナーをではなく。サツじゃなかった。悪党どもでもない。残るは……。

彼は房の前方に行き、寄り目で薄く口ひげを生やしたやせっぽちの模範囚、ミッチを大声で呼んだ。ファットアームズはいちばん悪質な暴走族で、ために刑務所では名士だった。

「よう、ミッチ、デンジャラス・ダンはどんなぐあいだ？」

「もちこたえてるってうわさだな。たぶん助かるんじゃないか」

「よしよし。だったら、地方検事に伝えてくれ、ダークグリーンの一九九〇年型フォーランナーをもってる女の件で、おれがＦＢＩと話したがってるって」

ソーンは起きてトイレに行こうとしたものの、就寝前のお祈りを唱える子供みたいに、床にひざまずいて上体をベッドにもたせかけるのがやっとだった。そして、さらにすべり落ちて四つんばいになった。なんとか身体を起こそうとした。できなかった。膀胱の制御がはずれた。血のまじった小便が床にあふれた。彼はそのなかをはいずりまわったあげく、ようやくわが身をベッドの上にひっぱりあげることができた。横向きに寝て、息をあえがせた。《起こさないでください》の札がかかっていてよかった。彼の人生のなかでも最低のときであり、パナマでの最悪の時期よりもひどかった。かの地では、それでも自身の肉体をコントロールできていた。しかしいまは、彼にできるのは体力が回復するのを待つ以外になかった。待つのだ。休むのだ。もしかするとまた気絶するかもしれない。

日曜日の正午、背が高くて顔つきが厳しく、白いシャツにブルックスブラザーズのスーツを着こみ平凡なネクタイを結んだ、すばらしく健康そうな黒人男がファットアームズの房にわが物顔ではいってきた。ファットアームズは動じなかった。そういう黒人をさんざんぶちのめしてきた経験があったからだ。

ハットフィールドは寝台の上の、へどが出るような脂ぎったでぶを見た。彼はその手の粗野な白人の暴走族を数多く、刑務所にたたきこんできた。

「FBIのハットフィールドだ」

ファットアームズは腹がむずむずするのをおぼえた。この黒人野郎が願っての男とは！　こいつが切り札として、ジョーカーもすべてのエースも握っているのだ。とてつもないげっぷがファットアームズから吐き出された。FBI捜査官があからさまにあざけりの笑みを浮かべた。

「おまえの持ち時間は三分だ、ルドゥー。それでらちが明かなきゃ、おれはここを出て、おまえは残る——二十年から終身の刑でな、仮釈放はなし」

ファットアームズは口からつばがとぶほど、猛烈ないきおいでしゃべった。

話を聞き終え、ハットフィールドは表に出て自分のクラウン・ヴィックによりかかり、携帯電話でレイ・フランクリンを呼び出した。

「マンテカにあるルドゥーのガレージ用に、平床トラックと押収令状を用意しろ。ケストレルはフォーランナーとスズキのサンパーをイーブンで交換した。フォーランナーのあらゆるパーツを集め、あそこからはこび出すんだ。押収する。ケストレルはまだ知らないでいるが、ルドゥーは盗んだバイクと彼女の車を交換した」

フランクリンは上機嫌だった。「盗品故買の容疑で彼女をパクるわけだ！　彼女がいまどこにいるか、見当はついているんですか？」

「ハイウェー一二〇号沿いでマンテカの東、オークデールにあるウィスキー・リヴァーという名のオートバイ乗りの酒場に張りこんでくれ。ケート・ウェインという人物の自宅にも張りこむんだ。ケストレルは週末にバイカーの一団といっしょにロスに出かけたが、今夜そのどちらかの場所にきっとあらわれる」

「自宅とバーの家宅捜索令状、それとウェインって女の逮捕状はどうします？」

「捜索令状はとってくれ。ただし、行使はまだだ。だれにも目撃されたくない。だれに話すこともまかりならん。ウェインの逮捕状は必要ない。彼女はシングルマザーでな。面倒は起こしたくないんだ。ケストレルがあらわれたら、おれに知らせ、いちばん早い航空便でロスに連行してもらいたい。ウェストウッドの連邦ビルで会おう」

「ソーンは？」

「ルドゥーは彼のことを聞いてなかった。ソーンのことは忘れていい」

ジャネットはほかのバイカーたちに手を振ってさよならをし、ケートの家のほうに折れた。熱いシャワーをゆっくり浴び、大きなボウル一杯のチリを食べ、リンディーとジガー相手に遊びたかった。ケートが帰宅したら、週末の行動を詳しく話してから眠ろう。

ケートの家のわきに立つスズカケノキの下でバイクを降りながら、彼女は大きくうめいた。この三日間、その手なずけにくいちっぽけな単車に乗って千マイル以上を走ったのだ。全身いたるところが痛んだ。

ソーンのことを考えるたびに、目に涙がにじんだ。しばらくのあいだは、万事が終わったらなんらかの関係がもてるかもしれない、いつのまにかそう考えはじめていた。でもだめだ。なんらかの関係をもっていたときに、自分から去らざるをえなかったのだから。こんな気持ちをのりこえるしかないのだろう。

バイクを押してガレージにはいり、ケートの小型のトヨタ・エコーのとなりにとめた。身体を横にして外に出、扉を閉ざして錠をかけ、ふりかえった――そして、私服の四人の男たちにとりかこまれた。

「きみの逮捕状が出ている」と、ひとりがつめたい声で言った。ハットフィールドの部下たちだ！　どうして――。

ふたりが彼女の両腕を背中にまわしてねじあげ、彼らの車をとめてあるのだろう、ケートの家の裏の通りへとガレージをまわって彼女を向かわせながらも、手錠をかけにかかった。彼女は抵抗しようとした。

「家にはちっちゃな女の子がいて、わたしが世話しなければ――」

「ちゃんとママと話がついてるんだよ」と、きたえぬかれた筋骨たくましい男が陰険な、猫なで声に近い調子で言った。「どのみち、ママは今夜は仕事に出る気はないさ」

40

水曜日の朝、ソーンは健康な人間のようにベッドをはなれることができた。あばらは色とりどりに変色していたけれど、なんといっても感覚は見かけほど悪くなかった。あざだらけの身体がかろうじて耐えられるほどに熱いシャワーの下に、四十五分間も立ちつづけた。土曜からなにも食べていなかったが、ずっと空腹感はなかった。水道の蛇口から水を飲み、トイレにはっていって小便に出す、ただそのくりかえしだった。けさはじめて、血のまじらない尿が出た。

最後に残った清潔な衣類を着け、窓という窓をあけ放って血と小便のにおいを追い出し、メイドのために二十ドル札を三枚残した。よごれ物をモーテルのダンプスターに投げこんだあと、通りを歩いて軽食堂に行き、ベーコンエッグとソーセージとハッシュブラウンとサワードウ・トーストとオレンジジュースを注文した。ほかに、コーヒーも浴びるほど飲むつもりでいた。

快方に向かっていた。まちがいなく快方に。だが、なんのために？　彼の探求は終わっていた。シャーキーの話がすべてをはっきりさせたではないか……。最初にフォークに刺したソーセージとエッグを口にはこびかけ、途中で手がとまった。シャーキーの話か。

シャーキーとホラスは、五十代半ばの足の悪い男がハウスボートに乗りこむやいなや、射撃を開始した。イェーガーが携帯電話で、銃撃を受けて応戦中と通報して警察を呼んだのは、コーウィンの犠牲者たちと並んでコーウィンの死体をも保安官の部下たちに発見させるためであったろう。しかし、コーウィンはほんとうに撃ち返したのか、それともエスコバー保安官代理の推測どおり、彼はたんに逃げ去っただけなのか？

そのとき、ソーンの無意識の手からはなれたフォークが皿にあたってはね、床に落ちてはでな金属音を立てた。

〝なんでもって彼らに撃ち返したのだろう？　マグナムの弾倉の弾は残らずニサとデーモンの身体に撃ちこまれていた、それははっきりしている。でも、コーウィンが撃ったのではない。彼はそれ以前にあそこにいなかったのだ。シャーキーとホラスがハウスボートに銃撃を開始したとき、彼ははじめて到着したばかりだったのである。人を殺したり、弾をこめなおしたり、ましてやニサの死体をけがす時間などなかった〟

ソーンはテーブルの手をつけてない料理のわきに多すぎる金を落とし、なまぬるいコーヒーを半分だけ飲んで出口に歩いた。実際になにが起きたのかはわかった。あとやるべきことは、証拠をつかむだけだ。ジャネットのおかげだった。そして彼女には、ほかにもたくさん借りがあった。

ジャネットはオークデールからの深夜の飛行をおぼえていた。照明の暗い廊下を背中を突かれて歩き、ドアの開いた戸口でとまって手錠をはずされ、なかに強く押しこまれ、そしてドアが音高く閉まったことをおぼえていた。そこは独房だった。だが、どこの独房だろう?

ドアの頭の高さに窓がひとつあったが、ワンウェイガラスがはまっているので、外からはのぞきこめたが彼女のほうから外は見えなかった。ひざの高さの寝台は床にボルト締めされ、厚さ一インチのマットレスと薄いシングルの灰色の毛布がのせてあった。その向かいの壁に、洗面台と便器がつくりつけになっていた。部屋の天井近くの一角にカメラレンズが見えた。彼女がトイレを使うときでさえ、録画されているかもしれなかった。食事は不規則な間隔で出された。味気ない、きまりきった食事。

尋問は廊下の手前、テーブルと二脚の椅子とワンウェイガラスの背後に例によって隠しカメラを備えた部屋でおこなわれ、内容はいつも同じだった。彼女とコーウィンはどのくらいの期間、いっしょに旅をしたのか？　ふたりはなにをした？　ふたりでどこへ行った？　彼女は、ＦＢＩがすでにどこかから情報を得ているはず、そう確信がもてることのみを答えた。

　ハットフィールドだけは、コーウィンが彼女にどういう話をしたかをたずねた。それと、ソーンについてだ。それに対する彼女の返答は同じことのくりかえしだった。コーウィンはなにも話しませんでした。ソーンという名の人のことは聞いたこともありません。

「われわれはきみのフォーランナーを押収したぞ」

「あの車は抵当などに入れていません。わたしがそうしたいと思えば、あれをオートバイと交換する権利はありました」

「盗品のオートバイとはないさ」と、ハットフィールドがいやらしく勝ち誇ったように言った。

　それで彼女は、自分がなぜ見つけられたのかを知った。ファットアームズ・ルドゥーのやつめ。

　尋問室の外で、ハットフィールドはサミーにひきとめられた。あきらかにそこで待っていたらしい。テリルとちがい、組織べったりの人間。官吏なのだ。規則を曲げるのが必要とされているのに、曲げるのをこわがる人間。「あー、テリル、あの女から聞き出すつもりのことは全部しゃべらせた。彼女をどうする?」

「精神的にまいらせろ」と、ハットフィールドは言った。

「ルドゥーの供述書の写しは読んだ。彼女は盗品のスズキ・サンパーを運転していたが、本人は盗品と知らなかったようだ」

「そう深刻に考えるな、サミー」やれやれ、なんて意気地のない野郎だ! ハットフィールドは相手の肩をぽんとたたいた。「おれたちは善玉なんだぞ。副長官になりたくないのか?」

サミーがため息をついた。「ローダイの地方検事はルドゥーをもう釈放したのか?」

「ルドゥーはげす野郎だ。やつは長いことムショから出させん」

肩をそびやかして廊下を去ってゆくハットフィールドを見送りながら、サミー・スポールディングは旧友がずいぶん変わったなと思った。彼自身はこういうことのためにFBIの捜査官になったのではなかった。悪人たちをつかまえたかったのだ。この事件では悪人は見あたらなかった。孤独な、おびえた女性ひとり。

でも……副長官か。その地位がわが物になるかもしれないのである。大統領を後ろ盾にもつテリルは長官になりそうだった。彼はおれもいっしょに出世の階段をのぼらせてくれるだろう。

ただしテリルが、おれよりさらにタフでもっと努力を惜しまない人間に出会わなければ、だが。その可能性はほとんどないだろう。

「素手で列車をとめられるなんてのはスーパーマンだけだよ」ウォルター・ホートン医師がくっくっと笑った。「服をぬいで」

彼らはホートン診療所の診察室にいた。ソーンは言った。「わたしはその手の男じゃありません。それに、健康診断を受けにここに来たのじゃないので」

「診断をしよう。さあ、裸になって」

ソーンは着ているものをぬいだ。ゆっくりと、注意深く。ホートンはきまった手順で診察していった。すなわち、血圧と脈拍を計り、まばゆいライトで目をのぞきこみ、ゴム製ハンマーでひざをたたき、聴診器をつかみ、ソーンに深く息を吸わせてまず背中に、次いで胸にあてた。強くかつ繊細なタッチの指が押し、刺すように突き、ソーンをうならせ、高い声を一度あげさせた。そして銃創の手当てをしなおし、あばらに包帯を巻きなおした。

「なにかアドバイスは？」と、ソーンは聞いた。

「もっと食べたほうがいい」

「健康診断はありがたいですけど、わたしは診てもらうために来たんじゃないんです」

ソーンが服を着るのを見ながら、ホートンが聞いた。「じゃ、なぜ?」

「あなたはジャネット・ケストレルはレイプされたけれども、口にもアナルにもヴァギナにも挿入はなかったとおっしゃった。とすると、たんなる暴力ではなく、性的暴行だという証拠はなんだったんでしょう?」

「ああ、あの暴行は性的なものだった、まちがいなく。彼女をなぐり、けりつけることが男に勃起をもたらしたから、男は暴力をふるい終わると、手淫でもって彼女の顔と身体めがけて射精できたのだ」

ソーンはうなずいた。「すると、もしだれかがあなたにザーメンのサンプルを送ってくれれば、あなたはそのDNAとジャネットを襲った男のDNAを照合できるわけですね?」

「もちろん」

「その考えを変えないでくださいよ」

ホートンが芝居がかってため息をついた。「言うことが最後までなぞめいているな」

ソーンは市バスを乗り継いでセプルヴェダ通りからヴァレーへと、願ったりの出物をさがしていった。ようやく、ミッション・ヒルズのあるショッピングモールの駐車場の奥に、おんぼろの一九九八年型イスズ・トルーパーLSを見つけた。運転席の窓に《売り物、八百五十ドル》の掲示が出され、ドアに可溶性ペンキで電話番号が書いてあった。

塗装ははげかかり、左のヘッドライトの縁がなくなっており、フロントバンパーの左側がへこんでいた。でも、タイヤは良好で、新品同然のスペアタイヤを背に積んでおり、《売り物》の掲示板には〝一五三四一一マイル、走行性抜群、パワーウィンドー・パワーステアリング・パワードアロック、ガソリン満タン〟となぐり書きされていた。

はるか遠くのツァヴォで乗りまわしていた、時代物のランドローバーが思い出された。そんな記憶を振り払い、電話番号を押した。彼がトルーパーのことをたずねると、十代の女性のキーキー声が応答した。「マットが十分でそこに行くからさあ、動かないで！」

マットは二年制コミュニティーカレッジの学生で、やせてまじめそうで、売買取引を成立させるのに熱心だった。ソーンはマットを助手席にすわらせてトルーパーを発車し、駐車場をぐるりとまわってセプルヴェダの雑踏のなかに出たあと、駐車場にもどってエンジンをかけっぱなしで車をとめた。

「七百五十だ。この場で払う。キャッシュで」

二十分後、ソーンは署名したピンクスリップをトルーパーのサンバイザーの上にすべりこませ、四〇五ノースを走ってインターステート五号に合流した。ガソリンスタンドに立ち寄るたびに、キャンディーバーとコーンチップを買った。七時間後、イースト・ウェスト一二号とノース・サウス・インターステート五号が交わるクローバー型立体交差点に建つ〈マイクロテック・イン・アンド・スイーツ〉にチェックインした。交差点を渡ったところの〈ロッキーズ〉で、目につくものすべてを食べた。部屋にもどると、サンウォーキン郡保安官事務所のエスコバー保安官代理にメッセージを残した。名前は告げなかった。電話番号とルームナンバーと、〝電話ほしい《コール・ミー》〟の二語だけ。

三十分とたたないうちに、エスコバーがかけてきた。ソーンは言った。

「あすの昼飯はおれがおごる、まえと同じ時刻、同じ場所で」

エスコバーは彼の声を思い出すのに、ちょっと間を要した。そのあと「オーケー」と言い、電話を切った。

ソーンはベッドにはいり、ぐっすり眠った。悪夢を見ることなく。

41

「はなからデジャヴュってとこだな」カリフォルニア一一号のはずれ、タワーパーク・マリーナの〈サンセット・バー・アンド・グリル〉にエスコバーがはいってきたとき、ソーンは言った。保安官代理は実際、非の打ちどころのないタン皮色の保安官の制服の、《エスコバー》という名札の上方にピン留めされたミニチュアのパープルハート勲章と中東軍線章にいたるまで、まさに以前と変わりなかった。彼はテーブルの向かいのソーンを見て、くすくす笑った。

「あなたはちがう。だれかを暴行容疑で告訴する必要があるみたいな顔をしてるじゃないですか」

店はツーリストや日帰りのヨット乗りたちで混みあっていた。ブロンドのウェートレスがふたりの注文をとりにきた。チーズバーガーとフライドポテトにした。

「おれの相手の顔がどうなったか、そっちも見てもらいたいな」と、ソーンは言った。

「ことは根が深いんだ。じつはいま、FBIがおれをさがしている、このまえ連中がきみの事件のホシを追いかけていたのと同じように必死に。おれをやつらにひき渡せば、きみは出世できる」

笑みがエスコバーの顔立ちをゆるめさせた。「あの連携は長つづきしっこないと思ってましたよ」コーヒーカップを所在なくまわした。「イェーガーがモンタナで大統領のかわりに弾をくらったのを、テレビで見ました。あの事件について、なにか知ってるんでしょう？」

「ああ、いっぱい。いいかい、きみはおれに、ここの三角州で起きた犯罪現場で体液と血液と組織を採取したと話した——それにはニサの死体から集めた精液のサンプルも含まれていた、そうだよな？」

「そうです。そして、FBIの連中がおれの事件からおれを追い払い、そのあと証拠を隠してしまった。DNA判定、検死、毒物検査の結果すべてからシャットアウト。マグナム拳銃が凶器だったのかどうか、それがだれに登録されていたのかさえ、教えてくれなかった。だからこっちも彼らに、採取したサンプルのことを話すのを忘れましたがね。とにかく、それらサンプルと照合する材料をおれはなにももってないんです」

「マグナムはデーモン・マザーのものだった」エスコバーのまゆが驚きでつりあがった。「そう、興味をひかれるだろ？　それに、ほかにもある。去年の十一月にロスのさる医者が、この事件と関係のあるレイプの被害者の面倒をみた。とても親切に。襲った男は彼女をさんざん痛めつけたあげく、彼女の顔と身体めがけて射精したんだ。

で、その医者は犯人の精液のサンプルを採取した」

エスコバーの目が輝いた。ソーンの思ったとおりだった。自身が担当する殺人事件からシャットアウトされた傷は深いのだ。エスコバーはソーンが話し終えるまえから、指を小刻みに揺り動かしていた。

「わかった、さあ、ください。その医者の住所を。事務所にもどりしだい、おれがもってる精液のサンプルを彼に翌日配達便で送りますよ」

つづく二日間、ソーンは借りたボートで三角州の蛇行する水路を探索し、土手づたいに歩きまわり、野鳥を観察して時を待った。〈ウィスキー・リヴァー〉のジャネットに電話をかけ、声だけでも聞きたかった。しかし、彼女が聞きたがるような話の種が、こっちにはなにひとつないのだと思った。

三日目、とうとうこらえきれずに、三語のファックスをホートンに送った。〝イエス・オア・ノー?〟二十分後、彼は一語の返事を受けとった。〝トゥモロー〟。そして翌日の午後、もう一度、一語がとどいた。〝イエス〟

ソーンはローダイに車で走り、ビールを飲みながら考えた。パディー・ブライアンはあの夜、〈ハード・タイムズ・カフェ〉ですべてをぶちまけてくれた。ただ、ソーンがそれほど真剣に聞いてなかっただけなのだ。

〝われらがすばらしき首席補佐官、くそったれのカート・イエーガーがニサとやりたがって……彼女がつめたくはねつけた……〟

ブライアンにはわからなかったが、いまのソーンにははっきりわかった。彼女があまりにつめたく拒絶したので、イエーガーは突然、どんな女を相手にしても自分が勃起不全におちいるのに気づかされた。その屈辱はたちまちのうちに強迫観念と化し、性的解放を得るために女たちに暴力をふるうようになったのだ。ソーンはあたかも、岩をもちあげてみてその下に不快な物を発見したかのような、そんな気がした。

〝そこで、あいつはシャーキーというロスのポン引きに、なぐられても文句を言わない娼婦を見つけさせ……〟

ジャネット・ケストレルがロサンゼルスのイエーガーのホテルにあらわれたとき、彼は電話用メモ帳にニサの名前と電話番号と〝ターミナス〟という語を書き残し、彼女の目にふれさせた。彼はグランドキャニオンでコーウィンの逃走車を運転する女をちらりと見ており、ジャネットがその女だと思ったのだ。しかしロスでは、彼女は彼をとてもたくみにだましたので——彼のほうもだましているつもりでいたのだが——彼は彼女が結局、コーウィンとは縁もゆかりもない愚かな先住民の小娘にすぎないと思いこんだ。

そこで、イエーガーは魅力的な女を自分の思うがままにする、いつものやり口に従った。彼女をなぐって性的な興奮をおぼえたあと、意識を失った彼女の身体めがけてマスターベーションをしたのだ。

ところが、病院で彼女はコーウィンに、イェーガーの電話用メモ帳に見た事柄を伝えた。ニサの名と電話番号とターミナスの語。選挙日にコーウィンはニサに電話を入れたが、彼がおまえたち夫妻は父を恐れる必要はないと告げるいとまもなく、彼女は電話を切ってしまった。そして、コーウィンに居場所を知られたからには保護を求めなければと考え、すぐあとにイェーガーに連絡した。

イェーガーの復讐計画はふたたび軌道に乗った。

あの夜、三角州でイェーガーはシャーキーにハウスボートの「様子をさぐり」にいくと告げた。乗船し、たぶんデーモンが拳銃をもっているのを見て、「よせよ、暴発しないうちにそいつをこっちによこせ」とかなんとか言った。むろんデーモンはそれに従った。なにしろイェーガーがそこにあらわれたのは、ニサが彼に助けにきてくれと懇願したからなのだ。

助けるどころか、彼は夫妻を殺した。霧によって音は減殺されたが、六発撃ち、五発がニサの体内にめりこんだ。そのあと、彼女の死体の上に射精した。至高の性的狂乱と解放が同時に味わえた。そのうえコーウィンに罪を着せられるのだ。

しかし、コーウィンはのがれた。

コーウィンを見つけ出す最適な人物はソーンであるとコンピューターが表示したとき、イェーガーがソーンをケニアからひっぱりだしたのは当然である。イェーガーはコーウィンの娘を殺し、その死体をけがし、罪を彼女の父親に着せていた。その父親はまだ生きていたのだ。イェーガーは命の危険を感じ、おびえていたのである。

だが同時に、彼は野心にも燃えていた。そして、コーウィンはとても頭が切れるから、イェーガーをオープンな場所に出さす最良の方法は、ウォールバーグこそがわが標的であると彼ら全員に信じさせることだ、と承知していた。ウォールバーグが人前に出るとき、イェーガーの行くところ、イェーガーも同道する。

イェーガーは死んだ、だがしかし、コーウィンも死んだ、ソーンのせいで。

いまはただ、あの晩に三角州で実際にはなにが起きたかをジャネットに話す以外、やることがなかった。ソーンはテレフォンカードを使った。

ケートの声が返ってきた。「ウィスキー・リヴァーです」

「ソーンです。コーウィンを誇りに思っていい、とジャネットに言ってください。彼は異常者なんかじゃなく、ひたすら復讐に専心した男だったと。醜悪なことや卑劣なことは、なにひとつしなかったと伝えてほしい」

「できないのよ。一週間前、あのいまいましいファットアームズ・ルドゥーが抗争暴行容疑を見のがしてもらうかわりに、彼女の情報を売ったの。ハットフィールドの手下たちが彼女に手錠をかけてつれてったわ」そこでケートの声が明るくなった。「せめてもの救いに、ハットフィールドは口約束を守らなかった。ルドゥーは刑務所行きよ、うんと長く」

一週間か。気がめいった。おれが彼女をさがしにいきさえしなければ、こんなことにはならなかったろうに。ジャネットは当局がほしがる情報をなにももっていないが、ハットフィールドはけっしてそうは思わないだろう。

ソーンは顔がほてるのを感じた。一瞬、アドレナリンの噴出のせいかと思った。すぐに、激しい怒りのためだと気づいた。レンジャー部隊時代に身をほろぼしこそしなかったが、非常にしばしば彼をかりたて、アリソンとイーデンが死んでからはおさえつけられてきた、あれと同じ怒りだった。

いま、彼はそれを歓迎した。ヴィクターの指を切り落としたコロンビア反乱軍に対しておぼえた、赤く燃える、敵を皆殺しにしたい怒りだ。ただし、その怒りはハットフィールドに向けられた。

あの野郎はやりすぎたのだ。ソーンは自分が知っている事実にもかかわらず、またハットフィールドから受けた仕打ちにもかかわらず、ひそかに身をひいてアフリカにもどる手段を見つける気でいた。だがしかし、この事態だ！　レンジャー部隊のモットーが心をよぎった。

〝レンジャー部隊員はレンジャー部隊員をおき去りにすべからず〟

現在ただいま、ジャネットは同僚のレンジャー隊員だった。

しかも、彼女は彼の命を救ってくれたのだ、彼がヴィクターを救ったように。

腕時計はとりあげられていたが、ジャネットははっとめざめ、いまが真夜中であることを知った。彼女の強みは、ソーンが生きているという事実以外、ＦＢＩにしゃべる材料をなにももっていない点にあった。そして、その事実を彼らに明かすつもりは毛頭なかった。彼女は真夜中に、病んだソーンを見捨てた。だが、彼女がいまどこにいるかをソーンが知れば、彼は彼女を救出しようと試みるだろう。うまくいかないだろうが、試みはするだろう。

ソーンはベニー・シュッツの身分証をもっていたので、自由に動きまわることができた。ハットフィールドは彼が死んだものと思っている。彼が乗っているイスズ・トルーパーはだれのデータベースにおいても、ブレンダン・ソーンとは絶対に結びつかない汚点皆無の車だった。彼はイェーガーがあのハウスボートでなにをやったかを知っていた。生きている者でそれを知るのは、ほかにひとりもいなかった。

ウォールバーグとコーウィンのあいだには、いまをさかのぼる四十年前からなにかがあった。ウォールバーグが大統領就任式当日に例のメッセージ――〝死せる大統領に祝辞を〟――、じつはイェーガーをオープンな場所に出させることを意図してとどけられたものだが、そのメッセージを受けとったとき、彼は瞬時にコーウィンが自分を殺そうとしているのだと解釈した。ソーンはその理由をさがしだすつもりだった。ジャネットのために。死せるハル・コーウィンのために。

これからとても遠くまで走らなければならなかった。あすは戦没将兵追悼記念日《メモリアル・デー》か。

42

メモリアル・デー（五月の最終月曜日で公休日）。ガス・ウォールバーグが父親ゆずりの古い安楽椅子に腰かけ、ミネトンカ湖の光り輝く青い湖面を見ていた。週末をすごしにきた若者たちがヨットを出しており、風で大きく傾いた船体が波を切り裂いていた。彼らが叫び笑う声が、二重ガラスを通して聞こえるような気がした。イーディスはキッチンで料理の監督中である。二時間後、夫妻は裏庭の大きなオークの木々の下でバーベキューパーティーを開き、それはとっぷり日が暮れるまでつづく予定であった。

ちょうど半年前、彼とイーディスは大晦日にここにいっしょにすわり、まさにこの窓から凍った湖を眺めながら、彼の間近に迫った大統領就任のことを話しあっていたのだった。その六ヵ月間に生じたちがいの、なんと大きかったことか！　就任式当日にとどいたコーウィンの手紙はまだ書かれていなかった。ソーンを使ってコーウィンを見つけさせ、その行動を阻止させるべきとするカート・イェーガーの強いすすめがあったのだが、そのソーンもいまだアフリカからつれてこられてはいなかった。カートがコーウィンの手にかかって死に、コーウィンもハットフィールドに殺されるとは、まったく考えられもしなかった。

その結果、ウォールバーグの世論調査の支持率が急上昇するなど、想像すらつかないことであった。アメリカ国民は自分たちの大統領がイスラム原理主義のテロリストか、あるいは右翼サバイバリズムの狂信者によってあやうく暗殺されるところだったと思いこみ、団結して支持したのであった。存在しない暗殺者のために何百万ドルという国税が司法省によって費やされたと知ったら、国民はなんと思うだろう？　いや、国民はけっして気づかないだろう。

ウォールバーグ本人と彼のきわめて信頼厚いほんのひとにぎりの側近だけが、犯人は大統領の過去と因縁をもつ人間だったことを知っていた。テリル・ハットフィールドがその殺し屋を始末してくれたおかげで、彼らの大統領は四十年間苦しんできた秘密の悩みから解放された。

いや、ほぼ解放された。彼はため息をついた。ここにいてさえ、ほんの週末のあいだにも、仕事の重圧からのがれることができなかった。独立記念日用演説の初稿のハードコピーが、手つかずのままひざにのっていた。巨大な石造りの暖炉の上、マントルピースにおかれた時計を見て、彼は気持ちがひきしまるのを感じた。一分後にハットフィールドが盗聴防止電話機を鳴らし、ソーンと例の女、ジャネット・ケストレルの捜索について最終報告をよこすだろう。ハットフィールドが口にするはずの内容によっては、ウォールバーグはあの秘密の悩みから完全に解放されるかもしれない。

電話機がひかえめな音を発した。ウォールバーグは架け台から受話器をつかみあげた。それとわかる手のふるえはなかった。

「テリル、メモリアル・デーおめでとう」

「ありがとうございます、大統領」と、まちがえようのないハットフィールドの口調が返ってきた。「ご家族とおくつろぎだとよろしいのですが」

「いま裏庭のバーベキューに向かうところだよ。わたしへのニュースがあるかな？」

「締めのご報告がございます、大統領。ジャネット・ケストレルを拘留しております。一週間、睡眠不足状態におき、プライバシーをあたえず、一日じゅう尋問をしました。徹底的にしぼりあげたのです。まちがいなく保証できますが、コーウィンは彼女にいかなる種類の危険な情報も伝えておりません」

「すばらしい！」とは言ったものの、ウォールバーグには依然懸念があった。「きみが彼女を釈放するとだな、テリル、われわれには新たな問題が生ずるのじゃないか？もし彼女がマスコミに訴えたら――」

「わたくしは現在、彼女を不治の患者として永久に精神病院に収容すべく手はずをととのえております。彼女は毎日欠かさず精神科医のカウンセリング・セッションを受け、その内容はドクターに知られることなく録音されます。彼女が自分の体験談にこだわればこだわるほど、ますます異常が顕著だということになりましょう。万一、なにかが表面化したにせよ……」

ウォールバーグの心の重荷がみるみる軽くなっていった。

「その手配はどのくらいですませられるのかね、テリル？」

「一週間以内には。彼女の両親はともに死んでおり、父親はアル中だったので、わたくしはロサンゼルスのＡＩＣ、サミー・スポールディングに彼女の思春期前からはじまる精神病歴をでっちあげるよう命じました。二歳から十代にはいって受けた性的虐待のパターンを捏造させるのです。わたくしとサミーはクワンティコのＦＢＩ訓練所で同窓でした。彼はまじめな組織尊重主義者で、わたくしは彼に書類には絶対に遺漏がないよう指示してあります」

ウォールバーグは相手に見えもしないのに、そうだろうともとうなずきながら、彼に元気をとりもどさせてくれるハットフィールドの言に耳を傾けた。この男は信頼するに値した。しかし、ケストレルがもたらす脅威はとり除かれたにせよ、彼はなおも質さないではいられなかった。ソーンはたしかに死に、コーウィンと一度も会いはしなかったが、あの男は過去をほじくりかえそうとしていたのだった。

「ケストレルという女はソーンに関してなにか知っていたのか？」

「いえ、まったく。彼が彼女の行方を追っていたのはわかっていますが、彼よりもさきにわれわれが彼女を見つけまして。わたくしが尋問をするまで、彼女はソーンの名さえ聞いたことがありませんでした」

「彼がレンジャー部隊の旧友たちと接触したかもしれんだろう？　ああいうエリートの軍人職種はえてしてつながりが深い」

「彼の本国での唯一の接触先は、フォート・ベニング基地にいるレンジャー隊員、ヴィクター・ブラックバーンだけです。われわれはこの男の電話交信、手紙、Eメール、ファックスを片時も絶やさずチェックしてきました。なにもありませんでした。ソーンはトゥオルミ川に消えて以来、だれにも連絡をとろうとしておりません。だれにも、です。接触者なし、目撃者なし。大統領、ブレンダン・ソーンは死んだのです」

ウォールバーグの肩から最後の重荷がおりた。コーウィンが知っていた、ないし思い出したかもしれないことの痕跡があとに残った可能性が、これできれいさっぱり消え去ったのだ。彼がなにかを伝えたかもしれない相手は、死んだ。あるいはまた、異常者として監禁される。彼はもったいぶってせき払いをした。これから大統領としての好きな役割を演じるのだ。部下の忠勤に報いてやる好機である。

「きみが国につくす熱い思いは、わたしも承知している、テリル。現FBI長官の重大な過失の数々は、まもなくわたしの注目するところとなるだろう。きみはわたしの独立記念日のスピーチを心待ちにしてもよいと思うぞ」そこで一拍おいた。「長官」

「わたくしは」――ハットフィールドの声はのどにつかえた――「心底から感謝いたします、大統領」

「きみの努力で勝ちとった地位だよ、テリル」

両者同時に電話を切り、それぞれがその会話によって自分なりに意気あがり、有頂天になった。夢がほんとうにかなったのだ。西部劇のなかだけでなく現実でも、善玉が結局は勝ったのである。

メモリアル・デーの二日後、六月一日。ブレンダン・ソーンは前夜にミネソタ州ロチェスターに到着していた。サウスダコタ州のラピッドシティーからインターステート九〇号を東にノンストップで飛ばしたあと、五二号線を北に走ってきた。ちょうど真夜中過ぎに、市西部の一四号と五二号が立体交差するジャンクション近くの〈ザ・ハイウェー〉というめだたず質素なモーテルにチェックインした。

疲れていたけれど、〈カーラー〉のようなダウンタウンの大ホテルのひとつに泊まるのはまずいだろうとわかっていた。そうしたところはFBIのチェックがはいる。〈ザ・ハイウェー〉モーテルは安いながらきちんと整頓されて清潔であり、セントメアリーズ・ホスピタルからほんの数ブロック、そしてサウス・ウェスト区の二番ストリートに建つロチェスター市立図書館からも一マイルほどの距離にあった。

図書館は古風な黄褐色の石灰岩造りで、あたたかく居心地のよい趣が感じられた。ガラスのはまった展示ケースには、前世紀にロチェスターに大被害をもたらし、ひいてはメイヨー・クリニックとセントメアリーズ・ホスピタル設立の因となった巨大竜巻の遺物が陳列してあった。なかのひとつは一本の木片で、それを風の力によって麦わらが刺し貫いていた。

カウンターの後ろの胸の豊かな女性がひとりのサッカーママの求めで、色あざやかなカバーのついた子供本ひと山の貸し出し手続きを終えたとき、ソーンは彼女に近づいていった。その女性はアイルランド系特有のきつい顔立ちだったが、感じのよい笑みを浮かべた。

「あの、板に突き刺さったわら！」と、彼は熱狂したふうに言った。「驚いたな！」

「禍は往々にして福に転じます。竜巻がこの市をつくったのです」

「そうか、すばらしい展示だ」ひと呼吸入れた。「この図書館でロチェスター・ポスト・ブレティン紙のヴェトナム戦争時代からのが、ファイルに記録されているとありがたいのだが」

「ポスト・ブレティン社にはあたってみました?」

「図書館の環境のほうがはるかに心地よいものでね」

彼女があたたかい笑みを送ってきた。「おっしゃる意味はよくわかります。その新聞をそんなにさかのぼってはコンピューターに入力していませんけど、マイクロフィッシュには収めてありますの」

二十分後、ソーンは書架の背後に隠れるように設けられた窓のないかびくさい部屋で、三台ある読みとり機《リーダー》のひとつにフィルムをかけていた。写真複写機もあり、それはモノクロの熱転写コピー機だとわかった。

彼はさし迫った思いで作業を急いだ。ジャネットを助け出す手段を見つけなければならなかった。FBIが彼女をとことん絞りあげ、どこかの病院に入れるまえにであり、収容されてしまえば彼にはさがしえない。

さがす年は一九六六年、月日は一月一日、元旦。マイクロフィッシュ・リーダーのハンドルをまわしはじめた。二時間後に部屋を去るとき、彼の手もとには調べた資料の熱転写コピーの薄い束があった。コピー代金を支払い、紙束をもってトルーパーに歩き、モーテルに運転してもどった。

あたたかいそよ風がレースのカーテンを部屋のなかへとふくらませては、ブラインドへ吸い寄せた。ハイウェーのディーゼルエンジンの排気臭が、一ブロック先のステーキハウスから漂ってくる肉を焼くうまそうなにおいとまざりあった。ソーンはテイクアウトの中華料理とニュース記事のコピーを前に、腰を据えた。

いまから三十九年前、ハイジ・ジョハンソンという十五歳の少女が、ハルデン・コーウィンという名の十八歳の少年が運転するビュイック・スカイラークのセダンにはねられ死亡していた。匿名の通報があり、〈レインボー・ダンスホール〉から半マイル、町の北のハイウェー五二号からはずれた雪の細道に、女性の死体らしいものがある、と伝えたらしい。

保安官が報を受け、女性の遺体を発見した。折しもビュイックのセダンが盗まれたとの通報がはいっていて、保安官は同じ道の二百ヤード先で木に衝突していた当の車を見つけた。運転席にはコーウィンが乗っていた。彼はセントメアリーズ・ホスピタルの救急室にはこびこまれ、頭部裂傷の治療を受けた。ハイジ・ジョハンソンの身柄は遺体安置所にはこばれた。

ハイジはロチェスター・ハイスクールでコーウィンの二年後輩にあたる農家の娘だった。彼女はその夜早くに〈レインボー〉で踊っているところを目撃されていた。もしかすると酔っており、踊る相手はコーウィンだったかもしれないが、だれにもはっきりしたことはわからなかった。彼女の負傷はひどく、即死状態であった。

コーウィンは翌朝、病院で逮捕された。大晦日の夜、当病院の救急室が扱った事故件数はきわめて多かった。コーウィンの血中アルコール濃度が検査されるまでにあまりに多くの時間が経過しており、検査結果は裁判での証拠採用に耐ええなかった。四日後のハイジ・ジョハンソンの葬式にコーウィンがあらわれると、亡き娘の兄スヴェンによって追い出された。とてもよくできた、お涙ちょうだいの、小さな町の新聞記事である。

ソーンは椅子の背にもたれ、うつろに夜の闇を見つめた。コーウィンはその新年の直前に十八歳をこえていたので、成人として乗り物による故殺の罪で起訴された。近く予定される審問に関してひとつだけ小さな記事があったが、それ以降、コーウィンへの関心は彼がひき殺した少女と同様、まったく失われた。ポスト・ブレティン紙は、コーウィンが裁判官からヴェトナムへの従軍を志願するかあるいは厳しい禁固刑を受けるかの選択を呈示され、ヴェトナム行きを選んだ事実を、報じてなかった。過去のニュースというわけだ。

これだけの長年月が過ぎ去ったいま、オムステッド郡の保安官事務所の事件報告に目を通す手段があるだろうか？　ＦＢＩ職員証を振りかざしてまかり通ればよい。事件報告のコピーはおそらく手にはいるだろう。だが、その翌日の夜明けまでに、ハットフィールドの手下どもにベッドからひきずりだされる危険性は、さらに高くなるだろう。

新聞の切り抜きのなかから、自力で調べられそうないくつかの事実、そして接触を試みることが可能に思える数名の人物についてメモを作成した。

第一の、そして最上の情報源はハイジの父親、オスカー・ジョハンソンであろうが、彼はもし存命だとしてもいまや少なくとも八十歳になっているだろう。彼女の兄、スヴェンならおそらく六十歳見当で、まだ元気に活動しているかもしれない。

ひき逃げが起きた夜にコーウィンを治療した救急室の担当医、ハリス・スペンサーも会うべき人物のリストに入れた。引退したか？　転居したか？　死んだか？

時刻が遅くなっていた。あす図書館に行き、スヴェン・ジョハンソンとハリス・スペンサーをインターネットで検索することからはじめよう。

43

その農場はエルジンという小さな町の近く、狭いながらアスファルト舗装されたハイウェー四二号沿いにあった。牧場、緑の野原、草をはむ牛たち、トウモロコシ畑。ソーンが道路ぎわの郵便受けの番地を読みとって砂利道にはいっていくと、白い家と裏手に池がある赤い納屋にゆきあたった。

数羽のハゴロモガラスが池の縁に茂るガマの上で軽やかにはね、その鳴き声があたりにひびきわたった。鶏たちが泥土を熱心につついていた。小屋の屋根のあちこちにハトがいる。ゴールデンレトリーバーが一匹、尾を振り舌をだらりとたらして家からとびはねて出てくるや、その犬種特有のおさえきれないオプティミズムを発揮してソーンの手のひらにぬれた鼻先を押しつけてきた。

情景のなかでただひとつ調子を破るのが筋骨たくましそうな六十がらみの男で、髪の毛があったときは金髪だったろうと思われるその男は、養鶏場のそばでトラクターを動かしていた。男が背筋をのばし、青いワークシャツの袖でひたいをぬぐいながら険悪な目つきでソーンをにらみつけた。慢性の不満状態が口もとにあらわれていた。暗褐色のかみ煙草の液を、ペッと長く吐いた。

「なにを売りにきたって、おれは買わんぞ」

六歩ばかりはなれていても、汗と、彼がかんでいる煙草のにおいがかげた。おそらくコペンハーゲンという銘柄だ。丸い缶が、古くさい胸当てつき作業服の下、シャツのポケットをふくらませていた。彼がどうやら、妹の葬式からコーウィンを追い出した本人のようであった。

「ハルデン・コーウィンという男のことを、多少ご存じだと聞いてきたんですがね」

「あの野郎はおれの妹を殺しやがった！」

「事故だったと聞きましたけど」

「ふん、そんなら、おまえの聞きまちがいだろ」

しかし、ジョハンソンの眼光が力を失った。袖でまたもひたいをぬぐう。トラクターに背をあずけ、肋骨をかばうかのように胸の前で両腕を組んだ。

「ハイジはな、かわいいやつだった。そんなに頭はよくなかったかもしれんが、ハイスクールじゃチアリーダーのキャプテンをやってた」

ソーンはうんともすんとも返さなかった。ジョハンソンの顔がくもった。

「おれは親父に、妹をあんなふうにチアリーダーをやらしとくのはまちがいだって言ったんだ。あいつは男好きで、どいつもこいつもフットボールのでっかい選手どもが、妹をさかりのついた牝犬と思いやがって、まわりで鼻をくんくんいわせてたからな」

ソーンは誘いを入れた。「コーウィンのような若者たちですね」

「そう、コーウィンだ。いいか、やつには同級の娘であいつにぞっこんなテリー・プレスコットというガールフレンドがいたんだが、あのクリスマスのころにけんかをして仲たがいになってた。で、コーウィンはハイジをおっかけはじめたにちがいない。野郎が盗んだ例のビュイックに彼女を乗せてたろ？」

それはソーンが考えもしなかったことだった。「彼は妹さんをたまたま事故ではねたもの、と思ってました」

「かもしれん、かもしれんさ。だがな、大晦日の夜の凍えるような寒さのなかで、妹があの道のあんな場所でひとりでなにをやってたというんだ？」

「なるほど、あなたの考えを話してください」

ジョハンソンはひき逃げ事件の彼なりに大いに脚色した顚末を、まるでそれがきのう起こったかのように順序立てて話した。妹の死が彼の人生をさいなんだことはあきらかだったが、そうではあっても、彼はソーンがポスト・ブレティン紙から得たのと本質的には変わらない事実を列挙した。

「コーウィンが盗んだのがだれの車だったか、新聞には書いてなかったですね」

「市長のだ。ジャスティン・ウォールバーグさ。彼はハイジの葬式費用やらなにやらを払うと言ってきかなかった」ジョハンソンの顔に突然、誇らしげな表情が満ちみちた。「彼の息子はとうとう、この合衆国の大統領になったなあ」


帰り道を走りながら、ソーンは新しく得た情報を頭のなかで反芻した。もしハイジがコーウィンといっしょに車に乗っていたとしたら、彼女はどうして車の前にいるはめになったのか？　コーウィンとテリー・プレスコットが仲たがいをしたのなら、なぜテリーは二月の半ば、コーウィンがヴェトナムに出発するまえに彼と結婚したのだろう？

そしてまた、コーウィンがウォールバーグのビュイックを盗んだという点も、ソーンの心にひっかかった。なぜ、借りるだけにしなかったのだろう？　その大晦日の夜、どうして彼とガス・ウォールバーグはつれだって出かけなかったのだろう？

ハリス・スペンサーのモダンだがつつましいロチェスターの居宅は、ノース・イースト区のノーザン・ハイツ・ドライヴ沿いにあった。ジョハンソンの農場との差異は、これ以上ないほど大きかった。表通りからコンクリート舗装の私道を歩いていくと、家の裏手から笑い声と水のはねる音が耳にとどいた。スペンサー家にはあきらかにプールがあり、子供と孫たちがいた。

ソーンと同年配の髪の黒いきれいな婦人が、袖にひだ飾りのついた色あせたブラウスにショートパンツ、そしてゴム草履をはいて裏庭から家の横側を通ってあらわれた。目のまわりに笑いじわがあった。彼女はレモネードのはいった、よく冷えてしずくのついた背の高いグラスを左右の手にひとつずつもっており、ソーンと会うと一方を彼のほうにさしだした。

「あなたが車でいらっしゃるのを見かけたのです。きっとパパにご用なのでしょう」返事を待たず、彼女は居宅の開きっぱなしのドアのほうにふりむいて叫んだ。「パパ、ひとが会いに見えてるわよ」ソーンに視線をもどした。「書斎にいるわ、左のひとつめのドア」それから、彼女はまたプール遊びへともどっていった。

「どうぞ、はいって」廊下の奥から声がした。

ハリス・スペンサーはちょうど読書用眼鏡をおでこに押しあげ、見晴らし窓のそばの安楽椅子から立ちあがりかけたところだった。椅子のひじかけに、ハードカバーの書物が開いてのっかっていた。彼は面長の穏やかな顔立ちのなか青い目が機敏に動く、元気な七十代の老人だった。

「いつものことだが、娘に無理やりレモネードのグラスをつかまされたようだな」彼が手をさしだした。「ハリス・スペンサーだ。ようこそ」

「ブレンダン・ソーンです」ふたりは握手を交わした。

スペンサーがソーンに、安楽椅子の向かいのソファーにすわるようしぐさで示した。ソーンはそれに従った。

「わしは診療からリタイアし、冷蔵庫は獲ったウォールアイとマガモでいっぱいだし、ゴルフだってそうそう何ラウンドもまわれるもんじゃない。だから近ごろは、長年のがしてきた読書の遅れをとりもどしているんだ。きみは本を読むのは好きかね、ミスタ・ソーン？」

「手にできるものはなんでも」

「これはこれは。わしはミステリーをたくさん読む、ジャンルを問わずに。だが、とくに医学ミステリーが好きでな。中毒だよ。いや、これは失礼。用件は？」

ソーンは切り出した。「あなたは長年のあいだに、飲酒運転事故を数多く扱われたはずです。わたしは一九六六年の大晦日に起きた、ある事故のことをちょっと調べていまして、ハルデン・コーウィンという少年が――」

「ハイジ・ジョハンソンという少女をひいた。なんとも！」スペンサーは椅子のひじかけをこぶしでたたいて強調した。「わしはその件にけりをつけるのを、四十年も待っておった！」

ソーンはレモネードのグラスをソファーのひじかけにおいた。「どうけりをつけるのです？」

「わしはそのとき弱冠二十九歳、セントメアリーの救急室ではじめての夜勤についていた。生と死を分ける場。スリル満点だったな。きみも初仕事はおぼえてるだろう」

ソーンはパナマのジャングルでの最初の夜警任務を、鮮明に思い出すことができた。十九歳のときであった。何事も起こらなかった。

「基礎的な事実はおそらく承知だろう。コーウィンは以前からまあ乱暴なやつだったが、ワルではなかった。未成年なのに、あの夜はレインボーで酒を飲んでいて、それから出かけて車を盗み、近くの田舎道でたまたまジョハンソン家の娘をひいた。彼自身は盗んだ車を、二百ヤード先で木に衝突させた。保安官の部下たちが彼を救急室にはこんできた」

「彼がレインボーで飲んでいたことは知りませんでした」

「病院にかつぎこまれたときは完全に意識をなくしていたが、意識がもどったあとで、踊っていたことしか記憶にないとわしに話した」真剣な顔で身をのりだした。「彼の血中アルコール濃度は高すぎてとても運転はできなかったはず、とわしには思えたんだ。ところが、どうやってか彼は運転した。その点がひっかかってな。いまでも気になってる」

「たしか、手遅れになるまでアルコール検査はおこなわれなかった、と思ってましたけど」

スペンサーが笑みらしいものをちらりと浮かべた。「言っただろ、わしは若くて勤勉だったんだよ。わしは検査を自分でやり、彼が逮捕されたとき警察には話さなかった、というのもわしは記録をとってなかったから証拠として使えなかったためだ。それに、彼はもう充分にトラブルをかかえこんでいた、とわしには思えたのでな」

ソーンはレモネードをすすった。うまかった。夏特有の音が裏から聞こえてきた。

スペンサーが頭をもたげた。

「女房と子供と孫たちさ。みなに神の祝福あれ」

ソーンは考え考え、ゆっくりとしゃべった。「彼が意識をなくすほど酔いつぶれていたのなら、なぜレインボーのことをおぼえていたんですかね?」

「酔いつぶれていたんじゃない――気絶していた。車が木に衝突したとき、ハンドルに頭をぶつけて。もちろん、シートベルトなんか締めてない。二十二針も縫ったさ。逆行性健忘症だよ、激しい脳震盪につきものだ。衝撃を受けるすこしまえの出来事の一部、ないし全部がよみがえることもあるが、まったく思い出せないこともある」

記憶喪失か。コーウィンの場合、記憶は永久にもどらなかったようだ。ジョハンソンの農場からの帰り道に感じたように、またもソーンは心にひっかかるものをおぼえた。

「彼はなにが起きたと考えたでしょう?」

「彼にはなにもわからなかった。傷がすっかり縫合されて意識がもどってさえも、レインボーからあとのことはほとんどおぼえていなかった。だれかに関するなにかがあって、彼は車に乗るはめになり……」肩をすくめた。「まちがった記憶かもしれんし、ハイジのことかもしれん。われわれには知りようがないだろうな」

ソーンは言った。「彼とガス・ウォールバーグはフットボールとアイスホッケーのチームメートで、フィールドをはなれては大の仲よしでした。いったいなぜ、親友の父親の車を盗んだりするのでしょう? ただ借りればすむはずだっただろうに。それに、コーウィンとテリー・プレスコットは仲たがいしていたのだから、あの夜どうして彼とガス・ウォールバーグはいっしょに出かけなかったのですかね？」

「だれにもわかりっこないさ。ガス自身にデートの約束があったかもしれんじゃないか」

「なるほど。でもそれだったら、ガスのほうが父親の車を運転していてもおかしくはないでしょう？」

スペンサーがうなずいた。「その点はあきらかになってないが、ほかの数人の少年が、彼らふたりがレインボーでいっしょに飲んでいた、と主張していたんだ」

「彼らがいっしょに飲んでいた？」ソーンは考えこんだ。「ひょっとするとコーウィンのほうがずっと酔っていた？　彼はそのころ乱暴な少年だった、そうおっしゃいましたよね。ふたりでダンスホールを出たとき、彼は車のなかですでに酔いつぶれていたのかもしれない」

スペンサーが先をつづけた。「で、ガス・ウォールバーグが運転をしていて──」

「うん、そうなんだ！」と、ソーンは語気強く言った。「彼の父の車なんだから。ウォールバーグが細いいなか道をエンジン音をとどろかせて走っていくと、ハイジが急に前にとびだしてきて、彼はブレーキを踏むがまにあわず……バーン！」

スペンサーはふたりの仮定にもとづく再現にはまりこんでいた。「だから、パニックにおちいって木に衝突したのは、ガスのほうなんだ」

「彼は市長の息子だから」と、ソーンは言った。「ひょっとするともうすでに、政治で身を立てるつもりでいたかもしれない」

「たとえ刑事告訴されなくても、彼のキャリアはまだスタートする以前に、その時点で頓挫する。そこで……」

「そこで、彼の親友のコーウィンがわきのシートで正体をなくしている。貧しい家に生まれ、ロチェスター短大の劣等生であり、おそらくは退学となり、どのみちヴェトナムに召集されるだろう。で、ガスはコーウィンの身体を運転席にすべらせ、てくてく歩いてレインボーにもどり、父親に電話を入れる。よきパパは政治家で……」

ソーンは話の進行にブレーキをかけ、だまりこんだ。

スペンサーもうなずいていた。「そうなんだよ」と、言った。「わしもいつも、ここんとこで混乱するんだ。いままでの推論をかならずしも受け入れられなくなる。親友のハルに罪を負わせるには、ガスは車をわざと木に衝突させなければならなかったろう。たとえガスがそうしたにせよ、ウォールバーグ市長が〝いいか、わたしの車が盗まれたと届け出、おまえはママとわたしとひと晩じゅう家にいたと主張しよう〟と息子に言うとは、わしには思えんのだ」

「市長がそうするほどの大事件じゃないですからね」ソーンは、アリソンとイーデンをひき殺した男が数ヵ月間の免許停止となり、それで終わった事実を思い浮かべていた。「ウォールバーグは市長であり、自身が政治家だった。彼なら、飲酒運転によるひき逃げの罪が若者の政治家としての将来を無にはしない、とわかっていたでしょう。MADD（飲酒運転に反対する母親の会）ができるまえの時代ではとくに。テッド・ケネディとメアリー・ジョー・コペクニーの事件をおぼえてますよね？　しかも、あれはこの事件よりずっとあとだった」

　スペンサーが低く含み笑いをした。

「あのとき世間ははじめしばらく、ケネディ暗殺の空論家みたいに騒ぎたてたよな？実際、わしにはガス・ウォールバーグが親友に事故の責任をかぶせるとは思えんし、かりに彼がそうしたって、父親が息子に罪をのがれさせるとは考えられん。ウォールバーグ市長は自分の車がその少女を殺したことにひどく心を痛め、ハイジの葬儀や追悼式、その他一切合財の費用を負担した。そんなことをする必要はなかったのに。彼は被害者の家族に賠償金まで支払った。家族はその金でエルジン近くの例の農場を買ったのさ」

「異例のこと、だとは思いませんか？　ひょっとして、ほかになにか罪の意識がかさなっているかのように？」そう口にしてみて、ソーンにひらめくものがあった。彼はたずねた。「ハイジがあの夜、酒を飲んでいたかどうか調べるために、血液検査はおこなわれたんでしょうか？」

スペンサーが驚きの表情を見せた。

「まちがいなくやってないだろう。なにしろ、彼女は被害者だったんだから。それに、まだ十五歳にすぎなかった。そのうえ、彼女はすでに死んでいたんだ」

「彼女の損傷はどの程度だったんですか？」

「ひどかったさ。ほとんど彼女がわざとひかれたみたいに。むろん、そんなことはありえんが。コーウィンは酔っぱらいすぎてて、そもそもああいうことを意図してやれたもんではなかった。わしは彼女の検死解剖を担当すること自体で充分に苦痛だったんだが、ところが……」

「苦痛を裏づけることがなにかあったんですね？」

「最悪といえるのが、少女はかわいそうに、死んだ当時に妊娠三ヵ月だった点だろうな。したがって、ふたつの命が失われたのさ。しかも、それはハルの子だったろうというわさがささやかれた。しかし、三ヵ月前、彼はテリー・プレスコットに入れあげてて、彼女とステディな仲になろうとしていた。それに加えて、ハイジは彼より学年が二年下という事実がある。ハイスクールの生徒にとって、それはひどく大きな年の差だからな」

「そしてテリーは、ヴェトナムに去るまえの彼と結婚した。だからあきらかに彼女は、ソーンのひっかかりは頑として消えそうもなかった。テリーが、ハイジを妊娠させたのはコーウィンではないと信じていたのなら……。

「当時はDNA鑑定はやられなかったけれど、もしハイジの遺体が掘り出されれば、いまからでも鑑定をして決着をつけることが――」
「そいつは空論だな」と、スペンサーが言った。「彼女は火葬されたんだよ」

44

ソーンはわずかな身のまわり品をまとめて旅じたくをした。今夜は眠り、あす一番で出発する。またも、うんざりするほどドライブしなければならない。ふたたび激しい怒りが首をもたげようとするのをおぼえた。それを無理やりおさえこんだ。いま怒ってもなんの役にも立たない。とにかく、まだだめ。怒りは必要ない。
ハイジはガス・ウォールバーグの庶子を身ごもっていて、結婚を求めていただろう――市長の息子とならまさに玉の輿である。その大晦日の夜はおおよそソーンが想像したとおりであった――ひき逃げをしたのがコーウィンではなく、それがじつはひき逃げではなかった点を除けば。実際には、計画的な殺人だったのである。

彼がハイジの子の父親だとは考えてなかった」

妊娠三ヵ月。ウォールバーグはそのころには気も狂わんばかりだったろう。ハイジにひそかに電話し、〈レインボー〉近くのいなか道で真夜中に会おうと告げる。ぼくらは駆け落ちすることになる、だれにも言ってはだめだ。親友のハル――ウォールバーグは彼をうらやんでいたのかも――をしこたま酔わせる。友の酒に睡眠薬を入れた可能性もある。彼を車に乗せ、深夜のいなか道を飛ばす――そしてバーン。ハイジは死ぬ。

しかも、事態はウォールバーグが願った以上にうまくはこんだ。ハル・コーウィンは酔いつぶれて意識を失っただけでなく、なにも思い出せなかった。衝撃のせいで逆行性健忘症になってしまったのだ。あるいは、それはたまたまウォールバーグの運がよかっただけなのか？　ソーンはスペンサーに、コーウィンの頭部への衝撃が事故によってハンドルにぶつかったからではなく、意図的なものでありえたかどうか、質しておけばよかったと思った。自動車運転致死罪で逮捕されたとき、ハルは異議を唱えなかった。自分が少女を殺したにちがいないことを認めた。

市長は息子がなにをしでかしたかを知った。ハイジがガスの赤ん坊を宿していたことも知った。彼はハイジの葬式および追悼式の費用を負担しただけでなく、彼女の遺族に新しい肥沃な農場を買いあたえもした。彼女の遺体を、腹のなかの胎児ともども火葬に付すことを、遺族に同意させるためである。また、コーウィンにヴェトナムか刑務所かの選択をさせるよう手配したのも、市長であったろう。彼が交戦地帯にはいり、おそらくは殺されるであろうことを望んでだ。

ところが、コーウィンは殺されなかった。彼は逆境を生きがいに転じた。ヒーローになった。のちには、傭兵の道も選んだ。だがその後、彼の妻のテリーが飲酒運転者に殺された——彼が酔っぱらって盗んだ車でハイジを殺した、と自身が思いこんでいたのとまったく同じに。彼にできたのは唯一、大森林にひきこもり世捨て人の暮らしを送ることだけであった。

一方、ウォールバーグにとってみれば、ハルが傭兵になったことは彼が死んだとほぼ同様によいことであった。彼はけっしてロチェスターにはもどらず、ハイジがそうであったように、ガス・ウォールバーグの人生からいなくなるだろう。事態は次にグロテスクな様相を帯びる、とソーンには思えた。ウォールバーグはミネソタ州知事になったあと、ハル・コーウィンの娘と長年におよぶことになる情事をもちはじめるのだ。肉の欲求？　それとも、愛？　はたまた無意識下では、コーウィンをさらに破滅させる気持ちがあったのか？

三十九年後、ウォールバーグは大統領職への野望をいだき、ニサとの関係を清算した。が、それだけでは安心できなかった。もしコーウィンの記憶がもどったら、どうなる？　もしコーウィンが、相棒のガスが少女をはらませ、パニックにおちいって彼女を殺し、親友である自分に罪を着せるよう仕組んだのだと気づいたら？　ウォールバーグが一度、その懸念をひとりごとのつもりで口に出した。だが、こちらも野心的なデーモン・マザーがその場にいて、耳に入れた。そのときから、ことは急転回しはじめた。マザーがコーウィンを殺そうとしたのだ。

いまや、事件の登場人物すべてが死んでしまった。ガス・ウォールバーグの身は安泰である。彼はアメリカ合衆国の大統領なのだ。かりにソーンがメディアに訴えたにしても、政府の報道担当官たちがすぐに動きだすだろう。すべて真っ赤なうそだ。真実はそうではなかった。きみの証拠はどこにあるのかね？

証拠はロチェスターで灰になってしまった。証拠はモンタナの山中で死んでしまった。ソーンはウォールバーグに手出しできないのだ。

とはいえ、テリル・ハットフィールドはそのことを知らないし、ハットフィールドこそソーンの真のターゲットだった。あの男なら本人の野心を利用して操ることができる。それで充分だろう。それで充分にしなければならない。

もうひとつ、返さなければならない借りがあった。ソーンはポーティッジの、ホイットビー・ハーニルドの診療所に電話を入れた。ハーニルド本人が出た。

「診療所だが」

「ソーンです。ハル・コーウィンは死にました」

予期しない、長い間があった。それからハーニルドがもらした。「おお！　なんたることだ。いつ？　どうして？」

「彼がカート・イェーガーを殺したときです」

かつてと同様、奇妙に調子の低いほとんど無感情な声で、ハーニルドが言った。

「恐れていたんだ……あれはハルが撃ったのかもしれないと」

「彼が自分の弾を発射すると同時に、おれが彼を撃ちました。しかしそれでも、彼はねらった相手をはずさなかった。彼は娘を殺された復讐をしたかったんです。彼は異常者などではなかった。でも、彼はウォールバーグをねらっても当然だった」

「まったくおかしなことを言うじゃないか。ぼくにはさっぱりわからん」

「四十年前の大晦日にウォールバーグがハルになにをしたか、おれは事実をつなぎあわせてわかったんですよ」

「ハルは記憶喪失症だった。あの夜のことを思い出せなかった……」

ソーンは医師に話した。委細残らず。

ハーニルドは悲しく残念そうだった。「きみがそのことでできることが、なにかあるのかね？」

「いいえ。たとえハルがまだ生きていたにしても、彼にもなにもできなかったでしょう。いずれの点も、なにも証拠がないのです。だからウォールバーグは安閑としていられる」

ソーンは電話を切った。予期したほど気持ちは晴れず、奇妙におちつかなかった。彼はしかし、しむけられて殺すにいたった相手の男に対し、自分の義務と考えることはちゃんとやったのだった。コーウィンの汚名を、重要な関係者たち——彼の親友である医者と、彼を父親代わりと考えていた女——に対して晴らしたのだ。ただし、ジャネットはまだ囚われの身ではあったが。

ジェニファー・メープルウッドは五十八歳で、複数の武装ガードマンが配備されたゲートのある地区内に住んでいた。にもかかわらず、彼女は自分のベッドのなかで強姦犯によって殺されるだろうと信じて疑わなかった。

週に三度ジェニファーを診るセッションの一回が終わると、いつものシャロン・ドーストは次の患者にかかるまえに、二十分間の休息をどうしても必要とした。

きょうの彼女はその休息がとれないことになった。ジェニファーを送り出して外側のドアを閉めたあとすぐ、そのドアがまた開いてだれかがはいってきたのだった。彼女はいらだち、ふりむいた。

「わたしは予約患者としか会わない……」彼女はかけ寄った。はいってきたのはソーンだった。彼女は彼にとびついてハグし、すぐに顔を真っ赤にしてはなれた。「わたし……あれからずっと……」

「おれもだ」彼は彼女の肩を強く握った。「ハットフィールドにセッション・メモを奪われたとき、きみがおれを裏切ってしまったと感じたのは、わかっている。きみは裏切りはしなかった。おれたちは貸し借りなしだ。でも、おれはきみの助けがいる」

「なんでも」

「ハットフィールドがいま別の女性に、きみをおどしてやらせたようなことをしむけているんだ。彼の自宅の住所が知りたい。きみはFBIとコネクションがある。助けてくれるかい?」

「二時間待って」と、シャロンは言った。顔が緊張していた。「それと、わたしに電話をください……あなたが彼女を救い出したら」

というのも彼女は、そのさいには彼女のほうもFBIの接触先にもっと多くの電話をすることになるだろう、とわかっていたからだ。数週間前に、彼女はそうした電話をかけるべきだったのである。


日がとっぷり暮れたあと、当座はだれもいない自宅に車をはしらせながら、テリル・ハットフィールドは幸福であった。彼がまもなく権力の座につくことが妻を、彼の夢にも思わなかったほど興奮させたのである。コーラはきのう「ワシントンポスト紙」のコラムが、大統領の独立記念日演説のなかでテリル・ハットフィールドが次期FBI長官に指名されるであろう旨、ひかえめにふれているのを読んだ。そしてその晩、彼女は夫に彼の人生最高のセックスをあたえたのだった。けさ彼女は旅じたくをし、里の母親とふたりの姉妹にその件を自慢するためアトランタへ飛び立った。

あちらもよし、こちらもよしであった。すばらしいセックスと、いつもならがみがみ言いはじめる妻がいまはいないこと。人生は最高だ。

彼はクラウン・ヴィックを私道にとめ、玄関のドアをあけてなかにはいり、アラームを解除し、リビングルームの片隅にあるホームバーの上の、一個だけの淡いライトをつけた。オフィスの蛍光灯のまぶしさのあとでは、気持ちをしずめてくれた。ずんぐりした厚手のカットグラスのタンブラーにワイルドターキーをスリーフィンガー分つぎ、アイスキューブを一個加えた。

ピクチャーウィンドーの前に立って外を見やりながら、コーラの言うとおりだと思った。この家はおれたちには小さすぎる。もっと郊外に、少なくとも一エーカーはある地所に移る必要がある。馬を飼う余裕。いや、二頭の馬を飼う余裕がほしい。日曜の朝には、夫婦で馬に乗れるところ。独立記念日にウォールバーグがおれをFBI長官に指名すると発表してくれたあとは、妻と家さがしに出かけよう……。

突然、手が背後から頭ごしにのびてきた。曲がった指が両方の鼻孔にはいってひっかけ、彼の頭を後ろにぐいとひいた。鋼のひんやりとした切っ先がのどにふれた。彼は裂けた皮膚から自分の血が流れ落ちるのを感じながら、窓から部屋の奥へとぶざまな恰好で後ろ向きにあひる歩きをさせられた。

こんな状況にそなえて、訓練を受けていた。まずは……。

「身体の横に手をのばし、いいかゆっくりとだぞ、二本指でおまえのグロックをつかみ、床に落とせ」

ソーンだ！　生きてたのか！　受けた訓練のどれもが役に立たなかった。息をするのがやっとだった。気絶しそうな気がした。言われたとおり、グロック拳銃を床に落とした。

顔にかかっていた指がはなれた。片手が彼の足首をさわり、予備の銃がないかとさぐり、その手もどけられた。

ハットフィールドは用心深く身体をまわした。去年の秋に夫婦でニューイングランドの骨董店めぐりをしたさいにコーラが買ったサイドボードに、ソーンが腕を組んで寄りかかり、ハットフィールドのグロックを斜めに天井に向けてかまえていた。いまやなつかしいジェームズ・ボンド・シリーズの映画のポスターでポーズをとった、ショーン・コネリーさながらに。そのポーズはわざとにちがいない、とハットフィールドは思った。

「どうやって――」かすれ声が出てしまった。自身のなかの弱さがあらわになったことがいまいましかった。「どうやって知った、おれがここに住んでいること――」

「上層部にお友達がいるんでね」と、ソーン。

ハットフィールドは心中、文書に載せてない彼の住所を知っている面々を必死に思い浮かべていった。いったいどうやってソーンは、彼らのうちのだれかに圧力をかけ、ギブアップさせえたのだろう？　ひょっとして、彼らの子供たちに害がおよぶとおどしたのか？

「おれはあらゆる秘密を知ってるのさ。イェーガーのも、ウォールバーグのも、おまえさんのもな」

ウォールバーグがだれにも秘して隠しとおしてきた事実、それがなんだかわからないが、ソーンはどうにかしてその事実をつかんだのか？　ハットフィールド自身が知りたくてうずうずし、それがわかれば大統領の絶対の急所をおさえられる事実を？

ソーンが先をつづけた。「イェーガーは死んだから、あいつの秘密はどうだっていい。おれがウォールバーグについて知っていることも、証拠がなくては彼を失脚させる力はないかもしれんな。かりにおれがプレスに訴えたところで、彼は罪をのがれるだろうさ。しかしだ、おまえさんは――」

ハットフィールドははったりを試みた。「過信はするなよ、おれだって――」

「おまえはおれが死んだと大統領にうそをつき、おまえはほんとうはだれがコーウィンを撃って大統領の命を救ったかについてもうそをつき、おまえは違法な拘留をちらつかせてシャロン・ドーストをおどし、おまえはフォート・ベニングのヴィクター・ブラックバーンを不法に監視させ、いまはいまで、ジャネット・ケストレルを非合法に拘束している。ウォールバーグはその一切合財をあきらかに承知だ――おれのことを除いて。おれがしなければならないのは、おれが生きていることを彼に知らせることだけ、そうすりゃ、おまえさんはまたたく間に身の破滅だ」そこできわめて意図的に、ひと呼吸おいた。「それとも……」

ハットフィールドはがまんできなかった。思わず叫んだ。「それとも、なんだ?」

「それとも、あす、カリフォルニア時間の正午に、ジャネット・ケストレルがウェストウッドの連邦ビルから自由な女性として歩み出るか」

「正午?　あす?　とても無理――」

「彼女への告発状が用意されているのなら、それを破棄しろ。監視テープで録画しているのなら、それを焼却するんだ。彼女を尾行させたり、再度拘束しようとしたら、おれはウォールバーグに会いにいくぞ。彼女を釈放し、彼女とドーストとブラックバーンに今後いっさい手を出すな。そして、おれがケニアにもどったら逮捕しろという命令を撤回すれば、おれは消えていなくなるさ。で、ウォールバーグは大統領のまま。

おまえさんはＦＢＩ長官になれる」

「こっちにはどんな保証がもらえるんだ、おまえが約束を守るという――」

「そんなものはない。だがな、おまえにできる取引はそれしかないんだ。おまえがやるべきことはただひとつ、そもそもの最初にそうなると誓ったたぐいのＦＢＩ捜査官に立ちもどることだ」彼が近づき、声を落としてささやいた。「以上すべて了解かな？」

「りょ……了解」

「自分に新しい飲み物をこしらえろよ。さっきのは落っことしただろ」

ハットフィールドは酒をつぎなおした。そうしながら、ピクチャーウィンドーに映る部屋を見まわした。ソーンの姿はなかった。自分はたとえ長官になっても、あの男には今後けっしてさからうことはあるまい、と彼はにがい思いで実感した。それだけの勇気がなかった。

彼はシャロン・ドースト言うところのガラスの虎であった。


金曜日の夜、〈ウィスキー・リヴァー〉はにぎやかだった。テレビががなりたて、奥のスペースでは週末用のロックバンドが今夜の演奏にそなえて楽器をチューニングしていた。ケートはこの一時間あまり、ジャネットのことを考える余裕さえなかった。

店の電話機がけたたましく鳴った。彼女は片方の手でウォツカの一杯分を注ぎながら、他方の手でカウンターの下から受話器をつかんだ。

「あすの正午、ウェストウッドの連邦ビルの通りの向かいで待っててくれ。オークランドからバーバンクに飛ぶジェット・ブルーの朝の便があるから、それに乗ればそこにまにあう」

ソーンの声だとわかった。だれかが面と向かってわめいていた。彼女は受話器をあてていないほうの耳に指を突っこんだ。

「正午きっかりにジャネットが歩いて出てくるはずだ。彼女をそこから遠ざけてくれ、できるだけすばやく。彼女の行きたいところならどこだっていい、つれてってほしい」

「例の先住民のカジノが、彼女にブラックジャックのディーラーの仕事をくれたの、でも、彼女はあなたに会って話したがると思うわ、ソーン」

「彼女に言ってくれ、おれはその……タカ《ケストレル》みたいなもんだって。風まかせさ」

ジャネットが寝台のはしに手をついて腕立て伏せをやっていると、独房のドアの錠をあける耳慣れた音が聞こえた。ドアが大きく開いた。入口の枠のなかに、彼女の主任尋問官が立っていた。彼の名前はわからなかった。彼らはだれひとり、彼女に名を告げなかったのだ。彼がなにかをこちらにさしだしていた。

「きみの腕時計だ、ミス・ケストレル」彼が名前で呼びかけたのははじめてだった。

「いまは六月十一日、土曜日の午前十一時四十分。きみは釈放される。きみに対するすべての告発はとりさげられた。わたしは……わたしは事態がこんな解決をみてとてもうれしい」

彼は去っていった。別の男が、彼女が逮捕されたときに着ていた衣服をもってはいってきた。一枚残らずきれいにクリーニングされ、アイロンがけがしてあった。

十分後、ジャネットはモノリシック仕上げの黒いタワーである連邦ビルの外、まばゆい真昼の陽光に目を細め、思う存分に新鮮な空気を吸いこみ、ぼうっとしてまったく方向感覚をなくしていた。だれかが彼女の名を呼んだ。すばやくあたりを見まわし、週末で空っぽの駐車場のはるか奥によく知る人影を認めた。

「ケート!」と彼女は叫び、友人のほうにかけていった。


サミー・スポールディングはオフィスの窓ぎわに立ち、ジャネット・ケストレルともうひとりの女性を見守りながら、ジャネットの気持ちをおしはかろうとしていた。彼は昨夜自宅にかかってきたハットフィールドの電話に、まだ呆然としていた。彼女の釈放を命じる電話だった。驚きは消えなかったものの、彼女にその旨を告げたとき、彼女が自由の身になってよかったと思った。
それどころか、彼は自身もまた解放されたかのように感じた。テリル・ハットフィールドの不信感をさそう存在からの解放であり、ハットフィールドがおまえのものになるだろうとほのめかしたまばゆい権力の高みからの解放である。あいつはおれを山の上につれてゆき、なにがおれのものになりうるかを見せてくれたのだ、とサミーは思った。ＦＢＩ副長官。捜査官ならだれもが夢見る地位だ。しかしいま、その呪縛は破られた。考えてみると、とても簡単なことだった。クワンティコ訓練所を卒業したとき、そうなると誓ったＦＢＩ捜査官でありさえすればいいことだった。

テリル・ハットフィールドを裏切るほかなかった。

45

ミネソタ州の死せる勇士たちが数多く眠るフォート・スネリング国立共同墓地は、ミネアポリス・セントポール国際空港とハイウェー五号線のあいだに位置する。七月四日の独立記念日にあたり、隣接するフォート・スネリング州立歴史公園では、グスタヴ・ウォールバーグ大統領がイーディスをわきにつれ、ミネソタ川から百ヤードはなれたニレの木立の下のピクニックエリアでくつろいでいた。ふたりを側近たちがとり囲み、そのまた外側にシークレットサーヴィスの警護員たちの列がめぐっていた。

わが国の誕生時代にさかのぼる、むかしながらのＶＦＷ（海外従軍復員兵協会）のピクニックの中心人物であるのはすばらしく気分がよかった。ひと月前のメモリアル・デーの週末にウォールバーグが作成していた演説原稿は、いまはすっかり仕上がっていた。そして、正しく愛国心をくすぐる調子の、すこぶる上出来であった。

彼は腕時計に目をやった。もうすぐショータイムだ。

千二百ヤードはなれた場所では、ブレンダン・ソーンが文字どおり木の上にいた。いまから一週間前、入念な警備が人目につかないようにはじまるまえに、彼は巨大なオークの老木の高さ三十フィートまでのぼり、断面一×十二インチ、長さ三フィートの板を二本の枝のあいだに渡し、まにあわせの狙撃台をこしらえてあった。そしてまた、葉の茂みのなかにかぎ穴状の開口部を切りあけ、弾着観測者用スコープでピクニック場をのぞけるようにしておいた。彼は狙撃手用手袋をつけ、演説を聴取するためラジオのイヤホンを耳にさしこんでいた。

ハットフィールドはソーンとの約束を守っていた。ジャネットは釈放され、ドーストとブラックバーンはもはやひそかな監視下にはおかれず、ソーン自身はナイロビのスクィーラー・ケモリと電話で話した。ケニアでの逮捕命令は撤回されたとのこと。

そこで、彼のほうも約束を守るつもりでいた。不愉快きわまりない思いではあったが、ハットフィールドの権力への出世をじかに妨げる行動には出ないだろう。

退役軍人とその家族たちが大統領のスピーチを聞こうと、つらなる小旗で飾られた演壇のまわりにすでに集まりつつあった。ウォールバーグ以外にだれも知る者はなかったが、演説原稿には重要な修正が一ヵ所あった。まえもって記者団ににおわせていた内容とはちがい、テリル・ハットフィールドのFBI長官昇進を発表することはないだろう。彼は捜査局の高官ふたりから名入りのEメールを受けとっており、それぞれがハットフィールドの不正行為を近く別個に調査する件につき、その詳細を述べるとともに、彼に警告していたのである。

彼は警告への謝意と、ハットフィールドの行為に深甚なる衝撃を受けたことを彼らふたりに表明し、ハットフィールドの名前を演説から削除することを確約したのであった。たしかに、ハットフィールドはビタールート放牧地での危急のときに、コーウィンを射殺して彼の命を救った。たしかに、あの男がやったことはすべて、ジャネット・ケストレルの違法な拘留も含めて、ウォールバーグのためになされたのであり、彼も承知のうえであった。

しかし、その趣旨を示す書類は一切なかった。ウォールバーグはそれを確認ずみであった。ハットフィールドが投獄されるさいに、やけになっていかなる告発をしようとも、大統領のウォールバーグには法的否認権があった。そして、彼が倫理にかなった立場をとっているとみなされれば、彼の支持率に悪影響はおよぼさないだろう。ウォールバーグ政権にいかなる違法行為もあってはならないのだ。しかし、裁きには情状の酌量というものがある。ハットフィールドは刑務所送りにはならず、FBIを退職することになるだろう。

かえってよかったのだ。ハットフィールドは野心的な男だった。やがては彼はもうひとりのイェーガーとなり、埋もれたままが最善の秘密を掘り起こそうとし、大統領執務室に力をおよぼそうとするかもしれなかったから。

ガス・ウォールバーグはため息をつき、ビールのびん――ライネンクーゲル社のハニー・ワイス、ミネソタのいけるビールだ――をわきにどけ、腰をあげた。かわいそうに。国家の利益のためには、ときとして多大な犠牲が求められるのだ。選挙日の夜に二名が命を落とし、そこで今度はハットフィールドが国のために高い代価を支払う番であった。

「わたしの食い扶持を稼ぐ時間のようだ、諸君」と、彼は側近連に言った。

盛大な追従の笑いが起こった。彼がイーディスに投げキスをおくってから歩きだすと、高度に条件づけられた若くて目つき鋭い男たちがさっとまわりを囲み、それぞれに自分の手首やスポーツシャツの襟に話しかけはじめた。男たちが群集をかきわけて彼のために演壇への道をあけさせ、彼は握手を交わし、手を振り、あいさつの言葉を投げながら進んだ。水を得た魚のようであった。彼は未来であり、テリルは過去なのだった。コーウィンがそうだったように。ニサのように。そして、ソーンのように。

ソーンは狙撃手の巣のなかから、スコープでもってウォールバーグの動きを追っていた。大統領のいでたちは入念に計算されたカジュアルさだった。ソランブラの日よけ帽をかぶり、はでな半袖スポーツシャツにスラックス。左手にはフライドチキンの脚を一本。大衆の味方なのだ。彼が演壇へのステップをのぼり、そこには彼のために演説原稿が開いておかれていた。彼を紹介する役の人間はいなかった。彼はおのれひとりのためだけの演壇を望んだ。

千二百ヤードの距離から注視しながら、ソーンは自分がこの男をいかに軽蔑しているかを実感した。十年前なら、不可能な射撃を試み、未遂のまま命を落としていたことだろう。この日、ソーンは乱暴狼藉をはたらく気は毛頭なかった。狙撃手の巣をこしらえてはいたが、狙撃用ライフルを用意しているわけではない。彼がここにいるのは、コーウィンがモンタナの山中で、フットボールのフィールド十二面分ははなれた距離から憎むべきターゲットに照準を合わせながら感じたにちがいないこと、それをすこしでも味わうためだった。彼はまもなく、彼がそこにいたことをだれにも知られないまま、姿を消すだろう。

ウォールバーグは群集をざっと見渡し、いつものように人の数、彼らのうっとりした注目ぶり、彼への献身的な愛情から、おのれの権力を実感した。そして、彼にねらいをつけ、支持率をさらに高くあげる一助となってくれるおびただしい報道カメラの列から。彼は自身について多くを語り、前政権の業績をこきおろすプランを練ったが、イーディスが利己的な内容はさもしい感じをあたえるだろうと忠告したのだった。ひたすらアメリカをほめたたえるほうがいいだろう、と。

「わが同胞であるアメリカ国民のみなさん、わたくしたちが本日ここに参集いたしましたのは、すべての国民にきわめて多くの加護をもたらしてきたこの偉大なる国家の誕生日を祝うためなのです。ビールとポテトサラダ以上に……」――腕を頭上高くにかかげてチキンの脚を振りまわす――「フライドチキン以上にですよ……」

何度も練習をしてきたのだが、見たところ無意識なジェスチャーに、群集からさかんな拍手が起こった。

「……異国の戦場で命を賭して戦い、その犠牲の果実としての平和をわれらにもたらしてくれた、あの勇敢なる男性ならびに女性たちすべての栄誉をたたえたいのであります。トリポリの海岸からアルデンヌの塹壕陣地まで、バターンの死の行進からヴェトナムのジャングルまで、アフガニスタンの山岳地帯からイラクの砂漠まで……」

くそっ、心にもないことを、とソーンは思った。この男は大統領じゃなく、人殺しだ。ソーンの指が曲がり、もってはいないライフルの架空の引き金にかかった。もし本物の引き金であったなら、彼はそれをひきしぼって銃弾を発射し、悪夢とおさらばしたことであろう。しかし実際には、腕をのばしてかたくとがらせた人さし指でねらえただけで……。

「そしてこの本国のゲティスバーグでは、もうひとりの偉大なアメリカ大統領がかつて言ったのでありました……」

……そして〝バン、おまえは死んだ！〟とささやき、すると……。

……ウォールバーグの頭が、脳味噌と骨と肉の血まみれた泡となって爆発し、その赤い霧《ミスト》はスナイパーならだれでも知っている、頭部にみごとに命中した証左であった。あたかもソーン自身が致命的な一弾を放ったかのように思えた。

しかし、彼が撃ったのではなかった。彼はもうすでに、演壇から遠くはなれた木から身を起こし、幹を半ばすべりおりかかっていた。地面にとびおりると、川岸沿いにゆっくり歩み去った。彼の耳には暗殺死によるいつもの大騒ぎがとどいており、それは現代世界にとってあまりにもありふれたものになりすぎていた。

三十分後、彼のトルーパーはオールド・シャコピー・ロードを静かに走っており、この道を行けばミネソタ川に架かる橋を渡って最後には一〇一ウェストにいたり、そこから先は……どこに？　きまった行き先はなかった。この地から去るのみ。

車を駆りながら、さきほど目にした光景の検討にかかった。演説日にさきだち、彼は狙撃の意図など毛頭なかったものの、優秀なスナイパーならだれもがするように一帯を偵察しておいた。彼が選んだ木を除けば、演壇をじゃまなくねらえる地点はただひとつ、スネリング砦に残る古い石造りの兵舎のひとつの屋上塔しかなかった。彼としてはそこを即座に除外した。千五百ヤードの距離にあったからだ。四分の三マイルである。そんな地点からの狙撃をなしえる人間はひとりしかおらず、その男は死んでいた。

かなりやせた五十代半ばの男が、さや付きナイフ以外の武器はもたず、朝早い陽光に照らされた森のなかを音もなく抜けていく。病気かあるいは危険な事故から回復中、のように見えた。身のこなしにためらいがあり、足どりが不自由だった。それでも、小枝の一本も音を立てず、草も鳴らなかった。男が木立を過ぎ、火災で枯れたトウヒのわきの焼け跡にはいってゆき、その歩みがあまりに静かなので、上の枝にとまった血のように赤いショウジョウコウカンチョウが男の通過に気づかないほどだった。彼はいまもなお至高の森の住人であった。

ひとつの声が男の足をぴたりととめさせた。

「最近少々傷を負ったあと、ロス郊外の医者に健康診断をしてもらったのだが、その医者の忠告は〝もっと食え〟だったよ」

やせこけた森の住人は、木立にたれこめた霧のようにどこからともなくあらわれた年下の男を、見やった。

「あまり食欲がないんだ。どこかの野郎に撃たれてから」

「悪かった」と、ソーンは言った。

「どうしてわかった、おれがここに――」とコーウィンが言いかけてやめ、うなずいた。「当然だな。おれがほかのどこにいるってことだろ?」

「そう。依然、敵の間近に身を隠せ」

「おれもやり方《MO》を変えたほうがよさそうだな」彼が小さく身ぶりをした。「小屋にもどれば新しいコーヒーがあるんだ。もし時間があるなら――」

「時間ならたっぷりあるさ」と、ソーン。

三十分後、ふたりは手づくりのテーブルをはさんですわり、たがいに相手を前にくつろいでいた。コーウィンの言ったとおりだった。コーヒーは新鮮で、とてもうまかった。食べ物はなかった。コーウィンの食欲はまだ回復してないのだ。

ソーンは立ちあがり、一室だけの小屋のなかをひとめぐりした。

「あんたがウォールバーグを撃ったとき、おれは千二百ヤードはなれた木の上にいたんだ」と、彼は言った。「そこにいて、あの野郎をただじっと見つめ、自分があいつになにかできればと思っていた。しかしおれには、五百ヤードほどをこえた距離はまったくの空想の世界でね。おれは一貫して、スナイパーというより暗殺者だったから」

「きみが言うのは、川岸のそばの例のオークの大木のことかい？」

ソーンは首を縦に振った。「いやはや、コーウィン、あんたはすご腕だよ」

「おれもあの木のことは考えたんだが、近ごろは木にのぼりおりして、やつらに見つかるまえに逃げられるほどすばしこくなくなってるのが、自分でもわかっていたからな」コーウィンのいかつい顔が、ほとんど穏やかに見えた。「スネリング砦のほうがはるかに好都合だった。あそこだと車を待たせてもおけたし」

「しかし――千五百ヤードの距離だ」

コーウィンが身ぶりとともに言った。「それはもういい、というか忘れてくれ」

「車には運転手がいた」と、ソーンは言った。コーウィンが鋭い目でにらみつけてきた。ソーンはそれを無視した。「おれが知りたいのは、あんたがビタールート山脈でどうやって生きのびたかだ。弾は肺に命中したのか？」

「そうだ。ほかの場所だったら、おれはショック症状を起こして出血多量で死んでいたろう」

ソーンはふたたび腰をおろした。

「おれも一度は、もし肺の傷ならあんたは生きのびたかもしれないと考えた——あとで否定することになったが——」彼は手のひらを上に向けて横に振った。「おれはそのときすでに、あんたはどうやらおれがこれまで戦ったなかでいちばんタフな男だと判断していた。で、もしあんたが低体温症さえ避けられれば、すごくつめたい水が出血をとめてくれるかもしれない。あんたがマザーに撃たれたあと、ミネソタの冬の冷気がそのはたらきをしたように」

「きみの言うとおりだ。それは可能だし、実際そうだった」

「しかし、おれは考えざるをえなかった、そのあとどうする？　あんたは川からはいあがるが、助けてくれる者はあたりにだれもいない……。そこで、あんたは死ぬ。一巻の終わりだったはず。だのに、いったいどうやって……」

「携帯電話さ」と、コーウィンが言った。「防水ケースにはいったやつ」

「携帯電話。そうか。盲点だった。なるほど、イェーガーを殺したあと、すぐさまジャネットに連絡する必要があるから、だな？　そこで、彼女はあんたに、ＳＵＶをおいてきた場所を教えることができた」

コーウィンが隠すいとまもなく、その顔に一瞬、驚きの表情がよぎった。「どうしてジャネットを知ってる？」

「フォーランナーを見つけて、その車が彼女に登録されていた。そこで、彼女をさがし出したのさ」ソーンは肩をすくめた。「話せば長くなる。彼女自身から聞いてくれ。いまのところ、彼女はまだあんたが死んだものと悲しんでいるけど」

コーウィンはなにも言わなかった。

ソーンは考えこむような調子でつづけた。「しかし、あんたは彼女にではなく、ハーニルドに電話をした。彼は操縦ができるので、飛行機で飛んできて、あんたを拾い、すこしもためらうことなく自分の診療所にはこんだ。それから、あんたを介護して健康を回復させた、そのまえのときと同じように」

「それはまったくきみの誤解だ」と、コーウィンがけわしい顔でピシャリと言った。腰を半ば浮かしていた。「ホイットビーはなんの関係も――」

ソーンは手を振っておさえた。「冗談じゃない。あんたが死んだとおれが電話で伝えると、彼はなんとも奇妙な反応をしたよ。あの反応が、いまならはっきりわかる。なんてことはない、彼はあのときまさに、あんたがここに、森のなかの小屋に無事でいることをちゃんと知っていたんだ」

コーウィンが疲れはてたかのように腰を落とした。「そして、おれはずっとここにいただろうよ。きみのホイットビーへの電話が、何十年もまえにウォールバーグがおれになにをしたかを、こと細かにあきらかにしなければ。あれがおれの記憶を呼び起こした。すっかり思い出したよ。あの野郎はロマンチックな夢を見たかわいくてあわれなハイジ・ジョハンソンの命を奪い、彼女のまだ生まれていない子供——あいつの子供——の命も奪った。おれからなにを奪ったかは、言うまでもない」

「あんたはごく普通の人生を歩むチャンスを奪われた」と、ソーンは言った。「そこで、あんたはふたたびライフルとスコープを手に入れ、運転手としてハーニルドの助けを借り」——ソーンは片手をあげて制した——「彼はちがうなんて言いっこなし。そして、あんたは狩りに出かけた」

「まあそんなところだ」コーウィンが立ちあがった。「おれは逃げ隠れはやめ、殺すのもやめた。ただじっと隠遁暮らしをしたいだけだ。きみがそうさせてくれるなら」

ソーンも立ちあがった。そして、にっこり笑った。

「殺しをやめた、燃えつきた野郎がふたりか。殺しはもっと若いやつ向きだ」——彼は読んだことのある『ハムレット』の一行をパラフレーズした——「反省の意識がまだまだ彼らを臆病にしてない者たちの」（シェークスピア作『ハムレット』第三幕第一場より）

「それで、これからどうなる？」と、コーウィンが質した。

「あんたが握手してくれればありがたいな。そうすれば、おれは立ち去る」ソーンは無意識のうちに、また別の詩人の言葉を引いていた。「おれは眠るまえに、まだ何マイルも行かねば」（ロバート・フロストの詩「雪塵」より）

コーウィンは手をさしだしたが、考えなおした。握手ではなく、両腕をソーンの身体にまわし、きつく抱きしめた。長く苦しい戦いののち、それがとうとう双方にとって終わりを迎えたとき、戦士が交わすあいさつであった。

46

〈ショ・カ・ワ・カジノ〉は部族の土地にあったから、ポモ族に属するホップランド共同体の五人のメンバーから成る部族評議会が、カジノの運営に関する全権を有していた。ポーカー、ブラックジャック、スロットマシン、キーノ、ひとつ玉のルーレットが営業種目で、最後のは実質上、正装で楽しむビンゴにほかならなかった。クラップはやってなかった。あまり収益があがらないからだ。

ジャネット・ケストレルがその日最後の休憩時間にカフェテリアでコーヒーを飲んでいると、カジノの警備長のハーブ・ラニングウルフがあらわれ、彼女のほうに歩いてきた。

彼は角張った顔のたくましいネイティブアメリカンで、年は三十歳、青いスーツを着て髪をポニーテールに結んでいた。彼のおもな職務はトラブルを事前に防ぐことにあった。だが、やることはほとんどなかった。一テーブルの賭けの限度額が二百ドルだったから、違法なカードカウンターたちが寄りつかないのだ。それに、ひとりのプレーヤーが一日に稼げる最高額が八百ドル程度だったので、大金を張るギャンブラーたちも敬遠していた。したがって、彼が処理しなければならないのはもっぱら酔っぱらいであった。

ハーブがジャネットの肩に手をおいた。

「きみのお姉さんがけさから、研修と適応指導のコースを受けはじめたってことを、知らせたかっただけさ。彼女は頭がよくて熱心だから、うまくやってのけると思うよ」

「ありがとう、ハーブ。それと、姉を雇ってくれた評議会にも感謝だわ」

「血は争えないものだな、妹さん」

彼がふたたび肩を軽くたたいて出ていった。

彼女は時間どおりにカジノにもどり、第四テーブルのシャーリーンと交替し、最後の二十分間の勤務についた。〈ショ・カ・ワ〉ではシューと呼ばれるカード入れを用いず、シャフラーに五組のカードをぶっつづけに使わせた。その五組で六ないし八時間の勝負がなされ、そのあとカードは新しいのに替えられた。一日八時間の交替勤務のうち、ジャネットはひとつのブラックジャックのテーブルで、二十分、四十分、あるいは六十分間をすごし、二十分の休憩をはさんだあと、新しいテーブルへと移動した。一テーブルにつく時間が短いのは、ディーラーとギャンブラー間のいかさまの黙認を防ぐためである。

ジャネットはプレーヤーたちに人気があった、というのも彼らと同様、彼女もひたすらカードに集中していたからだ。彼女はカードを配り、彼らはそれに賭けた。彼女の勤務番にはいって十分後、新たなプレーヤーが彼女のテーブルのひとつ空いた席にすわった。彼女は客の顔をめったに見ず、ほとんど手だけに注意を向ける。新客の手がひと山のチップをおいた。彼女は二回、カードを配った。客の手が伏せたカードをぱっと返した。それは、最初の表向きのカードと同じく、エースだった。

「ダブル・ダウン」と、手の持ち主が言った。

その声が彼女の目を、カードから客の顔に移させた。ブレンダン・ソーンだった。彼が彼女にウインクをした。彼女は次のラウンドのカードを配り、十六点で親番のカードを引き、二十一点をこえてしまった。ソーンは両手にエースと絵札をもっていた。

「あなたは胴元《ハウス》に勝ちました、サー」と、彼女は厳粛に言った。

「祝勝会に招待するよ」と、彼が応じた。

「八分後に勤務が終わりますから」

彼がうなずき、ささやかなもうけをかき集めて、テーブルをはなれた。手が自動的にカードを繰り出すのにまかせ、彼女は正面のドアへと歩く彼の姿を見ることができた。だいじょうぶそうだわ！　回復したのだ。元気になったのだ。彼女のおかげではなく。

彼女は女子トイレに寄って両手を洗い、顔に水を浴びせ、黒く長い髪を指でくしけずった。胸がどきどきした。いったいどうふるまうべきなのだろう？　彼女は自分が助かりたいばかりに、彼を見捨てた。だのに、彼は彼女を見捨てようとはしなかった。しかし、彼女は彼に対して、単純な感謝の気持ちは感じられなかった。それ以上か——あるいはそれ以下の感情をいだいて当然だった。

ひんやりとして濃くなってきた夕闇のなかに出ていくと、彼がおんぼろのイスズ・トルーパーのサイドに背をあずけ、腕を組み、もの思いにふけった顔で待っていた。最初に会ったときとまったく同じしぐさだったが、ただしあのときはＡＱＵＡツアーズのオフィスの外にとめてあったのが彼女のフォーランナーであり、あれから圧縮された一生分の時間が過ぎ去った気がした。

彼女は単刀直入に言った。「あなたがしてくれたことにお礼を言うわ——どうやってそうできたのか、わからないけど。それと、あなたがハルについてケートに話してくれたことにも感謝してる。それがわたしにはとても助けになったの」

彼が彼女の両手を握った。彼女の手が冷えているぶん、彼の手があたたかく感じられた。彼がとても真剣な目で、彼女の顔をのぞきこんだ。

「ハルは生きてる」

「生きてる？」彼女の目が大きく見開かれた。

ソーンはそれを口にしたとき、彼女にはコーウィンのもとに行ってほしくない、自分がそう願っていることに気づいた。気持ちがひどく混乱していた。自分が誤解していた男に対する義務感と、自分には永遠に失われたと思ってきた愛という感情との対立。

ジャネットは彼から手をひっこめた。目ににじんだ涙を彼に見られないよう、頭をさげた。彼も同じように気持ちが混乱しているのだ、と彼女は感じ、心が痛んだ。

「ハルがウォールバーグ大統領を暗殺したのね？」

「処刑したんだ」と、ソーンは訂正した。「ウォールバーグは人殺しだった」

彼女はなにかが解き放されるのを感じた。それは外に出ない涙、喪失感、さびしさ、自分がほんとうは何者なのか見つけたい気持ちのまじりあった、なにかであった。そして、もしかすると彼女が愛せるかもしれない人、もしかすると彼女を愛してくれるかもしれない人とともに、それを時間をかけて見つけたい気持ち。

「ハルもそうだわ」と、彼女は言った。「あなたはちがう」

ちょっとした驚きをもって、ソーンはなるほど彼女の言うとおりだと思った。彼は自己防衛以外に、あるいはおのれの義務とみなすこと以外のために、人を殺したことはなかった。コーウィンは現在の姿はどうあれ、真の意味で傭兵だった。その点にちがいがあるといえば言えた。

彼らはもうそれ以上は話さず、トルーパーに乗りこんだ。トルーパーがどこにつれていこうとしているのか、ふたりとも知らなかったけれど、自分たちがそこに行きたがっていることはどちらもわかっていた。それがどこか見つけるために。それがどこかを知るために。

東アフリカの広大なセレンゲティ平原に、一ヵ月遅れでとうとう長い雨季が訪れていた。ついきのうまで、容赦なく太陽が照りつけ、赤い土の上には息のつまる砂ぼこりが舞っていたのに。そして夜明けとともに、重く厚い黒雲が草原上空を文句をいわせず進んできて、垂直の断固とした雨を激しく降らせはじめた。

モレンガルがぽつんとはなれたシロアリ塚の頂上にすわっていた。短い縮れ毛を降り注ぐ雨にさらし、粗末な服が肌にはりつき、両ひざではさんだ散弾銃を斜めに側頭部にもたせかけていた。〈シクズリ・サファリキャンプ〉のごみ箱から拾ってきたシャンパンのコルクを二連の銃口双方にさしこみ、さびがなかにはいりこむのを防いでいる。

モレンガルは毎年、長雨のはじまりをここに来て迎えた。それは彼が生まれてこのかた見た唯一の奇跡であり、彼がこの先も信じる唯一の奇跡であった。

平原のはるかかなたの水平線に、細い緑の線があらわれ、恵みの雨の下を人間が非常にゆっくり歩くほどの速度で彼のほうに進んできた。草は短い数週間の周期をあわてててぐりつつあった。生えかわり、ふたたびのび、うっそうと茂ったあと、乾季が到来するとまた休眠状態に落ちこむのだった。数日のうちに、草はひざ丈に育ち、おびただしい数の移動性草食動物が青々とした平原いっぱいにはびこっていくだろう。草食動物のあとからは、不可避かつ必然的に肉食動物たちがやって来るだろう。

モレンガルのとてつもなく鋭敏な耳が自動車の音をとらえた。彼はかたくなに彼の奇跡からこうべをめぐらすのを拒んだが、一台の四輪駆動車が背後の草原を横切って近づいてくるのはわかっていた。クラシック音楽の愛好家がモーツァルトのシンフォニーに聞き入るように、その音に耳を傾けた。全身の神経を集中して。

ランドローバーだろう。彼がさらに一心に耳を澄ますなか、車が彼のいるアリ塚の後ろに近づいた。実際、それは由緒ある一九六〇年型のランドローバーで、屋根がキャンバス地で、ホイールベースの短いクラシックな一台であった。彼は最後まであらがったが、徐々に笑みが広がりはじめ、漆黒の顔のなかで白い歯が輝いた。

ランドローバーがとまった。エンジンが切られると、ぴんと張ったキャンバス地の屋根を雨が低くうなるような音でたたいた。エンジンは二、三度のどを鳴らすみたいな音を立てたあと、静かになった。調整が必要だった。長いあいだ動かしてないのだった。実際のところ、数ヵ月間。彼のポケットには、使ったことのないその車のキーがはいっていた。

両側のドアが開き、バタンと閉まった。ふたりの人間が車から降り、シロアリ塚のまわりのぬれてはいるがまだ枯れた草を踏む音が聞こえた。ふたり？　彼はふりむきかけたが、こらえた。彼らが塚をのぼってきて、彼の両側に腰をおろした。周辺視野が彼に、男と女の白人《ワズング》であり、すでにぬれそぼったサファリジャケットを着て、つばの広いサファリハットを頭の後方にはねあげているために、雨が彼と同じくふたりの顔にたたきつけている、と教えた。

そのときようやくモレンガルは、はるばるツァヴォからそれを見るために歩いてきた、進行してくる草の線から目をそらした。彼はまず、女のほうを厳粛に見た。二十代の後半で、黄褐色の肌、すらりとした身体つきで、顔は美しく、とても長くつやのある黒髪とはっとするほど青い目をもっていた。彼女は彼の視線をまばたきもせず受けとめた。

彼がこうべをめぐらして男を見た。四十がらみで、同じく黒髪、浅黒い俊敏そうな顔立ちであった。しかし、その顔はやつれてもいて、あまたの辛苦を経てきたえられてきたように思わせた。男が二本指を曲げてモレンガルのほうに向け、そのあと自分のほうに向けた。

「タトゥオナ・テナ」と、男はまじめくさって言った。彼らが最後に会ったときの言葉をくりかえしたのだ。〝われわれはふたたび会うだろう〟

「ンディオ」と、モレンガルがこれまたまじめに答えた。〝はい〟それからつけ加えた。「ウソ・クワ・ウソ」、すなわち〝面と向かって〟と。

女が片手をさしだし、あいさつした。「ハロー《ジャンボ》、サー《ブワナ》。わたしはジャネット・ケストレルです」

モレンガルは彼女の手を両手で握り、ごくわずか頭をさげた。「マダム《メンサアブ》、ぼくはモレンガルです」

そのあと、調子を合わせたように、三人とも顔を正面に向け、いずれもそれを見るためにきた、たたきつける雨と、前進してくる緑の線に見入った。それはいまや地平線上の線から、深くなり、幅を広げ、彼らの正面の草原の半ばをおおいつつあった。長い時間、三人はその進行から目をはなさなかった。ひとりも口をきかなかった。だれもその必要を感じなかった。成長する草が彼らのアリ塚にほとんどたどり着き、まもなくそこを囲んで通り過ぎると思われたとき、モレンガルがかすかに身動きし、首をまわさないままで言った。

「わたしたち三人は土地なしのはなれ者だから、さあ狩りに出ましょうか」

声をあげて笑った三名は、東アフリカの命をはぐくむ長雨にぬれそぼちながら、どこまでも広がるセレンゲティ平原のなかに消えていった。

謝辞

いつものように、謝辞を述べるにあたってまっさきに思い浮かぶのは、わが妻ドリである。彼女はわたしのすべての小説の執筆および校正に伴走してくれ、卓越して繊細、なおかつ実際的な見識と助言をあたえてくれている。

ミステリー分野の偉大な編集者であり、歴史家であり、出版者であるオットー・ペンズラーは、ハーコート社の新しいミステリー・シリーズに参加する機会をわたしにもたらしてくれた。わたしは巨人たちのなかに迷いこんだこびとの気分である。

わたしのエージェントであるヘンリー・モリソンは、そのウィットと知性、編集と創作面での示唆、出版界とその動向に関する深い理解でもって、長年にわたってわたしを感嘆させつづけてきた。

外国向けのエージェントをやってくれているダニー・バラーは、彼が担当する作家たちの外国でのセールスの促進、高額の前払い金の確保、諸外国におけるわれわれの権利の保護の点で、つねに奮闘努力をおこたらない。

ビル・コーフィツェンはドリとわたしを車に乗せてワシントンDC全域と周辺を忍耐強くまわり、商務省のカフェと中庭について内部事情通ならではの詳細情報を教えてくれた。

ジェーン・レプスッキーはわれわれをジョージタウン埠頭とマリーナに案内し、本作の主人公ソーンをオールドタウンに往復させるのに、興趣に富みトリッキーな交通手段としてアレクサンドリアの観光船を使ってはと示唆してくれた。

わたしのケニア時代の数名の旧友たち、とりわけジョン・バシンジャーとエドガー・シュミットはわたしと数々の冒険をともにした。そしてまた、故ニール・マクラウド、ジョン・アレン、エロル・ウィリアムズ、カカメガ男子中等学校の元校長ジョー・スチュアート。ほかにわたしの記憶に深く刻まれているのが、実在のモレンガル、アーサー・〝スクィーラー〟・ケモリ、エリヤ・ムセンギ、ムバリルワとプラバツィング・M・マヒディである。

トゥオルミ川の急流下りについて詳しく教えてくれたオルガ・シェチェンコは、同所のとても腕達者なガイドである。オルガはまた、ウルシの毒に対する免疫を増す興味深い方法についても語ってくれた。

退役陸軍大佐ウィリアム・ウッドは軍事戦術、武器、爆薬についての細かな知識、またスナイパーが直面すること、彼らがその常ならない死と背中合わせの任務にあって知っておかなければならない事柄について、話してくれた。

映画プロデューサーのポール・サンドバーグには、わたしのあらゆる計画にいつも大喜びで賛意を示してくれたこと、映画・テレビ業界の諸方法について知恵をさずけ、ロサンゼルスのロケーションの提案をしてくれたことを感謝。

すばらしい公務員、とくにマリン郡公共図書館網のフェアファックス分館に勤めるテレサ・マクガヴァンはわたしのために不明な参考資料を献身的に追求してくれた。

フレッドとドリー・マーカッセン夫妻は、彼らのニポモの別荘を寛大にもドリとわたしに使わせてくれ、本作『硝子の暗殺者』に結実する最初のメモ類とアウトラインの書きだしはそこでなされた。

カリフォルニア州ホップランドの〈ショ・カ・ワ・インディアン・カジノ〉のみなさんは、ドリとわたしに彼らの職務のありようを示してくれた。なかでもホップランド部族評議会、〈ショ・カ・ワ〉の総支配人ドン・トリンブル、昼間勤務の警備長マイク・ハットフィールド、そしてわたしたちの案内役をつとめてくれた警備員ハーブに感謝を。

ウォーフ・ザ・クリンゴンには、無法なバイク乗りたちとハーレー・マニアたちに関する内部情報を負っている。

最後に、だが大いに謝意を表さなければならないのは、カリフォルニア州オークデールの〈ウィスキー・リヴァー〉の善良なるスタッフたちである。サンクスギヴィング の長い週末をすごしたときの、うまい酒と楽しいおしゃべりと、真にこっけいな酒場ジョークをありがとう。

訳者あとがき

本書は、Joe Gores, "Glass Tiger" (Harcourt, 2006) の全訳である。

はじめに、ジョー・ゴアズ作品のファンはもちろんのこと、広くミステリー愛好者のみなさんと悲しみを分かちあわなければならない。ジョー・ゴアズ（ジョゼフ・ニコラス・ゴアズ）氏が本年（二〇一一年）一月十日にカリフォルニア州で亡くなられたからである。享年七十九。ニューヨーク共同発を伝える大分合同新聞によれば、潰瘍出血による合併症が死因であったらしい（家族談）。「ミステリマガジン」誌四月号に載った木村二郎氏の追悼文で教えられたが、ゴアズの敬愛するダシール・ハメットの命日からかぞえてちょうど五十年とか。

ということで、久方ぶりにジョー・ゴアズの長編をおとどけすることになった。拙訳の『路上の事件』が同じ扶桑社から出たのが二〇〇七年だから、それからでも四年をかぞえる。たしかに二〇〇九年に『スペード&アーチャー探偵事務所』(早川書房)が翻訳刊行されているが、後述のように同書は今回刊行作とは別系列に属すもので、犯罪および冒険小説のジャンルとしてはじつに一九九七年刊の『脅える暗殺者』(扶桑社ミステリー)以来と言ってよいであろう。

さて、本書は第一部〈コーウィン〉と第二部〈ソーン〉の、二部から構成されている。各部のタイトルはいずれも人名であり、それぞれハルデン・コーウィンとブレンダン・ソーンをさす。

ところで英語にcounterpart《カウンターパート》なる単語があり、これがなかなか場に合った日本語に訳しづらいのであります。たとえば競合するA社とB社があり、A社の切れ者X氏に対するにB社にはY氏ありという場合、X氏とY氏はたがいにカウンターパートの関係にあるわけですね。ちなみに、手もとの『アドバンスト・フェイバリット英和辞典』をひいてみると、たがいによく似た人(物)の一方、対の片方、(対等の)相手方、という訳語が載り、用例としてThe U.S. Secretary of State met his Japanese counterpart.(米国の国務長官は日本の外相と会見した)があげられています。

で、本書にもどると、第一部と第二部は質と量ともに等しく、ここがミソ。コーウィンとソーンはまさにたがいのカウンターパートと言ってよい。実際、両者はともに狙撃手《スナイパー》であり、経歴もじつによく似ているのである。

ハルデン（ハル）・コーウィンはミネソタ州ロチェスターに生まれ（著者のゴアズも同地出身）、土地の短大を中退後ヴェトナム戦争に従軍し、スナイパーとなる。その後、傭兵に転じるが、国外に出ているあいだに妻が飲酒運転の車にはねられ死亡。ために娘に責められ、北部の森林に隠遁。

他方、ブレンダン・ソーンはアラスカに育ち、アメリカ陸軍レンジャー部隊員としてパナマに駐屯。除隊後、ＣＩＡの最前線でスナイパーとして活動。ところが彼も留守中に、妻と娘の命を飲酒運転者に奪われる。結果、アフリカのケニアに移り、サファリキャンプの監視員として暮らすはめに。

そんなソーンを、米国ＦＢＩがわなにはめ、強制的に本国に連行する。大統領に就任したばかりのグスタヴ・ウォールバーグの命をねらう脅迫者を発見し、始末するためである。脅迫者とは、ハル・コーウィンにほかならない。

かくして、第一部ではソーンがコーウィンを追って肉迫していくのだが、第二部では逆にソーンが追われる身となる。だれに追われるのか？　そして、最後に用意される文字どおり驚愕の結末とは？　それは、もちろんお読みになられてのお楽しみに。

ジョー・ゴアズは、すでにご承知のように、種々の職業を転々としているが、ケニアで英語の教師をしたこともあるらしく、今回の物語にはそのときの経験が生かされているようだ。〈謝辞〉にあるとおり、当時の友人たちの名が作中に借用されてもいる。

ゴアズの長編には、大きく分けて三つの系統があると考えてよい。

第一は、DKAシリーズ（ダニエル・カーニー・アソシエイツ、すなわちダン・カーニー探偵事務所もの）に代表される私立探偵小説で、これには『死の蒸発』（一九七二）、『赤いキャデラック』（一九七三）、『目撃者失踪』（一九七八）、『32台のキャデラック』（一九九二）などの邦訳がある。

第二は同じ私立探偵ものながら、ダシール・ハメット研究者としてのゴアズが腕をふるった、いわゆるハメットにオマージュをささげた作品であり、有名な『ハメット』（一九七五）と前記の『スペード&アーチャー探偵事務所』（二〇〇九）があげられる。この系統は、ゴアズが存命であれば、さらに書かれたと考えられただけに残念でならない。

そして第三が、犯罪および冒険小説のジャンルで、『野獣の血』（一九六九）、『狙撃の理由』（一九八九）、『脅える暗殺者』（一九九四）などがあり、前回の『路上の事件』（一九九九）と今回の『硝子の暗殺者』もここにかぞえられる。

最後に、ジョー・ゴアズ氏のご冥福を心より祈ります。合掌。

◉訳者紹介　坂本憲一（さかもと　けんいち）
1944年生まれ。東京大学文学部フランス文学科卒。美術書の編集者を経て、英米文学翻訳家。主訳書：ゴアズ『路上の事件』（扶桑社海外文庫）、モズリイ『イエロードッグ・ブルース』（早川書房）他、多数。

硝子の暗殺者

発行日　2011年 6 月10日　第1刷

著　者　ジョー・ゴアズ
訳　者　坂本憲一

発行者　久保田榮一
発行所　株式会社 扶桑社
〒105-8070　東京都港区海岸1-15-1
TEL.(03)5403-8870(編集)　TEL.(03)5403-8859(販売)
http://www.fusosha.co.jp/

印刷・製本　図書印刷株式会社
万一、乱丁落丁(本の頁の抜け落ちや順序の間違い)のある場合は
扶桑社販売宛にお送りください。送料は小社負担にてお取り替えいたします。

ISBN978-4-594-06410-5
Printed in Japan(検印省略)
定価はカバーに表示してあります。

扶桑社海外文庫

愛は暗闇の向こうに
キャロライン・リンデン　霜月桂／訳　本体価格933円

十九世紀のロンドンを舞台に伯爵令嬢を愛した政府のスパイ…。求めあいながらもままならない男女の愛の葛藤を描いて絶賛された上質サスペンス・ロマンス！

虚偽証人（上・下）
リザ・スコットライン　高山祥子／訳　本体価格各800円

訪れた証人宅で強盗に出くわしたヴィッキ。証人の命は奪われ、ありふれた事件はその状況を一変させる。新米検事補の奮闘を描く傑作リーガル・サスペンス。

クリスマス・エンジェル
リサ・マリー・ライス他　上中　京／訳　本体価格857円

ナポリで再会した恋人たちを描くL・M・ライスによる表題作ほか、とびきりホットでキュートな計3作品を収録。人気作家たちが聖夜に贈る愛のプレゼント。

聖夜の殺人者（上・下）
ノーラ・ロバーツ　中谷ハルナ／訳　本体価格各819円

クリスマス間近のフィラデルフィア。古美術品店主ドーラが仕入れた平凡な骨董品を巡り次々と奇怪な事件が。そんななか、彼女の前に素敵な元警官が現れた。

＊この価格に消費税が入ります。